ANDI ROGENHAGEN

HeldenSOMMer

ROMAN

BASTEI LÜBBE
TASCHENBUCH

BASTEI LÜBBE TASCHENBUCH
Band 16766

1. Auflage: Juni 2013

Dieser Titel ist auch als Hörbuch und E-Book erschienen

FSC
www.fsc.org
MIX
Papier aus verantwortungsvollen Quellen
FSC® C006701

Vollständige Taschenbuchausgabe der bei Lübbe Paperback erschienenen Paperbackausgabe

Lektorat: Karin Schmidt
Textredaktion: Sylvia Gredig
Titelillustration: © Plainpicture/Deepol/Arne Landwehr; © SuchBild, Pauline Schimmelpennick Büro für Gestaltung
Umschlaggestaltung: Pauline Schimmelpenninck Büro für Gestaltung, Berlin
Satz: Dörlemann Satz, Lemförde
Gesetzt aus der Wess Antiqua
Druck und Verarbeitung: CPI – Ebner & Spiegel, Ulm
Printed in Germany
ISBN 978-3-404-16766-1

Sie finden uns im Internet unter
www.luebbe.de
Bitte beachten Sie auch: www.lesejury.de

Für Hermann Rogenhagen

1

Ich sitze auf der Rückbank im Auto meiner Eltern. Die warme Sommerluft wummert in den offenen Autofenstern. Die Sonne steht schon schräg in den Feldern. Es ist August.

Mein Name ist Philipp, und ich bin fünfzehn Jahre alt. Wir kommen von der Beerdigung meines Opas, und ich habe mir vor der Abfahrt in dem bescheuerten Restaurant eine Zwiebel mitgenommen, denn auf Opas Beerdigung konnte ich gar nicht weinen – obwohl ich es wirklich wollte und auch aufrichtig versucht habe.

Jetzt zerknibbele ich die Zwiebel unauffällig in der Hosentasche und reibe mit den Fingern in meinen Augen herum. Sie beginnen zu brennen. Ich klimpere ein paarmal mit den Lidern, und dann verschwimmt mein Blick tatsächlich hinter Tränen. Ich schniefe gut hörbar und setze mich aufrecht hin, damit mein Vater die Tränen im Rückspiegel auch sieht. Wenn ich gar nicht weine, ist er vielleicht unzufrieden mit seiner Erziehung. Dann glaubt er, ich wäre nicht liebesfähig, denn eine Freundin habe ich auch noch nicht. Also tu ich ihm einfach den Gefallen. Aber ich darf auch nicht zu viel weinen, denn dann fährt mein Alter womöglich rechts ran, um mich zu trösten, und ich verpasse noch mehr von Borawskis Party, die heute Abend steigt.

Jetzt bekomme ich Angst, dass einer aus meiner Familie die Zwiebel riechen könnte. »Der heult doch nicht echt, der hat bestimmt eine Zwiebel in der Tasche! Durchsucht ihn!«

Ich nehme die Zwiebel heimlich aus der Hosentasche und drücke sie tief in den Schlitz zwischen Rückbank und Lehne.

Es ist schon halb neun, wir werden noch eine Stunde fahren, dann muss ich etwa zwanzig Alibiminuten zuhause bleiben, mit traurigem Gesicht, bis ich mich endlich auf mein Rad setzen kann, um zum Saufen und Kiffen zu fahren.

Ich drehe meinen Kopf zu meiner angeschnallten Schwester und denke an den Geruch im Flur meiner Großeltern. Schrumpeliger Apfel, Ölheizung, kalte, schwarz-weiß gesprenkelte Treppensteine. Als Kind sitze ich auf den Stufen und klatsche die Knie unter meinem schlabberigen Schlafanzug zusammen. Ich warte auf meinen Opa, der mich zum Schlafengehen die Treppe hochträgt. Ich halte seinen großen Rücken, rieche das Rasierwasser und sinke danach in das immer wieder auf wundersame Weise neu prall aufgeblasene, duftende Bettzeug.

2

Meine gefühlvolle Mutter glaubt, dass ich »einen Freund brauche, der mich wegen Opa tröstet«, und lässt mich genialerweise schon nach fünfzehn Minuten von zuhause abhauen. Ich leih mir das Rad von meinem Alten, weil meins seit drei Monaten platt ist.

Auf der Fahrt durch die lauwarme Augustluft muss ich grinsen. Ein Freund, der mich tröstet, ist eine bescheuerte Vorstellung – jedenfalls, wenn es so läuft, wie es sich meine Mutter in ihren VHS-Kursen ausmalt.

Borawski steht im Garten rum. Seine Alten sind weg. Es sind vierzehn Typen und zwei total fest vergebene Mädchen da. Einige Kotzer werden bereits im Gebüsch betreut. Ich bin spät dran. Borawski freut sich, mich zu sehen.

»Ey, Alter, tut mir leid wegen deinem Opa, meiner ist auch letztes Jahr abgekackt. Komm, wir saufen!«

Ich nicke, und wir stoßen an.

3

Ich wache im Wald hinter Borawskis Haus auf. Es ist noch dunkel. Durch die Bäume blitzen die Laternen der Reihenhaussiedlung. Riesige Spielwürfel, die auf einer Galeere arbeiten. Sie rudern im Gebüsch rauschend vor und zurück. Wo sind die anderen alle?

Ich liege da rum, und dann liege ich zuhause in meinem Zimmer. Es ist das Jugendzimmer eines Zwölfjährigen – denn ich weiß nicht, wie wohnen geht, und ich will es auch gar nicht wissen.

Es ist hell. Mein Vater weckt mich, weil er sein Fahrrad nicht finden kann. Jetzt will er es wiederhaben, weil er zu »Rema« fahren will. Unser Hausladen, ein »Aktivmarkt«, obwohl es meiner Ansicht nach eher ein Passivmarkt ist, weil man da stundenlang herumstehen kann, ohne dass man wahrgenommen wird. Erst nach Geschäftsschluss wird man bemerkt und als unbekanntes, stehen gelassenes Objekt aus Sicherheitsgründen sofort gesprengt.

Mann! Warum *läuft* der Alte denn nicht einfach zu diesem Laden?

»Mann … nerv nicht, das Rad steht im Keller.«

»Blödsinn, da hab ich schon nachgesehen!«

Das ist natürlich dumm. Jetzt liege ich hier wie eine warme Sardine und weiß nicht, was ich sagen soll. Ich muss aber was sagen.

»Mh? Ja, dann … klar, bei Borawskis vor der Haustür.«

»Wieso das denn? Wie bist du denn nach Hause gekommen?«

Verdammt! Das ist eine gute Frage. Ich habe keine Ahnung. Ich drehe mich auf die andere Seite zur Wand.

»Na ja, ich hol das später. Wir sind gelaufen.«

»Wir? Wer denn?«

Verdammt! Nerv nicht! Ja, wer denn? Keine Ahnung.

»Na ja, die haben mich begleitet, aber eben auch ohne Fahrrad.«

Mein Vater flucht über seinen faulen Sohn und stampft nach unten, wo er sein Rad aber zum Glück schnell wieder vergisst, weil jemand anruft und er noch ein bisschen wegen seines toten Vaters weinen muss. Es ist elf Uhr, und ich will noch ein bisschen pennen. Er soll einfach abhauen!

4

Ich rufe bei Borawskis an. Seine Mutter ist dran und geht für mich in ihrer ekeligen, gekachelten Einfahrt nach dem Rad meines Vaters gucken. Dann kommt sie zum Telefon zurück.

»Nein, Philipp, da ist kein Rad mehr.«

»Ich hol mal das Rad«, rufe ich ins Wohnzimmer, meine Alten nicken, und ich laufe los. Draußen riecht es nach trockenem Sand, Kiefern und warmem Straßenbelag. Sonnenflecken flirren auf den Bürgersteigen unserer kleinen Stadt, die nur aus zweispurigen Straßen, Beton und Aktivmärkten besteht. Und aus Siedlungen, in denen Siedler leben, die überall siedeln und alles zersiedeln und unheimlich siedelig drauf sind.

»Ey, du Siedel, wo siedelst du denn rum?«

»Ja, ich siedle da vorne in der einen Siedlung.«

»Ach, ja klar, jetzt erinnere ich mich – ja, wir ham uns ja auch schon beim Siedeln getroffen – da warst du aber nicht hier, sondern da drüben in deiner Siedlung.«

»Genau, und ich war in meiner.«

Leckt mich alle am Arsch, und das Fahrrad ist nicht da! Ich laufe durch den Wald hinter Borawskis Haus, und da vorne kommt der alte Borawski mit seinem Hund. Mist! Nein, der darf mich jetzt nicht fragen, was ich hier im Wald hinter seinem Haus mache. Der beste Freund seines Sohnes steht geheimnisvoll im Wald hinter seinem Haus. Schnell weg! Aber wohin?! Jetzt hat er mich schon gesehen. Da ist er. Wenn ich meine Hand ausstrecke, könnte ich versuchen, seinen Bart abzureißen. Ich grinse dumm, damit er mich nicht für pervers, sondern nur für schwachsinnig hält.

»Hallo, Philipp. Na? Was machst du denn hier?«

Borawskis ekeliger Hund, der gestern zum Glück im Waschkeller eingesperrt war, hechelt mich an. Soll er doch seine eigene Kackwurst vom Kachelboden fressen! Ich senke den Blick.

»Mein Opa ist gestorben, und ich muss einfach mal ein bisschen rumlaufen, Herr Borawski.«

Ich bin selbst ganz erstaunt über diese geniale Antwort! Schon beinahe erschüttert über diese Aufrichtigkeit eines Fünfzehnjährigen! Wie der mit dem Tod umgeht! »Er ist eben sehr reif«, sagen die Damen aus der Siedlung beim Kaffee, verabschieden sich schnell und rennen heimlich nach Hause, um zu onanieren. Der alte Borawski steckt seine Hände in die Taschen. Er blickt zu Boden und nickt, als wenn er es mit einem Erwachsenen zu tun hätte.

»Das verstehe ich, Philipp.« Dann zieht er eine Hand wieder aus dem Mantel und reicht sie mir. Ich nehme sie. Sie ist wärmer, als ich dachte. Und kleiner. Ey, was für eine kleine Hand haben Sie denn?!

»Es tut mir leid. Grüß bitte deine Eltern ganz herzlich von mir.«

Einen kurzen Moment habe ich das Gefühl, als wenn er es wirklich ernst meint – was natürlich unmöglich ist, denn er kannte meinen Opa ja gar nicht. Der alte Borawski, diese Heuchelsau! Du Hundesabbler! Wieso wiegt dein Sohn mit sechzehn schon siebenhundert Kilo? Fresst ihr eigentlich nur Scheiße zuhause? Endlich haut er ab. Ich suche weiter nach dem Rad, aber es ist einfach nirgendwo. Weg!

5

Mein Vater sitzt über seiner Fernsehzeitung am Esstisch und schüttelt den Kopf über den Müll, den die privaten Kanäle anbieten. Ich nehme vor der Tür etwas Schwung und komme fassungslos rein.

»Es ist geklaut worden!«

Mein Vater sieht hoch.

»Was? Mein Rad?! Wo?«

»Na, bei Borawskis! Direkt vor der Haustür, wo ich es abgestellt habe.«

»War es denn abgeschlossen?!«

»Natürlich!«, sage ich, und mir fällt das große Ringschloss ein, das ich heute noch tief in unserer Mülltonne versenken muss. Oder ich wickle es in einen der alten Öllappen vom Rasenmäher und verklappe es in dem scheppernden Altkleidercontainer vorm Aktivmarkt.

»Diese Arschlöcher!«, schreit mein Alter los und hört gar nicht mehr auf. »Dass die da den Kindern ihre Räder klauen, das wissen die ganz genau!! Diese Schweine!!«

Ich nicke betroffen. Mein Vater verzieht sich kopfschüttelnd. Alles klar. Das mit dem Rad wäre geklärt!

6

Ich rufe Ingo an, weil ich noch nicht weiß, was ich heute Abend machen soll. Borawski hat sicherlich Stubenarrest, nachdem seine Eltern ihr »kaputtgeficktes« Ehebett entdeckt haben – zumindest war da ein Blutfleck und der vordere Teil des Bettes zusammengebrochen. So hat Borawski es am Telefon erzählt. Durchaus möglich, dass alles total erlogen ist, damit ich darüber nachdenke, ob nicht Borawski der Bettkaputtficker gewesen sein könnte. Weil, was Schwabbelborawski am allermeisten hasst, ist seine Jungfräulichkeit. Sobald man auf Frauen zu sprechen kommt, wechselt er auffällig nervös das Thema. Ich bin auch noch Jungfrau, aber ich hab mal auf einer Party fast öffentlich gefummelt. Während ich vergeblich versuchte, meine Finger unter Bettina Scripioskys Hose in Bettina Scripioskys Möse zu stecken, war das Zelt, in dem ich auf der Gartenparty lag, sperrangelweit geöffnet, und im Zelteingang hockten Leute, die kifften und sich über Frieden und anderen Scheiß unterhielten. Danach hatte ich Monate Stress auf dem Schulhof, denn ich wollte es unbedingt vermeiden, Bettina Scripiosky wiederzutreffen. Die Scripioskys sind ein halbes Jahr später wegen des Krebstodes der Mutter in eine andere Stadt gezogen, und das war einer der schönsten Tage meines Lebens. Wegen dieser Zeltsache glauben jedenfalls alle, dass ich es schon gemacht habe – und natürlich lasse ich sie in dem Glauben, indem ich einfach gar nicht darüber spreche, was sehr geheimnisvoll ist und alle zum Nachdenken und Spekulieren bringt. Das hoffe ich zumindest.

Ingo ist der Einzige, der schon eine eigene Wohnung hat, wo man ungestört abhängen kann. Er hat sogar schon einen Führerschein. Der Einzige, der in Ingos Wohnung nervt, ist Ingo selbst. Zum Beispiel holt er nie Bier. Er beteiligt sich noch nicht mal an den Diskussionen darüber, wer jetzt zur Bude gehen muss.

Ingo sagt, ich soll vorbeikommen, aber er hat kein Bier da.

»Mama, wir schreiben morgen Deutsch. Ich geh noch zu Ingo rüber, lernen.«

Meine Mutter, die in den letzten zehn Jahren noch nicht mitbekommen hat, dass Ingo nie in meiner Klasse war, nickt. Sie merkt auch nicht, dass ich weder meine Tasche noch Stifte, noch sonst was mitnehme, außer einem Zehneuroschein, den ich ihr heimlich aus dem Portemonnaie ziehe, damit ich Ingo Bier mitbringen kann. Dann sitze ich bei Ingo und muss mir sein Gelaber über einen Generator anhören, der heute in seiner Firma repariert wurde. Mir ist dieser Generator egal. Ingo soll aufhören zu arbeiten, mir seinen Wohnungsschlüssel geben und die Stadt für immer verlassen. Ich hebe meine Flasche hoch.

»Ich bin dafür, alle Generatoren der ganzen Welt in eine Stahlpresse zu werfen und mit unfassbarer Gewalt zu einem einzigen gigantischen Teil zusammenzudrücken, dem Mega-Generator-Block!«

Ingo nickt.

»Gute Idee.«

Darauf stoßen wir an.

7

Wir haben Doppelstunde Französisch, und das ist das Schlimmste in der ganzen Woche. Herr Mairesse, Jacques Mairesse, Ende vierzig und schon graue Haare, ein schlaumeierischer Austauschlehrer aus Frankreich, hat nämlich eine Mission. Er interessiert sich wirklich dafür, dass wir Französisch lernen! Er glaubt – wie mein Vater –, dass es Europa besser geht, wenn ich drei statt nur zwei Vokabeln Französisch beherrsche. Sein Vorgänger, Dr. Fisch, der jetzt im Austausch in Mairesse' Schule abhängt, hatte uns allen immer eine Drei gegeben, damit er beliebt war und wir seine kalte Schnapsfahne nicht an die Schulleitung verrieten.

Jetzt, da Dr. Fisch in Frankreich ist, wo Saufen während der Arbeit meines Wissens nach zum guten Ton gehört, hat er es gar nicht mehr nötig, sich beliebt zu machen. Wahrscheinlich säuft er jetzt sogar mit den Schülern und fühlt sich dabei unheimlich frei und leicht, weil er ihnen entspannt Sechsen geben kann. Dr. Fisch schlendert durch die Stuhlreihen und schenkt

Viertklässlern harte Drinks ein. »Merci, Monsieur Fisch«, sagen die Kinder und kippen die randvoll mit Whisky gefüllten, großen Wassergläser in einem Zug leer. Dann gibt Dr. Fisch allen eine Eins und erschießt sich im Schulklo mit einem aus eingeschmolzenen, alten Generatoren gewonnenem Jagdgewehr und einer Kugel aus hartgefrorenem Urin.

»Philipp. Was meinst du?!«

Mairesse schlendert von der Europakarte weg und setzt sich auf den Tisch. Wieso glaubt er, dass ich ihm zugehört habe? Nur weil ich zufällig in seine Richtung gucke? Diese Sau lässt die Beine baumeln und wartet auf meine Antwort. Ich bin still. Was soll ich auch sagen? Dann wiederholt Mairesse die Frage noch einmal, gemeinerweise aber auf Französisch. Davon versteh ich nun wirklich nichts. Die Sprache klingt, als ob einem ein eingeölter Vogel auf die Zunge getackert wäre.

Ich drehe mein Leberwurstbrot unter der Bank. Geh doch zurück in dein blödes Holland, Quatsch, Frankreich mein ich natürlich. Ich versuche auszusehen wie jemand, der nachdenkt. Deshalb nicke ich sanft und hole dabei langsam und genussvoll Luft, genau so, wie ich es in den Schamhaaren von Martina Fennsbeck tun würde, die drei Reihen vor mir sitzt und doch so weit weg ist wie eine Katze, die von der russischen Raumfahrtbehörde netterweise in Begleitung einer Ikone ins All geschossen wurde. »Damit du nicht alleine stirbst« ist auf Russisch in den Ikonenrahmen geschnitzt. So etwas ist wirklich asozial.

»Ich glaube, das ist asozial, Monsieur Mairesse.«

Mairesse haut auf den Tisch. Irgendwas passt ihm nicht. Mann, was ist denn los mit dem? Hoffentlich war es keine dieser Nazifragen, die man unbedingt mit »Nein!« beantworten muss. Mairesse nervt nämlich ständig mit einem Denkmal der Résistance in seinem Heimatdorf, übrigens das Dorf, in dem jetzt Dr. Fisch tot auf dem Toilettenboden der Schule liegt. Dieses Denkmal zeigt nämlich stellvertretend für alle anderen gefallenen Helden des französischen Widerstandes seinen Großvater, den alten Mairesse, der in dieser Résistance wohl ein hohes Tier war – jedenfalls in diesem einen Dorf. Schon am ersten Tag in unserer Schule ließ Mairesse ein Foto von dem Denkmal rumgehen, und wir mussten es alle ansehen. Irgendwann nach dem Krieg sind die Typen von der Denkmalbehörde bei Mairesse' Opa vorbeigekommen und haben dessen Kopf vermessen und fotografiert. Ein paar Tage später kam dann das fertige Denkmal mit der Post.

Mairesse, der jetzt auf mich zukommt, glaubt sogar, er sähe seinem in Stein gemeißelten Großvater ähnlich, aber das ist natürlich totaler Quatsch. Diese Köpfe sehen ja noch nicht mal denen ähnlich, die es sein sollen. Ich muss leider mein Leberwurstbrot fallen lassen, lege die Hände auf den Tisch, setze mich aufrecht hin und sehe Mairesse an.

»Hast du denn nichts gelernt, Junge? Willst du mich provozieren?«

Kacke! Ich weiß wirklich nicht, worum es geht!

»Nein«, sage ich, »aber, Monsieur Mairesse, es gibt ein paar Dinge, die muss man einfach beim Namen nennen. Und mein Name dafür ist halt ›asozial‹. Stellen Sie sich einfach vor, es wäre der Nachname eines guten Freundes.«

Mairesse geht kopfschüttelnd zu seinem Stuhl, vergräbt die Hände im Gesicht und winkt uns alle raus.

»Haut ab. Alle.«

Als ich in der Tür bin, bewegt sich Mairesse schon wieder. Er sieht mich an.

»Denk bitte an die Klausur morgen.«

8

Ich sitze in meinem ekeligen Kinderzimmer. Ich habe einen Spanplattenschrank mit hellem Holzfurnier, einen Spanplattentisch mit hellem Holzfurnier und eine Spanplattenbettkiste mit hellem Holzfurnier. Mein Bettzeug ist weiß mit roten Punkten. Das Bettzeug eines Elfjährigen. Ich habe weder ein cooles Poster noch irgendwelche Sachen, die ich sammle. Bücher lese ich auch nicht, ich würde gerne, aber ich kann mich nicht darauf konzentrieren. Einen Computer bekomme ich von meinen Eltern nicht, weil sie Angst haben, dass ich spielsüchtig werde, seitdem sie einen Bericht im Fernsehen über Online-Spielsüchtige gesehen haben.

Da wurde ein Typ gezeigt, der es irgendwann nicht mehr aufs Klo schaffte, weil er immer weiterspielen musste. Also kackte er in den Drehstuhl, auf dem er saß. Als ihm der Strom abgestellt wurde, den er monatelang nicht bezahlt hatte, nahm er sich einen Strick. Neben seiner Leiche, die mit einer Wäscheleine an einem Bilderhaken hing, fand man vier randvolle, mit Kippen und Asche gefüllte Zehnlitereimer. Damit er nicht die ganze Bude zuschiss, hatte er sich irgendwann einen Schal mit den Farben seines Lieblingsfußballklubs in den Arsch gesteckt, damit der auch wirklich dicht war. So hing er tot an der Wand, mit einem aufgequollenen Bauch und der Schal baumelte hinten aus seinem Hintern raus. Die Mutter musste dann die ganze Sauerei wegmachen.

Ich gucke in mein Französischbuch und schnall nichts. Mann, was heißt das alles? Können die nicht auch Deutsch sprechen? Draußen scheint die Sonne. Ich lehne mich im Stuhl zurück und betrachte mein Zimmer. Es lohnt sich nicht, hier was zu verändern. Ein Mädchen wird nie hier hinkommen. Ich hab Rollläden, die ich zum Onanieren runterlassen könnte – mach ich aber nicht, weil dann die Leute auf der Straße denken: Ah, jetzt onaniert der wieder! In drei Jahren hab ich Abi und Führerschein, schreib mich für irgendeinen Müll ein und zieh aus. Leckt mich alle am Arsch!

Ich klappe das Buch zu. Es wird schon gut gehen. Eine Fünf auf dem Zeugnis kann ich mir erlauben. Mairesse, die Sau!

9

Ich ruf Borawski an, und wir fahren zu Wörnie. Wörnie ist unser Dealer. Er ist Mitte zwanzig, also schon richtig erwachsen. Ich bewundere ihn, er ist ein echter Freak, der vor nichts Angst hat. Wörnie lebt bei seinen Eltern in einer Hochhaussiedlung. Borawski und ich klingeln. Wörnies fette Mutter macht auf, und uns schlägt dieser typische Kleinwohnungsgeruch entgegen. Hamster, Waschmaschine und gebratener Speck.

»Na ihr beiden?! WÖRNIEE, BESUUUCH!«

Wörnies Mama dampft ab in die Küche. Wörnie kommt aus seinem Zimmer durch den dunklen Flur geschlufft.

»Hey Jungs, was liegt an?«, fragt er, aber da er die Antwort bereits kennt, dreht er gleich ins Wohnzimmer ab. Mama Wörnie stellt uns ungefragt die gläserne Wasserpfeife auf den Tisch, die sie extra gespült hat. Wörnie bröselt von einem faustgroßen Haschklumpen eine Mischung auf und stopft sie in die Pfeife. Mama Wörnie reicht Feuer, und wir ziehen blubbernd den weißen Rauch durch das frische Leitungswasser der lieben Stadtwerke, die es sich zweimal überlegen würden, Wasser herzustellen, wenn sie wüssten, was damit getrieben wird. Papa Wörnie liegt im gleichen Raum mit übereinandergeschlagenen Beinen vorm Fernseher. Man riecht seine warmen grauen Socken. Nur hin und wieder murmelt er: »Scheiße …«, sucht, ohne hinzusehen, nach der Fernbedienung auf dem Marmortisch, findet sie endlich und schaltet um. Er hat noch nicht mal hochgesehen, als wir an ihm vorbeigelaufen sind. Wörnie hat es gut. Seine Eltern wissen alles und unterstützen ihn bei seiner Arbeit. Wörnies Hasch liegt sogar unter dem Ehebett der Eltern. Falls die Bullen kommen, gucken sie da bestimmt nicht nach.

»Denen hau ich in die Fresse!«, sagt Mama Wörnie, und ihr Kopf ist so fett und glänzend, ihre kleine Küche ist so sauber, und was im Siphon los ist, will ich gar nicht wissen. Wir kaufen

Dope für zwanzig Euro, die ich meinen Eltern geklaut habe, und wollen eigentlich gleich wieder abhauen. Aber das kann man nicht, nicht sofort, leider. Wir gehen noch in das mit Postern von Rappertypen in Goldketten und Flokatiteppichen tapezierte Zimmer von Wörnie. Es sieht aus, als wenn er mit einer Zeitmaschine in alle Richtungen gleichzeitig gefahren wäre, aber es ist ein richtiges Zimmer, mit Sachen, Musik und einer gemütlichen Ecke. Wie macht man so was?

Wörnie legt eine Scheibe auf, und wir hören Musik, mit geschlossenen Augen, wie es sich gehört, wenn man zugekifft ist – jedenfalls macht es Wörnie so, also machen wir es auch so. Nach einem Stück stehe ich auf und tu so, als ob ich mich für Wörnies Schlangen interessiere, die in einem Terrarium am Fenster stehen. In Wirklichkeit kann man von da den Eingang des Hochhauses sehen und gucken, ob nicht doch Bullen kommen. Ich stelle Fachfragen zu den Schlangen und überlege dabei, wie viele Typen hier eigentlich jeden Tag auflaufen und was die alles da draußen erzählen. Eigentlich müssten jede Sekunde die Bullen hereinstürmen! Wörnie steht auf und zeigt mir – weil ich ja so interessiert bin – uninteressanten Schlangenscheiß.

»Guck mal, der kleine Mann, verstehse, hat gestern 'ne Ratte gekriegt, willste mal in die Hand nehmen? Der kann nichts tun, verstehse? Hab ihm die Zähne im Winter ...« – und so weiter und so weiter und so weiter. Achtzig Prozent von dem Müll hab ich letztes Mal schon gehört und die fehlenden zwanzig Prozent vorletztes Mal.

Ich sehe auf die Uhr. Wir sind jetzt seit einer halben Stunde hier. Wörnie denkt bereits, dass wir ihn auch besuchen würden, wenn er nicht Dealer wäre, also können wir wieder abhauen.

»Ja, ich glaube, wir machen uns mal so langsam vom Acker ...«

Borawski nickt.

»Ja, Scheiße Mann, ich muss noch ... Mann, bin ich breit, das ist wirklich gutes Dope, Alter!«

Wörnie glotzt seine Schlangen an.

»Ey, Alter, sicher, das hab ich von 'ner Connection aus Bayern, verstehse? Da is nichts gepanscht, kein Genschrott, voll natürlich, verstehse? Eins a Maroc.«

Wörnie nimmt unter einem staubigen Raumschiffmodell einen Holzstab aus dem Regal hervor und schubst seine Schlange damit.

»Ey, hör mal, das ist echt gutes Dope, sagen die, verstehse?«

Ich kichere und nicke. Meine Hände sind heiß. Ich stecke sie in die Jacke, die ich die ganze Zeit gar nicht ausgezogen habe. Borawski sieht mich an. Ich schlendere zur Tür und nehme die Klinke in die Hand.

»Jau, Wörnie. Danke, ne? Dann, bis die Tage.«

Wörnie legt den Holzstab weg und dreht sich zu uns um.

»He, he, jau, danke, sag mal, wie läuft's denn in der Schule und so bei euch?«

Mann, was ist das jetzt für ein Smalltalkmüll?! Was soll ich ihm denn über die Schule erzählen?

»Mein Opa ist letzte Woche gestorben, deshalb war ich gar nicht da.«

Wörnie fährt sich durchs Haar.

»Oh Mann, krass, Alter, verstehse? Jau, das ist echt kacke, das tut mir voll leid, verstehse, so ein alter Mann sollte gar nicht sterben, verstehse? Der hat uns noch so viel mitzugeben, verstehse, an die jüngere Generation, die Sachen, die der mal gemacht hat, das sind Dinge, die weiß doch keiner mehr, verstehse? Das geht doch alles verloren. Das sollten die doch mal organisieren, dass das nicht verloren geht, was die so wissen, verstehse? Das find ich doof, dass der gestorben ist, bevor die das gemacht haben.«

Ich überlege, wen er mit »die« meinen könnte, die das organisieren sollen, und stelle mir meinen Opa vor, der ein Seminar leitet und jugendlichen Teilnehmern mit leuchtenden Augen weitergibt, was sonst unwiederbringlich verloren ginge, nämlich Rasenmähen, Treppensteigen und Metall zertrümmern.

»Danke, Wörnie, für das Dope. Und das mit dieser Alten-Erfahrungssache, da kann man wirklich mal ernsthaft drüber nachdenken.«

Borawski nickt.

»Is vielleicht sogar 'ne geile Geschäftsidee!«

»Kann sein. Wir checken das. Tschau, Alter.«

»Tschau.«

Wir wühlen uns durch den dunklen Flur, passieren Wörnies Vater, der nicht hochsieht, weil er nur noch auf Steinwürfe ab drei Kilo reagiert, verabschieden uns von Wörnies Mutter, die den Küchentisch schon wieder abgeräumt und gewischt hat, und dann sind wir endlich draußen an der frischen Luft. Wir schlendern den offenen Durchgang entlang. Es beginnt zu nieseln. Der Wind weht mir winzige Tropfen auf die heiße Haut. Ich schiele nach der Polizei.

»Echt cool, der Typ.«

Borawski stößt die Glasgittertür zum Treppenhaus auf.

»Jau, Mann. So würd ich auch gerne mal leben. Wenn ich da an meine Alten denke. Grausam!«

10

Mairesse läuft durch die Tischreihen und verteilt seine Klausurzettel. Ich kriege auch einen. Mairesse stellt sich vorne hin.

»So, fünfundvierzig Minuten Zeit, wer früher fertig wird, kann einfach hier vorne abgeben und gehen.«

Ich lege den Zettel vor mich auf den Tisch und lese ihn erst mal durch. Ich bin gar nicht nervös, obwohl ich eigentlich schon auf Fünf stehe, na ja, wenn die Sau Mairesse Gnade walten lässt, dann vielleicht nur Vier minus.

Die erste Aufgabe verstehe ich schon nicht. Ich blättere im Wörterbuch, bis ich sie zusammenhabe.

»Beschreibe deine Wohnung.«

Ich suche im Wörterbuch nach »Spanplattentisch«, kann das Wort aber nicht finden. Noch nicht mal »Spanplatte« steht da drin! Was für ein sinnloses Buch, wo das wichtigste Wort der Moderne nicht drinsteht! Dann erfinde ich eben eine Wohnung. Mairesse wird ja wohl kaum zur Kontrolle bei uns vorbeikommen. Ich suche »Tisch«, »Stuhl« und »Bett« und schreib das hintereinander auf. Fertig. Nächste Aufgabe. Borawski schielt rüber, und natürlich lasse ich ihn großzügig abschreiben. Mann, diese geile Fennsbeck! Keine zwei Meter entfernt! Die zweite Aufgabe versteh ich auch nicht. Wörterbuch. Blätter, blätter. Aha! Beschreiben Sie eine Landschaft in Frankreich. Damit meint Mairesse seine nervtötenden, mit Tränen in den Augen gehaltenen Vorträge über sein geliebtes Frankreich. Ich entscheide mich für Paris. Ich schreibe auf Deutsch auf den Zettel: »Keine Stadt ist wie Paris. Einfach toll!« – und keine Perle in unserer Klasse hat einen geileren Arsch als diese Fennsbeck! Mann. Ich könnte noch einen Pimmel auf das Blatt zeichnen und dann abgeben.

Die Fennsbeck räumt ihren Kram zusammen, steht auf und gibt ab. Mann, wenn ich jetzt auch abgebe, kann ich mit ihr bis zum Fahrradständer schlendern. Wir würden uns über die Klausur und die Sau Mairesse unterhalten, und dann würde sie ihren göttlichen Hintern auf ihr Fahrrad schwingen, und wir würden gemeinsam zu mir nach Hause fahren. Von meinen Eltern und meiner Schwester finde ich auf einem Zettel Rechenpapier die gekritzelte Nachricht, dass sie weggefahren sind, um gemeinsam in den Tod zu gehen. Ich führe die Fennsbeck die Treppe hoch. »Hast du aber ein geiles Zimmer«, wird sie sagen, und dann noch: »Hast du was dagegen, wenn ich mich ausziehe?«

Dritte Aufgabe: »In meinem Heimatdorf steht ein Denkmal. Was weißt du darüber?« Mann, Mairesse! Ich weiß alles über dieses Scheißdenkmal! Aber, … wie sag ich es dir? Ich lutsche am Stift. Dann schreibe ich auf Deutsch: »Alle Postboten der Gegend sitzen seit 1946 im Rollstuhl.«

Ich warte noch ein paar Minuten, bis die Fennsbeck auch ganz sicher vom Schulhof geradelt ist – nicht dass einer hier auf die Idee kommt, ich stehe auf sie. Ich falte meinen Zettel, damit Mairesse ihn nicht durchgelesen hat, bevor ich den Klassenraum verlassen habe. Ich schiebe Borawski mein Leberwurstbrot rüber, stehe auf, nehme meine Tasche und gebe ab. Das Wörterbuch schmeiße ich auf dem Weg nach Hause in den Wald. Ein Wörterbuch, in dem »Spanplatte« nicht drinsteht, ist für das neue Jahrtausend definitiv nicht zu gebrauchen.

11

Mein Vater sitzt mir am Frühstückstisch gegenüber.

»Wenn du aus der Schule bist, machen wir unseren Ausflug!«

Unseren Ausflug? Ich schnappe einen Toast und beiße ab. Marmelade.

»Was denn für einen Ausflug?«

»Weißt du das nicht mehr?«

»Nö. Woher?«

Meine Mutter guckt ganz besorgt. Vermutlich hat sie wieder was über Drogen oder Online-Spielsüchtige im Fernsehen gesehen, wo einer, der in der letzten Szene tot ist, auch vorher einmal »Nö. Woher?« zu seiner Mutter gesagt hat.

Ach ja. Jetzt weiß ich wieder. Nach Opas Tod hatte mein Alter so einen Anfall, dass wir mehr Zeit als Familie verbringen müssen. Genauso hat er es gesagt: müssen! Er hat beschlossen, dass wir mal wieder einen Ausflug zusammen machen sollen, weil »man sich ja gar nicht mehr sieht«. Das gilt allerdings nicht für mich, denn ich sehe die jeden Tag. Morgens, wenn ich zu spät zur Schule komme, und mittags, wenn ich Alibizeit vertrödeln muss, bevor ich endlich abhauen kann. Ich glaube, heute, zehn Tage nach Opas Tod, hat Papa auch keine Lust mehr auf seine Initiative, aber jetzt muss er es wohl durchziehen. Ich denke – ich hoffe –, es bleibt bei dem einen Mal und danach ist wieder Ruhe mit dem Familienscheiß. Ich hab keine Ahnung, wohin der Ausflug geht. Sie werden es mir bestimmt nachher erzählen.

»O.K. Ich muss los«, sage ich und schnappe meine Tasche, die immer gleich gepackt – also unausgepackt – im Flur an der Heizung lehnt.

»Komm bitte nach der Schule sofort nach Hause!«

12

Ich laufe über den leeren Schulhof. Die Luft ist diesig, feucht und kühl. Sagenhaft, wie viele Luftsorten es gibt. Schönes Wetter ist doch mit das Langweiligste, was unser Planet zu bieten hat. Ich gehe die Treppen zum Anbau hinauf, durch die Glastür mit dem abgenudelten Holzgriff und in die Klasse. Die 9b ist schon vollständig vorhanden, inklusive Mattern, der Geschichtesau. Ich setze mich. Borawski wälzt sich zu mir rüber.

»Schon da gewesen?«

»Wo gewesen?!«

»Du sollst dich im Sekretariat melden. Da hängt ein Zettel am Schwarzen Brett.«

Mattern betrachtet mich.

»Wieso bist du zu spät, Philipp?«

»Ich musste ins Sekretariat, da ist ein Zettel im Glaskasten gewesen.«

»Und, was wollten die?«

Schon wieder! Schon wieder dieses »die«. Die allmächtigen »Die's«, die fremde Macht, die alles kann, aber meistens nichts tut, nur um uns alle zu quälen.

Ich hole mein Heft aus der Tasche und betrachte Mattern.

»Es geht um eine Art Wissensbörse, die ich mit Herrn Mairesse organisiere. Dort sollen ältere Bürger der Stadt Jugendliche unterrichten, damit die Alten ihre Fähigkeiten weitergeben, bevor sie …«

Mattern legt den Kopf ein bisschen schief und wartet auf das Ende meines Satzes.

»… na ja, bevor sie es nicht mehr können. Bevor die Fähigkeiten unwiederbringlich verloren sind. Entweder sie sind abgekackt, oder die verfaulen im Altenheim. Sie wissen ja, wie's läuft, als Historiker.«

Mattern hebt den Kopf wieder.

»Das ist eine wunderbare Idee von Kollege Mairesse, und ich finde es toll, dass du ihm hilfst.«

Wie ich dieses verlogene Pädagogengelaber hasse.

»Entschuldigen Sie, Herr Mattern, aber es ist ganz und gar meine Idee gewesen. Ich habe Herrn Mairesse mit ins Boot geholt.«

»Ah … o.k. Gut. Vielleicht erzählst du irgendwann genauer, was ihr da vorhabt.«

»Gerne.«

Mann, Scheiße! Was will die Direktorsau bloß von mir?!

13

Direktor Doktor Grundmann öffnet die Tür, und ich laufe bis zu einem Sessel in eine Art gemütliche Ecke, wo ich mich setze. Hier machen die bestimmt auch Besprechungen, die mit Berufen und vielleicht sogar mit Sex zu tun haben. Vielleicht beschließt der Direktor in einem hautengen Lederanzug mit seinem Stellvertreter, der nur ein gehäkeltes gelbes Säckchen um die Hoden trägt, in diesen Sitzkissen, wer aus dem Kollegium als Nächstes mit wem zu bumsen hat. Das Ganze wird dann unter strenger Aufsicht durchgeführt. Zwischendurch gibt es Schaumwein und Leberwurstbrote für alle. Ich sehe hoch. Grundmann steht immer noch.

»Ähm, Philipp Karn, ich dachte, wir setzen uns lieber an meinen Schreibtisch.«

»Oh, sicher. Ziemlich gemütlich hier, deshalb hab ich mich einfach schon mal gesetzt.«

Ich höre, was ich da gerade gesagt habe, schüttele darüber den Kopf, stehe auf und setze mich einen Meter später wieder hin. Was für ein Quatsch! Doktor Grundmann setzt sich auf die andere Seite des Tisches, auf dem ein Zettel liegt. Grundmann nimmt ihn hoch. Es ist meine letzte Französischklausur. Grundmann schnauft und betrachtet mich. Gut, dass ich auch was auf Deutsch reingeschrieben hab, sonst würde der arme Grundmann gar nichts von dem kapieren, was da steht.

»Dies hat mir unser neuer Kollege Mairesse gegeben. Wir haben darüber ausführlich diskutiert, und nun wollen wir dich auch zu Wort kommen lassen.«

Doktor Grundmann sieht auf die Klausur.

»Was soll das?! Da steht nur Unsinn. Findest du nicht auch, dass es etwas mit Respekt zu tun hat, unserem französischen Gast mehr als drei französische Wörter zu präsentieren?! Und es ist auch nicht das erste Mal, so hörte ich.«

Grundmann guckt mich an. Offensichtlich darf ich jetzt auch was sagen. Aber was bloß?!

»Nun, Herr Doktor Grundmann. Ich hatte vor Mairesse unseren lieben Alkoholikerfreund Dr. Fisch ...«

Doktor Grundmann haut auf den Tisch.

»Ich verbitte mir diesen Ton. Kollege Fisch ist ein ausgezeichneter Pädagoge!«

»Das ist richtig, Herr Doktor Grundmann, so bleibt er auch im Falle seines Todes in meiner Erinnerung, selbst wenn diese Erinnerung für immer überschattet ist vom Geruch seines Erbrochenen im Spülstein der 8b.«

Doktor Grundmann sieht mich an. Er weiß, dass ich intelligenter bin als er. Er weiß, dass ich nicht als Schuldirektor enden werde, dessen Frau zuhause Gameshows guckt und unter ihren Achseln fühlt, ob sie schon Krebs hat. Doktor Grundmann weiß, dass er jetzt jedes Wort genauestens abwägen muss. Seine Finger klopfen ganz leise auf den Tisch. Er tut ganz ruhig. Die Vorhänge im Zimmer wehen sanft im Wind. Draußen im Sommer kann man jetzt auf Waldlichtungen radeln, um dort zu kiffen, Frisbee zu spielen und furchtbare Angst vor der Polizei zu haben. Vor der Waldpolizei, die hochmotorisiert und mit einer riesigen Hundestaffel bundesweit sekündlich zuschlagen kann.

Doch ich muss hier hocken. Ach ja, und der Ausflug mit meinen Alten, da komm ich dann wohl auch zu spät. Mein armer Vater. Seine Familie zerbricht vor seinen Augen, und er kann nichts dagegen machen.

»Kollege Mairesse findet … wir finden, dass du, Philipp, noch nicht weit genug bist, um deine mittlere Reife abzulegen. Deshalb werden wir dich dieses Jahr nicht versetzen. Obwohl deine Leistungen in den anderen Fächern ganz passabel sind, wird Kollege Mairesse dir mit meinem Segen dieses Jahr eine Sechs geben. Außerdem …«

Doktor Grundmann betrachtet mich. Ich sehe zurück.

Grundmann schnauft.

»… außerdem, sagt Kollege Mairesse, hättest du revanchistische Tendenzen. Stimmt das?«

»Revanchistische was?«

»Auf Deutsch: Er sagt, du wärst vielleicht ein Neonazi.«

Mann, dieser Mairesse! Nur weil ich sein blödes Denkmal nicht ernst nehmen kann! Jetzt aber aufpassen! Nicht wegen einer Nazifrage von der Schule fliegen! Ich falte die Hände, wie es unschuldige Angeklagte in amerikanischen Gerichtsfilmen machen, wenn sie am Ende doch noch freigesprochen werden.

»Mir ist sehr wohl bewusst, dass Herr Mairesse aus einer Familie kommt, in der der Widerstand gegen die herrschende Klasse Tradition hat. So wurde das Gesicht seines Großvaters vermessen, um ihn als Stellvertreter für alle Mitglieder des französischen Widerstandes gegen die Deutschen im Zweiten Weltkrieg in Stein zu meißeln und auf seinem Dorfplatz aufzustellen. Der Name des Dorfes ist mir leider entfallen.«

Doktor Grundmann nickt. Offensichtlich kennt auch er diese Geschichte bereits. Und offensichtlich ist auch ihm der Name des Dorfes wieder entfallen.

Ich sehe Doktor Grundmann an.

»Aufgrund dieser Tradition wundert es mich umso mehr, dass Herr Mairesse überhaupt mit Ihnen redet.«

14

Borawski steht am Anbau. Er raucht eine nach der anderen und zittert. Auch er bleibt sitzen. Frau Segel hat ihm in Sport auch 'ne Fünf gegeben. Mairesse, Mattern und Segel, die Verbrecher. Drei Fünfen. Keine Chance.

Die alte Segel legt Wert darauf, den Dicken zu zeigen, dass niemand sie haben will. Sie lässt Mannschaften wählen, und natürlich bleiben die Dicken immer als Letzte übrig. Auch ich wähle Borawski natürlich nicht. Man kann mit ihm in einer Mannschaft einfach nichts anfangen. Er stolpert über die Bälle, verwechselt die Teams, prallt vor Wände und jammert nach zehn Metern, dass er nicht mehr kann. Sobald er an der frischen Luft ist, qualmt er eine.

Während der Spielerwahl steht die Segel schmunzelnd auf dem quietschenden Turnhallenboden, der vollgewabert ist mit Schweiß und Kotzgeruch, verschränkt die Arme und schüttelt beim Anblick der unbeliebten Fetthaufen sanft den Kopf. Nur ganz sanft, als ob es das verabredete, geheime Zeichen wäre, um im Geräteraum die Giftspritzen klarzumachen. Dann lässt Frau Segel die schönen, sportlichen Menschen Ballspiele machen und direkt daneben die Dicken mit voller Geschwindigkeit gegen Kästen rennen, bis sie blutige Knie haben, es sei denn, sie schaffen es darüberzuspringen, was allerdings nicht der Fall ist, dafür sorgt Frau Segel schon. Während des gesamten Spiels scheppert und knallt es durch die Halle. Als Entschädigung für die Geräuschbelästigung gibt es für die Guten danach eine Eins, und die Dicken kassieren regelmäßig eine Fünf – obwohl die doch viel mehr gemacht haben – mal ganz abgesehen von der Demütigung, die ja eigentlich richtig kostet.

Im Grunde müsste man Borawskis Mutter eine Fünf geben, denn sie ist es schließlich, die ihrem Sohn jeden Tag fünf Kilo Leberwurstbrote zum Fressen mitgibt und ihn nach der Schule zusammenschlägt, wenn er nicht alles aufgegessen hat.

Jetzt weint Borawski fast.

»Mein Vater bringt mich um. Segel, diese blöde Sau!«

Er zieht an seiner Zigarette. Und noch mal ein Zug. Mein einziger Lichtblick ist die Fennsbeck, die auch sitzengeblieben ist. Borawski, Karn und Fennsbeck steigen ab. Was hat die wohl in ihre Klausur geschrieben? Mann, das werd ich die fragen, astreine Idee! Vielleicht lohnt sich der ganze Scheiß ja doch noch! Damit lege ich den Grundstein zu einer tollen Zeit in der nächsten Klasse. Da kennt sie mich schon, vertraut mir, der ganze Scheiß, eben die erste Liebe! Ich sehe mich um, ob wir auch alleine sind. Dann lege ich Borawski meine Hand auf die Schulter. Viel zu weich und zu warm. Das ist doch keine Schulter, das ist ein Haufen Scheiße!

»Mann, Alter. Deine Alten müssen es doch gar nicht erfahren, oder?«

Jetzt schreit er fast.

»Wie soll das denn gehen?!«

»Na, du sagst es ihnen einfach nicht, wiederholst dic Klasse, und wenn du Abi machst, zählen sie auch schon falsch, ohne es zu merken. Jedenfalls mach ich es so.«

»Echt?! Unsinn. Mann, mein Alter reißt mir den Kopf ab!«

Dieser nette Mann im Wald mit seinem schlabberigen

Hund, der mir echten Beistand zum Tod meines Opas leisten wollte?! Dieser nette Mann packt den übergewichtigen Sohn und fesselt ihn mit einem Kabelbinder auf seinem Fernsehsessel aus Granit. Dann geht er in den Keller, holt eine Plastiktüte, einen Wischeimer und eine vier mal fünf Meter große Abdeckfolie. Die Folie legt er sorgfältig aus, stellt den Eimer mit Plastiktüte darauf ab und läuft ins Schlafzimmer, wo er sich seinen Sportdress anzieht, den er das letzte Mal bei einem Ringerwettbewerb 1983 anhatte. Ein roter, hautenger Dress, auf dem mit weißen Buchstaben »Sparkasse Sprockhövel« steht. Damit stellt er sich vor den Sohn, geht in die Knie, nimmt dessen speckigen Kopf in beide Hände, holt tief Luft und stemmt sich mit rotglühendem Kopf – der langsam von blauen, pulsierenden Adern überwachsen wird – nach oben, bis er den Kopf nach minutenlangem Zerren und Ziehen tatsächlich abgerissen hat. Dann wirft er den Kopf in die Plastiktüte, macht die Sauerei mit dem Wischeimer weg und verabredet sich mit Frau Segel, um mit ihr Sex zu haben, während der abgerissene Kopf seines Sohnes auf dem Bettpfosten steckt, das Nicht-versetzt-Zeugnis zwischen die Zähne geschoben. Wobei, Borawskis Alten haben ja gar keinen Bettpfosten, und selbst wenn sie einen hätten, ist das Bett ja »kaputtgefickt«. Dann müssen sie den Kopf ihres dicken Versagers eben auf die Stehlampe stellen.

Ich schnaufe und betrachte das Moos im Beton unter dem Fahrradständer. Ich kratze mich.

»Mairesse, die Sau, wird bluten! Dieser Gedanke hält mich am Leben.«

»Was willst du denn machen? Ihm die Reifen aufschlitzen? Na und? Dann kauft er neue, jeder weiß, dass du es warst, und du bist immer noch in der neunten Klasse. Am Arsch …«

Borawski bläst den Rauch steil in die Luft und spuckt auf den Boden.

»… und deine Alten? Sind die cool?«

Ich schüttele den Kopf.

»Die sind einfach nur bescheuert.«

15

Ingo hat neue Boxen, und Borawski und ich müssen ständig CDs hören, bei denen die Dynamik Ingos Meinung nach besonders hoch ist. Zwei riesige Klötze, die sein ganzes Zimmer verschandeln und statt Musik Messwerte von sich geben.

Ich lege den Kopf aufs Sofa und schließe die Augen, um so zu tun, als bewerte ich die ausgefeilten Pegelwerte der neuen Boxen. Dabei muss ich an Mairesse denken. Irgendwas muss ich unternehmen! Er kann nicht ungestraft davonkommen. Mann, dieser Mairesse! Sitzt jetzt gemütlich in seinem Scheißholland, Quatsch, -frankreich meine ich natürlich, frisst Käse und säuft Rotwein. Dazu hört er eine Platte von Jacques Brel, und zwar die nervtötende, die mein Alter auch hat. Dabei kommt er sich unheimlich französisch vor. Er lässt seine Hose runter und spielt mit seinem Schwanz. Eigentlich will er nur pissen, aber dann holt er sich doch einen runter. Kurz bevor er kommt, öffnet er quietschend den Fensterladen und betrachtet den Kopf seines Opas auf dem Denkmal auf dem sonnenüberfluteten, gleißend hellen Dorfplatz. Dabei spritzt er seine gesamte Fensterbank voll und wirft sich lachend ins Bett, weil er jetzt an mich denken muss, den Irren, den er abserviert hat.

»Mairesse, diese Sau!«, sage ich.

Borawski und Ingo heben die Pullen und brüllen im Chor: »MAIRESSE, DIE SAU!«

Wir stoßen, kling, kläng, klang, an und trinken.

»Irgendwas musst du tun. Das war echt nicht fair! Nur: Reifen aufschlitzen … das bringt es nicht.«

Ich weiß gar nicht, was dieser Borawski immer mit seinen Reifen hat. Ich hab nie was davon gesagt, dass ich unbedingt Reifen aufschlitzen will. Ingo, der weder Mairesse noch einen anderen Französischlehrer in seinem Leben gesehen hat, meldet sich zu Wort.

»Man müsste rauskriegen, wo er besonders empfindlich ist, und das dann kaputt machen.«

»So ein Scheiß. Das ist doch primitiv!«

Borawski wälzt sich im Sessel.

»Außerdem wissen wir längst, wo der am empfindlichsten ist. Wenn es nämlich um seinen Opa geht.«

»Genau.«

Ich betrachte Borawski und bin gespannt, ob er jetzt alles richtig auf die Reihe kriegt, um es Ingo zu erklären. Borawski hat es nämlich nicht so mit Messwerten.

»Sein Opa hat gegen die Nazis gekämpft, und als die für die Helden ein Denkmal im Dorf gebaut haben, haben die sich an dem seiner Fresse orientiert. Haben die nachgebaut.«

O.K., das kann ich so stehen lassen. Wieder diese allmächtigen »Die's«! Ingo trinkt.

»Dann Farbbeutel draufhauen, ist doch klar.«

»Aber das Teil steht doch in Frankreich.«

»Ja, dann sofort hinfahren und Farbbeutel draufwerfen!«

Borawski kichert in seinen wabbeligen Speck.

»Das ist gut, Mann!«

»Quatsch! Wozu?!«

»Damit der sich ärgert!«

Ich schüttele den Kopf.

»Da ärgert der sich doch nicht. Da freut der sich, dass sein Opa immer noch Feinde hat! Überleg mal, was für einen Auftritt die Sau dann hat: die Farbe wegmachen und im Fernsehen wegen der Familienehre weinen und so …«

Ingo betrachtet seine Boxen. »Mhm …«

»Nein, nein, man muss es intelligenter machen. Man müsste es zerstören, aber keiner merkt was. Erst in Jahren oder so merkt Mairesse, dass es seit Ewigkeiten kaputt ist!«

»Meinst du, der merkt das jahrelang nicht, wenn da nur noch ein Haufen Schutt auf dem Dorfplatz liegt?«

Ich sehe aus dem Fenster. Draußen wird es langsam dunkel. Es ist schon bald Mitte August.

»Na ja, Haufen Schutt mein ich nicht, aber ... Keine Ahnung ...«

Borawski ist beinahe ganz vom Sessel verschluckt.

»Frankreich wär schon geil ... das könnt ich meinen Alten noch als Bildungsreise verkaufen.«

Ingo läuft zum CD-Regal, um neue digitale Steuerungswunder hervorzuzaubern, und ich will eigentlich nur noch nach Hause.

»Leute, ich muss los. Wegen dem Fahrrad von meinem Alten. Also, nicht, dass ich zuhause bleiben muss – ich bin ja jetzt auch hier, wie ihr seht – aber ich muss denen jetzt ein altes Rad frisch machen, damit der Alte wieder fahren kann.«

»Mach das doch morgen, Alter.«

»Nein, vergiss es. Ich hau ab.«

Ingo schüttelt vorwurfsvoll den Kopf, aber sie lassen mich gehen.

16

Jetzt laufe ich durch die Nacht. Die Straßenlaternen glimmen orange und schimmern auf dem regenfeuchten Straßenbelag. Mein Dope habe ich in meinem Finger eingeklemmt, damit ich es sofort wegwerfen kann, falls eine Polizeikontrolle kommt. Ich habe in unserer Siedlung noch nie eine Polizeikontrolle erlebt, aber trotzdem. Sicher ist sicher. Wenn jetzt zum Sitzenbleiben und dem verschwundenen Fahrrad noch eine Anzeige wegen Drogenbesitz hinzukommt, dann gute Nacht.

Die Luft ist süß, und die Tropfen an den Blättern glitzern in den Straßenlaternen. Ich hätte Lust, mich ins Gebüsch zu legen und zu pennen. Erde! Ich will Erde essen und Regen trinken. Was soll ich zuhause? Ich gehe noch einen Umweg und einfach an unserem Haus vorbei, als wenn ich da gar nicht wohnen würde. Mein Gesicht halte ich vom Haus weggedreht. Ich will in den Wald. Ich will zu Moos und Mauergeruch. Zu knirschenden Kiefern, die sich wie schwarze Kraken über einen stülpen. Ich passiere die letzte Laterne vorm Waldeingang. Hinter der Schranke wird es dunkel.

Jetzt bekomme ich Angst, auf einen Igel zu treten. Mann! Kaum fühle ich mich mal zehn Sekunden gut, kommt irgendeine Scheißangst daher! Ich ignoriere die Igelgedanken, aber meine Schritte werden tastender, unsicherer. Gut, dass ich dicke Sohlen habe, wegen der Stacheln. Der Wald ist schwarz. Wind weht in den Baumkronen. Ich kann den Weg nur im Himmel erkennen, da, wo ein kleiner, heller Streifen zwischen den Ästen läuft. Der Boden ist pechschwarz. Ich lege den Kopf in den Nacken und laufe mit Blick in den Himmel.

Hoffentlich kommt jetzt keiner! Ich sehe mich um und ärgere mich wieder über mich. Wer soll denn jetzt hier sein?! Da vorn kommt die Lichtung mit Blick über das Feld. Mit jedem Schritt wird es heller. Aus Schwarz wird Grau, dann Hellgrau, und dann kommt plötzlich eine Spur Blau dazu, die für die gesamte riesige Leinwand reicht. Hier den Feldweg rein geht es zum alten Denkmal runter. Da war ich ewig nicht. Denkmal war ja gerade Thema. Ob es überhaupt noch steht? Ich biege in den Feldweg ein und laufe durch die graue Nacht, hinter mir schmilzt ein schwarzer Balken aus Wald zu einem bedeutungslosen Strich zusammen. Ich stehe auf einem runden Ball aus Feld.

Meine Igel-platttret-Angst ist beinahe weg. Dafür kommt jetzt die »Hoffentlich halten die mich nicht für einen Nazi, wenn ich nachts zu diesem Denkmal gehe.« Angst. »Die« steht für alle, die mich jetzt zufällig beim Hundegassigang oder beim Wegschaffen einer Leiche noch treffen könnten. Oder, falls man mich schon seit Tagen heimlich beobachtet und hier überall Scheinwerfer postiert sind, die gleich alle – wosch! – auf einmal angehen.

Die Scheinwerfer-Angst weicht jetzt der »Hoffentlich sind

da keine Nazis«-Angst. Vielleicht werden da regelmäßig Riten vollzogen, und ich platze mitten rein, sehe Dinge, die ich niemals sehen sollte, und werde von denen einfach eiskalt umgebracht?

Dann sehe ich die schwarze Silhouette des Denkmals. Unheimlich. Ein schwarzer Mann, ein Soldat mit Gewehr. Nass und schwer steht er mit Wehrmachtshelm und blickt auf das Tal herunter. Alles an ihm ist anderthalb mal so groß wie normal. Dass so was überhaupt rumstehen darf! Meines Wissens nach haben Leute in diesem Aufzug in ganz Europa Kinder ins Feuer geworfen!

»Unseren Helden 1914–1918 und 1939–1945« steht auf dem Steinsockel.

Was für ein Scheiß! Cool wäre ein Denkmal von *meinen* Helden! Mein Dealer Wörnie mit einem riesigen Klotz Hasch, seinen zwei Schlangen und natürlich die Fennsbeck, die sich gleich eins der Schlangenenden nimmt und in ihre Muschi steckt. Ich könnte mich jetzt nackt hinhocken und mir einen runterholen. Ich sehe mich um. Hier ist doch keiner. Ich mache meine Hose auf. Die nassen Wiesenhalme fühlen sich am Sack bestimmt super an. Meine Hand macht eine Bewegung über die Halme und ist sofort tropfend nass. Wenn dann allerdings einer kommt, dann bin ich geliefert, dann bringen die mich in die Klinik. »Die« schon wieder, diese »Die's«!

Im Schatten des Denkmals beim Onanieren erwischt! Perverser Wehrmachtsfreund endlich gefasst! Mit einem riesigen Bild von mir! Mann, wie peinlich! Ich mache meinen Reißverschluss wieder zu und betrachte den Kopf. Groß, finster und kalt. Es ist wirklich das Gegenstück zu Mairesse' Stolz, der auf einem sonnigen, romantischen Dorfplatz steht, wo nur geile Weiber in geblümten Sommerkleidern langlaufen und sich keine gestörten Wichser nachts breitbeinig ins Gras hocken. Ich packe das Steingewehr und ziehe mich daran hoch. Dann umfasse ich den Hals und halte meine Nase an die riesige Nase des schwarzen Soldaten. Er riecht nach Moos und Tod. Ein kalter Tropfen glipscht von seiner Steinnase, läuft mir das Kinn herunter und unter dem Pulli entlang. Blut, denke ich. Eisiges Kinderblut läuft in meine Unterhose!

Ich kriege Angst, dass der sich gleich bewegt, mich packt und zerdrückt. In mich reinbeißt. Oder, schlimmer, einfach nur was sagt. Vielleicht ganz leise: »Hallo Philipp, ich bin tot.« Mit einem Sound, der sich anhört, als käme er aus hundert Metern Entfernung.

Oder, noch schlimmer: »Hilf mir, Philipp, hilf mir!«

Ich springe runter, in die Wiese. Ich muss hier weg! Überall raschelt es. Eine Armee von Igeln, bereit, sich vor meine Füße zu werfen, stürzt los. Durch den Wald zurück habe ich zu viel Schiss. Ich muss den Umweg bis zur Straße nehmen. Da sind ein, zwei Zäune, aber, das geht. Hoffentlich keine Kuh. Ich will pennen. Ich will keine Angst mehr haben. Ich will nach Hause. Ich laufe. Ich stapfe.

Da habe ich plötzlich eine Idee! Eine wohlige Wärme der Zufriedenheit und des Glücks breitet sich in mir aus! Ich grinse. Meine Schritte werden schwer, und ich bin alleiniger Besitzer des gesamten Planeten. Ich laufe nicht auf ihm, sondern, meine Schritte drehen ihn!

Ich habe einen Plan. Einen ganzen, fertigen Plan, den ich in einer Sekunde geschenkt bekommen habe. Ich werde dieses beschmierte Denkmal zerstören! Ich werde es köpfen! Dann werde ich diesen Kopf nach Frankreich bringen und gegen den von Mairesse' Opa austauschen! Nachts, heimlich, mit einer Leiter und Beton.

Borawski und Ingo werden mir helfen, denn sie haben keine eigenen Ideen und lieben mich! Und irgendwann zeigt Mairesse ausländischen Besuchern im Dorf stolz seinen tollen, steingewordenen Opa. Dann sehen alle betreten zu Boden, und es ist unheimlich peinlich, steht da doch nicht der angekündigte Held des Widerstandes auf dem Podest, sondern ein Mörder, für jeden auch noch so unterbelichteten Touristen aus aller Welt sofort am Wehrmachtshelm zu erkennen. Mairesse wird nach Hause gehen und sich mit der Jacques-Brel-Scheibe die Halsschlagadern aufschneiden. Meine Schritte machen schripp-schrapp, schripp-schrapp im feuchten Gras. Ich werde schneller, renne und springe in die Luft. Ich lande im Gras, die Halme werfen ihre Tropfen auf meine heiße Haut, und ich lache über meine Angst vor Igeln.

Dann wälze ich mich auf den Rücken, strecke Arme und Beine von mir und rase auf der Spitze meines Planeten durchs All.

17

Borawski brüllt gleich los vor Begeisterung.

»Alter, der Plan ist genial, ich bin auf jeden Fall dabei!«

Uns beiden ist klar, dass wir Ingo mit ins Boot holen müssen, damit wir ein Auto haben. Das schmälert unsere Euphorie natürlich.

Ich habe erst ein Mal das Vergnügen gehabt, neben Ingo im Zelt zu liegen, auf einem Open-Air-Konzert. Ich musste abends völlig breit vorm Zelt warten, bis ich reindurfte, weil er erst mit seinem beknackten Handfeger durchfegen musste, während direkt daneben grölend Bierflaschen ins Lagerfeuer flogen. Dazu machte er die baumelnde Taschenlampe an, und während er fegte, verwandelte er sich in eine riesige Kakerlake, die im Scheinwerferlicht eines Polizeihubschraubers den aussichtslosen Versuch unternahm, zu fliehen. Ich hab mich so hingestellt, dass die coolen Typen nebenan nicht sehen konnten, was der Spinner da tut. Als ich mich umdrehte, um zu sehen, ob die überhaupt gucken, war ihr Platz bereits leer, das Feuer verglimmt, und Ingo lag schnarchend quer im Zelt.

Borawski und ich gehen runter zum kleinen Kellerverschlag seines Vaters, um nach Werkzeug zu suchen.

»Alter, wir brauchen fette Teile, um die Birne abzukloppen!«

Präziser hätte ich es auch nicht formulieren können. Wir kommen in den Keller. Irgendwo schraubt, glunk-glunk, eine Waschmaschine. Im Kellerflur: Räder, Schränke, Teppichrollen, Vasen, ein Zeitschriftenstapel »Christ Heute« von 1982. Wie hoch wäre wohl der Haufen, wenn man das Gerümpel der Klassifizierung »Das können wir bestimmt noch mal gebrauchen« von ganz Deutschland aus den Kellern und von den Dachböden holt und auf einen Haufen wirft? Allein aus Borawskis Haus kämen fünfzehn Höhenmeter zusammen. Wir betreten einen Verschlag, den seine Mutter gerade noch »Werkstatt« genannt hat. Das Neonlicht flackert sich brummend an. Hier sieht es auch nicht besser aus. Wir steigen über ein paar alte Farbeimer und stehen dann vor einer vollgerümpelten Werkbank. Da hängen ein paar Hammer. Ich nehme einen in die Hand.

»Zu klein, Alter.«

»Warte, hier müsste …«, sagt Borawski und zieht hinter einem verstaubten Beistelltisch mit goldenem Rahmen und Rauchglas einen langen, fetten Hammer hervor.

»Den meinte ich, siehst du! Das ist ein Hammer!«

Er reicht ihn mir, ich nehme ihn. So lang wie ein Unterarm und echt schwer. Damit könnte es gehen.

»Hammer, Alter.«

»Alter, der Hammer ist der Hammer!«

Wir grinsen uns an. Dann sehen wir weg und stehen einen Moment rum. Borawski zieht zur Inspiration noch ein paar Schubladen auf.

»Tja …«, sagt er, »… was brauchen wir denn noch?«

Ich sehe mich um.

»Eine Leiter. Vierfüßig, die von zwei Leuten gehalten werden kann, während oben einer hämmert.«

»Ham wir nicht. Nur so 'ne kleine.«

»Die müsste man wohl auch eher in einem großbürgerlichen Haushalt suchen.«

»Was?«

»Hohe Stuckdecken haben bedeutet hohe Leitern aus edlen Werkstoffen, ist doch klar.«

»Ach so.«

»Wir müssen eh erst die Fahrt organisieren.«

Borawski guckt mich fragend an.

»Wieso das denn? Erst mal brauchen wir den Kopf!«

»Nein. Wir holen den Kopf in der Nacht, bevor wir fahren. Stell dir vor, die suchen den schon und wir sind noch fröhlich dabei, Leitern und Zeugs zu organisieren.«

Jetzt hab ich selber von den »Die's« gesprochen. Borawski kratzt sich.

»Und wir müssen vorher noch bei Wörnie vorbei.«

Ich nicke. Natürlich. Wörnie.

18

Ingo ist auch begeistert.

»Alter, perfekt! Da hab ich Urlaub! Ich komm mit! Wie heißt der Scheiß?!«

Borawski meldet sich.

»Saint Savelat du Sange.«

Ich bin sprachlos. Das stimmt. Ich hab es bestimmt schon tausendmal von Mairesse gehört, aber merken konnte ich mir das nicht. Borawski, Borawski! Ich dachte, dein Hirn ist ein Chipshaufen in schwabbeliger Käsegrütze aus dem Multiplexkino, die man halbgegessen in den Teppich tritt. Ingo nickt in die Runde.

»Das heißt ungefähr: Blutsalat! Sang heißt Blut! Geiler Name!«

Ingo springt auf, stürzt zu seinem Computer und hat sofort alle Informationen über »Blutsalat«.

»Alter, das liegt ja am Arsch der Welt!«

Borawski und ich beugen uns etwas näher zum Bildschirm. Ich kenne mich in Frankreich nicht aus, und ich kann nicht sagen, ob es weit oder nah ist. Ich glaube, Frankreichs Größe wird überschätzt. Ich bin einfach nur froh, dass wir das Dorf gefunden haben und dass es offensichtlich nur ein einziges Kaff mit diesem Namen gibt. Das erspart uns weitere komplizierte Nachforschungen, etwa Mairesse nachts anzurufen und sich mit verstellter Stimme als Denkmalpolier auszugeben, der ein Superangebot hat, das Mairesse auch um drei Uhr morgens nicht ablehnen kann, um ihn dann unauffällig nach der genauen Adresse zu fragen.

Ingo druckt eine vierzehnseitige Routenbeschreibung aus.

»Alter, die ist nur so lang, weil da jeder Scheiß draufsteht. Guck mal, hier: ›Biegen Sie in die Kampstraße ein.‹ Die ist doch da vorne! Da haben die schon fast eine Seite für gebraucht.«

Wieder diese bösen »Die's«. Die allmächtigen »Die's«!

Ich muss dringend Geld bei meiner Mutter klauen, damit wir genug Dope mitnehmen können. Wie lange werden wir wohl unterwegs sein?

»Wie viele Kilometer sind das denn?«

Ingo blättert und guckt am Ende der Wegbeschreibung nach.

»1293.«

»Wie lange brauchen wir dafür?«

»Na ja, ich muss ja alles alleine fahren ... also, aber, na ja, in spätestens zwei Tagen müssten wir da sein.«

Borawski rechnet.

»Okay ... also, zwei Tage hin, eine, höchstens zwei Nächte Denkmalaktion, zwei Tage zurück, macht: sechs Tage.«

Ich sehe meine Eltern vor mir, denen ich sage: Ich bin mal eben für sechs Tage bei Ingo. Mama, kannst du mir 1500 Euro geben?

»Leute, sechs Tage sind zu viel. Zwei Tage würde meinen Alten gar nicht auffallen ..., aber sechs? Nee.«

Ingo schlägt seine Beine übereinander, nimmt einen Schluck

Bier und erfreut sich an seiner exklusiven Situation des Allmächtigen.

»Dann fahr ich schneller, und wir schaffen es an einem Tag. In der Nacht bauen wir die Scheiße um, und am nächsten Abend sind wir wieder zuhause. Irgendwelche Probleme bei dir, Borawski?«

Borawski schüttelt mit dem Kopf.

»Meine Alten sind froh, wenn ich weg bin, dann haben die mehr zu fressen.«

Borawski trinkt.

»Ich muss irgendwas mit Schule erfinden. Na ja, wir fahren ja immerhin nach Frankreich, deswegen bin ich doch auch sitzengeblieben. Das schaff ich schon.«

Ich stelle mein Bier auf den ekelhaften Glastisch.

»Borawski, du bist genial!«

Ich steh auf.

»Leute, ich muss nach Hause!«

19

Unterwegs schieb ich mir ein Pfefferminz rein und feile an meinem Plan. Ich werde meinen Eltern erzählen, dass ich wegen Französisch pappengeblieben bin. Alles Weitere wird sich finden. Ich schließe die Haustür auf und höre ein »Da ist er ja!« aus dem Wohnzimmer.

Oh, oh, das hat nichts Gutes zu bedeuten. Ich gehe ins Wohnzimmer, mit dem traurigsten Gesicht, das ich draufhabe. Meine Eltern sehen mich wie aus Stein gemeißelt an. So böse und kalt wie mein Freund, der draußen auf der Wiese steht und dessen Kopf sich schon seinem neuen Platz in einem sonnigen Dorf entgegensehnt.

Meine Mutter hat Frau Borawski beim Einkaufen getroffen,

und weil sie sich unterhalten mussten, haben sie sich über ihre Kinder unterhalten. Dass Frau Borawski seit ihrer letzten Begegnung bei einem Schulfest vierunddreißig Kilo zugenommen hat, taugte für meine Mutter leider nicht, um das Gespräch zu eröffnen.

»Unfassbar, wie fett Sie geworden sind, Frau Borawski!«

»Ja, das stimmt! Ich stopfe auch jeden Tag disziplinlos billigen Fraß in mich hinein! Außerdem injiziere ich regelmäßig Schwip Schwap.«

Normalerweise kauft meine Mutter nicht da, wo Borawskis Mutter kauft. Meine Mutter kauft in edlen Supermärkten, die eine große Bio-Abteilung haben, selbstgebackenes Brot anbieten und ungespritzte Äpfel verkaufen, die mit einem Sattelschlepper, der fünfzig Liter auf hundert Kilometer verbraucht, vom Jupiter herangekarrt werden.

Borawskis Mutter packt in Discountläden Papppackungen in ihren Einkaufswagen, Dinge zum Aufwärmen, und sie achtet immer penibel darauf, dass alles auch ja übersalzen ist und viel zu viel Fett enthält.

Keine Ahnung, was meine Mutter in diesen Laden verschlagen hat, jedenfalls war sie da. Und jetzt wissen meine Alten, dass ich hängengeblieben bin. Leider nicht von mir. Aber, vielleicht liegt genau darin meine Chance! Mairesse, du Sau! Mein Vater schüttelt mit dem Kopf.

»Junge ... Warum sagst du uns denn nichts?«

Ich hatte recht! Das hört sich fast so an, als wenn meine Alten vorher gemeinsam über Vertrauensbruch und ähnlichen Scheiß geredet hätten. Vielleicht finden sie mein Sitzenbleiben nicht so schlimm wie die Tatsache, dass ich ihnen nichts erzählt habe. Das wäre natürlich ideal. Wenn ich doch jetzt bloß weinen könnte! Aber das kann ich nicht. Ich habe leider auch grad keine Zwiebel in der Hosentasche.

»Ich hatte solche Angst, es euch zu erzählen!«

Meine Eltern sehen sich an. Meine Mutter hält es kaum auf ihrem Stuhl.

»Aber, Philipp, du kannst uns doch alles sagen, das weißt du doch.«

Ich falte meine Hände und blicke auf den Tisch. Das gläserne Salzfass mit seinen Rillen werde ich als Erstes wegschmeißen, wenn ich den ganzen Laden hier erbe.

»Ich hab mich so geschämt, vor allem, weil ich Französisch ja auch gerne könnte. Aber, es ist so schwierig. Vielleicht liegt es daran, dass ich noch nie da war …«

Mein Vater räuspert sich.

»Nun, wir werden diesen Sommer gar nicht wegfahren, und das bietet dir eine wunderbare Gelegenheit, um zu lernen. Ich möchte, dass du die wiederholte Klasse nur mit Einsern und Zweiern abschließt.«

Meine Mutter sieht ihn an.

»Genau vor dem Druck hatte der Junge doch Angst. … Denkst du, das bringt was? Willst du den gleichen Fehler noch einmal begehen?!«

Wenn ich jetzt meinem Alten beipflichte – und nicht meiner Mutter –, dann habe ich eine echte Chance, mit seinem Segen, Borawski, Ingo und dem Kopf nach Frankreich zu fahren. Ich muss eingreifen, bevor die beiden Alten in ihren Streit abdriften.

»Papa, du hast recht, das möchte ich auch. Nur Einser und Zweier. Vielleicht hab ich die Chance, von dieser ewigen Durchschnittlichkeit nach oben aufzurücken. Dann wär das Ganze doch zu was gut!«

Mein Vater zeigt auf mich und betrachtet meine Mutter.

»Siehst du, der Junge hat mich verstanden. Er will ja arbeiten. Er will ja lernen. Was ist dieser … wie heißt der noch?«

»Mairesse.«

»… dieser Mairesse denn für ein Lehrer, wo ein Junge, der wirklich gerne mal nach Frankreich will, trotzdem so wenig lernt, dass er eine Sechs bekommt? Da stimmt doch vielleicht was nicht!«

Meine Mutter knabbert am Finger und nickt.

»Kann sein. Kann sein. Und ... wie stellst du dir das mit dem Lernen vor?«

»Ich packe meine Bücher ein und fahre für sechs oder sieben Tage alleine nach Frankreich. Wenn ich zurückkomme, kann ich die Sprache.«

Vaters Gesicht sagt mir, dass er noch mehr Schmierstoff braucht, um diese Kröte zu schlucken. Ich betrachte ihn.

»Und Herr Mairesse wird staunen. Ich werde mich danach mit ihm fließend unterhalten und ...«

Meine Eltern lehnen sich ein Stück nach hinten, als wenn ich gleich Feuer spucken würde.

»... und mich dann bei ihm bedanken! In perfektem Französisch! Und ich meine damit nicht nur ›Merci, Monsieur Mairesse‹ – nein, ich werde ihm erzählen, wie wichtig das für mich war, wo ich gewesen bin, und noch die ein oder andere Geschichte von meiner Reise erzählen. In vier verschiedenen grammatischen Zeiten!«

Meine Mutter staunt.

»Ich wusste gar nicht, dass du so ehrgeizig bist.«

Mein Vater nickt schief.

»Sieben Tage ist natürlich Quatsch. Na ja, aber eine Reise ... Vielleicht war das doch gar nicht so schlecht mit dem Sitzenbleiben.«

Meine Mutter steht auf, läuft um den Tisch herum und umarmt mich. Das ist in unserer Familie das offizielle Zeichen, dass wieder alles im Lot ist. Meine Mutter fühlt sich knochig an. Vielleicht hat sie Hunger. Oder Krebs. Mein Alter schielt um Mamas Schulter zu meinen Augen.

»Ich werde einen ehemaligen Arbeitskollegen bitten, dich aufzunehmen.«

Mann. So ein Kack. Was ist denn das für ein Kontrollscheiß?!

»Toll. Danke, Papa! Danke, Mama!«

Wenn mein Vater sich um meine Reise nach Frankreich kümmert, dann heißt das: Zugfahrt mit Abholung und regelmäßige Telefonate am Zielort, die ich aus einem Verlies heraus führe. Dann hocke ich bei irgendeinem Ingenieur, der meinen Vater kennt und vermutlich genauso drauf ist. Der Typ geht jeden Tag in seine Chemiebude, und ich kann nichts machen, außer tatsächlich zu lernen, oder im Dorf herumzuspazieren, was aber schon nach fünfzehn Minuten langweilig ist. Abends sehen wir zusammen fern, und ich versteh kein Wort. Gott, vielleicht hat er sogar Familie! Ein schielender Sohn, der aus dem Mund riecht und Probleme damit hat, sich zwischen der deutschen und der französischen Nationalmannschaft zu entscheiden. Nimm die deutsche, du Schwachkopf! Schlimmer noch, eine ältere Tochter, die auch nach vier Wochen meinen Namen nicht kennt, wegen der ich aber so viel onanieren muss, dass mein Pimmel ständig blutet und nach einer grausamen Entzündung, die ich selbstverständlich geheim halte, für immer kaputtgeht. Seine Frau, die mir das Essen ins muffige Gästezimmer in den Keller runterbringt, grinst verständnisvoll.

»Deine Hose ist ja ganz blutig. Was ist denn da passiert?«

Die Vorstellung, bei solchen Leuten zu wohnen, macht mich krank.

Ich geh in mein Zimmer, denn ich muss wenigstens morgen mit frühem Aufstehen demonstrieren, dass bei mir ein neuer Lebensabschnitt beginnt. Ich stelle den Wecker auf zehn.

Was für ein Scheitern! Der Kopf bleibt, wo er ist, und ich verblute auf einem Sofa, tief in der holländischen, Quatsch, französischen Provinz. Dieses Unglück muss abgewendet werden! Mann, was habe ich meinen Alten aber auch für eine Scheiße erzählt! Mist!

20

Ich sitze in meinem ekeligen Kinderzimmer und höre durch die geschlossene Tür, wie mein Vater telefoniert. Er tastet sich ran. Jetzt spricht er mit einem Bekannten, der offensichtlich über das Leben des Ingenieurs in Frankreich besser Bescheid weiß. Wenn er diese Infos hat, weiß er, ob er den anruft. Er weiß auch gleich, worüber er mit dem Typen sprechen kann, bevor er beiläufig fragt, ob er seinen missratenen Sohn für fünf Wochen mit drei warmen Mahlzeiten und einem blutigen Bettlaken täglich aufnehmen kann. Verdammt! Mein Alter weiß noch nicht mal, in welcher Stadt diese Säue wohnen! Jetzt legt er auf. Treppenstufen.

Ich nehme einen Stift in die Hand, zerre ein altes Schulheft aus der Schublade, lege es auf den Tisch und mache ein vertieftes Gesicht. Mein Alter macht meine Tür auf. Er bleibt im Türrahmen stehen und kratzt sich den Kopf.

»Tja, der Wenkmann ist gar nicht mehr in Frankreich. Der ist wieder zurück.«

Mann, da fällt mir ja ein Stein vom Herzen! Astrein!

»Schade, na ja, danke trotzdem.«

Mein Vater guckt.

»Und was jetzt?«

Ich tu, als ob ich etwas aufschreibe, weil das jetzt gerade wichtiger ist, und sehe ihn dann an.

»Der Ingo hat da unten einen Onkel wohnen. Vielleicht ruf ich den mal die Tage an.«

»Was heißt, ›die Tage‹?! So organisiert man das doch nicht. Gut, da musst du ja erst mal mit Ingo sprechen. Kennst du die Leute denn?«

Jetzt bloß keinen Fehler machen. Nur, wenn ich die nicht leiden kann, hab ich eine echte Chance. Mein Alter will doch nicht, dass ich mich beim Lernen auch noch amüsiere.

»Der Sohn ist die totale Nervensäge. Voll ehrgeizig. Und

sein Alter ist so ein Eisenbahnfreak. Nee, echt nicht. Todlangweilige Spießer.«

Modelleisenbahnen sind für meinen Vater der Inbegriff des Kleinbürgertums. Modelleisenbahnen und Tischtennisplatten.

Er sieht auf die Uhr.

»Du sollst da ja auch keine Ferien machen. Todlangweilig ist nicht das Schlechteste. Geh doch eben noch rüber zum Ingo und klär das mal schnell.«

»Nein, echt nicht. Ich kann doch auch zuhause lernen.«

»Komm, diese Frankreichidee ist schon gut. Los, zisch ab!«

21

Ich schlendere zu der kleinen Bahnstation. Da ist eine gute Bank. Zu Ingo und Borawski geh ich nicht zurück. Die sollen nicht denken, dass das bei uns alles so leicht ist. Ich fände es besser, wenn auch ich aus einer echten Problemfamilie kommen würde, und die sollen das auch denken. Sie sollen nicht glauben, dass ich die Drogen nur so zum Spaß nehme.

Ich schleiche mich die Treppe zum Gleis hoch. Heute hält hier kein Zug mehr. Ich gehe ein paar Schritte und hocke mich in das stockfinstere, kalte Wartehäuschen mit Blick auf zwei nasse Gleise, die schwer auf ihren Steinen liegen. Der Nieselregen staubt durch das orangefarbige Laternenlicht. Ich lege die Beine übereinander und öffne mein Bier. Ich trinke. Also, wie soll der heißen, der Onkel vom Ingo? Kampmann. Nein, nicht immer was mit »-mann«. Gersmann. O.K. Das hört sich gut an. Es beginnt zu nieseln.

Der liebe Onkel Gersmann in … Saint Savelat du Sowieso. Der hilft mir. Da kann ich essen, schlafen und mit seinem lernbehinderten Sohn über Fußball sprechen. In sechs Tagen bin ich wieder zurück, weil Herr Gersmann gestört ist und mir im

Weinkeller sein erigiertes Glied gezeigt hat. Natürlich sehen wir liberalen Bildungsbürger mit Stuckdecken und großen, qualitativ hochwertigen Leitern in diesem einen Fall ausnahmsweise von einer Anzeige ab.

22

Es ist zwei Uhr morgens. Meine Eltern schlafen. Ich stehe in der Garage und nehme, so leise es geht, unsere Aluleiter vom Haken. Blöd ist, dass ich das Garagentor nicht aufmachen kann, das ist viel zu laut. Also muss ich mit der Leiter durch die Wohnung. Ich betrachte die Leiter. Ob die reicht? Ich drehe mich zur Tür und scheppere gleich gegen die Wand. Mann! Verdammt laut! Ich horche.

Nichts tut sich.

Alle Aluleitern der Welt sollten mit dicken Gummischichten überzogen sein, damit die Kinder sie besser heimlich aus dem Haus schaffen können! Wenn ich in der Wohnung irgendwo gegenhaue, wachen meine Eltern auf, weil sie glauben, ein Einbrecher ist in der Wohnung. Dann reißen sie die Schlafzimmertür auf und sehen mich mit der Leiter in der Wohnung stehen. Ich sollte mir vorher eine plausible Ausrede einfallen lassen. Nur, *falls* es passiert.

Ich stelle die Leiter ganz langsam lautlos an die Wand. Also. Was könnte ich erzählen? Dass Borawski eine Leiter braucht. »Morgens um zwei?«, wird mein Vater fragen. »Außerdem braucht man in der kleinen Wohnung von Borawskis keine Leiter, da reicht ein Hocker. Gib zu: Ihr wollt den Kopf von dem Denkmal runterschlagen!«

Also, das funktioniert schon mal nicht.

Katze. Das ist gut! Ich bin auf dem Rückweg von Ingo an einem Baum vorbeigekommen, und da saß eine jammernde

Katze drauf. Das ist gut. Das ist so gut, dass ich gar nicht leise sein muss. Besser noch, ich wecke meine Alten! Sehr gut. Ich wecke sie und erzähl es ihnen, dann kann ich ganz entspannt mit der Leiter zur Straßenecke laufen, wo Ingo und Borawski gleich aufkreuzen.

Ich sehe auf die Uhr: 2:12.

Also, die Idee ist gut. Wenn einer der Nachbarn am Fenster hängt und morgen fragt, was denn der Junior nachts um zwei mit einer Leiter auf der Straße gemacht hat, dann ist es doch gut, wenn meine Alten eine Antwort haben wie: »Ja, der hat uns sogar nachts geweckt, um uns Bescheid zu sagen, ob wir ihm nicht vielleicht helfen wollen. Aber, Sie wissen ja, Katzen gehen mir und meinem Mann am Arsch vorbei, von uns aus können die alle krepieren, diese Scheißviecher! Verrecken sollen die! Weg mit der Scheiße!!« O.K. Ganz ruhig. Ich schiebe die Sicherheitstür auf, die von der Garage in unsere Wohnung führt, und knipse Licht an. Alles ist still. Mein Vater schnarcht aus seinem Zimmer. Ich schleiche die beteppichten Treppen hoch und schiebe die Schlafzimmertür meiner Eltern auf.

»Mama?!«

»Mh..., was ist?«

»Schlaf weiter, ich wollt nur eben Bescheid sagen, dass ich noch mal los muss. Ich hab 'ne Katze im Baum gesehen, die braucht Hilfe. Hat so komisch miaut. Ich nehm die Leiter, bis nachher.«

Meine Mutter dreht sich verschlafen zu mir um.

»... 'ne Katze, die Hilfe braucht?«

Ich nicke.

Meine Mutter dreht sich wieder um.

»Pass auf, dass du keinen mit dieser Leiter weckst. Und geh damit durch die Wohnung.«

Astrein, das wollte ich hören! Ich bin schon fast wieder draußen, da bewegt sie sich noch mal.

»Und pass auf, dass du nicht runterfällst ... Wie hoch sitzt die denn?«

Mann. Keine Ahnung. Normale Katzenhöhe halt.

»So drei Meter. Tschau, bis nachher.«

Ich laufe die Treppe runter und bin gerade unten, da erscheint meine Mutter oben auf dem Treppenabsatz und schnürt ihren Bademantel zu.

»Ich komm mit. Ich kann sowieso nicht schlafen. Mir geht deine Schule nicht aus dem Kopf. Vielleicht sollten wir dich doch auf eine andere tun?«

»Mama, nicht jetzt. Komm, leg dich wieder hin. Bitte!«

»Nein, nein, ich komm mit. So ein Spaziergang wird mir guttun.«

So ein Kack! Meine Mutter geht ins Bad und putzt sich die Zähne. Ich sehe aus dem Küchenfenster. Ich sehe nichts, aber ich kann Ingo und Borawski schon murmeln hören. Ich rufe Borawski an.

»Wo bleibst du, Alter?!«

»Haut ab, meine Mutter kommt mit raus! Haut einfach ab! Wir treffen uns um drei an der Schranke. Alles Weitere später. Tschau.«

Ich lege auf. Meine Mutter kommt angezogen die Treppe runter.

»Weißt du, als du noch nicht auf der Welt warst, da hab ich Nachtschichten gemacht. Von drei bis elf Uhr morgens. Da bin ich auch immer um zwei aufgestanden. Also, komm. Hol die Leiter.«

23

Ich habe die Leiter geschultert und laufe mit meiner Mutter durch die nächtliche Siedlung. Sie holt tief Luft.

»Herrlich. Mann, war ich lange nicht mehr nachts unterwegs. Wie still alles ist.«

Sie betrachtet mich.

»Jetzt passt *du* auf mich auf. Wie sich die Zeiten ändern.«

Mann, auf so ein sentimentales Gelaber hab ich jetzt gar keinen Bock. Zum Glück trag ich die Leiter, sonst würde sie sich garantiert bei mir einhaken.

»Wo sitzt denn diese Katze?«

Mist. Das hab ich mir ja noch gar nicht überlegt. Ich bin einfach in irgendeine Richtung losgelatscht. Also, wo geht's hier eigentlich hin?

»Werdinger Straße. Auf'm Garagendach.«

Meine Mutter betrachtet mich.

»Ich dachte, die würde auf einem Baum sitzen.«

»Hab ich Baum gesagt? Nein, nein. Garagendach.«

Wir biegen in die Werdinger Straße ab, und da renne ich mit der Leiter beinahe Ingo und Borawski um, die wie zwei Verbrecher im Dunkeln stehen. Borawski schnippt hastig seinen Joint ins Gebüsch. Ingo hat den Hammer zwischen den Beinen stehen.

»Abend, Frau Karn.«

»Guten Abend, ihr beiden.«

»Hallo Philipp!«

»Hallo!«

Borawski betrachtet mich und die Leiter und meine Mutter.

»Was macht ihr denn hier?«

Dann betrachtet er meine Mutter.

»Wollen Sie uns etwa helfen? Also, ich fänd das klasse!«

Wie bescheuert kann man sein, Borawski?! Wenn ich nachts mit meiner Mutter und einer Leiter rumlaufe, dann heißt das doch nicht, dass meine Mutter uns beim Kaputthauen eines Denkmals helfen will. Aber, was heißt es dann? Mist. Hätte ich sie doch einfach nicht geweckt!

»Ja, ich will euch helfen.«

Es fehlt nicht viel, und Borawski klopft meiner Mutter auf die Schultern. Ein fremder Erwachsener hilft einem, toll! Meine Mutter ist jetzt so was wie ein Star für Borawski.

»Klasse, Frau Karn. Das find ich toll!«

Meine Mutter guckt mich an.

»Hättest mir ruhig sagen können, dass ihr schon zu dritt seid.«

»Ich fand's aber gut, dass du mitkommst.«

Ingo nickt.

»Wir auch!«

Ich klatsche in die Hände.

»Also, Männer! Unsere Katze, also, die Katze, die wir vom Garagendach holen wollten, wo ist die jetzt? Wie ist die Lage?«

Borawski steht dumm da. Ingo überlegt, was er sagen könnte.

»Die Katze ...?«

»Ja, Ingo, die Katze, wegen der wir uns hier alle versammelt haben.«

Meine Mutter kichert. Borawskis Blick wandert zwischen uns hin und her. Ingo wackelt mit dem Hammerstiel.

»Die Katze konnte mit einem präzisen Hammerschlag eliminiert werden.«

Borawski lacht.

»Bitte?«, fragt meine Mutter.

»Nein, Frau Karn, Spaß muss sein. Ein klitzekleines Steinchen, und dann ist sie runtergesprungen.«

»Ah ..., na ja, dann ...«

Meine Mutter betrachtet mich.

»... dann gehen wir wohl am besten wieder nach Hause.«

Ich nicke.

»Alles klar. Danke, Jungs, und gute Nacht, bis morgen. Gute Nacht.«

»Gute Nacht.«

»Gute Nacht, Frau Karn.«

»Gute Nacht.«

Ich drehe mich etwas umständlich mit meiner geschulterten Leiter um, und wir gehen zurück. Meine Mutter läuft schweigend neben mir. Wir biegen um die Ecke.

»Sag mal, nehmen die beiden Drogen?«

»Quatsch … wieso das denn? Jeder, den du von meinen Kumpels siehst, nimmt immer gleich Drogen.«

»Ich frag ja nur. Der hat 'n komischen Humor, der Ingo.«

»Er hat gar keinen Humor. Sein Vater hat Selbstmord begangen, als er elf war. Ingo hat ihn auf dem Speicher gefunden und musste ihn vom Seil schneiden.«

»Mein Gott, das ist ja grausam. Der Arme. Das wusste ich nicht. Das erklärt natürlich einiges.«

Genau. Deshalb habe ich diese Geschichte ja auch erfunden. Ich muss nur Ingo sagen, dass sich sein Vater umgebracht hat, falls er mal mit meinen Alten über dieses Thema sprechen sollte, was allerdings so gut wie ausgeschlossen ist. Die Wahrheit ist, Ingos Vater lebt irgendwo und legt zu jedem Unterhaltsscheck, den er ihm schicken muss, ein nettes Pamphlet mit Todesschwüren dazu. In einem stand sogar: »Ich hoffe, du kaufst dir davon Drogen und stirbst an einer Überdosis.« Ingo hat uns den Brief gezeigt und meckernd darüber gelacht.

Ich überlege, wo ich die Leiter unauffällig liegen lassen kann, damit ich sie später nicht noch mal aus dem Haus schmuggeln muss. Aber eine drei Meter lange Leiter unauffällig verschwinden lassen, während meine Mutter neben mir herläuft?

Meine Mutter muss plötzlich kichern.

»Du mit dieser Leiter. Um halb drei Uhr morgens. Die halten uns bestimmt alle für Einbrecher.«

»Quatsch.«

Mann, wieso sag ich immer ›Quatsch‹? Sie hat doch recht mit dem, was sie sagt. Die ist doch nicht von der Polizei!

»Na ja, kann sein«, korrigiere ich mich.

Was für ein jämmerlicher Auftritt! Meine Mutter hat den humorlosesten Sohn der Welt. Bierernst schleppt er seine Leiter durch die Nacht. Schade, dass ich nicht mit dieser Frau neben mir reden kann. Zu dumm, dass sie meine Mutter ist, denn eigentlich ist sie, glaube ich, ganz in Ordnung.

Wir kommen nach Hause, und ich stelle die Leiter an die Hauswand. Dann schließe ich auf und gehe mit meiner Mutter rein. Sie merkt gar nicht, dass ich die Leiter draußen gelassen habe, und verabschiedet sich ins Bett. Ich gähne demonstrativ und gehe auch hoch, setze mich in meinem ekeligen Zimmer an meinen ekeligen Tisch und sehe auf meine ekelige Uhr: 2:55.

24

Ich nehme die Leiter wieder von der Hauswand und laufe damit unter den Laternen Richtung Wald. Schritt. Schritt. Schritt. Hinter der letzten Laterne höre ich schon Borawski und Ingo, die an der Schranke lehnen und auf mich warten.

»Alter, was sollte der Scheiß denn, mit deiner Mutter? Ich dachte erst, die kommt mit zum Denkmal!«

»Das hab ich gemerkt, du Schwachkopf.«

Borawski wedelt mit einer schwarzen, großen Sporttasche.

»Gute Idee, was?«

»Los jetzt, gehen wir.«

Der Himmel ist bewölkt. Ein grauer Schimmer erhellt gleichmäßig die Nacht. Wir stapfen die Straße lang.

»Was war das für eine Geschichte mit der Katze?«

»Mann, ich hab meiner Alten erzählt, dass wir 'ne Katze vom Garagendach holen wollen.«

Ingo lacht meckernd los.

»Wozu das denn?!«

Borawski versucht Schritt zu halten.

»Wieso war deine Alte denn überhaupt dabei? Hast du die geweckt, um die mitzunehmen?«

»Bist du bescheuert?! Die war wach und hat mich mit der Leiter erwischt.«

»Ach so. Mann, dass diese Alten auch nie richtig pennen.

Meine rennen nachts auch immer in der Bude rum. Entweder die fressen was oder die suchen was.«

»Was suchen die denn?«

»Alles, Alter. Jeden Schrott. Fernbedienung, Tortenheber, ständig haben die was nicht, also suchen die das dann.«

Vielleicht sind die allmächtigen »Die's« ja doch Borawskis Eltern. Den Verdacht hatte ich schon öfter. Das wäre natürlich eine sehr einfache Lösung für den Planeten. Der pechschwarze Wald lichtet sich, man kann das Ende schon sehen. Es kommt als hellgraues, am Rand aus Ästen geflochtenes Tor langsam näher. Plötzlich bleibt Ingo stehen.

»Ey, kann mal jemand anders den Hammer nehmen? Hey, Borawski!«

»Nö, ich hab die Tasche. Außerdem hab ich den doch schon vorhin getragen. Den ganzen Weg zu dir.«

»Dann du, Philipp.«

»Mann, Alter, ich habe die Leiter, falls es dir noch nicht aufgefallen ist. Borawski, nimm ihm den Hammer ab und gib ihm die Tasche!«

»Aber nur bis zur Wiese!«

»Mann, wie sollen wir unser Projekt durchziehen, wenn ihr hier schon schlappmacht? Nimm den Hammer! Gib ihm die Tasche!«

»Aber, der ist gar nicht schwer, der Ingo kann den ruhig noch ein bisschen tragen.«

»NIMM DEN HAMMER!«

Ingo gibt Borawski den Hammer. Borawski gibt Ingo die Tasche. Mann, warum muss ich meine kostbare Lebenszeit mit diesen Idioten verbringen?! Aber wer würde mir sonst helfen? Wir gehen weiter. Wenn jetzt – spotz – die Scheinwerfer angehen, die der Drogenbeauftragte der Bundesrepublik im Wiesenboden installiert hat, wir würden ein Superbild abgeben: drei Typen, die nachts auf einer Wiese hintereinander herlaufen.

Der Erste schultert eine Leiter, der Zweite trägt einen riesigen Hammer, der Dritte schleppt eine große schwarze Tasche.

25

Da steht der einsame schwarze Soldat in der Wiese.

»Eigentlich schade, dass sich niemand um ihn kümmert.«

»Alter, drehst du jetzt völlig durch? Wie soll man sich denn um den kümmern?!«

Ich klappe die Leiter auf.

»Keine Ahnung, der tut mir leid.«

Ingo lacht meckernd.

»Der Typ ist verrückt! Borawski, lass uns abhauen, der ist wahnsinnig geworden!«

Unter der Leiter ist die Wiese total schräg.

»Ich brauch einen Stein oder so was, kippt total rum, die Scheiße.«

Borawski stellt den Hammer ab.

»Ich geh mal gucken.«

Borawski beginnt, in Schleifen mit Wildschweingeräuschen über die Wiese zu laufen.

»Hier ist ein Stein!«

Borawski hebt den Stein stöhnend mit beiden Armen hoch, kommt damit angewackelt und lässt ihn auf die Wiese poltern. Wir rollen ihn mit ein paar Fußtritten unter den Leiterfuß. Passt.

»O.K., so müsste das gehen. Dann haltet mal fest.«

Ingo und Borawski stellen sich rechts und links neben die Leiter.

»Aber schön festhalten.«

»Ja, ja …«

Ich nehme den Hammer und steige die Leiter hinauf. Mit jedem Schritt sinkt der schwarze, riesige Soldat neben mir tiefer zu Boden. Dann stehe ich plötzlich neben seinem Ohr. Von hier oben ist der Blick über die Wiese ganz anders. Man kann sogar den kleinen Bach als schwarzen Strich im Talknick sehen. Ich betrachte den Kopf, der steif an mir vorbeisieht. Sie haben dem Helm einen schicken Lederriemen gemeißelt.

»Gar nicht schlecht gearbeitet.«

»Mann, hau weg die Scheiße!«

Ich klopfe dem Soldat auf seine feuchte, kalte Schulter.

»Tut mir leid.«

Ingo ruft von unten.

»Alter, es ist eine Erlösung für ihn. Hau drauf!«

Ich tätschel das Denkmal noch einmal kurz, hebe den Hammer mit beiden Armen an, hole aus und falle fast hintenüber. Die Leiter wackelt. Schnell lasse ich den Hammer einarmig wieder runterschwingen. Dabei rutscht mir der Griff aus der Hand, und der Hammer knallt dumpf direkt neben Ingo in die Wiese.

»Alter, bist du bescheuert! Kannst du die Scheiße nicht festhalten?!«

»Mann, Leute, *ihr* müsst die Leiter richtig festhalten!«

»Tun wir doch!«

»Ham wir doch!«

Ingo reicht mir den Hammer wieder hoch.

»Pass auf!«

»Ja, ja …«

Ich hab falsch ausgeholt, das ist klar. Ich muss seitlich ausholen, nicht nach hinten. Dazu muss ich mich leicht drehen. Ich drehe mich in Trippelschritten auf dem kleinen Blechpodest der Leiter.

»Mach schon!«

»Ja, ja … Festhalten!«

»*Du* musst den Hammer festhalten, du Penner.«

Ich schiebe meine Füße noch ein wenig auseinander, bis ich sicher stehe. Ich hebe den Hammer und schwinge ihn zum Test leicht über die linke Schulter. So könnte es gehen. Ich ziele. Ich hole aus. Mit Schwung. Klunk.

Der Hammer trifft das Ohr. Ansonsten passiert nichts. Ich wackele am Kopf. Nichts bewegt sich.

»Leute, das ist der reinste Hitlerbeton!«

»Noch mal!«

»Klopp weg!«

Ich konzentriere mich. Ich hole noch mal aus und haue gegen das Kinn. Und noch mal. Und noch mal. Und noch mal.

Klunk.

Klunk.

Klunk.

Es hallt vom Wald zurück.

Klunk.

Da! Es hat einen winzigen Riss gegeben. Sicher? Ich stelle den Hammer vorsichtig zwischen meinen Beinen ab. Mein Herz klopft. Ich fühle nach. Ja!

»Leute, wir haben ihn!«

»Astrein!«

»Klasse!«

Ich nehme den Hammer wieder hoch. Es ist dieses Sanduhrgefühl. Wenn ich jetzt zuhaue, dann ist dieses Denkmal Geschichte. Dann gab es eine Zeit vor mir und eine Zeit nach mir. Die Zeit vor der Enthauptung ist sehr lange gewesen, exakt zu bestimmen, aber eben in wenigen Minuten auch für immer vorbei. Es gab dann die Mit-Kopf-Zeit, und es beginnt die Ohne-Kopf-Zeit. Ich bin mitten in der Sanduhr. Genau in der Mitte!

»Alter, was ist?! Hau weg die Scheiße!«

Ingo hat recht. Es ist so weit. Ich hole aus. Ich schlage zu.

Klunk. Ausholen. Zuschlagen. Klunk. Ausholen. Klunk. Der Kopf rutscht. Er kippt. Er rutscht. Er fällt.

»ACHTUNG!«

Ingo und Borawski sprinten davon. Der Kopf plumpst in die Wiese, die Leiter wackelt, kippt. Ich steh nur noch mit einem Bein auf ihr, und dann sehe ich die Wiese näher kommen, ein unheimliches Kribbeln in der Leistengegend, wie beim Sprung vom Einmeterbrett im Schwimmbad, dieser kurze Moment, frei schwebend, kurz vor dem Aufprall.

Harte Wiese im Gesicht, etwas schrappt an meinem Ohr, meine Beine fliegen über mir, etwas haut mir in den Rücken und drückt mir die Luft aus dem Kreuz. Ich liege in der nassen Wiese und blicke in den grauen Himmel. Alles ist still. Nichts passiert, glaube ich. Ich bewege meine Füße. Funktioniert! Glück gehabt. Ingos und Borawskis Gesichter schieben sich in den grauen Himmel über mir.

»Alter, alles klar?!«

»Bist du tot?«

Ich reiche ihnen die Hand. Die beiden ziehen mich hoch.

»Alter, Glück gehabt.«

»Alter, das sah vielleicht aus!«

Ingo schüttelt mit dem Kopf.

»Unfassbar! Hä. Hä. Hä.«

Mich rührt diese Anteilnahme. Fast schon schade, dass mir so gar nichts passiert ist. Meine Hose ist nass, ein paar Gräser auf dem Latz, das ist alles. Ich blicke mich um. Die Leiter liegt kopfüber in der Wiese. Darüber steht der Soldat – ohne Kopf!

»Was für ein Bild, Leute!«

Seit wie vielen Jahren hat man von dem Punkt, an dem ich jetzt stehe, den Himmel hinter dem Kopf nicht sehen können? Sechzig, siebzig Jahre? Es ist der Anbeginn einer neuen Zeit!

»Wahnsinn! Wir waren gerade mitten in der Sanduhr! Wir haben bewiesen, dass es uns wirklich gibt!«

Ingo lacht meckernd. Borawski betrachtet mich.

»Ich kann dir die Fresse polieren, dann weißt du auch, dass es mich gibt.«

Ich sehe mich um.

»Wo ist der Kopf?«

Wir laufen um das Denkmal rum. Kein Kopf. Aber eine Kuhle vom Aufprall und eine Spur durch die Wiese.

»Leute, guckt mal …«

Borawski und Ingo kommen.

»Voll weggehopst, die Scheiße!«

»Ich fass es nicht!«

Gemeinsam betrachten wir die Spur, die der Kopf beim Runterrollen durch die Wiese gezogen hat. Man kann nicht sehen, wo sie aufhört.

»Die Scheiße ist einfach abgehauen!«

Wir lachen.

Ich erinnere mich an den Blick über das Tal, gehe zur Leiter und dreh sie laut scheppernd wieder auf die richtige Seite.

»Ich geh mal gucken, haltet mal fest!«

Borawski und Ingo kommen und halten die Leiter fest. Ich steige hinauf. Oben lege ich meine Hand auf die raue, frische Wunde des kopflosen Soldaten.

»Ey, Leute, wie lange hat dieser Hitlerbeton wohl kein Tageslicht mehr gesehen?«

»Es ist Nacht, du Hirni!«

»Du weißt, was ich meine!«

Seltsam. Obwohl der keinen Kopf mehr hat, wirft er doch noch einen Blick ins Tal.

»Und …? Kannst du den Kopf sehen?«

Ich verfolge die Spur. Sie endet im Bach.

»Er ist bis runter in den Bach gerollt.«

Ich steige die Leiter wieder hinab.

»Also, holen wir ihn.«

Borawski schnappt sich die Tasche, und wir laufen der plattgerollten Spur hinterher, bis wir unten am Bach ankommen. Da liegt der Kopf mit dem Gesicht nach unten im Wasser.

»Er hatte Durst, Alter!«

»Mann, die Scheiße konnte sich seit 70 Jahren nur die Lippen lecken, jetzt kann er richtig saufen!«

Auf seinem Weg hat der Kopf am Bachlauf einen Busch regelrecht zertrümmert. Ich steige mit meinen Schuhen ins Wasser. Der Bach ist kalt und gurgelt meine Schuhe voll. Der Boden ist kieselig und knirscht. Ich bekomme Angst vor Flusskrebsen.

»Borawski, halt mal die Tasche bereit.«

Ich bücke mich und greife vorsichtig unter die Kanten des Wehrmachtshelms aus Stein. Dann ziehe ich ihn hoch. Er hebt sich aus dem Wasser und wird wahnsinnig schwer. Ich schaffe es nicht, ihn in die offene Tasche zu werfen, er poltert mir aus der Hand und klatscht wieder ins Wasser zurück. Vor Borawski steigt eine Wasserwand in die Höhe.

»Mann, Alter! Jetzt bin ich total nass!«

Ingo lacht meckernd. Vom Kopf ist nur noch ein rundes Stückchen zu sehen, eine glänzende, kleine Insel im Wasser.

»Scheiße. Der ist total schwer. Ingo, hilf mir mal!«

»Bist du drauf?! Da werden meine Schuhe nass. Außerdem sollen hier auch Flusskrebse sein.«

»Alter! Dann du, Borawski!«

Borawski reicht Ingo die Tasche.

»Halt auf.«

Borawski steigt vorsichtig ins schwarze Wasser. Dann beugen wir uns beide runter, greifen bis unter die Ellen ins Wasser und fassen den Kopf.

»Ich kann nirgendwo festhalten. Das hier ... ist seine Nase ...«

»Ich bin an der einen Seite im Augenloch, an der anderen unterm Helm.«

»O.K., ich hab 'ne Kante. Also. Eins, zwei, drei!«

Borawski und ich heben den Kopf mit Schwung aus dem Wasser.

»Jetzt zum Ufer ...«

Borawski steigt vorsichtig auf die Wiese, ich folge ihm. Wir gehen ein paar Schritte und werfen den Klotz – bunk – in die Wiese.

»Mann, ist das schwer, das Teil. Verdammt!«

Jetzt guckt er uns an, der Soldat. Wie ein totgeschlagener Riesenfisch liegt er im Gras.

»Da wird sich Mairesse aber freuen. Der ist ja wirklich ekelhaft, der Kollege!«

»Mairesse, die Sau!«

»Rollen wir ihn in die Tasche.«

Ingo macht die Tasche auf. Er hockt sich grinsend darüber, hält sie an beiden Seiten und zieht sie weit auf.

Borawski sieht mich wartend an.

»Was ist? Ich kann das nicht alleine!«

Gemeinsam rollen wir den Kopf wie einen schweren, unförmigen Schneeball auf die Tasche. Ingo klappt die Tasche darum, spannt den Reißverschluss außenrum und zieht ihn mit aller Gewalt zu. Dabei sieht es aus, als ob sich die Tasche in einen Ball verwandeln würde.

»Wir müssen druntergreifen, sonst reißen die Gurte.«

Irgendetwas leuchtet. Ich sehe über den Hügel.

»Psst. Da war was!«

Wir erstarren.

»Was?«

»Keine Ahnung.«

Da kommt ein Scheinwerferlicht über den Hügel gekreist, genau oben am Denkmal.

»Scheiße!«

»Abhauen!«

Ingo läuft schon los.

»Alter! Oben ist noch die Leiter und der Hammer.«

Borawski ist auch schon ein paar Meter gerannt.

»Alter! Hilf mir mit dem Kopf!«

Der Lichtschein bleibt stehen. Das Auto sieht man nicht, aber man hört Türen schlagen. Borawski hüpft wie ein angeschossener Hase zu mir zurück. Wir packen beide unter die Tasche und stolpern am Bach entlang, Richtung Wald. Borawski rauscht mit seinem Kopf gleich durch ein ganzes Paar Äste.

»Aua! Scheiße. Weiter!«

Ich stolpere fast, und der Kopf in der Tasche fällt uns aus der Hand. Wir heben ihn stöhnend auf und laufen weiter über die hügelige Wiese, platsch ins Wasser, über Steine, knack über Äste – und dann sind wir im Wald. Wir werfen die Tasche dumpf auf den Waldboden und machen eine Pause. Oben am Denkmal steht ein Auto. Da läuft einer rum.

»Ist das einer oder zwei?«

»Kann ich nicht sehen.«

»Vielleicht der Förster?«

»Oder die Bullen.«

Borawski dreht sich in den dunklen Wald.

»Wo ist Ingo?«

»Ingo?!«

Es bleibt still.

»Mann, hoffentlich baut der keine Scheiße. Hoffentlich packen die den nicht!«

»Guck mal!«

Vom Auto löst sich eine Taschenlampe und wedelt sich den Weg über den Hügel hinunter zum Bach.

»Alter, abhauen!«

Wir nehmen die Tasche hoch und laufen mit ihr zwischen uns vorsichtig den Hang hoch.

Knack. Ein fetter Ast. Das war laut! Wir bleiben stehen. Die Taschenlampe ist auch stehen geblieben und sucht jetzt den Wald ab. Dann wandert sie weiter den Hügel runter. Borawski und ich laufen wieder hoch. Vorsichtig tasten wir unsere Schritte über den nadeligen Waldboden.

»Alter, leise. Nicht schnell, sondern leise!«

»Wohin?«

»Hoch zum Weg und dann oben im Wald verstecken, bis sie weg sind!«

Es ist wahnsinnig anstrengend. Meine Beine schmerzen. Meine Arme schmerzen. Mein Atem brennt. Ich mache nie Sport, außer gezwungenermaßen bei Frau Segel, der Sau. Jetzt jogge ich einen Hügel hoch, durch den stockfinsteren Wald, mit einem Klotz Hitlerbeton zwischen den Armen, der bestimmt vierzig Kilo wiegt. Ich kann nicht mehr! Selbst wenn es die Bullen sind, egal.

Ich will nur noch Pause! Ich bleibe stehen.

»Alter … Ich … ich kann nicht mehr!«

Ich lasse die Tasche runterplumpsen. Meine Arme werden leicht und scheinen in die Luft zu steigen. Der Schweiß rennt mir den Rücken runter. Ich keuche. Da blitzt es in meinem Auge. Meine Backe brennt. Borawski hat mir eine geknallt.

»Bist du bescheuert?!«

Borawski weint fast.

»Alter, wir müssen weiter. Weiter, los! Pack an!«

Ich gehorche. Einfach anpacken, weiterlaufen. Borawski hat recht. Zusammenschlagen kann ich ihn später. Wir stemmen den Kopf wieder hoch und laufen damit weiter. Durch die Bäume kann man den Weg schon sehen. Dann stehen wir schon drauf. Unten im Wald fuchtelt die Taschenlampe hinter uns her.

»Die kommen durch den Wald!«

Jetzt begeben wir uns keuchend in leichten Galopp. Klapp, klapp, klapp, meine Beine sind wie ein Automat. Ich merke nichts mehr, ich bin Steuermann auf einer rennenden Maschine. Ich könnte ewig so weiterlaufen. Ich sehe mich um. Wenn mir jetzt aus einem Versorgungsfahrzeug eine Tasse Tee gereicht wird, ich würde mich nicht darüber wundern. Schön dampfender Kamillentee mit Honig, den mir Mama immer gebracht hat. Das ist gar kein Kopf in der Tasche, das ist eine Kanne heißer Tee. Rund und warm fühlt sie sich an. Unsere Tritte haben richtig Rhythmus. Ta-schakka-ta-schakk. Man hört die Tannennadeln auf dem Weg. Die allmächtigen Die's können ruhig mal wieder eine Straßenfegermaschine vorbeischicken. Oder einen Trupp mit diesen brutal lauten Laubpustermaschinen. Der Tag, an dem die Laubpustermaschinen erfunden wurden, war ein schlechter Tag für die Menschheit. Man müsste alle Arbeitslosen mit tosenden Laubpustern ausrüsten und ihnen den Befehl geben, die gesamten Wälder der Republik vom Laub zu befreien. Wenn danach auch nur ein Blatt herumliegt, werden alle erschossen! Vorher müsste man natürlich Ohrstöpsel an die Elche, oder wie der Scheiß heißt, verteilen. Borawski wird langsamer. Wir bleiben stehen.

Der Waldweg führt gleich oberhalb der Wiese vorbei.

»Laufen wir oben vorbei?!«

»Ja, dann laufen wir über ihnen!«

Wir laufen weiter. Den Weg zurück, den wir gekommen sind. Da vorn führt der Weg zum Denkmal runter. Tiefe Reifenspuren haben sich in die Wiese gegraben. Wir kommen wieder in den Wald, und jetzt sehen wir schon die Schranke. Sie ist geöffnet. Wir kommen mit der Tasche ins Laternenlicht gelaufen, und da steht Ingos ekeliger Corsa am Straßenrand. Ingo blinkt auf. Wir öffnen die Türen. Das Klack-Klack der Türgriffe hallt durchs ganze Tal. Wir legen den Kopf auf den Beifahrersitz, klappen die Tür zu und werfen uns auf die Rückbank. Ingo startet und dreht den Wagen langsam und unauffällig, ohne Licht. Dann macht er das Licht an und fährt ganz normal davon. Ein Familienvater, der seinen Hund zum Einschlafen herumfährt.

Mir tut alles weh. Ich kriege keine Luft. Der Speichel brennt, mein Herz schlägt schmerzhaft bis in die Zehen. Ich sehe zu Borawski. Er sieht aus, als ob er nach einer Schlägerei in Klamotten gebadet hat. Ich versuche meine Arme zu heben, aber es geht nicht. Ich merke, dass ich dampfe.

»Borawski, wir dampfen.«

Ingo lacht meckernd. Borawski schluckt und sabbert auf seinen Pulli. Ich sehe bestimmt nicht besser aus. Ich lache los, aber dann muss ich husten. Alles tut weh. Ich drehe mich zur Seite und lasse die Laternen vorbeizischen wie an einer Perlenschnur. Wipp wusch, wipp wusch.

Ich rede mit der Autoscheibe.

»Wir haben den Kopf, Glasatome! Wir haben den Kopf!«

Ich versuche, die Scheibe scharf zu stellen, aber dabei wird mir schlecht. Ich lass es. Ich muss kurz an die Leiter und den Hammer denken. Scheiß drauf! Ich werde meinen Alten erzählen, dass ich die Leiter vorm Haus stehen gelassen habe, und dann wurde sie geklaut. Das tun die doch gerne für die Katze. Ingos Auto hält. Schade. Ich hätte jetzt ewig durch die Nacht fahren können. Ich blicke hoch. Wir stehen vor Ingos Haus. Es ist still. Ingo dreht sich knirschend in seinem Ledersessel zu uns um.

»Wer hilft mir, den Kopf hochzutragen?«

»Alter, ich kann nicht mehr, fahr mich nach Hause.«

»Alter, ich fahr jetzt nicht mit diesem Hitlerkopf durch die Nacht, bist du irre?!«

Ich sehe das ein. Aber ich kann jetzt unmöglich diese vierzig Kilo schwere Tasche durch diesen widerlichen Mietshausflur in den dritten Stock schleppen. Oder? Doch, ich kann! Es ist mein Baby! Es ist mein Projekt! Ich habe Vorbildfunktion für die Jungs! Nicht schlappmachen! Ich setze mich hoch.

»O.K., ich helf dir.«

Ich wälze mich aus dem Auto. Es ist saukalt. Borawski steigt auch aus und wankt zu uns herüber. Er schnattert vor Kälte und grinst über beide Ohren. Wir nehmen die Tasche zu dritt und schleppen sie stumm und leise durch das lange Treppenhaus bis vor Ingos Tür, die er aufschließt.

Dann wuchten wir die Tasche bis zum ekeligen Sicherheitsglastisch und stellen sie vorsichtig drauf. Ich öffne den Reißverschluss, und wir heben den Steinkopf hoch. Ingo zerrt die Tasche darunter weg und faltet sie in eine Schublade unter der Spüle. Er ist wirklich verrückt!

Ich rolle den Kopf vorsichtig gerade, und dann steht er unter Ingos Wohnzimmerlampe auf Ingos Sicherheitsglastisch und starrt mich an. Mein Kopf, mein geliebter Kopf! Groß wie ein großer Medizinball, mit dem Frau Segel immer versucht, uns von den Beinen zu schießen. Frau Segel, die Sau! Der Kopf, befreit von den Klauen seines Körpers, zum ersten Mal in seinem Leben in einem zwar ungemütlichen – da von Ingo eingerichteten –, aber immerhin warmen Zimmer.

Ich tätschel seinen kalten Steinhelm. Plötzlich ist es still, wir drei blicken umher und sehen uns an. Und dann überkommt mich tief aus dem Bauch ein Lachen. Die anderen brüllen auch los. Ich kriege keine Luft vor Lachen, und als ich vorhin im Wald geglaubt hatte, ich würde an einem Herzinfarkt sterben, dann hab ich jetzt Angst, an diesem spastischen Lachen zu ersticken. Ich lache und lache, und mein Bauch schmerzt vor Lachen. Ich bin wieder dreizehn, als ich mich von den ersten Joints fast totgekichert habe, und ich stelle fest, dass ich völlig nüchtern bin. Ich bin nüchtern und lache! Darüber muss ich auch lachen! Und dann sehe ich diese beiden dämlichen Fressen von Ingo und Borawski, verzerrt, nass, verkrampft, und jetzt bekomme ich beim Lachen Angst davor, in einen Spiegel zu sehen. Und darüber muss ich auch lachen! Ich denke beim Lachen darüber nach, wo hier in der Wohnung Spiegel sind und wie ich mich vor Lachen auf den Boden werfen muss, um nicht aus Versehen in mein Gesicht zu sehen. Darüber lache ich, und dann lache ich darüber, ob sich Ingo und Borawski wohl vorstellen können, worüber ich lache? Dabei sehe ich zum Tisch, und da steht mein Werk. Und dann muss ich nicht mehr lachen. Nur noch ein Glucksen kommt hoch, ich hole tief Luft und atme entspannt aus.

Ich wische mir mit dem Ärmel die Tränen aus den Augen. Es ist tatsächlich wahr! Wir haben den Kopf! Er steht vor mir auf dem Tisch! Halleluja!

26

Ich liege im Bett und höre, wie meine Mutter vom Einkaufen kommt. Sie raschelt in der Küche rum, und dann stapft sie die Treppe hoch. Die Schritte nähern sich meinem Zimmer. Das hat nichts Gutes zu bedeuten. Ich springe auf, schnappe mir das Französisch-Deutsch-Lexikon von meinem ekeligen Schreibtisch, schlage es irgendwo auf und springe damit ins Bett zurück. Die Tür geht auf. Da steht sie.

»Was machst du denn?«

»Auswendig lernen. Bin schon bei B.«

»Wo ist die Leiter?!«

Ich tu, als wenn ich kurz nachdenke.

»Ist die nicht … in der Garage, ne … wart mal. Ach, Mist. Ich hab die vor der Tür stehen gelassen. Genau. Die steht vor der Tür!«

Meine Mutter verdreht die Augen.

»Tja, dann wurde die wohl geklaut!«

»Was?! Das darf doch nicht wahr sein! In was für einer Scheißstadt leben wir denn, wo man nicht mal zwei Stunden irgendwas unbewacht rumstehen lassen kann!?«

Ich höre mich an wie mein Vater. Schrecklich. Aber, was soll ich machen?! Es wird von mir erwartet. Meine Mutter zieht ihre Augen zu Schlitzen zusammen.

»Und ich weiß sogar, wer das war ...«

Mein Herz klopft bis zum Hals. Ich blättere eine Seite vom Wörterbuch um.

Bandscheibe – *disque intervertébral.*

»Wer denn?«

»Dein Kumpel Ingo. Der hat heute Nacht dem Denkmal den Kopf abgeschlagen! Wozu hatte der den Hammer dabei, gestern Nacht?! Ich sage dir eins: Wenn der Ingo nicht so eine schlimme Geschichte hätte, dann würd ich jetzt zur Polizei gehen!«

Ich zieh die Lippen nach unten und sehe damit hoffentlich sehr, sehr nachdenklich aus.

»Der Kopf vom Denkmal ist ab?«

Unten geht die Haustür. Mein Vater poltert die Treppe hoch. Er kommt ins Zimmer gelaufen. Er ist ganz aufgeregt.

»Gestern Nacht haben welche das Denkmal geköpft!«

»Schon gehört.«

»Das ist doch großartig! Was diese Scheißwehrmacht alles verbrochen hat! Endlich mal eine gute Aktion! Ich hab's mir gerade angesehen. Es sieht toll aus! Mann, endlich kann man da auch mal mit ausländischen Gästen langspazieren!«

Dieses Problem meines Vaters war mir bis heute gar nicht bekannt, da wir, meines Wissens nach, noch nie ausländische Gäste hatten. Und wenn, würde mein Vater nie mit ihnen spazieren gehen. Aber es freut mich natürlich, dass er auf meiner Seite ist.

»Und das Beste ist: Der Kopf ist verschwunden! Sie finden ihn nicht! Herrlich!«

Er lacht sich fett und sucht in unserer Runde nach Zustimmung. Ich lächele milde zurück. Mit dem sinnlosen Buch auf den Knien und der dicken Bettdecke am Mittag muss ich ihm wie ein gestörter, fauler Sack vorkommen. Er betrachtet mich.

»Du könntest dich ruhig auch mal politisch betätigen! Die Jungs, die das gemacht haben, die haben Mut!«

Meine Mutter guckt vorwurfsvoll.

»Das war doch keine politische Betätigung. Das war krimineller Vandalismus!«

Mein Vater wird plötzlich knallrot und etwa doppelt so groß. Der deutsche Hulk platzt wütend aus seinem Hemd!

»DIE WEHRMACHT WAR KRIMINELL!! DIE HABEN KINDER INS FEUER GEWORFEN!! DIE JUNGS, DIE DEN KOPF GEKLAUT HABEN, HABEN MEINE VOLLSTE UNTERSTÜTZUNG!! DAS SIND HELDEN! UND DEIN SOHN VERFAULT IM BETT!! ES IST ZWEI UHR MITTAGS!!«

Mein Vater rauscht wütend aus dem Zimmer und poltert die Treppe runter. Ich sehe ins Wörterbuch und blättere um.

»Was ist denn mit dem los?«

Meine Mutter zittert und steht kurz vor den Tränen.

»Das soll er dir mal selber erzählen.«

Nein, bitte nicht, ich will von diesem Müll nichts wissen! Die unglückliche Nachkriegskindheit, der alte Onkel, der mit seinem zerfetzten Gesicht Weingummis verteilt, die mein Vater heimlich wegwirft. Ich betrachte interessiert mein Buch.

Bahnübergang – *passage à niveau*.

Meine Mutter geht raus und zieht ungewöhnlich sanft die Tür zu. Ich werfe das bescheuerte Buch an die Wand, lege meinen Kopf zurück und wünschte, ich hätte einfach immer Geld und könnte heute noch ausziehen. Ich will mit den Problemen dieser Leute einfach nichts mehr zu tun haben!

27

Borawski und ich stehen im Aufzug und fahren zu Wörnie hoch. Die silbrige Aufzugswand brummt und klappert. Jemand hat mit einem schwarzen Edding »Martina K. ist eine Hurre und hat noch nicht mal Scham Harre unten an der Scheide« draufgeschrieben.

In meiner Tasche stecken fünfzig Euro für Dope. Meine Mutter hat sie mir als Spritgeld für Ingo gegeben. Ingo hat seinen ekeligen Corsa schon gesaugt. Meine Eltern haben eine französische Telefonnummer bekommen, wo sie nie anrufen werden, weil sie mich immer auf dem Handy erreichen können – zumindest hoffe ich das.

Der Aufzug öffnet sich, und wir laufen in den kalten, offenen Durchgang zu Wörnies Wohnungstür. Wir klingeln. Es dauert einen Moment. Dann hören wir das übliche Schluff-Schluff. Mama Wörnie macht die Tür auf. Mit ihr quillt wieder diese warme Wolke Hamsterluft aus der Bude. Mama Wörnie betrachtet uns wortlos und verschwindet in ihrem Nebentrakt, aus dem der Fernseher blubbert. Borawski und ich gucken uns an. Hat wohl schlechte Laune, die glänzende, fette Sau.

Jetzt stehen wir allein im leeren Flur. Wörnie kommt gar nicht aus seinem Zimmer raus. Wir ziehen die Haustür zu und stellen uns vor Wörnies Zimmertür. Wir klopfen.

»Jau!«

Wir gehen rein. Wörnie sitzt rauchend in seiner Matratzenecke.

»Hey, Jungs …, was geht?! Alles klar?!«

»Alles klar, Alter, alles klar.«

Wir lassen unsere Jacken an, Borawski setzt sich hin, ich schiele aus dem Fenster, und da fällt mir mein Vorsatz vom letzten Mal wieder ein, bloß kein Schlangengespräch zu führen. Ich sehe trotzdem in die Terrarien. Keine Schlange zu sehen.

»Wo sind deine Schlangen?! Hocken die unterm Holz?«

Mann, jetzt hab ich doch wieder damit angefangen! Mist! Ich bin ein Idiot! Das kostet mich im schlechtesten Fall eine halbe Stunde Lebenszeit. Wörnie zieht an seiner Kippe und schüttelt beim Rauchausblasen den Kopf.

»Nö, da sind keine mehr drin.«

»Wo sind die denn?!«

»Irgendwo in der Stadt.«

»Aha.«

Ich frage nicht weiter nach, denn offensichtlich glaubt Wörnie mittlerweile, dass seine Schlangen in der Früh um fünf aufstehen und für ihn arbeiten gehen, obwohl sie in Wirklichkeit im Sand eingerollt verhungern. Das Schlimmste an der Illegalität von Drogen sind wirklich diese Wahnsinnigen, mit denen unschuldige fünfzehnjährige Akademikersöhne wie ich ständig zu tun kriegen. Dann muss man reden und reden, und erst wenn die sicher sind, dass man eigentlich nicht wegen Drogen vorbeigekommen ist, kann man entspannt nach Drogen fragen. Dann können sie einen aber immer noch umbringen.

Wörnie beugt sich nach vorne und schnippt seine Asche in den Aschenbecher.

»Ich hab sie letzte Woche aus dem Fenster geschmissen. Beide, radikal, verstehse?!«

Borawski schaut mich an.

»Echt, Alter?!«

Wörnie nickt.

»Die ganzen sieben Stockwerke. Ich hatte die Schnauze voll, verstehse?! Die hatten immer voll Stress miteinander, das ist mir total auf den Senkel gegangen, verstehse?!«

»Aber die waren doch in verschiedenen Terrarien.«

Wörnie zieht.

»Klar, aber die Aura, verstehse? Die hatten Stress. Die ham sich gehasst. Das hab ich gespürt, verstehse?! Jetzt geht es ihnen besser.«

Ich betrachte Borawski. Borawski betrachtet Wörnie.

»Was haben deine Alten dazu gesagt?«

»Was geht die denn meine Schlangen an?! Außerdem hab ich diesen Sofafurzer auch am gleichen Tag rausgeschmissen, verstehse?!«

»Auch aus dem Fenster?!«

Borawski lacht.

»Nö, nö, vorher schon, verstehse?! Die Schlangen hatten Stress, und dann war mir klar, dass der Kacker hier rausmuss, verstehse? Dann bin ich rüber und hab ihm in den Arsch getreten und gesagt, dass er sich verpissen soll, der Bettnässer. Ey, Alter, der hat uns echt das Sofa vollgeschifft, verstehse?! Da hat der Assi die Fernbedienung hingelegt und ist einfach rausgegangen, verstehse? Meine Mutter voll geheult und alles. Und dann hatten meine Schlangen immer noch Stress, verstehse, trotzdem noch Stress, voll undankbar, die Viecher, verstehse?! Und dann hab ich die gepackt, das Fenster auf Kipp gemacht, verstehse?! Ich bin doch nicht bescheuert und räum für die Stressviecher meine ganze Fensterbank ab, verstehse? Kakteen und alles. Die Star-Trek-Sachen. Und dann hab ich sie durch den Spalt abgehen lassen …«

Wörnie formt mit seiner Hand einen Düsenjet, der sich gefährlich auf seinen Teppich zubewegt.

»Voll abgegangen, die undankbaren Teile, blöde Stressviecher, verstehse?!«

Borawski und ich schweigen. Borawski tut das einzig Richtige.

»Alter, kannst du uns 'n Fuffi verkaufen? Wir fahren morgen in ein Dorf nach Frankreich. Haben da was zu erledigen.«

Wörnie guckt Borawski an.

»Oh, oh, was zu erledigen, ha, ha, verstehse, Alter?! Voll die Geschäftsleute, was? Kommt jetzt groß raus, was?!«

Jetzt ist er angepisst, ganz klar. Wir haben die Zeitspanne deutlich unterschritten. Außerdem wurde Wörnie von Borawski total ungeschickt daran erinnert, dass *er* diese Wohnung *nie* Richtung Frankreich verlassen wird, um was zu erledigen, sondern nur Richtung Markendiscounter, Richtung 24-Stunden-Tankstelle, Richtung Irrenhaus, Richtung Knast oder Richtung Friedhof. Ich muss was unternehmen. Aber was?!

»Übrigens, Wörnie, ich mach am Wochenende 'ne fette Party, kommst du vorbei?! Fänd ich cool!«

Borawski guckt mich an und schüttelt mit dem Kopf.

»Wieso das denn?! Da sind wir doch weg …«

»Quatsch, da sind wir doch schon längst wieder da!«

Wörnie freut sich.

»Klar, Alter, Party is geil, verstehse?! Ich komm. Ich komm gerne. Wart mal …«

Wörnie schiebt sich stöhnend aus der Matratzenecke hoch und schlurft zum Tisch. Ich zeige Borawski hinter Wörnies Rücken den Vogel. Wörnie kratzt sich im Nacken und sucht was.

»Wart mal, will das mal kurz aufschreiben, verstehse?! Auch, wo du wohnst und so …«

Wörnie findet einen Stift.

»Sach mal …, hä hä, ey coole Party, was, verstehse?!«

Wörnie guckt mich an und wartet. Er freut sich wirklich, dass ihn jemand eingeladen hat. In seinem Alter wäre er natürlich beinahe ein Stargast, also, vorausgesetzt natürlich, die Party würde tatsächlich stattfinden. Ich zögere. Die richtige Adresse kann ich ihm nicht geben. Erstens sind wir erst nach sechs Tagen aus Frankreich zurück und zweitens: Wenn Wörnie bei meinen Alten klingelt, springt mein Vater sofort ins Auto und holt mich aus Saint Savelat Sowieso zurück, weil er begreift, dass ich ihm seit meinem zwölften Lebensjahr nur noch Müll erzählt habe. Ich gebe Wörnie Ingos Adresse. Jetzt muss nur Borawski mal mitdenken.

»Albrecht-Dürer-Straße 27.«

Borawski nickt voller Bestätigung.

»Ja, da kann man toll feiern …«

Wörnie schreibt.

»Albrecht Dürer 27, astrein …«

Wörnie nickt mir lachend zu und wirft den Stift über den

Tisch ins Nichts zurück, aus dem er ihn geholt hat. Den Zettel aber legt er sorgfältig in die Tischmitte. Dann geht er summend aus dem Zimmer und ruft aus dem Flur.

»Ich hol mal den Fuffi ... Astreiner Maroc, Alter. Keine Genscheiße, verstehse?!«

28

Meine Familie steht auf der Straße vor unserem Haus. Ich habe den Rucksack meiner Schwester bekommen und ihn in Anwesenheit meiner Mutter demonstrativ mit sinnlosem Zeugs gefüllt: Schulbücher, Stifte, Waschmittel, eine Terschellingkarte. Unter anderem sogar ein Geschenk für meinen nicht existenten Gastvater. Eine Flasche Wein von der Mosel. »Die Mosel kennen die«, sagte mein Vater und gab die Pulle meiner Mutter zum Verpacken. Warum das Wissen über die Existenz der Mosel ein Grund sein soll, gerade diese Flasche zu verschenken, ist mir allerdings ein Rätsel.

Jetzt warten wir in der Mittagshitze auf Ingo. Ich habe Ingo instruiert, möglichst wenig zu sagen, damit er sich nicht auf den letzten Metern noch verplappert. Im Gegensatz zu Ingo ist mir klar, dass Ingo ein Idiot ist. Jetzt erweist es sich natürlich als Vorteil, dass meine Mutter Ingo für gestört hält. Wegen der Attacke auf das Denkmal und natürlich, ganz besonders, wegen seiner schrecklichen Geschichte. »... und stellen Sie sich vor, dann musste der arme Junge seinen eigenen Vater vom Seil schneiden. Ist das nicht schrecklich?!« Und alle umstehenden Kursteilnehmerinnen, die gerade äußerst ungeschickt Tonklumpen zu Gesichtern formen, nicken.

Meine Schwester winkt mir zu.

»Ich geh schon mal rein ..., tschüss. Wehe, an meinen Rucksack kommt was dran!«

Ich nicke ihr zu und stelle mir vor, dass ich sie zum letzen Mal sehe. Ich winke ihr ein letztes Mal hinterher.

»Tschüss.«

Sie schlendert rein, und mein Vater stemmt die Arme in die Hüften. Dann sieht er auf die Uhr. Ich betrachte ihn. »Komm pünktlich, mein Alter dreht sonst durch«, hab ich Ingo gesagt. Vermutlich findet der seinen Handfeger nicht. Vor allem hab ich Schiss, dass mein Vater auf die Idee kommt, in Blutsalat anzurufen, um zu sagen, dass ich übermorgen Nacht eine Minute später ankomme als geplant, und weil er eine Nummer hat, die ihn ins elektronische Nirwana leiten wird, fliegt alles auf.

Da kommt Ingos ekeliger Corsa. Mein Herz klopft bis zum Hals. Mein Alter greift ekelig nervös nach meinem Rucksack und hebt ihn schon hoch. Offensichtlich will *er* ihn in den Wagen heben. Das Recht des Vaters, der seinen Sohn auf die große Reise schickt, von der dieser möglichst als Mann zurückkehren soll und nicht als Drogenwrack.

Ingo bremst und steigt aus. Er trägt einen Anzug und hat seine Haare zur Seite gekämmt. Vielleicht hat er in einem ADAC-Heft von 1991 eine ähnliche Abbildung gesehen und stellt sich seitdem die Erscheinung eines Fernreisenden so vor.

Meine Mutter umarmt ihn – trotz oder gerade wegen seiner »Störung«.

»Mensch, Ingo! Toll, dass du den Philipp mitnehmen kannst!«

Mein Vater drückt Ingo die Hand.

»Ich finde es auch klasse, dass dein Onkel sofort bereit war, unseren Jungen hier aufzunehmen. Für dieses …«

Mein Vater schnauft und sieht vorwurfsvoll in meine Richtung.

»… Experiment.«

Ingo nickt grinsend in die Gegend.

»Ja, das ist doch kein Problem. Das schaffen wir doch mit links.«

Mein Vater zeigt wie ein Verkäufer auf mich.

»Selbstverständlich haben wir dem Jungen hier eine ordentliche Spritgeldbeteiligung mitgegeben.«

Ingo verwandelt sich in ein gepanzertes Insekt.

»Spritgeld. Das ist ja schön. Ja, dann ...«

Ingo sieht den Rucksack in den Armen meines Vaters schweben und hetzt insektenartig zum Kofferraum, den er aufschließt und federquietschend öffnet. Mein Vater scannt den Kofferraum und sucht einen Platz für meinen Rucksack. Im Kofferraum liegt Ingos Tasche und daneben ein großer, runder Gegenstand, der amateurhaft mit einem Bettlaken zugedeckt ist. Ingo bemerkt den Kopf, den er in der Aufregung wohl ganz vergessen hatte, und haut den Kofferraum sofort wieder zu. Dabei erwischt er beinahe die Hand meines Vaters.

»Vorsicht, junger Mann!«

Mein Vater hat sich erschreckt, und ich sehe sofort seine aufkeimenden Zweifel, die Ingos Fähigkeiten als Autofahrer betreffen. Ingo läuft vom Kofferraum zur Beifahrertür und öffnet sie.

»Kommen Sie, legen Sie Philipps Sachen auf die Rückbank, es fährt ja sonst keiner mit!«

Mein Vater stopft den Rucksack meiner Schwester am Beifahrersitz vorbei auf die Rückbank. Ingo gibt meinen Eltern ordentlich die Hand. Mein Vater kann sich nicht zurückhalten und klopft Ingo zusätzlich noch auf die Schulter. Von Führerscheinbesitzer zu Führerscheinbesitzer, sozusagen.

»Fahr bitte vorsichtig.«

Dieser Ratschlag war wohl der Preis für die Kofferraumaktion.

Ingo nickt.

»Gerne, das mach ich doch gerne.«

Was redet der denn da?

Wenn mir was passiert, dann verklage ich meine Alten wegen unterlassener Hilfeleistung!

Ingo setzt sich ins Auto, lässt mit seinem elektrischen Fensterheber sein Fenster herunter und betrachtet schamlos mich und meine Familie. Was jetzt?

Ich will einsteigen und einfach weggefahren werden. Ohne Auf Wiedersehen, für immer. Stattdessen stehe ich meinen Eltern gegenüber, die vor Ingos Augen einen tollen Abschied erwarten. Ich nehme meine Mutter in den Arm. Wieder diese Knochen. Ihr Rücken fühlt sich an wie die Stirn eines Klingonen. Wie ein Autoreifen. Entweder die hat wirklich Krebs, oder die frisst zu wenig!

»Tschüss, Mama!«

Meine Mutter bekommt feuchte Augen. Ingo glotzt. Ich hasse den Typen! Warum kann ich nicht mit der Fennsbeck in den Urlaub fahren? Dann würde ich allein mit einem Bus hier wegfahren, und sie würde in der nächsten Stadt heimlich zusteigen. Wir würden uns auf die letzte Bank verkrümeln und gleich loslegen.

Mein Vater zieht mich ekelig kraftvoll an sich heran. Er klopft mir auf den Rücken, wie bei einem kranken Pferd, bevor man es einschläfern lässt.

»Mach's gut, mein Junge!«

Er hat tatsächlich »mein Junge« gesagt! Zu mir sagt er »mein Junge« und zu Ingo »junger Mann«. Es ist einfach ekelhaft.

»Tschüss, Papa.«

»Mach's gut! Viel Spaß!«

Ich löse mich, blicke auf den Boden, suche die Autotür und steige ein. Ich sitze und greife zum Gurt, aber, ich hab mich wohl schon angeschnallt. Jetzt weg hier!

Sollte ich jemals zurückkommen, werde ich mich für eine internationale Ächtung der Wortkombination »mein Junge« einsetzen. »Mein Junge« sagen Väter immer dann, wenn aus ihrer Perspektive ein neuer Lebensabschnitt für »ihren Jungen« beginnt. »Hier hast du endlich das Maschinengewehr, mein Junge: Feuer frei!« oder »Ramm dir die Nadel tief in die Venen, mein Junge, das Heroin wird dich von nun an für den Rest deines Lebens begleiten!« Dabei sind ihre Söhne schon längst drogenabhängige Mörder, und es besteht überhaupt kein Grund mehr, »mein Junge« zu sagen.

Ich winke aus dem Fenster, und meine Alten schmelzen in Ingos Corsa-Rückscheibe auf der Straße zusammen, während sie uns noch ein paar Schritte winkend hinterherschlendern. Schon möglich, dass ich sie nie wiedersehe. Sie könnten morgen einen Verkehrsunfall haben, unser Haus könnte explodieren, eine Lupe könnte so unglücklich auf der Fensterbank liegen, dass ein einziger Sonnenstrahl unsere ganze Hütte abfackelt. Woran es auch immer liegen mag, ihr Tod bewegt sich absolut im Rahmen des Möglichen.

Ich tu desinteressiert, damit Ingo nichts merkt, aber ich brenne dieses Bild meiner winkenden Eltern vorsichtshalber in mein Herz. Nur, damit ich eine Erinnerung habe, nur, *falls* sie tot sind, bevor ich sie wiedersehe. So bescheuert sie auch waren, geliebt haben sie mich irgendwie schon.

29

Wir fahren schweigend, bis wir um die Ecke biegen, und dann johlen wir. Ingo hebt seine Hand, und ich schlage ein.

»Geil, Alter!«

Borawski steht drei Ecken weiter mit einer Sporttasche in der Hand. Ich stelle mir vor, was für ein armseliges Zeugs wohl in dieser Tasche drin sein mag, und sofort gibt Borawski für mich ein trauriges Bild ab.

Er wälzt sich neben meinen Rucksack auf die Rückbank, steckt sich eine an und reicht mir ein Bier nach vorn. Mann. Scheiße. Ich weiß, wie das enden wird.

»Ey, ich will jetzt noch nicht saufen!«

Ingo lacht meckernd. Borawski schüttelt mit dem Kopf.

»Ey, Alter, wir sind auf Tour! Es geht los! Wir bringen den verdammten Kopf an seinen korrekten Platz!«

Ich nicke. Er hat recht! Es ist mein Projekt! Es sind meine Diener! Ich muss mich um sie kümmern! Ich nehme das Bier, öffne es, und wir stoßen an. Ein geiles Gefühl! Draußen ist Sommer, und wir fahren nach Frankreich!

Ich hab ja nichts gegen die Sauferei, aber ich weiß genau, dass Ingo nicht lange nur dabei zusehen wird, wie wir uns abschütten. Spätestens nach Bier drei will er auch eins. Wenn er selber drei getrunken hat, will er nicht mehr fahren, wir halten irgendwo an, und das war's dann mit dem ersten Fahrtag.

Ich will aber möglichst weit kommen! Warum, weiß ich gar nicht. Aber ich will fahren, fahren, fahren. Wenn ich den Führerschein hätte, ich würde durchfahren! Stundenlang nach vorne glotzen, Kilometer fressen, im Dunkeln Angst vor Wildwechsel haben und nur zum Tanken völlig übermüdet mit roten Augen und Schokoladengeschmack im Mund anhalten. Ich will heute maximal weit kommen!

Ich muss unauffällig was unternehmen. Ich sehe in die Sonne. Das Schild zur Autobahn. Wir sind noch nicht mal drauf. Wir sind erst drei Kilometer gefahren, und schon denken alle nur an Party.

»Leute, lass uns heute aber noch ein paar Meter schaffen!«

Ingo nickt.

»Klar. Wir fahren bis kurz vor die Grenze.«

»Wie weit ist das?«

Ingo lacht meckernd.

»Mann, du hast ja wirklich keine Ahnung. Ziemlich genau sechshundertfünfzig Kilometer.«

Oh, das ist weit! Ich dachte so zweihundertfünfzig, maximal dreihundert.

Borawski macht zischend seine dritte Dose auf. Ingo greift winkend nach hinten. Borawski wühlt in seiner Tüte und steckt Ingo von hinten eine Dose in seine leere Hand. Ingo macht sie zischend auf und trinkt. Dann muss Borawski unheimlich pissen und ich auch, und dann stehen wir gut angesoffen nebeneinander im grausamen Neonlicht einer Autobahnraststätte.

Als wir zum Wagen zurückkommen, studiert Ingo bei offener Tür die Karte.

»Ey, Leute, ich schlage vor, wir fahren die nächste raus und suchen uns ein schönes Plätzchen.«

Scheiße! Ich wusste es! Borawski ist mit allem einverstanden. Ich betrachte die Karte.

»Wie weit sind wir denn schon gefahren?«

Ingo klappt die Karte einmal um und lässt seinen Blick darüber wandern. Dann beugt er sich nach vorne und guckt hinter sein Lenkrad auf den Tacho. Natürlich hat er ihn im Moment der Abfahrt mit seinem Handfeger auf null gestellt.

»Zweihundertdreiundvierzig Kilometer.«

Ich denke an die ferne Grenze. Zweihundertdreiundvierzig minus sechshundertfünfzig sind so ungefähr noch dreihundert. Das sind mindestens drei Stunden, fast ein halber Tag. Es ist auch erst fünf Uhr. Die Sonne steht noch steil am Himmel und klebt uns am Bitumen der Raststätte fest. Ich denke an meinen Vater, der spätestens morgen Abend einen Anruf aus Blutsalat erwartet, wo er am besten noch mit Ingos Onkel sprechen will. Dann denke ich an mein Handy und dass ich meinen Vater natürlich von überallher anrufen kann. Und einen Typen, der sich als Onkel zur Verfügung stellt und im Hintergrund Französisch brabbelt, finde ich auch überall.

Zur Not macht es Borawski.

»Ja, ja, Ihr Sohn ist gut angekommen. Es geht ihm super! Er liegt schon total besoffen im Bett!«

Da fällt mir auf, dass meine Alten sehr wohl Ingos Onkel anrufen werden, denn der könnte ja auch Deutsch sprechen. Wobei, nein, es ist ja der Bruder von Ingos Mutter, die ja aus Frankreich kommt – nur, wissen das auch meine Alten?! Scheiße! Nein, nein, es war der Mann von Ingos Tante, und der kommt schließlich aus Frankreich, die hat ja einen Franzosen geheiratet, so war es, genau!

Jetzt kann ich nur noch hoffen, dass ich es so gesagt habe. Oder, sollte ich anrufen und es noch mal genau erklären?!

Wir könnten jetzt wirklich Bier holen und uns ein schönes Plätzchen suchen. Solange wir noch nicht aufgeflogen sind, ist alles gut. Die Zeit sollte man genießen. Ingo hat recht. Dann denke ich an das ganze Geld, das Bier kostet und das doch bis Blutsalat und zurück reichen muss … So eine Reise bringt automatisch ja auch eine gewisse Entfernung zum elterlichen Portemonnaie mit sich, wo ich jetzt nicht einfach hinlatschen und es öffnen kann, um ein paar Scheine rauszuziehen. Ich habe dreihundert Euro dabei, zweihundert von meinen Alten bekommen und hundert von meinen Alten geklaut. Ich weiß auch gar nicht, wie viel Kohle Borawski dabeihat.

Die arme Sau, in seiner Tasche die geflickte, ausgeleierte Unterwäsche seiner Mutter und als Proviant eine schrumpelige Zucchini. Borawskis Mama steht am Bügeltisch und legt die Wäsche schön zusammen. Dann blickt sie in das schlafende Gesicht ihres Sohnes und muss ein bisschen weinen, weil sie so arm sind und der Junge ihre Unterhosen tragen muss. Steck dir die Zucchini in den Arsch, denkt sie, das hilft gegen den Hunger.

»Lass uns doch bis zur Grenze fahren, wie geplant.«

Ingo betrachtet mich.

»Mann, du kommst schon noch zu deinem Blutsalat! Ich hab keinen Bock, zwei Besoffene durch die Gegend zu fahren. Außerdem, wir hatten gar nichts geplant!«

Ich betrachte Ingo und stelle fest, dass er – so schwachsinnig er auch sein mag – diesmal einfach absolut recht hat: Wir haben gar nichts geplant! Sollen die Bürger in ihren kleinen Reisemobilen doch alle an defekten Gasleitungen krepieren! Borawski zerdrückt knackend seine letzte Dose.

»Leute, wir brauchen neues Bier.«

30

Wir rollen einen Feldweg entlang. Die Autoreifen knirschen und lassen dicke Steine in die Wiese spritzen.

»Haben wir eigentlich ein Zelt oder so was?«

»Nö.«

Ich sehe aus dem Fenster. Seit Tagen haben wir strahlend blauen Himmel, und nachts sieht man die Sterne.

»Es wird nicht regnen.«

Ingo parkt den Wagen in einer Traktoreinfahrt zu einem Feld. Dann setzen wir uns in die Sonne und trinken Dosenbier mit großartigem Blick über ein warmes Tal, in dem die Insekten tanzen.

Dann ist die Sonne weg, und es wird kühl. Ich habe keinen Schlafsack mit, denn mein Gastvater hat natürlich ein dickes Federbett für mich bereitgestellt. Ich nehme mir eine alte Umzugsdecke aus Ingos Kofferraum. Ingo liegt in einem Schlafsack, mit dem man problemlos in der Arktis rumliegen könnte, und Borawski benutzt den alten, ärmlichen Bundeswehrschlafsack seines Vaters. Wir drehen uns auf die Seite und schlafen unter glitzernden Sternen ein.

31

Ich schlafe, und dann werde ich wieder wach. Irgendeine Mücke summt um mich rum. Nein, sie fiept mir aus dem Boden in mein Ohr. Mein Kopf liegt in dichter, kribbelnder Wiese, und unter meinem Ohr kämpft ein Insekt flatternd und schreiend um seine Freiheit. Soll es sie bekommen!

Ich setze mich hoch und fächere mit meinen Fingern durch das dunkle Gras, damit das Vieh abhauen kann und endlich Ruhe ist. Ich lege mich wieder hin, und das Teil strampelt und schreit immer noch. Ich ziehe meine Decke darüber und haue dumpf mit der Faust drauf. Jetzt fiept es nicht mehr, aber es flattert immer noch. Ich rutsche rum und wälze mich an eine andere Stelle. Da ist jetzt natürlich eine harte Wurzel unter meinem Kopf.

Ich weiß, dass ich auf der ganzen Welt jetzt keine gemütliche Stelle mehr finde. Dass alles so schön gemütlich und warm war, als ich einschlief, lag an den zahllosen Bieren, die ich getankt hatte. Jetzt lässt die Bierwirkung langsam nach, und die Kifferei in meinem Körper gewinnt die Oberhand. Alles ist klar und scharf. Hinter jedem Busch hockt theoretisch ein Monster. Mein Herz klopft unangenehm gluckernd.

Ich sehe in die Sterne. Ich dreh mich zur Seite, und da steht Ingos Corsa im Mondlicht. Ingo und Borawski schlafen viel zu laut! Ich stehe auf, steige barfuß in meine Schuhe, laufe ein paar Schritte und pinkle in die Nacht. Ich bin sicher, dass man mich bereits beobachtet. Das Tal sieht fantastisch aus. Unten, im dunklen Graben, wabern leichte Wolkenschlieren, Laternenlichter eines Dorfes glitzern orange von der schwarzen Talseite gegenüber. Es ist still. Ich betrachte unseren Platz. Wenn morgen früh ein Bauer auf sein Feld will, dann fährt er Ingos Kopf ab. Ich sollte Ingo wecken, damit er sich ein Stück zur Seite rollt.

Ich laufe in meinen notdürftig übergestülpten Schuhen zu meiner Decke zurück und setze mich dort wieder hin. Ich sehe mich um. Ich überlege, ob ich nicht etwas aufgrund unserer Situation unternehmen soll, aber ich weiß nicht, was. Ich weiß ehrlich gesagt auch nicht so genau, was unsere Situation eigentlich ist.

Wenn ich mich jetzt hinlege, bekomme ich Insektenangst. Bleibe ich aber sitzen, habe ich Angst, dass mich ein Förster sieht, der nachts unterwegs ist. »Mensch, da ist ja einer wach«, wird er denken, sein Gewehr durchladen und abdrücken. Dann kommen die Bullen und finden unser Hasch und natürlich: den Kopf!

Ich hole tief Luft, und beim Ausatmen rieche ich die vielen

Kippen, die ich beim Bier zur Feier des Tages geraucht habe. Eigentlich bin ich Nichtraucher. Ekelhaft, sich diesen Müll in seine schönen Organe zu ziehen. Ich taste meinen Brustkorb nach Atembeschwerden und anderen Anzeichen für Lungenkrebs ab. Mann, warum kann ich nicht einfach friedlich pennen wie die anderen?

Ich leg mich wieder hin und versuche zu schlafen. Ich sehe in den Sternenhimmel, und mir fallen Berichte ein, die ich schon einmal über Sternschnuppen gelesen habe. Jeden Tag landen Tausende von Tonnen aus Sternschnuppen auf der Erde. Ganz so unwahrscheinlich ist es also nicht, dass man von einem Stein aus dem Weltall getroffen wird!

Ich setze mich wieder auf. Mein Herz klopft. Nach der Angst vor einem Förster habe ich nun Angst, von einem Meteoriten erschlagen zu werden! Was für ein Unsinn! Ich sehe mich um und nehme mir vor, dabei nicht an den Förster zu denken. Trotzdem verhalte ich mich weiter unauffällig – nur zur Sicherheit, nur, *falls* doch ein Förster im Wald hockt.

Unten im dunklen Tal rauscht es wieder. Ich sehe vorsichtig hin. Ein Auto auf der Straße schiebt seine Lichtkegel um die Kurven. Das können durchaus auch ein paar Typen sein, die jetzt in den Wald fahren wollen, um sich zu betrinken. Wenn Ingos Corsa in ihren Scheinwerferkegeln auftaucht, halten sie an und ermorden uns auf bestialische Weise. Hier lag doch vorhin so ein Ast rum?! Ich taste in der Wiese rum, bis ich ihn habe. Das ist ein tauglicher Knüppel, den ich gut gebrauchen kann, falls die Typen aufkreuzen. Ich ziehe ihn zu meinem Schlafplatz und lege ihn neben meine Decke. Alles schön in Bodennähe, damit man aus der Entfernung nicht sehen kann, was ich tue. Meine Hand umfasst das kühle, feuchte Holz. Eine gute Keule. Eine Sorge weniger!

Ich betrachte die Welt. Ein wenig Entspannung dringt durch meine Haut, wie eine warme Creme, die beinahe bis zu den Knochen hinuntersinkt. Ich denke an einen fingergroßen Öltanker, der, wenn er auf meiner Haut fährt, bei voller Beladung mit seinem Kiel meine Knochen berühren würde. Man bräuchte vier Riesentanker, die nebeneinander auf dem Meer fahren, und, vorne und hinten an den Kontinenten befestigt, von einem gottähnlichen Wesen wie Basssaiten über den Planeten gespannt werden. Der Planet spielt Bass auf Öltankern!

Ich betrachte meine Füße. Ich hatte schon immer schöne Füße. Alles andere an mir ist kindlich, krumm und schwach, aber meine Füße sind geil. Vielleicht wächst da oben noch mal ein Mann dran. Mein Pimmel ist zu klein.

Ich bekomme Angst, dass Ingo vergessen hat, seine Handbremse anzuziehen und sein Corsa gleich ins Tal rollt, wo er sich donnernd und blechkrachend in der Dunkelheit überschlägt und dann durch das Dach eines Kindergartens knallt, in dem heute Nacht ausnahmsweise alle Kinder übernachten.

Was dann hier los wäre! Blaulicht, schreiende Eltern, Hubschrauber, Fernsehen. Soll ich aufstehen und die Handbremse fester ziehen?

Nein, Ingo legt immer einen Gang ein, und außerdem steht der Wagen seit Stunden völlig ruhig da. Die beiden schlafen einfach zu laut!

Ich lege mich wieder hin. Das muss für den Förster jetzt wirklich ein komisches Bild sein. »Der setzt sich hin, und dann legt er sich wieder hin und wieder hoch und wieder hinlegen? Der ist doch voll mit Drogen! Ich hol die Bullen!«

Ich setze mich auf. Ich muss was unternehmen! Ich schmeiß unser Dope weg! Ich höre auf mit der Kifferei! Ich bekomme doch nur Paranoia davon, und eigentlich macht es schon lange keinen Spaß mehr. Die herrlichen Zeiten, in denen ich kichernd unter den Tisch fiel, sind lange vorbei. Ich möchte endlich wieder rumliegen und mich wohlfühlen.

Ich steige in meine Schuhe und stakse zu unserem Saufplatz am Hang zurück. Jetzt bloß nicht in eine leere Dose treten, dann sind Borawski und Ingo und das ganze Dorf gegenüber sofort hellwach. Schon aus fünf Metern Entfernung sehe ich das Tabakpaket im Mondlicht glänzen. Ich gehe hin und fingere das Dope raus. Ich betrachte den Klotz. Eins a Maroc, keine Genscheiße, verstehse? Ungefähr noch sieben Gramm, so groß wie ein Daumen. Ich betrachte die Welt. Ich spüre die Wiese, meine schief übergestülpten Schuhe, meine gespannte, das Bierdosenplatttreten fürchtende Körperhaltung, der nächtliche Heugeruch, der mir von einer leichten Brise in mein heißes Gesicht geweht wird, das – wenn ich Pech habe – bald von Tumoren übersät sein könnte.

Ich lasse das Dope gefährlich in meiner Hand auf und ab hopsen. Meine Beine werden warm, ich spüre jeden Stein, jeden Grashalm unter meinen Füßen durch die Plastiksohlen meiner Schuhe. Ich sehe zu Ingo und Borawski rüber. Die können mich am Arsch lecken! Es ist eine Unverschämtheit von ihnen, über mein Leben bestimmen zu wollen!

Ich hebe meinen Arm und drehe ihn nach hinten. Das Dope liegt jetzt in meiner Hand, wie ein Stein auf einer gespannten Steinschleuder. Wenn ich werfe, ist morgen Katastrophe angesagt! Wahrscheinlich werden wir zurückfahren. Ich habe es in der Hand! Im wahrsten Sinne des Wortes. Ich grinse. Ich hole Luft. Ich tu es jetzt einfach!

Und los!

Mein Arm wirbelt an mir vorbei! Ich sehe in meine Hand. Sie ist leer, ich habe es getan! Der Arm tut mir weh. Ich spitze die Ohren und höre in dunkler Ferne ein ganz leises Pffft vom Aufprall des Dopes. Sicherheitshalber merke ich mir die Richtung, aus der der Aufprall kam.

32

Hitze kitzelt mich wach. Eine Fliege nascht an meinem Auge. Ich fuchtel sie weg und stütze meinen Arm in die Wiese. Ich sehe mich um.

Die Sonne steht schon hoch am Himmel. Ich hab Durst. Borawski rollt gerade seinen Schlafsack zusammen. Ingo wälzt sich noch hin und her und versucht, unter seinen Händen Schatten zu finden. Ich klappe die Corsatür auf und wühle nach einer Sprudelflasche. Ich wackel am Auto, nur mal so, zum Spaß. Wie konnte ich gestern Nacht ernsthaft glauben, es bestünde auch nur die geringste Gefahr, diese Karre könnte den Hang herunterrollen?! Ich grinse über mich. Mann, Mann, echt verrückt! Ich finde kein Wasser und betrachte den Wald, in dem gestern vielleicht ein Förster saß. Absurd!

Ich betrachte Borawski.

»Ey, ham wir was zu trinken?«

Borawski schüttelt mit dem Kopf. Er steckt sich eine an und tritt Ingo.

»Steh auf, wir hauen ab. Frühstücken.«

Ingo wird beim Einpacken des Tabaks sicherlich das fehlende Dope bemerken. War auch wirklich bekloppt, es wegzuwerfen. Mist. Ich muss es suchen.

»Ich geh mal pinkeln.«

Ich laufe die Wiese runter, dahin, wo es gelandet sein könnte. Ich blicke zurück. Ingo ist noch nicht zu sehen, und Borawski wühlt irgendwie im Corsa rum. Ich suche den Boden ab. Nichts zu sehen. Mann, wie konnte ich nur so doof sein?! Ich knie mich auf die Wiese und taste das Gebiet weiträumig ab.

Borawski sieht mich in der Wiese rumhocken. Er schreit runter.

»Alter, was fühlst du da ekelig in deiner Pisse rum?!«

»Ich glaub, ich hab Geld verloren!«

»Ach so.«

Borawski verliert wieder das Interesse. Gute Idee mit dem Geld! Gut, dass das geklärt ist, jetzt kann ich hier so lange rumkriechen, wie ich will. Geld suchen! Was kann es auf diesem Planeten Wichtigeres geben? Ich taste weiter. Ich biege die Grasbüschel zur Seite oder drücke sie platt, in der Hoffnung, etwas Hartes, Viereckiges darunter oder dazwischen zu spüren. Ich sehe mich um. Es ist sinnlos. Die in Frage kommende Fläche ist so groß wie der Parkplatz vor unserem Aktiv-Markt. Scheiße! Ich steh auf und laufe wieder hoch. Oben sehe ich schon aus dem Augenwinkel, dass Ingo bereits das Dope sucht.

»Was ist?«

Ingo gräbt in allen Sachen rum.

»Das Dope ist weg, Alter!«

»Quatsch, kann nicht sein!«

»Doch, Mann!«

Ingo steht auf.

»Im Tabak ist es nicht, in meinen Taschen auch nicht … Scheiße!«

Da ich es war, der es gestern unter Zeugen in den Tabak getan hat, sollte ich das auch sagen, bevor es den anderen wieder einfällt.

»Ey, Alter, aber ich hab es doch selbst in den Tabak getan!«

Ingo schüttelt mit dem Kopf.

»Ich weiß. Da ist es aber nicht mehr. Scheiße!«

Mir fällt ein, dass es vielleicht besser ist, das Material zum Festkleben des Kopfes bereits in Deutschland zu kaufen, damit man uns keinen Mist andreht. Ich glaube, keiner hier kann Französisch.

»Ingo, kannst du eigentlich Französisch?«

Ingo betrachtet mich.

»Wieso das denn?«

»Wir müssen vor der Grenze noch an einem Baumarkt halten. Nachher drehen die uns noch weiße Elefantenscheiße als Gips an.«

Borawski lacht und nickt. Ingo schüttelt mit dem Kopf.

»Denk doch nicht immer nur an deinen Scheißplan! Hilf lieber suchen!«

Ich stemme die Arme in die Hüften.

»O.K., Leute, wo kann das Dope denn sein?«

»Im Auto. Ist es aber nicht.«

Ingo und Borawski haben jetzt merkwürdigerweise ebenfalls ihre Arme in die Hüften gestemmt. Es scheint die international anerkannte Körperhaltung zu sein, wenn man gemeinsam etwas Wichtiges sucht.

So stehen wir uns im Kreis gegenüber. Wie eine Gruppe Männer, die gleich ein Raumschiff reparieren wird und es akzeptiert hat, die Erde eventuell nie wiederzusehen. Obwohl natürlich alles Menschenmögliche dafür getan wurde, dass es gut geht. Aber, dieses männliche Restrisiko, egal ob bei der Raumfahrt, beim Segeln oder beim Saufen – das kann man den Bartstoppeln in den Werbungen immer ansehen, wenn sich die Typen gegenüberstehen und ein letztes Mal zunicken, bevor sie gemeinsam in ein Schnapsfass springen.

Ich weiß ja, wo das Dope ungefähr liegt. Wenn wir gemeinsam da suchen, dann finden wir es auch. Aber wie mach ich das, ohne von gestern Nacht zu erzählen? Zu dumm, dass mich Borawski gerade beim Hinhocken gesehen hat! Das macht es doppelt schwierig. Wobei, nein, ist doch ganz einfach!

»Warte mal …«

Borawski und Ingo sehen mich an.

»Was?!«

»Ich glaube …«

Ich gehe ein paar Schritte umher, damit sie denken, ich würde überlegen. Dabei überlege ich aber nicht, sondern denke nur darüber nach, wie lange ich wohl rumlaufen muss, damit sie mir auch glauben, ich würde überlegen.

»Also, ich glaube, ich hab noch einen Spaziergang gemacht …«

Ingo legt seinen Kopf schief.

»Du hast doch schon gepennt, als wir uns abgelegt haben.«

»Echt? Ich meine auch danach, Alter! Ich bin wach geworden und rumgelaufen. Da runter. Ich hab den Tabak mitgenommen. Dann bin ich heute ganz früh da unten wach geworden. Deshalb hab ich auch grade das Geld gesucht.«

Borawski ist begeistert.

»Astrein! Dann suchen wir da!«

Ingo ist sauer.

»Wieso fällt dir das denn jetzt erst ein?!«

Ingo schüttelt den Kopf, wir drei stiefeln runter, hocken uns hin und beginnen die Wiese abzutasten.

Ich denke an den Förster. Wenn der jetzt guckt, wird er glauben, drei Typen trainieren ernsthaft für ihr zukünftiges Leben als Schaf. Sie kriechen auf allen vieren am Hang herum und legen ab und zu die Köpfe ins Gras. Ich sehe mich um, aber natürlich guckt niemand.

33

Es ist halb eins. Keiner von uns hat schon etwas getrunken. Wir hocken seit beinahe zwei Stunden in der Wiese und tasten immer wieder die gleichen Stellen ab.

Plötzlich steht Ingo auf.

»Leute! Das ist mir zu bekloppt! Die ganze Aktion war von vornherein Schwachsinn! Ich hau ab nach Hause! Ich muss was frühstücken. Wer mitkommen will, sollte jetzt einsteigen!«

Ingo stapft die Wiese hoch. Borawski sieht mich an. Ich rufe Ingo hinterher.

»Alter, jetzt verlier nicht die Nerven! Frühstücken müssen wir alle. Wir können ja später weitersuchen.«

Ingo dreht sich nicht um.

»Überleg's dir einfach! Ich fahre nach Hause.«

Borawski und ich laufen Ingo hinterher. Kurz vierhundert Kilometer nach Hause fahren, o.k., aber: alles abbrechen? Dafür ist es jetzt zu spät!

Wir können nicht einfach so sitzenbleiben, ohne jede Aktion, ohne Rache an Mairesse, der Sau, der uns ein ganzes Jahr klaut, nur weil er uns erziehen will!

»Ingo, lass uns von mir aus zu Wörnie fahren und neues Dope holen! Ich zahl die Scheiße auch. Aber jetzt nicht komplett abhauen!«

Ingo schmeißt seinen Schlafsack in den Kofferraum. Ich betrachte den Kopf des Soldaten unter dem Laken.

»Alter, wie sollen wir denn ohne dein Auto den Kopf transportieren?!«

Ingo haut den Kofferraumdeckel zu, läuft nach vorne und setzt sich hinters Steuer.

»Ist mir egal. Kommt ihr mit oder nicht?«

Ich schiebe Borawski zur Seite. Dabei berühre ich wieder diese warme, wabbelige Schulterscheiße. Wenn Ingo uns noch nach Blutsalat fahren soll, müssen wir jetzt sensibel sein! Da ist Fingerspitzengefühl gefragt!

»Ingo, komm, wir werden 'ne geile Zeit haben. Wir sind gemeinsam auf Tour! Komm, wir fahren einfach weiter und kaufen in Frankreich neues Dope! Ist doch egal.«

»Marseille ist voll damit, Alter!«, ergänzt Borawski.

Ich vermute, dass es sich dabei um eine Stadt in Frankreich handelt, über die Borawski schon mal was im Fernsehen gesehen hat. Irgendetwas, was mit Drogen zu tun hatte. Vielleicht ein Bericht über illegal eingewanderte Bauarbeiter, die in der Kloake wohnen und verzweifelt versuchen, sich Waschbecken in die Venen zu spritzen, um ihren Schmerz über den Verlust der Heimat etwas zu lindern. Borawski muss abnehmen, bevor sein Gehirn von den Fettmassen völlig zerstört wird! Ich muss ihm dabei helfen! Ich werde auf Borawski in dieses Marseille reiten! Das wird ihm guttun! Borawski trägt hautenge, blau-rote Sportklamotten. Ich sitze mit einem echten Pferdesattel auf seinem Rücken und peitsche auf ihn ein, was das Zeug hält. Ohne Gnade! Kilometer um Kilometer! Bis er tot zusammenbricht! Das wäre zumindest das Ende seiner ekeligen Schulter!

»Komm, Ingo. Wir fahren frühstücken, und dann sieht das alles schon ganz anders aus!«

Ingo schüttelt mit dem Kopf.

»Hört auf, mir in den Arsch zu kriechen! Ihr seid nur nett zu mir, weil ich euch fahren soll!«

Ich lege beide Hände auf sein Autodach.

»So 'n Scheiß! Wir wollen, dass du dabei bist!«

Borawski zeigt mir heimlich den Vogel. Ingo steigt aus. Er läuft noch einmal zum Kofferraum, öffnet ihn, packt den Kopf, hebt ihn an und lässt ihn polternd neben das Auto in die Wiese fallen. Dabei rollt der Kopf halb aus dem Tuch raus. Ein leeres Steinauge guckt in den Himmel. Ingo geht zu seinem Auto zurück. Er setzt sich rein, schnallt sich an, startet und dreht rückwärts aus der Wiese auf den Feldweg zurück. Dann poltert er langsam, Steine spritzend den staubigen Weg zur Straße hoch. Borawski blickt ihm hinterher.

»Was für eine Sau!«

Ich schnaufe.

»Komm, lass mal. Der Typ ist einfach am Ende. Ich glaube, der ist wirklich drogenabhängig.«

Borawski greift einen Klumpen Erde aus dem Feld, läuft ein paar Schritte und feuert ihn Ingos Auto hinterher.

»VERPISS DICH, DU KRANKE SAU! DU DROGENWICHSER!!«

Borawskis Erdklumpen rammt schon nach fünf Metern Flug wieder den Boden. Es war offensichtlich bislang der erste Erdklumpen, den Borawski in seinem Leben geworfen hat. Wir stehen und gucken, bis der kleine Corsa rumpelnd vom Feldweg abbiegt und in die Straße verschwindet. Dann ist er ganz weg. Ich schüttele den Kopf.

»Ich fass es nicht. Der fährt tatsächlich wieder nach Hause …«

»Hoffentlich trifft er nicht deine Eltern!«

Mann, da hat Borawski recht! Allerdings haben die sich in den letzten zehn Jahren nur einmal getroffen, und das war vor einer Woche, nachts, als Ingo den Hammer in der Hand hatte.

»Unwahrscheinlich«, sage ich und beschließe, auch daran

zu glauben, was ich da sage. Ich muss an den Gips denken. Der Baumarkt!

Wir dürfen jetzt nicht schluderig werden! Es gilt, Mairesse zu zeigen, was wirklich los ist! Ich brauche keine weitere Paranoia-Attacke, bei der ich mir gegen meinen Willen ausmalen muss, wie das äußerst unwahrscheinliche Treffen von Ingo und meinen Eltern abläuft.

Ich bin jetzt doch froh, dass ich das Dope weggeworfen habe! Auch, wenn das vermutlich bedeutet, dass wir erst nach Marseille müssen. Borawski und ich sehen uns an. Neben uns liegt der Kopf in der Wiese und schielt einäugig in die Luft. Hinter uns steht mein Rucksack, der zu fünfundneunzig Prozent mit Unsinn gefüllt ist. Was in Borawskis Sporttasche drin ist, will ich lieber gar nicht wissen. Ich betrachte Borawski.

»Wie viel Geld hast du eigentlich dabei?«

Borawski guckt mich an.

»Nichts, Alter. Nicht einen Cent.«

34

Es ist beinahe drei Uhr am Nachmittag, und wir müssen hier weg. Das Dope zu finden, haben wir aufgegeben.

»Erst mal brauchen wir was zu trinken.«

»Was machen wir mit dem Kopf?«

»Ja, mitnehmen natürlich!«

Borawski sieht mich zweifelnd an.

»Aber wie?«

»Na, im Rucksack. Ganz einfach!«

Ich öffne den Rucksack meiner Schwester und beginne, meine Sachen auszupacken. Ich fürchte, der Kopf passt gar nicht rein, aber das braucht Borawski nicht zu erfahren. Erst mal alle Hefte raus. Ziemlich fetter Stapel. Kann alles weg. Terschellingkarte? Weg damit. Stifte? Einen behalte ich, der Rest kann weg. Dann kommen ein paar Klamotten. Die behalte ich auch.

»Borawski, du nimmst meine Regensachen. Und du schleppst alle Fressalien. Haben wir Besteck oder Kocher oder so was?!«

Borawski zuckt mit den Achseln.

»Ich nicht.«

Ich betrachte ihn.

»Was hast du überhaupt in deiner Tasche, wenn ich fragen darf?«

»Stange Zigaretten, Chips, mein Gameboy, paar geile DVDs. Paar Klamotten, aber weiß nicht welche, weil, die hat meine Mutter eingepackt, Schlafsack, weißt du ja, Flaschenöffner, Pass ...«

Ich betrachte die Wiese.

Pass!

Dieses Wort schneidet tief in meine Bauchdecke.

»Meinst du, man braucht einen Pass?«

»Natürlich! Alter, ohne Pass kannst du da nicht rein. Die kontrollieren zwar fast nie, aber wenn, dann brauchst du einen.«

»Und wenn ich keinen habe?«

»Dann schicken sie dich wohl wieder nach Hause.«

Mann, Mann. Natürlich hab ich keinen Pass dabei! Ich glaube, ich hätte sowieso nur einen Kinderausweis zuhause gehabt. Dass meine Alten auch immer so unaufmerksam sind! Mein Vater ist so unpraktisch und meine Mutter einfach zu blöd.

»Scheiß drauf. Dann zockeln wir eben über die grüne Grenze!«

»Alter, willst du mit der Betonkugel durch den Rhein schwimmen?«

Der Rhein? Welcher Rhein? Ich überlege. Jetzt ist offensichtlich der richtige Moment, sich über die Zusammenhänge an der deutsch-französischen Grenze zu informieren. Ich weiß auch schon wie! Mit einer Landkarte!

»Haben wir eine Karte? Außer von Terschelling. Wo die Grenze drauf ist.«

»Ich nicht.«

»Mann, Ingo, die Sau! Hätte uns wenigstens seine Karte dalassen können.«

»Oder die Wegbeschreibung.«

Na ja. Borawski ist einfach nicht so schlau. Das ist einfach eine schmerzende Tatsache. Was soll denn auf der Wegbeschreibung stehen? »Für alle, die einen bis zu vierzig Kilogramm schweren Soldatenkopf aus Beton dabei und ihren Pass vergessen haben, wird empfohlen, sich unterhalb der Rheinbrücke um drei Uhr morgens mit Saugnäpfen entlangzuhangeln. Danach weiter auf der E 34.«

Borawski zündet sich eine an. Der raucht ganz schön viel, der Fettsack! Was, wenn ich morgens im Zelt aufwache und er ist tot? Das kann ja eine schöne Reise werden. Der bekommt nachts einen Herzinfarkt, und ich kriege noch nicht mal was davon mit?! So etwas gibt es!

Welches Zelt denn? Wir haben ja kein Zelt! Er würde neben mir unter freiem Himmel tot aufgefunden werden, vermutlich, während ich noch schlafe. Aber jedenfalls müsste ich die Bullen nicht anlügen, wegen irgendwelcher Drogen. Herzinfarkt wäre eine klare Angelegenheit, da müsste nichts vertuscht werden. Nur den Kopf müsste ich verschwinden lassen.

»O.K., also, ich pack den Kopf in meinen Rucksack, du nimmst meine wichtigen Dinge, den ganzen Heftescheiß werf ich weg.«

Borawski guckt sich den Stapel Bücher und Hefte an.

»Das kannst du doch nicht wegwerfen?!«

»Wieso nicht?«

Darauf weiß auch Borawski keine Antwort. Warum nicht einfach wegwerfen?! Ich gucke da sowieso nicht mehr rein. Selbst wenn ich wollte, ich könnte es gar nicht. Erstens keine

Zeit, zweitens kann ich mich nicht konzentrieren. Also reiner Ballast. Weg damit!

Ich gehe mit dem leeren Rucksack zum Kopf und lege ihn davor. Ich öffne ihn, so weit es geht, und rolle den Kopf hinein. Er passt gerade so eben. Super! Ich schiebe und drücke, bis er richtig tief im Rucksack steckt. Was für eine Kugel! Ich mache den Rucksack zu und hebe ihn hoch. Mit beiden Händen.

»Alter, das Teil ist … Mann! Schwere Scheiße noch mal!«

Der Rucksack pendelt an meinem Rücken und scheint mich in die Tiefe zu ziehen. Ich federe in meinen Knien und werfe ihn mit meinem Becken etwas hoch. Jetzt habe ich den Rucksack halb auf dem Rücken, da kommt Borawski angesprungen und hebt ihn mir ganz drauf. Der Ritter und sein Knappe. Mann, was für eine Kugel! Was für ein Gewicht! Das schaffe ich keine ganze Stunde am Tag! Ich drehe mich mit der Kugel um mich selbst, und Borawski lacht mich aus.

»Sieht krass aus, Alter! Du musst noch was anderes in den Sack stopfen. Wenn ich Bulle an der Grenze wär, ich würd dich sofort anhalten. Was für eine Kugel im Sack!«

Ich kann mich kaum umdrehen und spreche über meine Schulter.

»Dann stopf meine Sachen wieder oben drauf! Die Regenklamotten!«

Borawski tut stöhnend, wie ihm geheißen wurde, und bindet meinen Rucksack oben zu.

»Alter, was sollen wir denn jetzt machen?!«

Ich betrachte Borawski. Was ich von amerikanischen Filmen weiß, ist, dass der Typ, der am Anfang die Frage »Was sollen wir denn jetzt machen?!« stellt, die ersten zwanzig Filmminuten nicht überlebt. Wenn ich jetzt was Schlaues antworte, wird Borawski während der gesamten verbleibenden Zeit mein Diener sein. Und in Anbetracht des unglaublichen Gewichts auf meinem Rücken brauche ich unbedingt einen Diener! Borawski sieht umher, als hoffe er, noch einen anderen Menschen zu sehen, der für ihn als Chef in Frage kommt.

»Aber, wie kommen wir denn jetzt nach Blutsalat?«

»Wir laufen hoch an die Straße und trampen los.«

»Welche Richtung?«

Zugegeben, diese Frage ist schwer zu beantworten. Wir wissen leider nicht, wo wir sind, noch, wo wir hinmüssen. Noch nicht mal die ungefähre Himmelsrichtung. So lässt sich ein Weg natürlich nur äußerst schwer bestimmen.

»Egal! Erst mal weg hier. In der nächsten Stadt holen wir uns 'ne Karte und checken alles.«

»Was ist mit Frühstück?«

Oh, Mann, ich wollte einen Diener, keinen Behinderten! Halt durch, Dickwanst!

»Wir frühstücken in der nächsten Stadt, es sei denn, es passiert was anderes. Komm.«

»Was machen wir mit den Büchern? Da steht doch dein Name drin. Wenn die das finden, glauben die, du bist tot.«

Wer zum Teufel sollen denn jetzt wieder diese »Die's« sein?! Ich betrachte den Stapel. Aber Borawski hat recht. Wenn jemand von den »Die's« den Stapel findet, glauben alle, ich wäre ermordet worden. Dann suchen die hier alles ab, mit Hunden und Hubschraubern. Dann finden die das Dope und natürlich auch Reifenspuren und dadurch auch Ingo, der heulend alles über unsere Reise gesteht. Dann schnappen sie uns, bevor wir Blutsalat erreicht haben.

»Wir vergraben alles!«

Merkwürdigerweise nickt Borawski ohne Widerspruch. Ich schwinge meinen sauschweren Rucksack vom Rücken und lasse ihn auf die Wiese fallen. Was für eine Entspannung! Ich bin leicht wie eine Feder. Das Teil wiegt bestimmt fünfunddreißig Kilo. Ich laufe rum und suche etwas zum Graben. Mit zwei Stöcken buddeln wir ein Loch in den staubigen Untergrund. Es hat lange nicht mehr geregnet. Es dauert, aber schließlich ist das Loch groß genug. Wir schieben die Hefte und Bücher hinein, decken sie mit Erde ab und treten alles fest.

»Gut. Also komm.«

Ich zerre mir den Rucksack auf den Rücken, und wir laufen zur Straße hinauf. Schon nach zehn Metern kann ich nicht mehr. Ich werde langsamer, Borawski überholt mich schon. Jetzt muss ich mir seinen schiefen Arsch beim Laufen ansehen. Schweiß tropft und juckt mir im Gesicht. Monoton stampfe ich Meter um Meter nach oben.

Endlich sind wir da und stehen an einer kleinen Landstraße. Kein Schild, kein Auto, kein Schatten. Nur eine nagelneue, gebogene Fahrbahn zwischen den Feldern. Eine leichte Brise kühlt meine heiße Haut. Da hinten kommt ein Auto. Ein weißer, alter Golf. Borawski hält den Daumen raus und betrachtet mich.

»Richtung ist egal, oder?«

Ich nicke. Borawski zeigt auf meinen Rucksack.

»Alter, pass beim Einsteigen auf, dass du mit deiner Kugel nicht die Autos demolierst.«

Da hat er gar nicht so unrecht. Das wäre bestimmt schlecht für die Stimmung, wenn mein Rucksack gleich eine Scheibe aus dem Auto raushaut. Der Golf saust vorbei. Ich sehe ihm hinterher.

»Arschloch.«

»Weißt du doch gar nicht. Ich würde uns auch nicht mitnehmen.«

»Warum nicht?«

Borawski überlegt.

»Zwei Typen, eventuell gewaltbereit, 'ne Tasche und ein riesiger Rucksack mit Bombe drin.«

»Wir sehen doch nicht wie Assis aus!« Borawski betrachtet mich.

»Du schon.«

Ich werfe meinen Rucksack an die Straße und hocke mich auf seinen steinharten Inhalt. Ein Auto rauscht vorbei. Noch eins. Dazwischen Grillenzirpen. Ich blinzele durch meine schwitzigen Augen zu Borawski. Er raucht.

»Alter, das nächste Mal, wenn ein Auto kommt, versteck bitte deine qualmende Kippe!«

»Wieso das denn? Wer was gegen meine Kippen hat, der soll mich gar nicht mitnehmen. Dann kann ich im Auto ja nicht rauchen.«

Ich betrachte Borawski und überlege, ob ich vorhin vielleicht einen Fehler gemacht habe, als ich nicht mit Ingo nach Hause gefahren bin. Jeder Autofahrer wird sich fragen, was wir hier mitten in der Landschaft machen, und bei unserem Anblick Gas geben. Zuhause hätte ich bei meinen Eltern geklingelt, erzählt, dass Ingo den Kopf vom Denkmal dabeihatte und wir – also Borawski und ich – ihn deshalb zur Umkehr gezwungen haben. Dann würden wir vielleicht noch heute Nacht mit meinem Vater den Kopf wieder drankleben, und vielleicht würde sich dabei so was wie eine Freundschaft zwischen mir und diesem Mann ergeben. Er hat ja durch das ganze Haus gebrüllt, dass er die Aktion gut fand.

35

Endlich sitzen wir bei einem Typen im Auto. Es ist schon fast Abend geworden. Ich hab wahnsinnig Durst und Hunger. Unser Fahrer ist schon älter, aber noch nicht so alt wie meine Alten. Ein hagerer Typ mit Schnauzbart und Drahtbrille, eingewickelt in eine helle Übergangsjacke, an der er den Reißverschluss bis zum Hals zugezogen hat.

Er hüstelt und sieht nicht gerade gesund aus. Hoffentlich schafft er noch ein paar Kilometer, bevor er blutspuckend am Lenkrad zusammenbricht. Ich sitze vorne, die gigantische Kugel habe ich mir auf die Beine gelegt, und die fangen jetzt an, unter dem harten Gewicht bei jeder Bodenwelle zu schmerzen. Der Typ blickt auf meinen Rucksack.

»Was hast du denn da drin?«

Keine Ahnung, was ich jetzt sagen soll. Es muss aber auf jeden Fall schnell gehen, sonst wird er misstrauisch. Aber was sage ich ihm?

»Ja, da …«

Mir fällt nichts ein.

»Wollt ihr nicht drüber reden? Ist auch O.K.«

Was ist das denn für ein Spinner? So eine Esoteriksau?! »Du brauchst nicht drüber reden, wenn du damit ein Problem hast.« So was sagt immer mein Alter voller Verständnis, was dazu führt, dass wir einfach nie miteinander reden. Was antworte ich bloß?

»Nein, nein. Da gibt's nichts zu verheimlichen, es ist nur ein bisschen kompliziert zu erklären. Wir haben im Sportunterricht einen Medizinball aus Gips gebaut …«

»Aus Beton«, verbessert mich Borawski von hinten.

»Stimmt, aus Beton. Na ja, und meiner ist ein bisschen groß geworden. Sehen Sie ja. Hab aber trotzdem 'ne gute Note dafür bekommen.«

Mein Fahrer sieht zur Seite.

»Medizinball aus Beton?«

Ich drehe mich zu Borawski nach hinten. Der nickt, als ob die Unterrichtseinheit »Jeder baut einen Medizinball aus Beton« schon seit Jahren zur gymnasialen Routine gehört.

Unser Fahrer legt den Wagen in die Kurven. Für meinen Geschmack sieht er immer etwas zu lange von der Straße weg zur Seite. Ich sehe geradeaus, aber ich merke, wie er mich mustert.

»Und, was macht man mit so einem großen Medizinball aus Beton hier in dieser Gegend?«

Ich lächele ihn an und sehe schnell wieder weg. Ich schaue auf die Felder im Abendlicht und suche dort nach einer Antwort.

»Ach, meine Tante wohnt hier in der Gegend. Die wollte den unbedingt mal sehen, und weil schicken so teuer ist …«

Unser Fahrer nickt.

»Ach. Klar. Die Preise da sind wirklich … Man weiß gar nicht mehr, was man da machen kann. Die spinnen doch alle.«

Er lenkt das Auto, sieht geradeaus, und offensichtlich will er nichts mehr wissen. Zumindest vorerst. Es ist schon nervig, dieser Unterhaltungszwang. Vielleicht sieht er das genauso. Ein Schild saust vorbei. Vierundzwanzig Kilometer bis Koblenz. Da will unser Fahrer hin.

»Gibt es in Koblenz einen Kartenladen?«

Der Fahrer nickt.

»So Landkarten? Ja, klar. Da gibt es ein paar Buchhandlungen. Welche Karte sucht ihr denn?«

»Frankreichkarte.«

»Ja, ja. Die werdet ihr da finden.«

Hoffentlich sagt er jetzt nichts mehr. Ich gucke nach vorne und stelle mir vor, was passiert, wenn einer im Gegenverkehr einschläft und in uns reinknallt. Dann ist Ende im Gelände. Ich überprüfe meinen Gurt.

Jetzt guckt der wieder rüber.

»Wo wohnt deine Tante denn?«

»In Frankreich. Ja. Das ist ja das Problem mit diesem Medizinball.«

Borawski meldet sich von hinten.

»Ja, das ist das Problem. Wir hätten meinen nehmen sollen, der ist nämlich nicht so riesig geworden.«

Ich rücke mich krumm und sehe ernst nach hinten.

»Ja, aber deinen wollte meine Tante nun mal nicht sehen.«

»Ja, ist ja auch *deine* Tante.«

»Genau.«

36

Unser Fahrer lässt uns direkt vor einer Buchhandlung raus. Es dauert ewig, bis ich mich mit der Kugel im Sack aus dem Beifahrersitz erheben kann und sicher an der Straße stehe. Borawski klappt meinen Sitz nach vorne und quillt wie eine Luftblase aus dem hinteren Teil des Autos raus.

»Danke.«

»Keine Ursache. Viel Glück.«

Der Mann fährt weg, vermutlich zur nächsten Polizeistation, um uns zu melden. Ich sehe mich um. Wir stehen an einer Fußgängerzone, und es sieht ganz und gar nicht so aus, als ob wir schon beinahe fünfhundert Kilometer von zuhause entfernt wären. Gekachelter Boden, hässliche, zugeklebte Glasfronten von Drogeriemärkten, eine Bäckereikette, kurz: wie bei uns. Der gleiche Fußgängerzonengeruch von Backautomaten, Seife und weggeschrubbter Hundescheiße. Mann, es riecht gut!

Wir gehen in die Bäckerei und holen einen Haufen Brötchen und eine teure Flasche Wasser aus einem Kühlschrank. Wir zahlen, trinken die Wasserflasche direkt vor der Tür aus, rülpsen und stopfen uns die Brötchen ins Gesicht. Das hier ist das Paradies! Ein geiles Frühstück!

Es muss etwa sechs Uhr abends sein. Zuhause keine außergewöhnliche Zeit für Frühstück, aber da hat man für gewöhnlich auch bis in die frühen Morgenstunden gefressen und getrunken. Wir gehen in die Buchhandlung und haben gleich drei Frankreichkarten zur Auswahl. Eine falten wir auf. Borawski lässt seinen Finger kreisen.

»Hier ungefähr ist Blutsalat.«

»Und wo sind wir?«

»Wart mal …«

Borawski sucht. Irgendwie rührt mich seine Sorgfältigkeit. Wenn er nur die Hälfte seiner Energie so im Unterricht nutzen würde, wäre er vermutlich ein guter Schüler. Aber ein Dicker, der auch noch ein Streber ist? Da ist man natürlich völlig am Arsch!

»… hier!«

Tatsächlich! Borawskis Finger ist sicher in Koblenz gelandet. Der kennt sich ganz gut aus. Er hat mir auch schon die Grenze gezeigt. Ich bin erstaunt darüber, dass sich meine

Meerenge zwischen Deutschland und Frankreich in einen Fluss verwandelt hat. Da oben ist sogar die Grenzlinie zwischen den Ländern einfach nur durchs Gelände gezeichnet. Ganz ohne Wasser dazwischen! Woher wissen die dann eigentlich, wem da was gehört?

Es gibt doch wirklich interessante Berufe!

Einen Grenzfeststeller braucht man bestimmt. Also einer, der rumläuft und Bescheid weiß und anderen Leuten, die auch rumlaufen, aber nicht Bescheid wissen, sagt, wo jetzt Deutschland und wo Frankreich ist. Vor allem bei Fußballweltmeisterschaften ist es wichtig, die Leute aufzuklären, wo sie jetzt eigentlich wohnen. Ich betrachte die Strecke bis Blutsalat.

»Scheiße. Das ist ja ein Riesenritt da runter. Das können wir ja gar nicht bis heute Nacht schaffen.«

Borawski nickt.

»Davon hat auch nie jemand geredet, außer dir. Heute Nacht kommen wir vielleicht noch bis zur Grenze – wenn wir Glück haben.«

»Ja, aber ich hab doch meinen Alten erzählt, dass wir heute Abend da sind. Haben die denn nicht auf die Karte geguckt? Wieso glauben die mir denn den Scheiß?«

»Wenn man durchfährt, geht das schon. Guck mal.«

Borawskis Finger läuft über die Autobahnen auf der Karte. Er erklärt, wann man wo ist, aber ich kann mich nicht konzentrieren und höre nicht mehr zu.

»Mann, Mann, Mann. Dann ruf ich die am besten mitten in der Nacht an. Das wirkt authentischer.«

Borawski tut mir leid. Seine Eltern kennen das Wort »authentisch« nicht und haben es ihm nicht beigebracht. Deshalb kennen sich auch unsere Eltern nicht. Was würde ich ohne Borawski in Koblenz machen?! Ich betrachte ihn.

»Kommst du denn noch mit nach Blutsalat?«

Borawski hält mir seine Hand hin. Ich weiß, wie weich und warmschwitzig sie sein wird, aber ich schlage trotzdem ein.

»Sicher. Wir ziehen das durch. Mairesse, die Sau!«

Das ist ein Wort! Mairesse, diese Sau! Möge er ewig von Scheiße übergossen sein! Wir kommen aus der Buchhandlung und kennen unser nächstes Ziel. Das ist ein großartiges Gefühl! Ein Zettel in der Tasche, auf dem die nächstgrößeren Städte in der richtigen Reihenfolge stehen. Wir sehen uns um. Da hupt jemand. Es ist der Typ von vorhin. Er sitzt in seinem kleinen Auto und winkt uns zu. Wir laufen hin.

»Na, Jungs, alles klar? Wo müsst ihr denn jetzt hin?«

»Richtung Karlsruhe«, sagt Borawski professionell. Der Mann macht uns die Beifahrertür auf.

»Steigt ein. Ich bring euch zur Autobahn.«

Das ist doch klasse! Es ist ätzend, bis man aus diesen Städten wieder raus ist. Das spart jetzt Stunden.

Borawski setzt sich nach hinten, ich nach vorne, dann ziehe ich den prallen Rucksack vom Bürgersteig mit Gewalt auf meinen Schoß. Ich ziehe die Tür zu und schnall mich an. Der Typ fährt los.

»Astrein, dass Sie uns jetzt noch mal fahren.«

Der Typ nickt, sagt aber nichts. Wir sehen aus dem Fenster. So fahren wir eine Weile und verlassen langsam die Stadt. Es wird hügelig. Jetzt guckt er immer wieder zu mir. Hoffentlich spuckt er mir nicht gleich seinen Blutkuchen ins Gesicht.

»Ja, also. Euch ist ja sicherlich schon aufgefallen, dass ich auf euch gewartet habe.«

»Nö.«

»Nö.«

»Hab ich aber. Ich bin einmal rumgefahren und … na ja. Stört euch das?«

Mann, was geht denn jetzt für ein Film los?

»Nein. Wir finden das gut, dass Sie uns zur Autobahn bringen.«

Er steckt sich eine an und hustet gleich los.

»Normalerweise rauche ich gar nicht, aber ich bin grad so nervös.«

Ich frage mich, wieso er dann Kippen dabeihat. Borawski und ich tauschen einen Blick.

»Ihr braucht keine Angst zu haben, ich mache mir nämlich Sorgen um euch.«

»Brauchen Sie nicht. Wir kommen schon klar.«

Er lacht und ascht ab.

»Ja, davon bin ich überzeugt. Aber, wisst ihr, ihr seid zwei sehr, sehr …, wie soll ich sagen, also, ich sag es jetzt einfach mal so, wie ich es denke, O.K.?«

»O.K.«

»Nur zu.«

»Ihr seid zwei … ähm, … sehr süße Jungs und deshalb in Gefahr. Wisst ihr, ich kenne 'ne Menge Leute, die was dafür geben würden, dass ihr in ihr Auto einsteigt und …«

Er redet nicht weiter. Er fährt langsamer und biegt ab, bremst und macht den Wagen aus. Wir stehen auf einem Feldweg neben der Landstraße. Ich habe zwar gewusst, dass das Trampen unser Leben kosten kann, aber ich hätte nicht gedacht, dass es gleich im ersten Auto passiert. Die Sonne neigt sich über die Felder. Lange wird es nicht mehr hell sein. Der Typ legt die Hände in den Schoß.

»Ich wollte euch fragen, ob ihr was dagegen habt, wenn ich mich jetzt selbst befriedige?«

Borawski drückt mich im Sitz nach vorne.

»Allerdings. Alter, lass uns abhauen, der Typ ist krank. Ich will raus!«

Borawski kommt nicht an mir vorbei, dazu müsste ich erst aussteigen, und dazu müsste ich erst die Kugel rauswuchten. Ich betrachte den Typen und finde ihn eigentlich ganz witzig.

»Jetzt wart doch mal, Borawski. Vielleicht ist er krank, aber er ist harmlos. Er fragt uns ja sozusagen um Erlaubnis.«

Der Typ betrachtet mich und nickt.

»Also, dein Freund kann ja aussteigen, aber wenn du sitzenbleiben würdest …? Ich fass dich auch nicht an. Ich werde einfach hier sitzen und mich befriedigen und dabei ab und zu in dein Gesicht sehen. Danach fahr ich euch zur nächsten Raststätte. Von da kommt ihr prima nach Frankreich.«

»Lass mich raus«, sagt Borawski.

Ich klappe die Tür auf, hieve den Rucksack auf die Erde, steige aus und lasse Borawski raus. Er betrachtet mich.

»Alter, lass uns abhauen, der bringt dich um!«

Aus dem Auto meldet sich der Typ.

»Nein, ich werde euch nichts tun, ich will mich nur selbst befriedigen und ab und zu in eure süßen Gesichter schauen. Du kannst meinen Autoschlüssel haben, wenn du willst.«

Borawski läuft ums Auto rum und hält die Hand auf. Der Typ legt ihm den Autoschlüssel hinein. Borawski geht ein paar Schritte weg und setzt sich mit dem Rücken zum Auto an den Wegesrand. Ich find den Typen irgendwie nett. Der tut mir leid. Ich sehe mich um. Ein lauschiger Sommerabend beginnt. Klar, dass bei so einem da solche Gefühle hochkommen. Klar, dass der total durchdreht! Vielleicht wünscht er sich ein normales Leben mit einem normalen Freund, der zwölf ist. Was soll's. Ich bin tolerant, solange alles freiwillig ist. Er holt sich einen runter, wir fahren weiter. Wo ist das Problem? Ich glaub nicht, dass mich das stört. Er bettelt noch nicht mal. Ich setze mich wieder ins Auto. Die Tür lasse ich auf.

»Danke«, sagt er, macht sich den Gürtel auf und zieht sich die Hose bis zu den Knien runter. Ich guck gar nicht hin, aber natürlich muss ich zuhören. Jetzt hat er seinen Pimmel in der Hand. Komische Klitsch-klitsch-klitsch-Wichsgeräusche beginnen, und ein leichtes, rhythmisches Klopfen ist von seiner Hose zu hören. Auch die Gürtelschnalle klimpert leise im Takt. Im Hintergrund zischen die Autos über die Landstraße. Erstaunlich, was man alles hört, wenn man zuhört.

Atmen, leise Ministöhner. Mein Atmen, Vögel, ein kleines Flugzeug, weit entfernt. Ich kann hören, dass es eine Kurve fliegt. Wer da wohl drinsitzt? Ob die auch gerade wichsen? Ich merke, dass der Typ gleich kommt. Ich sehe zu ihm rüber. Unsere Blicke treffen sich. Sein Mund ist halb auf, und er sieht aus, als wenn er kurz vor seiner Exekution steht, die mit einem Bus durchgeführt wird, der ihn an einer Wand plattdrückt.

»Keine Angst, ich spritze auf mein Lenkrad.«

Das hätte ich jetzt lieber nicht gehört. Ich muss wegsehen. Ich dachte, ich hätte es mit einem Mann von Anstand und Kultur zu tun. Mann, ist der kaputt! Er stöhnt ein bisschen, und ich höre ein Geräusch, als würde eine Tube Mayonnaise ausgedrückt. Dann ist Stille.

Ausatmen. Kleidergeräusche. Der Gürtel bimmelt. Der Typ nimmt stöhnend seinen Arsch hoch, zieht die Hose drüber, und dabei wackelt das Auto ein bisschen. Der Abendhimmel wird rosa, der Weg ist dunkler geworden. Aus Borawskis Silhouette kommt Rauch. Perfektes Fledermauswetter. Ich höre, wie der Typ an seinem Lenkrad rumwischt.

»Danke, das war echt klasse von dir!«

Ich sage nichts. Der Typ wirft ein paar zerknüllte Taschentücher aus dem Fenster auf den Weg.

»Sag deinem Freund, er kann wieder einsteigen. Wir fahren weiter.«

Ich pfeife Borawski heran, der sich dem Auto wie einer Landmine nähert, dem Typen schließlich den Schlüssel wieder in die Hand drückt und sich wortlos nach hinten setzt. Dabei wirft er mir einen Blick zu, irgendwas zwischen Neugier, Bewunderung und Ekel. Vermutlich ärgert er sich jetzt, dass er selbst nicht dabei war. Der Typ startet und macht die elektrischen Fenster auf. Wir rollen rückwärts aus dem Weg und biegen wieder auf die Landstraße ein. Die Autos haben alle schon Licht an. Abendluft wummert in den offenen Fenstern. Niemand sagt ein Wort.

37

Unser Wagen rollt auf der Autobahnraststätte in eine markierte Parkbucht und hält. Der Typ macht den Motor aus. Ich klappe die Tür auf, wuchte den Kopf – klonk – auf die Straße und steige hinterher. Borawski krabbelt von der Rückbank auf die Straße. Er zerrt seinen Rucksack nach draußen und macht die Tür wieder zu. Der Typ nickt mir noch mal dankbar zu, startet und fährt weiter.

Es ist schon dunkel, aber hier ist noch was los. Familien kommen aus ihren Urlauben. Müde Kinder werden von Papas in kurzen Hosen und Sandalen im orangefarbenen Licht über den warmen Beton getragen. Gruppen sitzen an festen Tischen und mampfen Sachen in sich rein. Einer macht Gymnastik. Busse saugen die Menschentrauben wieder ein, die sie zum Pinkeln und Wurstessen ausgespuckt hatten. Borawski und ich kaufen was zu trinken. Ein paar Bier und zwei Flaschen Wasser für unverschämte 13,95 Euro! Wir müssten Leute anquatschen, aber es ist dunkel, alle haben Angst vor uns. Wir haben keine Lust auf die Autobahnraststätte.

Wir steigen einfach hinter einem Müllcontainer über den Zaun und laufen über die Wiese in die Dunkelheit hinein. Mit der Kugel auf dem Rücken hätte ich fast den Zaun umgerissen. Wir kommen an einen Kiesweg, der auf einen pechschwarzen Wald zuführt. Die Autobahn ist immer noch saulaut.

Ich betrachte den Himmel. Sternenklar. Es ist kälter als gestern Nacht. Vermutlich sind wir höher. Ich muss daran denken, dass ich nur diese blöde Decke habe. Keine Unterlage, nichts. Wir müssen noch etwas weiter weg, damit ich meine Alten anrufen kann, ohne das Rauschen der A61 im Hintergrund. Wir nähern uns dem Wald. Am Waldrand steht eine Bank. Der perfekte Platz! Ich werfe den Soldatenkopf in die Wiese, und wir hauen uns auf die Bank. Herrlich! Mann, bin ich müde! Borawski macht eine Bierdose auf und reicht sie mir.

»Alter, warte. Ich muss erst meine Alten anrufen. Scheiße! Was ist, wenn die Ingos Onkel sprechen wollen?!«

»Wollen die nicht. Sei einfach total begeistert!«

Ich sehe in die schwarze Nacht und hole mein Handy aus der Hemdtasche. Ich drücke »Home«, blicke in die Sterne, und es klingelt zuhause auf unserem Tischchen im Flur. Borawski raucht und schweigt.

»Ja?«

Meine Schwester!

»Hi, ich bin's!«

»Was willst du?«

»Ich bin soeben gut angekommen! Es ist total klasse hier! Wahnsinn! Die haben einen Fluss direkt hinter dem Haus, deshalb rauscht es auch so, mit Paddelbooten und Medizinbällen und so. Die Leute sind total nett!«

»O.K. Dann viel Spaß. Die Alten sind auf irgendeiner Feier von Vaters Job.«

»Sag denen bitte, dass alles klar ist.«

»Ja.«

»Nicht vergessen!«

»Nein. Tschüss!«

»Tschau!«

An der anderen Seite wird aufgelegt. Ich lasse mein Handy sinken.

»Nur meine Schwester zuhause. Besser hätte es nicht laufen können!«

»Sag ich doch. Gute Idee mit den Medizinbällen.«

Borawski hält mir seine Dose zum Anstoßen hin. Mit einem Zisch öffne ich meine, und wir stoßen mit einem kleinen Blechgeräusch an.

Wir falten die Karte auf und beleuchten sie mit Borawskis Feuerzeug. Ich zeige auf die Gegend, wo Frankreich und Deutschland ohne Fluss eine Grenze miteinander haben.

»Hier müssen wir morgen über die grüne Grenze.«

»Wieso das denn?«

»Na, wegen dem Kopf.«

»Ist doch egal.«

»Ganz und gar nicht! Wenn die uns mit dem Kopf an der Grenze erwischen, sind wir dran. Erstens hängen die uns die Zerstörung vom Denkmal an, zweitens werden die viele Fragen stellen. Ich meine, guck dir die Scheiße doch mal an! Der Fresse sieht man auf zweihundert Meter an, dass es sich um einen Nazi handelt! Wir fahren nach Frankreich, vergiss das nicht! Die finden nur die eigenen Nazis geil!«

Borawski überlegt.

»Ja, dann trampen wir … am besten nach …«

Borawski sucht einen geeigneten Ort im Schein des Feuerzeugs.

»… nach, wie heißt das? Hier: Saarbrücken. Geht auch 'ne Autobahn hin.«

»Zeig mal!«

Ich betrachte einen winzigen Punkt, der mitten im Wald liegt, nach dem Maßstab zu urteilen, maximal zehn Kilometer von der Grenze entfernt.

»Hier, im Kaff daneben kann man wahrscheinlich einfach rüberwandern. Alles klar. Dann also grobe Richtung Saarbrücken.«

Borawski macht das sauheiße Feuerzeug aus und faltet die Karte im Dunkeln zusammen. Wie macht der das? Ich schaffe das noch nicht mal im Hellen!

Ich lehne mich zurück, trinke den Rest von meinem Bier aus, mache nur mal kurz die Augen zu, und dann werde ich wieder wach.

Ich liege schief auf der Bank und friere. Die Sterne von gerade haben sich ein gutes Stück weitergedreht. Borawski schnarcht gemütlich auf der Wiese, in seinem fetten Schlafsack. Die Autobahn rauscht. Ich zerre Ingos Autodecke aus meinem Rucksack, strecke mich auf der Bank aus und decke mich zu. Ich sehe in die Sterne. Was jetzt unser Fahrer von vorhin wohl macht? Wahrscheinlich sitzt er immer noch in seiner scheußlichen Jacke neben seiner ahnungslosen Frau vorm Fernseher. Gleich geht er in den Keller zu seiner Modelleisenbahn. In einem unauffälligen Schaltpult, das ohne Funktion ist, hat er ein geheimes Notizbuch versteckt, in dem er akribisch alle Wichsgeschichten vermerkt und detailreich beschreibt. Er lässt die Bahn ihre Runden laufen, damit seine Frau einen Stock höher keinen Verdacht schöpft, während er schreibt. Was er da wohl heute über uns einträgt? »Habe heute zwei süße Jungs aufgegabelt, die mit einem Medizinball aus Beton zu ihrer Tante nach Frankreich unterwegs waren, um Porto zu sparen.« Womit die Menschen ihre Zeit verbringen! Es ist einfach nicht zu fassen!

38

Es ist hell. Borawski weckt mich mit einem Fußtritt. Ich blinzele, und er steht über mir, wie ein Hochhaus.

»Komm, Alter. Lass uns abhauen. Es ist schon zehn Uhr!«

Mich nervt, dass wir nie auspennen können! Wir sind im Urlaub, oder nicht?! Ich dreh mich auf die Seite.

»Es ist doch völlig egal, wann wir in Blutsalat ankommen. Hast du selbst gesagt.«

Borawski tritt wieder zu.

»Mann, steh auf! Wir haben eine Mission!«

O.K., es ist zwecklos. Natürlich haben wir eine Mission.

Ich raffe mich hoch und sehe mich um. Interessant. Es sieht doch immer ganz anders aus, wenn man tagsüber an Plätzen aufwacht, die man vorher nur nachts gesehen hat. Die Mulde ist viel flacher, die Bäume stehen weiter weg. Vor allem sind es hauptsächlich Laubbäume, nur vereinzelt Nadelbäume. Borawski raucht schon wieder. Es sind ja auch immer die anderen, die an Krebs erkranken. Ich habe Durst und greife nach einer der teuren Sprudelflaschen von gestern. Mir graut es vor dem Trampen. Nicht wegen der potentiellen Idioten, die einen mitnehmen, um sich einen runterzuholen. Nein, mir graut vor dem Anbiedern, vor dem Betteln, vor dem Kriechen. Der Sprudel tut gut.

»Ich werde keinen fragen, ob er uns mitnimmt.«

»Wieso das denn nicht?«

»Wir malen ein Schild und stellen uns hin. Ich rede mit niemandem. Ich hasse alle!«

Borawski rauft sich die Haare. Diese Einstellung kann er als Mitglied der Unterschicht natürlich nicht verstehen.

»Mann, Alter, tickst du noch ganz richtig? Wir gehen jetzt zur Raststätte und fragen die Leute. Wir müssen heute über die Grenze, sonst wird das nichts mehr mit dem Kopf und dem Scheißmairesse!«

Borawski hat natürlich recht. Wir putzen uns mit dem Sprudel die Zähne, packen zusammen und laufen los. Mein ganzer Rücken schmerzt schon von dem rumbaumelnden Kopf. Ingo, die Sau! Wenn er nicht so Scheiße abgehauen wäre, dann hätte ich dieses Problem gar nicht!

»Ingo, die Sau!«

Borawski nickt.

»Man sollte ihn mit Eisenstangen zum Blutklumpen umfunktionieren.«

Ich nicke, obwohl ich das Wort »umfunktionieren« unpassend finde. Ein Blutklumpen hat ja so gesehen keine Funktion mehr. Wobei, vielleicht als Hundefutter. Aber, das Wort »Funktion« trifft ja eher auf eine Maschine zu, auf etwas Aktives. Meiner Meinung nach passt das Wort »Verwendung« hier besser.

»Man sollte ihn mit Eisenstangen zu einem Blutklumpen umwandeln und dadurch einer neuen Verwendung zuführen.«

Borawski schnippt seine Kippe in die Wiese.

»Hab ich doch gesagt.«

39

Borawski läuft seit Stunden von einem Kopfschüttler zum nächsten. Wie ein dickes Kind, das neue Eltern sucht. Jetzt redet er mit einem weißbärtigen Typen mit Brille. Der nickt endlich, und Borawski winkt mir zu. Ich schleppe den Kopf zu dem Auto.

»Tag.«

»O.K., steigt ein. Aber, bitte vorsichtig mit dem Wagen.«

Ich stemme den Rucksack hoch, steige hinten ein und lege ihn vorsichtig neben mich. Borawski setzt sich nach vorne. Wir rollen los und fahren auf die Autobahn auf. Der Typ kurbelt heimlich sein Fenster immer weiter runter. Wieso das denn? Stinken wir? Ich rieche an meinen Achseln und muss fast husten. Mann, wir stinken! Borawski wahrscheinlich noch mehr als ich.

Der Mann will bis fast nach Saarbrücken fahren, da wäre es dumm, wenn unser Gestank uns einen Strich durch die Rechnung macht. Ich muss was unternehmen – aber was?

»Kann ich mein Fenster auch herunterkurbeln?«

»Natürlich. Bitte.«

»Sehen Sie, wir sind seit zwei Tagen unterwegs und hatten leider keine Waschgelegenheit. Es tut mir leid, dass wir ihnen hier die Luft verpesten.«

Borawski guckt mich mit großen Augen an.

Der Typ schüttelt mit dem Kopf.

»Nein, nein, ist schon in Ordnung. So schlimm ist es ja nicht.«

»Oh, doch, das ist es! Verharmlosen Sie es nicht! Ich habe gerade an meinen Achseln gerochen und musste mich beinahe übergeben. Und ich denke, bei meinem Freund auf dem Vordersitz ist es noch schlimmer.«

Borawski betrachtet mich.

»Wieso das denn?«

Er riecht an seinen Achseln.

»Also, Alter, ich muss gar nicht fast kotzen!«

»Weil du schon so abgestumpft bist. Du riechst ja praktisch immer so schlimm, und deshalb riechst du so gut wie gar nichts mehr. Dann noch deine Scheißqualmerei. Du stinkst wie ein toter Igel.«

Der Mann am Lenkrad macht beschwichtigende Bewegungen.

»Jungs, lasst gut sein. Sicher, es riecht jetzt nicht so gut, aber es ist auch nicht so schlimm. Ich war mal selber jung und hab auch Sport gemacht.«

Borawski setzt sich wieder gerade hin und sieht nach vorne.

»Ich hasse Sport.«

Eine Weile ist es ruhig. Ich überlege, was der Mann mit »Ich habe auch mal Sport gemacht« meint? Und was meint er mit »Ich war auch mal jung«? Beleidigt der uns?

»Sagen Sie …«

Der Mann betrachtet mich im Rückspiegel.

»Ja?«

»Wie meinen Sie das, mit dem Jungsein? Riecht man als junger Mensch mehr?«

»Na ja, … wenn man so jung ist wie ihr und viel gerannt ist, dann schon. Wir alten Leute bewegen uns ja nicht mehr viel … Obwohl, so alt bin ich eigentlich noch gar nicht. Aber natürlich viel älter als ihr.«

»Und ich dachte immer, die alten Leute würden viel mehr riechen.«

Der Mann schüttelt mit dem Kopf. Borawski mischt sich ein.

»Wie alt sind Sie denn? Also, wir sind beide achtzehn.«

Der Mann lacht und schüttelt sanft zu sich selbst den Kopf. Er hat offensichtlich nicht vor zu antworten. Ich muss Borawski stoppen! Er ist zu unsensibel. Er checkt es nicht! Alter ist ein heikles Thema! Wir sind unsterblich, aber der da, der ist schon halb tot. Und so alt werden wir gar nicht!

»Wir werden vermutlich gar nicht so alt wie Sie.«

»Oh, dass hoffe ich doch für euch.«

Borawski betrachtet den Fahrer.

»Wieso? Wieso hoffen Sie das? Ist Altwerden nicht etwas Grässliches?«

Der Mann sieht zu Borawski.

»Ehrlich gesagt, wirkt ihr nicht wie achtzehn. Ich denke, ihr seid eher vierzehn, vielleicht fünfzehn und ihr erzählt das nur, weil ihr von zuhause abgehauen seid!«

Diese dreckige Sau bezichtigt uns der Lüge – und er hat recht damit! Mann, wir müssen heute einfach nur zur Grenze!

»Ja, Sie haben recht. Wir sind erst fünfzehn. Aber wir sind nicht von zuhause abgehauen.«

»Sondern?«

Borawski betrachtet mich. Er zeigt auf meinen Rucksack und tippt sich an die Stirn. Damit meint er offensichtlich, dass ich jetzt nicht im Wahn und in meiner Sehnsucht nach Verständnis die Wahrheit sagen soll. Das ist mir schon manchmal passiert. Aber, jetzt doch nicht! Hoffentlich hält Borawski sein Maul!

»Wir haben eine Mission.«

»Aha …«

Borawski verdreht die Augen und sieht auf seiner Seite möglichst unbeteiligt aus dem Fenster.

»Ja, wir sind auf dem Weg nach Frankreich. Zu unserem alten Französischlehrer, Dr. Fisch. Der Mann ist schwer alkoholkrank, und wir wollen ihn zurückholen. Außerdem ist unser neuer Lehrer blöd.«

»Aha …«

»Ja, und unsere Eltern glauben, wir wären in einem Ferienlager. Aber, wir haben von unserer Klasse Geld und den Auftrag bekommen, unsern alten Lehrer zurückzuholen.«

Borawski dreht sich zum Alten.

»Ja, sehen Sie, unser alter Lehrer liegt nur betrunken rum und schafft es nicht zum Unterricht, deshalb wollen wir ihn ja als Lehrer wiederhaben. Aber der Penner schafft es eben auch nicht, sich einfach in einen Zug zu setzen und zurückzufahren. Der braucht Hilfe.«

»Das sehe ich ein. Aber, wieso dürfen eure Eltern nichts davon wissen?! Ich finde es eine gute Sache, was ihr da vorhabt. Das würde ich als Eltern auf jeden Fall unterstützen.«

»Ach ... Sie kennen unsere Eltern nicht. Das sind ...«

»Die sind ja auch immer besoffen. Und wenn die besoffen sind, dann neigen die leider zu Gewalt.«

Der Mann schnauft und sieht auf die Straße. So viel Müll hat er vermutlich seit zwanzig Jahren nicht an einem Tag gehört. Ich auch nicht, denn natürlich verbringt Dr. Fisch jede Sekunde seiner Ferien in Deutschland, und niemand muss ihn zurückholen. Darüber hat auch Mairesse schon gejammert. Ich hoffe sehr, dass uns unser Fahrer jetzt mit seinem Gequatsche in Ruhe lässt. Und so ist es auch. Wir werden ohne eine weitere Nachfrage bis an eine Abfahrt gebracht. Der Mann fährt raus und hält in der prallen Sonne am Standstreifen.

»So ... Oder, soll ich euch eben noch zum Schwimmbad fahren?«

Borawski betrachtet ihn beim Aussteigen.

»Zum Schwimmbad? Wieso das denn?«

»Na, wegen dem Gestank. Da gibt es Duschen.«

Ich lege meinen Rucksack wieder hin.

»Wegen des Gestanks? Ja, Helmut, was denkst du?«

Borawski – der natürlich gar nicht Helmut heißt – reagiert nicht. Er ist einfach zu blöd manchmal. Zu träge.

»Helmut!«

Borawski guckt mich an.

»Was?«

»Helmut, was denkst du?! Soll uns der Herr zum Schwimmbad fahren?«

»Wieso denn jetzt Helmut? Wieso ins Schwimmbad?«

»Dort gibt es Duschen, Helmut!«

Der Mann gibt wieder Gas und rollt vom Randstreifen zurück auf die Straße.

»Ich fahr euch hin, Helmut. Damit ihr nicht wieder fast kotzen müsst, wenn ihr an euren Achseln riecht. O.K.?«

Ich betrachte den alten Mann im Spiegel. Er weiß, dass es keinen Helmut in diesem Auto gibt. Er erscheint mir jetzt beinahe weise, und, er fährt uns gegen unseren Willen zum Duschen.

»Wir danken Ihnen sehr.«

Borawski nickt, und während ich in die unbekannte Landschaft gucke, überlege ich, wie ich es organisieren soll, dass Borawski mich gleich nicht nackt sieht. Scheiße! Warum muss es Schwimmbäder geben?! Was ist das für eine ungerechte Welt?! Ich hasse meinen Körper! Dieser kleine, gebeugte Kinderhansel!

40

Wir gurken noch etwas rum. Auch diese Stadt sieht aus wie die, aus der ich komme. Dann halten wir vor einem großen Gebäude. Das wird das Schwimmbad sein. Hoffentlich habe ich Glück, und es ist geschlossen. Wir wuchten unsere Sachen aus dem Wagen und bedanken uns artig. Der Typ winkt und fährt weg. Vermutlich zur Waschanlage. Ich ärgere mich, dass wir wieder in eine Stadt reingefahren sind und wieder Stunden brauchen werden, um zur Autobahn zurückzukommen. Auf der anderen Seite kann die Grenze nicht mehr weit sein, und unser Gestank sollte im Sinne unseres Weiterkommens auf jeden Fall reduziert werden.

»Weißt du, wie wir Geld sparen können?!«

Borawski guckt mich an.

»Keine Ahnung. Nicht reingehen?!«

»Erst geh ich, dann gehst du mit meiner Karte.«

Borawski steckt sich eine an.

»Quatsch. Die haben da doch immer so Dinger. Zum Reinschieben.«

Ich fürchte, Borawski hat recht. Ich will aber auf keinen Fall, dass Borawski mit mir unter der Dusche steht.

»Na, und wenn schon. Ich geh vor, und dann hol ich dich mit meinem Ticket irgendwie rein. Alter, wir müssen sparen, wo wir können!«

Borawski nickt und setzt sich auf die Eingangstreppen.

»O.K. Es ist dein Projekt.«

Für unverschämte 7,50 Euro gibt mir eine Frau in einem Glaskasten ein Papierticket. Perfekt! Ich gehe durch eine warme Wand aus Luft und Chlorgeruch an den Umkleidekabinen vorbei und beginne mit meiner Suche nach einem Eimer.

Ich betrete die »Dusche Herren« in Klamotten und Straßenschuhen. Ich sehe mich um. Kein Mensch drin. Wenn ich schnell mache, könnte ich jetzt sogar allein duschen. Aber, wer garantiert mir, dass ich auch allein bleibe? Hier ist kein Eimer, also gehe ich wieder. Hinter einer grauen Stahltür mit Feuerlöscheraufkleber finde ich einen Putzwagen. Da ist ein dunkelblauer Zehnlitereimer. Ich nehme ein paar Lappen raus und gehe mit dem Eimer zu den Duschen. Jetzt steht da ein dicker weißer Mann, der sich schnaufend unter heißem Wasser mit Seifenschleim eincremt. Dabei gibt er ständig merkwürdige Tiergeräusche von sich. Seine grauen Haare streicht er sich unter dem Wasser immer wieder nach hinten und lässt sich den Strahl ins Gesicht prasseln. Ich könnte hingehen und mit ihm reden: »Übrigens, Kollege, Ihre Haare sind bereits hinten! Sie brauchen die nicht ständig nach hinten zu streichen, das reicht völlig, wenn man das einmal macht!«

Jetzt betrachtet er mich. Er soll nicht denken, ich wüsste nicht, dass man mit Straßenschuhen und Klamotten in öffentlichen Duschen nichts verloren hat. Ich bin gut erzogen. Er könnte schließlich auch mein Opa sein. Er betrachtet mich. Ich sollte jetzt was sagen. Aber was?!

»An der Kasse hat einer gekotzt, ich brauch mal einen Eimer heißes Wasser zum Saubermachen!«

Der Mann schnauft wie ein Wal, nickt und klatscht sich seinen haarigen Bauch. Er sagt nichts. Ich nicke freundlich zurück und stelle meinen Eimer unter die erste Dusche der Reihe. Ich gehe ein Schritt nach hinten und drücke mit meinem ausgestreckten Arm das warme Wasser an. Es zischt los, und der Eimer wird halbvoll. Ich drücke noch mal. Der Mann dreht sich hin und her und duscht einfach weiter.

Jetzt fängt er auch noch an zu summen! Mann, was für ein winziger Arsch, an dem die Seife da nach unten rutscht! Ich sollte hingehen und mal was sagen: »Mein Herr, ich habe noch nie einen so winzigen Arsch gesehen! Was macht man mit so einem kleinen Arsch?! Was für Würstchen kommen denn da raus?!«

Erst wäre er erstaunt, vielleicht sogar beleidigt. Dann aber würden wir ein vernünftiges Fachgespräch über Arschgrößen und ihre unterschiedlichen Verwendungen beginnen. Er würde mich und Borawski zu sich nach Hause einladen. Eine kleine Hochhauswohnung mit Blick auf eine Wiese, auf der Kinder spielen. In der Ferne rauscht regelmäßig ein Zug vorbei. Wir stehen gemeinsam auf dem Balkon und raten, wo die Züge hinfahren, die wir nur hören können. Der Alte würde uns ein paar Bier ausgeben und uns wie seine Söhne behandeln. Später würde er ein Abendessen kochen und schließlich bei Rindergulasch mit Erbsen in Tränen ausbrechen, weil er wegen einer Kleinigkeit seit zwanzig Jahren keinen Kontakt mehr zu seinem echten Sohn hat. »Welche Kleinigkeit?«, werde ich behutsam nachfragen. Der Alte wischt sich die Tränen weg und erzählt, dass ihn sein Sohn vor vielen Jahren gebeten hatte, während der Ferien dessen Katze zu füttern. Der Alte hatte es dann aber total vergessen, und als sein Sohn aus dem Urlaub kam, fand er seine Katze tot in einem halb leergefressenen Waschmittelkarton. Ich stehe vom Tisch auf und gebe dem schluchzenden Mann eine Rückenmassage. Borawski hängt sich sofort ans Telefon und telefoniert mit dem Sohn. Schließlich kann er ihn überreden, doch wieder mit dem Vater zu sprechen, und wir werden Zeuge, wie die beiden sich weinend am Telefon ihre Liebe gestehen und die Katze zum Teufel wünschen. Am nächsten Morgen blickt mir der Mann tief in die Augen und gibt mir zum Abschied einen beinahe schon schmerzenden Händedruck, ohne ein weiteres Wort zu verlieren. Ich gehe das Treppenhaus hinunter, biege meine Schultern nach hinten und fühle mich stark und erwachsen.

Der Eimer ist voll. Ich nehme ihn und gehe raus. An der Tür bleibe ich stehen und betrachte den alten Mann.

»Also … Tja, ähm, die Kotze kann nicht warten. Bis dann und weiterhin viel Glück. Ich freue mich für Sie und Ihren Sohn.«

Ich laufe mit dem schwappenden Eimer über den Flur und suche mir eine Umkleidekabine aus. Ich denke über meinen letzten Satz nach. Was für ein Quatsch! Wir waren doch gar nicht bei dem zuhause! Ob er misstrauisch geworden ist?!

Ich sehe mich um. Keiner sieht mich. Und wenn schon. Ich leihe mir den Eimer ja auch nur aus.

Ich mache eine Umkleidekabine auf, gehe hinein und stelle den Eimer auf den Boden. Ich schiebe den grausilbernen Verschlussriegel vor die Tür. Ich ziehe mich aus und setze mich auf den Eimer. Mein Sack baumelt im Wasser. Ich wasche mich mit der Hand, bis alles sauber ist, dann knie ich mich über den Eimer, um meine Brust und die Achseln zu waschen. Es geht ganz gut. Ich bin fertig und trockne mich mit meinem T-Shirt ab. Es tut gut, so frisch zu sein! Herrlich! Einen Moment stehe ich nackt und genieße das Frieren.

Ich ziehe mich wieder an und gehe raus. Den Eimer lass ich stehen, aber ich merke mir die Nummer der Umkleidekabine, nur sicherheitshalber, nur *falls* es zu einem Prozess kommt. Sollen die sich doch um den Eimer kümmern! Die »Die's«, die sicherlich auch dieses Schwimmbad kontrollieren.

Als ich draußen bin, durchwühle ich meine Taschen, aber

ich kann das Ticket nicht mehr finden. Ich gebe Borawski 7,50 Euro.

»Alter, geh nicht in die 216. Da steht so ein komischer Eimer.«

»Alles klar. Bis gleich.«

Borawski läuft die Treppen hoch, und ich beneide ihn. Er kann sich einfach unter die Dusche stellen und duschen. Wenn man sowieso schon fett ist, ist man natürlich freier.

41

Wir laufen mit unseren Rucksäcken an der Straße lang, bis wir bei einem Studenten einsteigen. Er ist nett und redet ein bisschen mit Borawski über Modelleisenbahnen. Er erklärt uns im Detail, warum er keine Modelleisenbahn mag. Wieso soll ich mich dafür interessieren, warum jetzt dieser Typ keine Modelleisenbahnen mag?! Ich bin froh, wenn ich in Frankreich bin, dann versteh ich endlich kein Wort mehr! Ich vertiefe mich lieber in die Karte.

Dann kommt das Kaff, in dem wir aussteigen wollten, um über die Grenze zu laufen.

»Lass uns hier bitte raus.«

»Hier?! Was wollt ihr denn hier? Habt ihr hier Verwandte?«

Borawski schüttelt mit dem Kopf.

»Nein, wir wollen über die Grenze.«

»Ja, klar. Ich fahr doch über die Grenze.«

Ich nicke.

»Ja, ja. Aber wir wollen erst bei meinem Onkel absteigen.«

»O.K. Also doch Verwandte. Wo wohnt der denn?«

Ich betrachte das Dorf. Der Himmel ist bedeckt. Endlich nicht mehr so heiß.

»Weiß ich nicht. Kann ich nur beschreiben.«

Der Student lächelt mich an.

»Dann mach, beschreib doch. Ich fahr euch vor die Haustür.«

»Aber, das ist doch wirklich nicht nötig.«

»Nein, nein. Kein Problem. Vielleicht kenn ich die Leute ja sogar. Ich kenn die Ecke hier ganz gut, hab viele Freunde hier wohnen. Also, sag an!«

Borawski und ich tauschen einen Blick. Jetzt gilt es, ein Haus anzusteuern, dessen Bewohner der Typ hoffentlich nicht kennt.

»Also, die nächste rechts.«

Der Student biegt die nächste Straße rechts rein. Wir passieren ein paar Holzstapel, ein Hund bellt das Auto an. Durch die Lüftung kommt Kuhgeruch. Der Student blickt neugierig in die Einfahrten.

»Wie heißt der denn, dein Onkel?«

»Keine Ahnung.«

Der Student muss lachen.

»Wieso das denn nicht?«

»Ist der Mann von meiner Tante. Nächste links ... oder, nee, wart mal ...«

Ich sehe mit dem neugierigsten Gesicht der Welt in die Straße.

»... nee, übernächste links.«

Der Student fährt die übernächste links. Wir passieren kleine, schmucke Häuschen in Hanglage.

»Da vorne, das mit dem roten Auto davor. Ja, das ist es! Klasse!«

»Nee, die kenn ich nicht. Na ja. Hätt ja sein können ...«

Was für eine Erleichterung! Ich hätte Lust, seine Sitzbank vollzupinkeln. Einfach laufen lassen. Borawski betrachtet das Haus, vor dem wir halten.

»Ich freu mich richtig auf deinen Onkel!«

»Ich mich auch!«

Wir steigen mit unseren Rucksäcken aus. Der Student winkt, wendet und fährt zum Glück zügig davon. Wir warten, bis er außer Sichtweite ist, dann laufen wir zurück zur Hauptstraße, denn in Richtung Grenze geht es auf der anderen Seite des Tales. Borawski mault.

»Mann, wir latschen schon den ganzen Tag! Hättest du nicht einfach ›links‹ sagen können?!«

»Alter, das wär viel zu auffällig gewesen!«

»Ich hab Hunger.«

Stimmt. Ich hab auch Hunger.

»An der Hauptstraße gibt es bestimmt was!«

Wir schleppen uns wieder zum Tal runter, in dem die Straße rauscht. An der Hauptstraße gibt es nichts, außer eine mit Sperrholz zugenagelte Kneipe.

»Scheiße!!«

»Mist!«

Borawski steckt sich eine an.

Ich laufe vor Borawski durch die frische, waldige Luft an der Hauptstraße aus dem Dorf raus, überquere die Straße und biege links in einen Waldweg ein. Sofort wird es still. Der Boden auf dem Weg ist weich von Nadeln. Die Bäume tropfen ein bisschen, es hat wohl geregnet. Es riecht süß und harzig. Meine Schritte sind gleichmäßig und still. So könnte ich stundenlang laufen. Wir müssen nur strikt die Himmelsrichtung einhalten, dann werden wir auch über die Grenze kommen. Leider sehe ich bereits in dreißig Metern Entfernung, dass unser Weg die erste Biegung in die falsche Richtung nimmt. Wir bleiben stehen. Borawski sieht sich um.

»Also, wir können drauf hoffen, dass der sich hinter der Kurve wieder dreht, oder wir müssen *da* hoch.«

Er zeigt in den steil ansteigenden Wald.

Wir vertrauen darauf, dass der Weg sich wieder in unsere Richtung dreht, und laufen weiter. Die Kurve hört aber gar nicht mehr auf. Wenn das so weitergeht, dann laufen wir bald zurück. Wir bleiben wieder stehen.

»Alter, lass uns den Wald hoch …«

»O.K.«

Wir steigen in das tiefe nasse Laub und schuften uns Schritt für Schritt den Hang hinauf. Mann, dieser Kopf in meinem Rucksack haut mir ins Kreuz. Ich hab Hunger! Diese Scheißdorfpenner mit ihrer verkackten Kneipe! Ich bleibe stehen und verschnaufe an einem Baum.

Ich höre Borawski.

»Alter ...«

Ich drehe mich um und sehe Borawski zwanzig Höhenmeter unter mir im Wald stehen.

»Was ist?«

»Alter ... Ich kann nicht mehr!«

»Mann, Borawski! Wer von uns beiden schleppt denn den Kopf?! Reiß dich zusammen und komm hoch!«

»Alter, ich hab Hunger ...«

Er tut mir leid. Ich habe ihn verführt, und jetzt muss er in diesem Wald sterben. Seine Mutter ist schuld, weil sie ihn mit Leberwurstbroten mästet und ihm seit Jahren jede Bewegung streng verbietet.

Mann! Wie krieg ich den Fettsack bloß hier hoch?!

»Warte, ich komme!«

Ich lege meinen Rucksack ab und laufe zu Borawski runter. Die Äste unter meinen Füßen knacken und hallen durch den Wald. Borawski ist froh, dass wieder jemand bei ihm ist. Er hatte wohl wirklich Schiss, dass ich ihn abhänge und allein im Wald sterben lasse, dreihundert Meter von einer stark befahrenen Landstraße entfernt.

»Gib mir deine Tasche.«

Borawski reicht sie mir stöhnend. Ich nehme sie, und dann stapfen wir gemeinsam weiter hoch. Borawskis Tasche ist viel leichter als mein Rucksack! Klasse! Ich fühle mich gut. Ich helfe ihm! Mir macht es nichts aus, gleich zweimal den Berg hochzulaufen. Ich bin kurz davor, Borawski auch noch zu tragen, so geil finde ich mich. Der Arme schnauft ganz schön. Schon wieder bleibt er stehen und stützt sich gegen einen Stamm. So kann das nicht weitergehen.

»Alter, jetzt komm!«

Borawski schnappt nach Luft.

»Alter, ich hör auf mit der Scheißqualmerei.«

Was für ein modernes Bild! Ein Sechzehnjähriger, der keinen Wald mehr hochkommt, dafür aber alle Onlinespiele der Welt kennt. Ich betrachte ihn. Seine Unterlippe zittert. Ein Spuckefaden läuft ihm aus dem Mund. Wenn ich bloß was zu essen hätte für den armen Kerl! Wir erreichen meinen Rucksack, und Borawski setzt sich kopfschüttelnd ins Laub.

»Alter, lass uns zurückgehen und den ganzen Scheiß vergessen …«

Oh, oh! Jetzt ist höchstes diplomatisches Geschick gefragt, damit die Mission nicht scheitert!

»Nein. Alter, wir gehen weiter! Nur weil du so fett und schlapp bist, darf unser Plan nicht scheitern!«

»Es ist dein Plan.«

»Es ist *unser* Plan! Wir sind ein Team!«

Borawski spuckt einen weißen Klumpen Rotze ins Laub. Ich denke ernsthaft darüber nach, ihn kameradschaftlich zu berühren.

»Alter, komm! Es ist nicht mehr weit zur Grenze. Wenn wir einmal drüben sind, dann müssen wir gar nichts mehr machen.«

Das ist natürlich totaler Quatsch! Ganz im Gegenteil bin ich der Meinung, dass hinter der Grenze unsere Probleme erst wirklich anfangen. Wir können kein Wort verstehen und, egal wer den Kopf bei uns sieht, wird uns irgendwie in Schwierigkeiten bringen. Wenn alle nur halb so schlimm sind wie Mairesse, dann erwartet uns eine harte Zeit. Borawski erholt sich langsam.

»Das sagst du nur so. Du glaubst da doch selbst nicht dran.«

Ich setze mich zu ihm, weil mir meine Schwester mal aus einem Psychobuch vorgelesen hat, dass man sich auf die gleiche Höhe mit denen begeben soll, von denen man etwas will.

»Quatsch! Wir lassen uns mit dem Trampen an einem echt

coolen, bequemen Ort so lange Zeit, bis uns einer direkt oder fast direkt nach Blutsalat fährt!«

»Meinst du, das funktioniert?!«

»Sicher. Wir organisieren 'ne Glotze, hängen davor ab und stellen ein Pappschild an die Straße.«

Borawski guckt sich um. Es wird langsam dämmerig.

»Und wo meinst du, kriegen wir heute Abend noch was zu essen her?«

Ich sehe mich um. Natürlich wird es nichts geben, bis wir heute Nacht irgendwann an einer französischen 24-Stunden-Tankstelle vorbeikommen, die hoffentlich mitten im Wald stehen wird. Ich muss jetzt was Aufmunterndes sagen – aber, was?!

»Borawski, hör auf zu jammern! Wir werden nichts zu essen bekommen, bis wir in Frankreich sind. Das kann höchstens zwei, drei Stunden dauern. Steh auf jetzt und reiß dich zusammen!«

Borawski fingert sich eine Kippe aus der Tasche und steckt sie an. Er bläst den Rauch skeptisch in den Wald.

»Wieso haben wir eigentlich nichts zu essen mitgenommen?! Wir sind doch an tausend Läden vorbeigekommen.«

Mann, das ist wirklich eine gute Frage! Keine Ahnung. Weil wir satt waren.

»Wir haben auch nichts zu trinken mitgenommen! Also, komm!«

Ich stehe auf und strecke Borawski die Hand hin. Borawski nimmt sie, und ich ziehe ihn hoch. Wir setzen unsere Rucksäcke auf und steigen weiter durch das duftende Laub nach oben. Ich achte darauf, dass ich Borawski nicht abhänge, und er versucht, tapfer Schritt zu halten. Ich bleibe stehen.

»Geh mal vor.«

Borawski stapft an mir vorbei. Jetzt läuft er vor mir her. Mich ergreift plötzlich eine tiefe Sympathie für den Typen. Er hält durch, er versucht es, und er will mir helfen. Vielleicht ist er ein dicker Verlierer, aber all das hier tut er nur für mich!

Mann, wieso gehe ich mit *dem* durch einen Wald?! Vielleicht hat das alles doch noch eine Bedeutung?

Borawski läuft gleichmäßig. Unsere Schritte knacken die Äste. Es riecht nach Erde und Pilzen. Irgendwie bin ich Borawski direkt dankbar, dass er bei mir ist. Vielleicht lasse ich ihn in der neuen Klasse doch neben mir sitzen. Schweiß tropft mir von Stirn und Nasenspitze. Der ganze Schwimmbadbesuch ist wieder komplett dahin. Ich denke an den halbvollen Eimer, der die Nacht in Kabine 216 verbringen wird. Ich gucke in das Laub, das sich mit jedem Schritt unter mir wegschiebt.

»Danke, Borawski.«

Borawski stapft.

»Keine Ursache.«

42

Wir erreichen den Waldrand und eine riesige Wiese mit einer Art Hochplateau.

Ein kalter Wind weht hier oben.

Borawski muss mir einen Pulli rausgeben. Wir laufen über sanft geschwungene Hügel und halten Kurs auf die Grenze, von der wir zugegebenermaßen nur ungefähr wissen, wo sie sein müsste. Der Maßstab unserer verkackten Karte ist einfach zu klein – oder, sagt man zu groß? Jedenfalls ist alles zu klein drauf.

Langsam kriechen die Farben aus der Landschaft, und dann bringt Borawski es auf den Punkt.

»Alter, es wird dunkel!«

Wir bleiben stehen und sehen uns um. Es ist kalt. Wir haben kein Zelt, ich habe nur Ingos ekelige Autodecke.

»Wir können hier nicht bleiben. Laufen wir, solange wir noch was sehen. Vielleicht kommt ja was.«

»O.K.«

Es wird grauer und grauer. Wir erreichen einen Wald, und im Wald ist es bereits dunkel. Borawski läuft knallend gegen einen Ast.

»Scheiße! Alter, man sieht *nichts* mehr! Dass wir auch keine Taschenlampe haben!«

»Alter, das wär das Letzte, was ich jetzt machen würde! Mit 'ner Taschenlampe im Wald rumfuchteln und dabei heimlich über die Grenze gehen.«

Wir laufen wieder aus dem Wald raus und gehen an der Wiese am schwarzen Waldrand entlang.

»Ist das überhaupt noch Richtung Grenze?«

»Keine Ahnung. Ist jetzt aber auch egal.«

»Mann, einen Kompass könnten wir gut gebrauchen!«

Das stimmt. Auf der dunkelgrauen Wiese erscheint hinten schemenhaft ein schwarzes Klötzchen. Vielleicht ein Haus. Ich zeige drauf.

»Alter, lass uns dahin gehen. Mal sehn, was das ist. Ich hab Schiss, dass es noch regnet.«

»O.K.«

Ich habe das Gefühl, dass Borawski seit einer Stunde immer nur ›O.K.‹ gesagt hat. Das schwarze Klötzchen wächst langsam zu einem schwarzen Klotz heran und verwandelt sich vor unseren Augen in eine Holzhütte. Sie hat nur große Löcher ohne Fenster und Türen, aber ein paar Wände und ein Dach.

»Astrein! Bleiben wir hier!«

»O.K.«

Wir stellen unsere Rucksäcke ab. Borawski gibt mir alle meine Sachen aus dem Rucksack, und ich ziehe mich schnatternd so dick an, wie es geht. Dann haue ich mich auf den Holzboden, ziehe die ekelige Decke über mich und höre dem Wind zu. Borawski liegt in seinem Schlafsack und qualmt eine. Ich betrachte die Glut, die sein Gesicht bei jedem Zug orangerot erleuchtet und mit dem Ausblasen des Rauchs wieder in die

Schwärze entlässt. Der Wind tanzt um die Hütte rum. Von mir aus könnte er jetzt noch stärker werden.

»Mann. Was für ein Glück, dass jetzt diese Hütte hier steht!«

»Alter! Absolut!«

Borawski zieht an seiner Kippe. Ich sehe in sein Gesicht. Er sieht zufrieden aus.

Ich überlege, wozu diese Hütte hier stehen könnte, und ich bin heilfroh, dass ich nicht gekifft habe, denn dann würden mir tausend schreckliche Gründe dafür einfallen. Das heißt, einfallen tun sie mir jetzt auch, aber ich bin nicht dazu verdammt, sie auch zu glauben!

Vielleicht hat hier mal eine Kuh gewohnt, die es leid war, ständig in ihrer eigenen Scheiße zu pennen. Sie hat gespart, und dann ist sie eines Tages in den Baumarkt gefahren, hat sich einen Lattenfußboden gekauft und ihn mit ihren Freundinnen verlegt, einen Tag bevor sie alle geschlachtet wurden. Morgen, bei Tageslicht, werden wir es sehen. Vielleicht ist es sogar Parkett!

43

Es piept. Ich sehe einen Küchentisch, aus dem kleine Teller gewachsen sind. Eine kurdische Familie steht am Ende des Raumes. Sie wollen irgendwas von mir, aber sie sagen mir nicht, was. Es piept schon eine ganze Weile.

Mein Handy! Vor meinen Augenlidern ist es hell.

Ich raffe mich hoch und lasse meine Augen durch die Hütte wandern. Wo ist das Ding? Im Rucksack! Ich zerre mein Handy heraus.

»ALTEN« steht auf dem Display. Es ist 8:23 Uhr. Die Schweine! Sie wollen mich testen. Ich rotze im Bogen aus der Hütte, schüttele mich wach und gehe dran.

»Na, wie läuft's bei dir?«

Mein Vater.

»Gut.«

Ich betrachte den schlafenden Borawski, den ich glatt als Leberwurst verkaufen könnte.

»Ja, was, gut? Erzähl doch mal ...«

Ich muss an Borawskis Worte denken: Einfach nur begeistert sein!

»Ja, klar, es ist wunderschön hier! Der Herr ... also, dieser Onkel vom Ingo, jedenfalls haben die so einen richtigen Obstgarten! Du, ich muss Schluss machen, der Onkel bringt uns gleich zur Schule. Ich bin auch noch gar nicht richtig wach. Es macht total Spaß!! Ich kann schon echt viel. *Bonjour, merci*, na ja, kennst du ja selbst. Also, Vorsicht! Da kommt der Bus! Macht's gut! Ruft ruhig wieder an. Die Modelleisenbahn ist übrigens kaputtgegangen. Erzähl ich dir aber alles zuhause! Ich muss auflegen! Tschau!«

»Philipp, warte, wann ...«

Ich drücke ihn weg und werfe das Handy in die Wiese. Meine Alten halten mich sowieso für verrückt. Es ist mehr oder weniger egal, was ich ihnen erzähle. Ich drehe mich um, schnaufe tief und penne weiter. Schnell zurück zu diesen Kurden. Mal sehen, ob ich ihnen vielleicht helfen kann.

44

Regengeräusche wecken mich. Ich wälze mich noch ein paarmal hin und her, aber dann stehe ich auf. Ich betrachte meinen Rucksack mit dieser riesigen Steinkugel drin. Ich habe echt keine Lust mehr, die rumzuschleppen.

Ich trete Borawski wach.

Wir haben beide Hunger und Durst.

Der Himmel ist gleichmäßig weiß-grau. Es ist völlig unmöglich, irgendeine Himmelsrichtung festzustellen. Borawski raucht schon wieder.

»Wolltest du nicht aufhören?«

Borawski spuckt in die Wiese.

»Bist du verrückt?!«

Wir packen zusammen und ziehen los. Zurück zum Waldrand, wo wir gestern aufgegeben haben. Erst geht es etwas hoch, aber dann im leichten Trab zwischen den Bäumen durch das Laub nach unten. Die Kugel haut mir wie ein Pendel in den Rücken.

Mairesse, diese verkackte Sau! Ohne ihn könnte ich jetzt schön zuhause pennen und mich dann an Mamas Frühstückstisch setzen. Brötchen mit Marmelade, Wurst, Gurken, Rührei und Cornflakes. Dazu riesige Gläser mit Orangensaft oder Milch. Klar, ich könnte nicht allein essen, und mein Vater würde mir ganz sicher einen Vorwurf wegen des späten Aufstehens machen, aber, wen interessiert das?!

Es tropft von den Bäumen, aber es hört sich nicht mehr nach Regen an. Wir sind feucht. Unten im Tal hört man ein Auto auf einer Straße. Wenn wir Glück haben, sind wir in Frankreich, wenn wir Pech haben, müssen wir die ganze Scheiße wieder hochlaufen. Mein Handy! Verflucht! Ich bleibe stehen.

»Was ist?«

»Alter, mein Handy liegt vor der Hütte im Regen!«

Borawski lacht.

»Wieso das denn?«

»Hab ich da hingeworfen. Mein Alter hat heute früh angerufen.«

Borawski schüttelt lachend den Kopf. Wir sehen beide zurück. Es geht viel steiler bergauf, als es sich beim Bergablaufen angefühlt hat. Borawski schüttelt den Kopf.

»Da geh ich nicht wieder hoch! Erst, wenn wir was zu fressen organisiert haben!«

Ich habe auch überhaupt keine Lust! Borawski macht wieder den ersten Schritt Richtung Tal.

»Komm, wenn es eh seit Stunden im Regen liegt, ist es vermutlich sowieso hin. Vergiss es.«

Borawski läuft los. Ich blicke zum Hang zurück, dann folge ich ihm.

»Vielleicht besser so, dann können meine Alten auch nicht mehr anrufen.«

»Genau!«

Wir kommen aus dem Wald und sehen die Straße. Nur eine Straße in einem Tal. Sonst nichts. Ein paar Wiesen, ein paar Bäume, Zäune, ein paar Kühe. Wie zum Teufel sollen wir erkennen, ob wir schon in Frankreich sind? Mit der Kugel auf dem Rücken bekomme ich sofort Schiss vor den Bullen. Wir steigen über einen Zaun und laufen über eine Wiese nach unten. Es hat aufgehört zu regnen. Da habe ich eine Idee.

»Warte, Borawski!«

Borawski bleibt stehen.

»Was?«

Ich setze den Rucksack ab und lege ihn in eine Mulde. Ich ärgere mich, dass ich diese Idee nicht schon viel früher hatte, dann wären wir gestern einfach mit dem Studenten über die Grenze gefahren! Mist! Ich trete in die Wiese.

»Scheiße!«

»Was ist? Hast du noch was anderes vor die Hütte geschmissen?!«

»Ich habe eine Idee! Eine großartige Idee!«

Borawski steckt sich eine an. Mann, dass ich da nicht früher draufgekommen bin!

»Wir müssen den Kopf zerkloppen!«

»Was?!«

»Wir zerhauen ihn. Du bekommst einen Haufen, ich den anderen Haufen. In Blutsalat setzen wir alles wieder zusammen! Ganz einfach!«

Borawski zieht und grinst.

»Mann, sind wir bescheuert! Klar! Astreine Idee!«

»Klar, damit können uns die Bullen nichts!«

»Genau!«

Genau! Es ist nicht verboten, fünfzehn Kilo Geröll in seinem Rucksack zu transportieren. Außerdem sieht man von außen keine Kugel mehr, die ich ständig erklären oder verstecken muss. Wir können damit ganz normal durch Frankreich reisen. Wie normale andere Fünfzehnjährige auch, die sich an ihrem Französischlehrer rächen wollen.

»Astrein!«

Ich hole tief Luft und sehe mich um. Wir müssen erst mal feststellen, wo wir überhaupt sind. Dann müssen wir endlich mal was essen! Vielleicht sollte ich mir auch einen Schlafsack kaufen. Und wir brauchen wieder einen Hammer! Einen dicken Hammer, mit dem wir den Kopf in Teile zertrümmern können. Den Kopf verstecken wir im Wald. Genau. Ich nehme ihn hoch und laufe keuchend zum Wald zurück. Dort lege ich den Kopf hinter einen Baum. Den leeren Rucksack nehme ich mit, um Dinge zu transportieren. Ich sehe mich um. Der Betonkopf steckt mit seiner Nase in der Erde. Wie ein Zusammengeschlagener. Hier wird schon keiner vorbeikommen. Höchstens ein Förster, aber auch nur, wenn wir noch in Deutschland sind. Und jeder Förster, der den Schädel findet, wird vermutlich davor niederknien und sofort für die deutschen Soldaten beten. Das Schlimmste, was also passieren kann, ist, dass wir den Schädel mit Blumen geschmückt wiederfinden.

Wir gehen zur Straße runter, und es ist herrlich, so leicht zu sein.

Dreißig Kilo weniger! So muss man sich fühlen, wenn man abgenommen hat. Borawski hätte den Kopf tragen sollen, dann würde er jetzt diese Erfahrung machen. Ich federe mit jedem Schritt. Wir stehen auf der Straße und sehen in beide Richtungen. Seit wir die Straße das erste Mal gesehen haben, ist noch kein Auto vorbeigekommen. Borawski betrachtet mich.

»Vielleicht Niemandsland hier, Alter.«

»Niemandsland? Was ist das denn?«

»Scheiße, die keinem gehört. Sicherheitszonen zwischen

den Ländern. Da hat man Zeit zu reagieren, wenn einer angreift.«

»Wenn einer angreift?! Was für ein Quatsch.«

»Wenn einer kommt, mit Panzern und dem ganzen Scheiß. Das volle Programm. Dann ist man doch froh, dass man mehr Zeit hat abzuhauen. Deshalb haben die das eingerichtet, als sie Europa gegründet haben.«

»Aha. Interessant.«

Diese Niemandslandgeschichte ist sicherlich irgend so ein Müll, den Borawski von seinen Eltern gehört hat. Ich kann da jetzt nicht näher drauf eingehen. Wir haben andere Probleme! Wir stehen immer noch an dieser Straße. Keine Richtung sieht besser oder schlechter aus als die andere.

»Wohin, Alter?!«

»Keine Ahnung. Nach da.«

Borawski zeigt nach rechts.

»O.K. Nach da.«

Wir laufen los. Hinter einer Kurve kommt noch eine Kurve, und dann sehen wir in einiger Entfernung eine winzige Kreuzung mit Schild.

»Jetzt wird's interessant.«

Wir nähern uns dem Schild. Es ist weiß und hat schwarze Schrift. So ein Schild hab ich noch nie gesehen.

Schouffelhousen drei Kilometer. Frankreich! Wir haben es geschafft! Ich hebe meine Hand, Borawski schlägt ein, und wir drücken uns. Ich halte ihn im Arm und hoffe, dass mich niemand dabei sieht. Was, wenn die Fennsbeck jetzt zufällig gerade ein Praktikum bei einem Förster macht und uns durch ihr Fernrohr beobachtet? Ich klopfe dem treuen Borawski auf den Rücken, und wir lösen die Umarmung. Ich sehe mich um. Ich halte es für unwahrscheinlich, dass uns die Fennsbeck gesehen hat.

»Alter! Geil! Wir sind in Holland!«

»Frankreich.«

»Richtig, Frankreich, mein ich doch auch! Geil!«

Borawski zeigt nach links.

»Auf nach Schouffel... wie heißt die Scheiße? Schouffelhousen, frühstücken.«

»Hammer kaufen!«

Wir hauen unsere Hände zusammen, dass es durch das Tal klatscht. Dann gehen wir los. Wahnsinn! In drei Kilometern gibt's Frühstück! Ich hab vorhin ein paar Tauben gesehen und frage mich die ganze Zeit, wieso die eigentlich nicht gegessen werden? Gut, nicht die ekeligen Tauben in der Stadt, die in ihrem Leben unter den Bahnhofsdächern nur Pommes und Hundescheiße gefressen haben – aber, hier auf dem Land?! Warum müssen wir jetzt hungrig zum nächsten Dorf laufen, statt uns eine Taube über Borawskis Feuerzeug zu grillen? Wieso bekommt man in der Schule nicht gezeigt, wie man eine Taube fängt und zubereitet, statt immer nur was über diese bescheuerten Nazis zu lernen?!

Wie wir wohl aussehen? Ich betrachte Borawski, denn so sehe ich vermutlich auch aus. Andererseits hat der gestern vielleicht auch richtig geduscht. Ich nehme es jedenfalls stark an. Vermutlich hat er dem dicken Alten unter der Dusche damit noch eine riesige Freude gemacht. »Ach, guck mal«, hat der gedacht, »da bin ich ja froh, dass die Dicken nachwachsen!« Dann hat er Borawski angesehen und »Ich bin froh, dass du dick bist!« gesagt.

»Ich ruf aus Schaufelhausen oder wie die Scheiße heißt mal meine Alten an, wenn die 'ne Telefonzelle haben. Dann haben die 'ne Franzackennummer auf dem Display, das ist sogar besser als Handy.«

»Ja, ich müsste mich auch mal melden. Meine Alten glauben, ich komme morgen zurück.«

»Alter, wir müssen uns ranhalten. Wir sind noch nicht mal da! Und bei mir warten die Alten spätestens ab Ende der Woche!«

Borawski schnauft.

»Wir machen es so, wie du's gesagt hast. Wir organisieren

einen coolen Platz, wo wir abhängen und fernsehen können und einfach ein Pappschild an die Straße stellen. Da schreiben wir Blutsalat drauf und warten lieber ein, zwei Stündchen länger, dafür fahren wir aber direkt durch.«

Ich sehe bei jedem Schritt den Beton unter meinen Füßen wegrauschen. Borawski hat mir den Müll offensichtlich wirklich geglaubt. Bis wir was zu essen haben, lass ich ihn in dem Glauben. Sonst fließt noch Blut.

Gut, dass wir den Hammer noch nicht gekauft haben.

45

Schouffelhousen ist winzig. Hier wird es keinen Hammer geben, aber wir können ja fragen. Wir stehen in einer kleinen Bäckerei und kaufen einen Sack voller Croissants und nehmen zwei Liter Milch aus dem Kühlregal mit. Dann setzen wir uns an einen Brunnen und mampfen alles in uns rein. Herrlich! Hier ist niemand in diesem Dorf. Es nervt mich schon wieder, dass ich den Kopf nicht mitgenommen habe, dann müssten wir gleich nicht wieder zurück. Dass ich über so was nachdenke, zeigt mir, dass ich satt werde. Ich sehe mich um.

Die Frau in der Bäckerei hat Deutsch gesprochen. Komisches Deutsch, aber Deutsch. Wenn das überall so ist, frage ich mich allerdings, was dieser nervige Französischunterricht überhaupt soll?!

»Ich geh mal in die Bäckerei und frag nach 'nem Hammer.«

Borawski nickt.

»Alles klar. Ich warte.«

Ich gehe die paar Schritte zurück, drücke die bimmelnde Glastür auf und stehe wieder in duftender, warmer Bäckereiluft. Die Frau kommt aus ihrer Backstube und lächelt mich an. Sie ist klein, rund und erwachsen.

»Entschuldigen Sie, ich bräuchte einen großen Hammer. Kann man in diesem Dorf einen Hammer kaufen?!«

»Einen Hammer …?«

Ich zeige die Größe mit meinen Armen.

»Ja, *so* einen Hammer! In Deutschland heißt das Vorschlaghammer. Wir müssen damit Beton zertrümmern.«

Die Frau überlegt.

»Beton zertrümmern?«

Sie tippt auf ihrer Unterlippe herum, und dann brüllt sie nach hinten.

»ROBÄÄÄR?!«

Aus der Tiefe des Raumes kommt ein »Mh?«.

Dann redet die Frau völlig unverständliches Zeugs in einer Höllenlautstärke, und aus dem Hinterzimmer wird zurückgemurmelt. Dann steht die Frau da, als wenn nichts gewesen wär. In mir festigt sich der Eindruck, dass es wegen mir einen Familienstreit gegeben hat, und ich nicke zum Abschied, um wieder zu gehen. Die Frau winkt ab.

»Nein, warte … Mein Mann kommt gleich.«

Da erscheint ein kleiner, haariger Mann aus dem Hinterzimmer der Bäckerei. Er stemmt seine Arme in die Hüften und betrachtet mich. Dann sagt er was. Ich lächele ihn an, aber ich versteh nichts. Ich kann noch nicht mal sagen, wo ein Wort anfängt und das nächste aufhört. Das merkt der haarige Robäär auch, und er nimmt mich an der Schulter, führt mich aus dem Laden raus und geleitet mich zu einem kleinen weißen Kastenwagen, der seine geschlossene Ladefläche voll mit Körben stehen hat. Der haarige Robäär macht mir die Tür auf, und ich setze mich in seinen Wagen. Es riecht, als wenn ein benzingetränktes Brötchen unter dem Sitz vergammelt. Der haarige Robäär setzt sich ans Steuer, lächelt mich an, startet, und wir fahren los.

Dann heizen wir in einem irren Tempo durch das Dorf und verlassen es auf einer schmalen, kurvigen Straße. Offensichtlich werde ich entführt, damit ich mir mit dem Lösegeld einen Hammer kaufen kann. Oder, wir fahren zu einem Freund, der weiß, wo man einen Hammer bekommt. Manchmal sagt der haarige Robäär etwas und lächelt mich dabei nett an. Ich lächele zurück. Ich versuche, einfach maximal freundlich zu sein und zu verbergen, dass ich ziemlich sicher bin, in diesem Auto in wenigen Minuten vor einen Baum gesetzt zu werden. Ich darf den haarigen Robäär nicht ablenken. Nicht zu dumm lächeln. Einfach suggerieren, dass ich alles verstehe und es sich lohnt, mein Leben durch vernünftiges Fahren nicht zu gefährden. Ich bin die Zukunft Europas, auch wenn ich nur zwei Wörter Französisch kann! Ich schiele zum Gurt und versuche ihn anzulegen. Der haarige Robäär lacht sich kaputt.

»Non, non, non«, sagt er, das verstehe ich, aber dann sagt er wieder etwas, das ich nicht verstehe. Ich glaube, er versucht mir mitzuteilen, dass es keinen Sinn macht, sich in seinem Auto anzuschnallen, weil er sowieso keinen Unfall baut. Gut.

Der haarige Robäär reduziert plötzlich die Geschwindigkeit. Ich seh nach vorn, in Erwartung eines Auffahrunfalls, aber wir biegen nur mit qualmenden Reifen auf den Parkplatz eines großen Ladens, vor dem lauter nagelneue, grüne Traktoren stehen. Wir steigen aus und gehen rein. Leise rieselt Musik auf uns herab. Es riecht nach Gummi. Überall hocken blitzsaubere Landmaschinen. Wir scheinen die einzigen Kunden zu sein. Der haarige Robäär läuft zielstrebig um ein, zwei Regale herum, und dann stehen wir vor einer Wand, gefüllt mit Hämmern in allen Formen, Größen und Farben. Ich suche mir einen fetten Vorschlaghammer für 39,90 Euro aus. Wir bezahlen bei einem Mann, den der haarige Robäär kennt, und fahren in dem gleichen Höllentempo wieder zurück.

Borawski guckt nicht schlecht, als vor ihm ein Auto mit quietschenden Reifen hält und ich mit dem Hammer aussteige. Zum Abschied nicke ich wie ein bekloppter Chinese ins Auto.

»Merci! Merci!«

Der haarige Robäär fährt über den Platz zu seiner Bäckerin zurück. Da steigt er aus, winkt mir noch mal zu und ist verschwunden.

Mir kommt der Gedanke, ob ich nicht in die Bäckerei gehen sollte, um denen etwas Geld zu spenden, als Dankeschön. Aber ich hab schon 39,90 Euro ausgegeben, nur für diesen Hammer, den ich nach getaner Arbeit leider im Wald liegen lassen muss. Also habe ich einfach kein Geld mehr, um es den Bäckern zu spenden. Der Mann war ja dabei, als ich den Hammer gekauft habe, er weiß also, wie viel Geld ich ausgeben musste. Deshalb wird er vollstes Verständnis dafür haben, wenn ich nicht wirklich etwas übrig habe, um es ihm zu spenden. Obwohl ich ziemlich sicher bin, dass er auf Spenden angewiesen ist. Vielleicht war die ganze Aktion auch nur dafür da, um eine Spende zu bekommen? Ich hab ja kein Wort verstanden. Vielleicht hat er auf der Fahrt klare Andeutungen gemacht, dass er gerne eine Spende für die Aktion hätte und auch erzählt, wie viel normalerweise im Fall »Lift zum Hammerkauf« gespendet wird.

Bloß weg hier!

»Lass uns schnell aus diesem Dorf abhauen! Ich will den Typen nie wiedersehen!«

Borawski guckt.

»Wieso das denn?! Der war doch total nett!«

»Ich will nicht mehr über den Typen reden. Ich hasse dieses Dorf!«

Borawski betrachtet mich im Laufen. Dann sieht er wieder nach vorne und schüttelt den Kopf. Die Straße biegt um eine Ecke, und endlich kann man uns von der Bäckerei aus nicht mehr sehen.

46

Wir rollen den Kopf aus dem Wald auf die Wiese. Ich hole den Hammer aus dem Rucksack. Wir sehen uns um, ob auch niemand guckt. Das Tal ist leer. Borawski stellt sich in fünfzehn

Metern Entfernung auf und raucht. Ich hole aus und hau gegen die Rübe des Betonsoldaten. Irgendwie habe ich ihn schon lieb gewonnen. Jetzt tut er mir leid.

Ich setze mich hin und tätschele den Kopf.

»Wir setzen dich ja wieder zusammen …«

Ich stehe auf, stelle den Hammer in die Luft und lass ihn runterkrachen. Das erste dicke Stück splittert ab. Hammer hoch, runter. Hammer hoch, runter. Ich zerschlage den Kopf in handgroße Stücke. Ich hebe den Hammer und lass ihn auf einen letzten Klumpen sausen, der in zwei apfelsinengroße Stücke zerbricht. Ich stelle den Hammer hin.

»Fertig!«

Borawski kommt gucken.

»Klasse!«

Wir teilen den Haufen mit unseren Füßen. Dann hocken wir uns hin, und jeder räumt seinen Teil in den Rucksack. Das warme Zimmer mit Fernseher und Pappschild an der Straße werden wir vergessen müssen. Jetzt ist der richtige Zeitpunkt gekommen, um Borawski die Wahrheit zu sagen. Ich falte die Karte auf.

»Guck mal …«

Borawski guckt.

»… wenn wir heute Abend hier sind, dann haben wir morgen gute Chancen, auf dieser Autobahn bis … da … zu kommen. Dann sind wir direkt bei Blutsalat. Also, spätestens übermorgen sollten wir da sein.«

»Übermorgen?! Das geht nicht. Du hast doch gesagt, wir warten lieber länger und fahren direkt durch.«

»Ja, aber, wir sind doch noch nicht einmal an der Autobahn …«

Mir fällt ein, dass ich total vergessen habe, meine Alten zurückzurufen. Borawski natürlich auch. Er betrachtet die Karte.

»Mist, dass Schouffelhousen da nicht drauf ist.«

Er blickt zur Straße runter, auf der wir insgesamt erst zwei Autos gesehen haben.

»Mh…, hier kommt ja echt keiner. O.K., dann lass uns loslaufen. Was soll's.«

Ich werfe den bescheuerten Hammer in den Wald, und wir laufen zur Straße hinunter. Ich bin froh, dass mir der Kopf nicht mehr in den Rücken haut und ich keine Angst mehr vor den Bullen haben muss.

47

Kurz bevor wir wieder in Schouffelhousen sind, kommt von hinten ein Auto. Ich drehe mich um, gucke das Auto an und halte meinen Daumen raus. Das Auto wird langsamer, rollt an uns vorbei und hält! Borawski und ich sprinten hin. Ein kahlköpfiger Mann hockt in seinem Müll. Er sagt was. Wir betrachten uns, sehen ihn an und zucken mit den Achseln.

»St. Savelat du Sange, merci?!«, kommt es aus Borawski geschossen.

Er verblüfft mich doch immer wieder. Der Typ zuckt mit den Achseln. Er sagt was und schüttelt mit dem Kopf. Offensichtlich kennt er Blutsalat nicht. Woher auch? Der Ort hat höchstens 1500 Bewohner und liegt auf der anderen Seite des Landes. Die Wahrscheinlichkeit, dass er direkt dorthin fährt, ist nicht nur nicht besonders hoch, sie ist gleich null. Ich krame meine Karte raus und zeige dem Mann die Autobahn. Er schüttelt mit dem Kopf und fährt mit seinem Finger eine rote Straße entlang, bis zu einer größeren Stadt. Auf die tippt er zweimal drauf, daher gehe ich davon aus, dass er dorthin fahren will. Oder aber, er plant, dort auf der Durchreise genau zwei Bomben hochgehen zu lassen. Bomben, die er zur Tarnung in zwei riesigen Zeigefingern untergebracht hat.

Die große Stadt liegt nicht wirklich an der Autobahn, aber definitiv Richtung Blutsalat. Ich nicke, und wir steigen ein.

Klasse, dass ich nicht mehr diese grässliche Kugel auf dem Schoß habe!

Wir fahren eine Weile, und es dauert nicht lange, bis der Typ gemerkt hat, dass man mit uns absolut gar nicht reden kann. Jetzt lächelt er immer nett und hebt dann vergeblich kurz seine Hände vom Lenkrad. Das ist, meines Wissens nach, das internationale Zeichen für »Schade, ich spreche kein Deutsch, da kann man nichts machen …«.

Das ist natürlich Quatsch. Man könnte durchaus was machen! Man könnte sich auf den Arsch setzen und die Sprache lernen! Ich nehme an, dieser Typ hat nie in seinem Leben auch nur etwas anderes gemacht, als Französisch zu reden. Wenn er etwas in der Schule gelernt hat – wenn er überhaupt auf der Schule war –, dann hatte er es beim Verlassen des Gebäudes bereits wieder vergessen. Ich drehe mich zu Borawski auf dem Rücksitz.

»Alter, der Typ ist der totale Versager! Guck dir mal das Auto an, der ganze Müll. Der kann noch nicht mal Deutsch!«

Borawski guckt mich an.

»Alter, drehst du jetzt völlig durch?! Setz dich wieder grade hin und halt die Fresse. Der Typ ist total in Ordnung!«

Ich dreh mich wieder nach vorne. Ich betrachte den Typen aus den Augenwinkeln. Vielleicht hat Borawski ja recht. Vielleicht ist er in einem Umweltverband aktiv und lernt gerade einen litauischen Dialekt auf der Abendschule. Vielleicht kann er auch Deutsch und tut nur so, damit er sich nicht unterhalten muss. Vielleicht hat er einen krassen Sprachfehler, den er verbergen möchte. Vielleicht will er uns nur testen! Er wiegt uns in Sicherheit, um unsere wirkliche Meinung über ihn herauszufinden. Davon macht er seine Weiterfahrt abhängig. Vielleicht will er ja wirklich bis Blutsalat fahren, und sein Gerede vorhin war nur Tarnung?!

Ich muss dringend etwas unternehmen – aber was?! Natürlich kann ich jetzt nicht Deutsch reden, denn dann merkt er, dass ich ihm auf die Schliche gekommen bin. Aber natürlich muss ich diesen Fehler wieder ausbügeln, damit noch eine kleine Chance besteht, von ihm direkt nach Blutsalat gefahren zu werden.

Ich tippe unseren Fahrer an. Er guckt zu mir rüber. Ich lächele. Dann zeige ich auf mich. Dann mache ich das Handzeichen für »bescheuert«. Der Typ guckt. Dann zeige ich auf ihn und mache wieder »bescheuert«, und dann schüttele ich mit dem Kopf und sage: »No, no, no!«

Der Typ guckt mich ausdruckslos an, und nach einer Weile nickt er, als wenn er verstanden hätte, und lacht nickend.

»Oui, oui! Ah! Non, non, non!«

Borawski zeigt mir heimlich den Vogel. Wenn er wüsste, dass der Typ perfekt Deutsch spricht … Wir fahren durch die hügelige Landschaft, alle paar Kilometer kommen steinige, kleine Städte, in denen unser Fahrer vom Gas gehen muss. Es ist mir ein Rätsel, warum er nicht auf der Autobahn fährt, zu der ständig Schilder hinzeigen. Weit davon können wir nicht sein. Ich sehe zu Borawski nach hinten.

»Warum fahren wir nicht auf der Autobahn?!«

»Keine Ahnung. Frag ihn.«

Jetzt finde ich es doch nervig, dass ich das Wörterbuch vergraben habe. Trotzdem werde ich es versuchen. Ich tippe den Mann an. Er betrachtet mich.

»Autobahn?!«

Er nickt mir freundlich zu. Dann sieht er wieder zur Straße und unternimmt nichts. Ich tippe ihn wieder an.

»Sie: Autobahn?! Brumm, Brumm?!«

Zumindest merkt er, dass ich ihm was mitteilen will. Er zeigt in Richtung des Motors seines Wagens.

»Brumm, brumm?!«

Borawski lehnt sich vor und spricht ihm in die Schulter.

»Brumm brumm à la Autobahn, non?«

Der Mann schnauft und guckt wieder nett. Offensichtlich ist das Gespräch für ihn nicht besonders interessant. Wieder ein klares Indiz dafür, dass er in Wirklichkeit perfekt Deutsch kann. Er nickt uns zu und kramt eine Tüte Bonbons aus dem Handschuhfach. Wir greifen zu. Schon wieder kommt der Hunger. Ich drehe mich zu Borawski.

»Wir sollten mal was zu fressen einkaufen. Wir vergessen das immer.«

Borawski nickt.

»Hab schon dran gedacht, aber ich hatte keinen Bock mehr auf Croissants.«

Der Fahrer betrachtet mich.

»Croissants?«

Ich nicke. Dann reibe ich über meinen Bauch und mache »mmmh, mmh, mmmh!«. Warum ich das jetzt getan habe, weiß ich nicht, aber ich habe es getan! Ich setze mich gerade hin. Jetzt ärgere ich mich! So ein Quatsch! Wir sind doch nicht im Kindergarten! Wir sind doch nicht Schwachsinnige, die rumerzählen, wie gern sie Croissants fressen! So ein Scheiß! Der lädt uns sicherlich *nicht* auf ein Bier ein! Für den sind wir doch Kinder!

Im nächsten Steindorf fährt der Mann an die Seite und macht den Motor aus. Ich sehe mich um. Wir stehen vor einer Bäckerei. Unser Fahrer lächelt.

»Croissants!«

Ich mache Anstalten, auszusteigen. Borawski hält mich an der Schulter fest.

»Alter, kauf drei Stück. Alles andere ist Geldverschwendung. Wir werden nicht mehr so viel essen.«

»Aber ich find es besser, wenn wir richtig Hunger haben.«

»Wieso das denn?!«

Ich steige aus.

»Erklär ich dir später.«

Ich gehe in die Bäckerei. Eine Frau begrüßt mich. Ich hebe drei Finger hoch und sage: »Croissants.«

Die Frau gibt mir tatsächlich drei Croissants in einer kleinen Papiertüte. Ich zeige auf die Tüte und schüttele mit dem Kopf: »No.«

Dann breite ich meine Arme aus. Die Frau nickt und sagt

etwas. Sie geht zu einer Schublade und holt tatsächlich eine große Tüte raus. Wahnsinn, es klappt! Ich kann Französisch! Schade, dass Mairesse nicht da ist! Schade, dass er nicht sehen kann, wie überflüssig sein Unterricht ist! Ich sehe einen Stapel Servietten. Ich nicke fragend zu dem Stapel hin, und die Frau nickt zurück. Ich gebe der Frau 3,75 Euro für die Croissants, und während sie in die geöffnete Kasse sieht, nehme ich den ganzen Stapel Servietten. Ich zerknülle die Servietten und stopfe sie in die große Tüte. Dann packe ich die Croissants oben drauf. Natürlich sieht mir die Frau hinter der Theke zu. Ich spüre ihre bohrenden Blicke. Jetzt ärgert sie sich, dass sie mir das mit den Servietten erlaubt hat. Aber ich werde sie nie wiedersehen, und mein Plan ist genial: Wenn unser Fahrer die riesige Tüte sieht, von der er denkt, dass sie bis zum Rand mit Croissants gefüllt ist, wird er sehen, dass wir sehr hungrig sind. Wenn wir aber auf der Fahrt jeder nur ein Croissant essen, wird er kapieren, dass wir alles streng rationieren müssen. Dann schenkt er uns Geld oder lädt uns zum Essen ein.

Ich gehe zurück zum Auto und halte meine große Tüte prominent ins Bild. Ich steige ein und lächele nett. Der Mann lächelt auch.

»Ah, Croissants!«

Dann sagt er noch was anderes, startet den Wagen und fährt weiter. Genau, und jetzt verteil ich die! Ich tippe den Mann an und zeige auf die Tüte. Der Mann will keins und schüttelt mit dem Kopf. Blöd.

Borawski will auch nicht. Ich eigentlich auch nicht. Vielleicht später. Borawski tippt mir von hinten auf die Schulter.

»Wozu hast du denn so viele Servietten mitgenommen?!«

»Tja, mh. Hat man das denn gesehen?!«

»Klar.«

»Unser Fahrer auch?!«

»Ich denk schon. Du standst ja direkt an der Scheibe.«

Ich rutsche mich im Sitz zurecht und lasse das Dorf vorbeifliegen.

»Die brauchen wir, wenn wir nachher mal im Wald scheißen müssen.«

»Alter, wir werden nicht mehr im Wald sein. Trotzdem gute Idee.«

Borawski lehnt sich zurück. Er hat wirklich ein einfaches Leben. Wieso glaubt er, dass wir heute Nacht nicht im Wald landen? Zumindest nicht in einem Gebüsch? Denkt er, ich lade ihn in ein Hotel ein?!

Ich nehme mir doch jetzt schon ein Croissant. Vielleicht ist es gar nicht schlecht, dass ich nur drei gekauft und den Rest mit Servietten zugestopft habe. Dann denkt unser Fahrer, dass ich gerne mehr Croissants hätte. Dass ich mir nur eine Freude machen wollte, indem ich mir für drei Croissants eine Tüte gebastelt habe, die aussieht, als wenn zwölf drin wären. Außerdem war es bestimmt unauffällig, weil ich ja wirklich nicht bemerkt habe, dass ich dabei beobachtet wurde. Also, perfekt!

Ich drehe mich zu Borawski um. Dabei zwinkere ich ihm mit dem vom Fahrer abgewandten Auge zu.

»Schade, dass wir so wenig Geld haben. Hast du nicht auch großen Hunger?!«

Borawski schüttelt mit dem Kopf.

»Nö.«

48

Der Mann fährt nach einer Stadt rechts ran und lässt uns raus. Er winkt, dreht und fährt zurück. Ich sehe mich um. Felder, Wiesen. Ein Laster mit Schweinenasen scheppert an uns vorbei. Viel Verkehr, das ist schon mal gut. Borawski greift sich sein Croissant.

»Ich bin dafür«, sagt er mampfend, »wir laufen zurück und kaufen erst mal fett ein. Wir haben noch nicht mal Wasser!«

Genau das wollte ich verhindern! Scheiße!

»Auf keinen Fall! Lass uns hier abhauen! Keinen Meter zurück! Wir kriegen schon noch was zu trinken. Das lässt sich doch leicht aushalten!«

Borawski schnauft und mümmelt sein Croissant in sich hinein.

»Weißt du, wie weit wir jetzt gekommen sind?«

Der Ton, in dem Borawski die Frage stellt, lässt mich ahnen, dass es nicht sehr weit sein kann. Also nehme ich die Hälfte von der Strecke, die ich tatsächlich glaube.

»Hundertfünfzig Kilometer.«

Borawski schüttelt mit dem Kopf.

»Alter, siebenundsechzig!«

»Was?! Blödsinn! Wir haben fast zwei Stunden in dem Auto gehockt!«

Borawski nickt.

»Zwei Stunden und elf Minuten!«

Ich setze mich auf meinen Rucksack. So wird das natürlich nichts! Adieu, Blutsalat.

»Wir müssen sofort zur Autobahn! Diese Scheißlandstraße!«

Borawski sieht auf die Uhr.

»Es ist auch schon fünf Uhr nachmittags.«

»Was? Nein!«

Ich kann es nicht glauben! Ich sehe mich um. Niemand, der mir helfen kann. Allein, als Leiter einer so wichtigen Expedition.

»Wir müssen unsere Strategie ändern!«

Borawski steckt sich eine an.

»O.K., und wie sieht die neue Strategie aus?«

»Wir müssen schneller sein!«

Ein Laster scheppert vorbei. Borawski bläst seinen Rauch raus.

»Astreine Idee.«

»Wir lassen die Scheiße mit dem Essenholen. Wir essen

nur, was wir direkt auf dem Weg bekommen. Du bist eh zu fett.«

Borawski ist still. Vielleicht war das zu hart, aber es war die Wahrheit. Als er im Schwimmbad mit dem Opa unter der Dusche stand, hat er sich doch noch drüber gefreut, als »fette Sau« bezeichnet zu werden. Also, soll er jetzt nicht so einen Aufstand machen. Ich betrachte ihn. Er sieht irgendwohin. Hoffentlich weint er jetzt nicht! Ich muss was sagen, er darf keinen Freiraum entwickeln! Ich muss ihn einbinden!

»Komm, laufen wir zur Autobahn.«

Borawski nimmt seinen Rucksack.

»O.K.«

Borawski läuft los. Ich steh auf und gehe hinterher.

»Warte.«

Borawski wartet.

»Wo ist denn die Autobahn?«

Borawski zeigt quer über die Felder.

»Da hinten ungefähr. Über die Straße müssten es so drei, vier Kilometer sein. Vorhin ging es ab.«

»Ich bewundere deinen Orientierungssinn! Ich hab nach den Croissants nichts mehr mitgekriegt.«

»Schon gut …«

Bei jedem Auto, das an uns vorbeirauscht, drehe ich mich um und strecke meinen Daumen raus. Aber keins hält.

Auf einem Hügel taucht ein gelber Betonklumpen auf.

Eine Kneipe, ein Restaurant oder ein UFO. Ein, zwei Autos stehen auf einem Schotterparkplatz davor. Borawski läuft jetzt schon zehn Meter vor mir her.

»Alter. Warte!«

Borawski bleibt stehen. Ich hole ihn ein.

»Sollen wir hier rein? Ich hab Hunger und Durst!«

Borawski und ich betrachten das seltsame Gebäude. Eine Mischung zwischen Tankstelle, Bunker und LSD. Obwohl ich noch nie LSD genommen habe, aber, ich stelle mir das so vor, wenn man eigentlich eine Pommesbude bauen will, später irgendwann aus dem Rausch erwacht und dann vor diesem Gebäude steht.

Borawski spuckt in den Staub vom Parkplatz.

»O.K., du hast ja gesagt, alles, was am Weg auftaucht.«

Er sieht mir nicht in die Augen. Er ist beleidigt. Ich muss was unternehmen, aber was?! Borawski läuft los. Ich ziehe ihn am Ärmel.

»Warte!«

»Was ist denn?«

Ich sehe ihm ins Gesicht. Vielleicht ist er doch mein Freund, jedenfalls ist er nicht mehr mein Untergebener. Borawski betrachtet mich und wartet.

»Was ist denn?«

»Das mit ... na ja, vorhin ... das mit dem ›Fettsein‹, das tut mir leid, O.K.?«

Borawski schnauft, dann huscht ein Lächeln über sein Gesicht.

»O.K. Vergessen.«

Er streckt mir seine Hand entgegen. Das finde ich nun reichlich übertrieben, aber, es muss wohl sein. Ich bereite mich auf das Gefühl vor, eine warme, viel zu weiche, fremde Hand zu berühren, strecke meinen Arm aus und nehme sie. Wie warme Lakritze. Ich drücke seine Hand kurz, dann lasse ich los. Was für ein albernes Bild! Zwei Fünfzehnjährige auf einem Schotterparkplatz vor einem schwachsinnigen Gebäude im Nirgendwo, geil auf Pommes und kaltes Bier, geben sich feierlich die Hand, während zig Autos an ihnen vorbeirauschen, die sie nicht mitnehmen, weil die Fahrer Angst haben, von zwei Kindern ermordet zu werden.

»Lass uns was trinken gehn.«

Borawski klatscht in seine Hände.

»Geil, Alter, lass uns ein paar Biers heben. Ich hab Saudurst!«

49

Borawski sitzt mir gegenüber. Der Tisch ist mit rotem Plastik überzogen. Ein paar Pommesreste von unseren Vorgängern liegen herum. Mich erfasst eine wahnsinnige Sentimentalität. Ich bin voller Dankbarkeit, dass wir gleich etwas zu essen bekommen. Ich bin stolz, dass ich Borawski ernähren kann. Er hat es verdient! Er hat schwer für mein Projekt gearbeitet. Ich durchblättere die merkwürdig weiche, aufgeblasene Speisenkarte im A5-Format. Zum Glück sind alle Essen auch auf ekeligen Fotos abgebildet.

»Warum nimmst du nicht ein Steak?!«

»Wo steht das?!«

»C 27, zweite Seite.«

Borawski blättert dahin und betrachtet das Foto. Ein Steak mit Pommes und Salat. Ich sehe seinen Augen an, dass er wahnsinnig Lust hätte, das zu bestellen, sich aber nicht traut.

»Nimm das Steak.«

Borawski betrachtet mich. »Alter, 11,50 Euro!«

»Na und?! Ich nehm auch eins.«

Es ist mir wirklich egal. Unser Geld reicht sowieso nicht. Wozu sollen wir also sparen? Heute ist unser Leben, nicht morgen! Scheiß drauf! Ich habe Sparen immer gehasst, abgesehen davon, dass ich es nie tun musste. Die Bedienung kommt.

Eine lange, dürre Frau, der man ihre dreißigjährige Raucherkarriere ansieht. Dafür ist ja hier der ideale Ort. Nein. Sorry. Ich kenne sie ja gar nicht. Vielleicht raucht sie überhaupt nicht, sondern wurde Opfer einer Quecksilbervergiftung in einem Chemiewerk. Weil aber ihre Versicherung nicht zahlen wollte, musste sie diesen Job hier annehmen. So wird es gewesen sein.

Sie stellt sich an unseren Tisch und sagt was. Ich zeige auf C 27 und mache mit meinen Fingern eine »Zwei«. Damit alles wirklich klar ist, zeige ich auf Borawski und mich.

»Und Bier, bitte!«

Die Frau guckt. Ich deute auf ein verlockend perlendes Glas Bier auf der Karte und zeige wieder »zwei«. Die Frau nickt und haut endlich ab. Vielleicht hat die Quecksilbervergiftung nicht vor ihren höheren Fähigkeiten haltgemacht?

Draußen beginnt es zu regnen. Die Autos ziehen jetzt Gischtwolken hinter sich her. Unser Bier kommt. Ich nicke zum Regen nach draußen und hebe das Glas.

»Perfektes Timing!«

Borawski hebt sein Glas und sieht mir in die Augen.

»Perfektes Timing!«

Wir stoßen an. Wir trinken. Meine Hände sind heiß, ich muss meine Gelenke mal durchknicken. Mein Gesicht glüht. Ich fühl mich wie im Skiurlaub. Ein Gefühl, dass der arme Borawski natürlich nicht kennt. Besser, ich sprech ihn nicht drauf an. Jetzt sitzen wir hier mit kaltem Bier, und die Welt ist schön. Trotzdem muss man sich ja über etwas unterhalten.

Aber, über was?!

»Sag mal, Borawski. Alle Leute sagen doch immer, in Frankreich ist es im Sommer so geil. Aber, scheiße, seit wir hier sind, sehe ich nur Wolken und Regen … Was soll der Kack?!«

Borawski zuckt mit den Schultern.

»Keine Ahnung. Wenn es nicht ab und zu regnen würde, wäre es ja Wüste. Also muss es auch hier regnen. Warum also nicht jetzt?!«

Hm. Wir brauchen ein anderes Thema. Unser Bier ist gleich alle. Vielleicht müssen wir auch gar nicht reden. Da steht ein älterer Herr von der Theke auf und kommt an unseren Tisch gelaufen. Er hat ein speckiges Gesicht, einen feisten Nacken und trägt einen alten, abgewetzten Anzug. Er stellt sich an den Tisch, sagt etwas und grinst. Wir betrachten ihn und zucken mit den Schultern. Er sagt wieder was und kichert. Wir zucken wieder mit den Schultern, diesmal aber mit einem netten, gewinnenden Lächeln – jedenfalls probiere ich das. Ich glaube nicht, dass ich das überhaupt besitze: ein gewinnendes Lächeln. Der Mann klopft auf den Tisch.

»Deutschland?!«

Wir nicken.

»Ah, Schnäps?!«

Wir nicken und lachen.

»Schnäps? Deutschland?!«

Wir nicken und lächeln. Der Mann nickt und geht weg. Keine Ahnung, was der von uns wollte. Aber, es ist doch nett, mal Kontakt mit Einheimischen zu haben. Es macht mich auf eine seltsame Art stolz. Unser Steak kommt, und wir essen stumm, bis alles weg ist.

Mann, ist das geil!

Einfach fressen und auf alles andere scheißen!

Lass es regnen, lass es noch zehntausend Kilometer bis Blutsalat sein, Hauptsache fressen und dieses kalte Bier! Astrein! Nur alleine dafür hat sich die ganze Schlepperei schon gelohnt. Ich betrachte Borawski. Unsere Blicke treffen sich. Ich lächele ihn an, er lächelt zurück. Ich bin froh, dass er bei mir ist.

Wir schieben unsere leeren Teller von uns und lehnen uns vollgefressen auf den knautschigen Bänken zurück. Da bringt uns die Bedienung zwei Schnäpse auf einem Tablett. Sie zeigt auf den Mann, der jetzt wieder an der Theke sitzt. Er winkt uns zu und brüllt durch den ganzen Saal.

»Schnäääääps!«

Wir nicken freundlich, heben die Pintchen hoch und kippen sie weg. Wir schütteln uns. Der Mann kommt zum Tisch und hat diesmal selbst ein Tablett mit Schnäpsen dabei.

Er stellt die Schnäpse vor uns hin. Er betrachtet uns lächelnd.

»Schnääps!«

Ich nicke.

»Schnäps!«

Borawski raucht, nimmt das Pintchen hoch und betrachtet den Mann.

»Schnäps!«

Wir stoßen an. Der Mann brüllt etwas zur Theke. Die Frau

macht sich schon wieder mit einem Tablett, auf dem drei Pintchen Schnaps stehen, auf den Weg zu unserem Tisch. Scheiße! Ich habe jetzt eigentlich gar keine Lust, mich mit Schnaps abzuschütten. Wir haben noch ein Programm! Es ist maximal sechs Uhr, es ist August, also haben wir bestimmt noch drei Stunden Tageslicht. Aber, der Mann ist wirklich freundlich, und es tut gut, mal ein bisschen Deutsch zu sprechen. Außerdem sind wir dann nicht so alleine. Endlich erleben wir mal was! Wir lernen gerade zum ersten Mal jemand kennen, der nicht erst fünfzehn Jahre alt – oder Dealer ist. Dazu noch ein Franzose! Völkerverständigung, Europa, der ganze Quatsch findet jetzt hier am Tisch statt! Mein Alter wäre stolz auf uns, Mairesse würde seine Note sofort zurücknehmen! Ich betrachte Borawski. Ich spüre, dass ihm die gleichen Gedanken durch den Kopf gehen. Die Pintchen stehen vor uns. Wir betrachten uns und stoßen an. Dann kippen wir den Schnaps runter. Der Mann klatscht in die Hände.

»Schnäps!«

Dann lacht er, wir lachen auch, und er haut Borawski auf die Schulter. Ich will auch auf die Schulter gehauen werden! Der Mann ist doch echt nett. Die Bedienung, diese Quecksilbergiraffe, sieht unfreundlich zu uns herunter. Sie sagt etwas und legt einen Zettel auf den Tisch. Das ist unsere Steakrechnung. Der Mann nimmt den Zettel an sich und gestikuliert eindeutig, dass er heute alles für uns übernehmen wird. Die Bedienung klärt das mit ihm, dann geht sie wieder. Wir freuen uns und nicken danke.

»Merci!«

»Merci, echt geil!«

Der Mann sagt etwas und schreit dann zur Theke rüber.

»Schnäps!«

Mein Gesicht glüht. Ich schnorre mir eine Zigarette von Borawski. Rauchen, aufsaugen, mein Körper soll *da* sein! Der Mann will auch eine Kippe. Normalerweise raucht er ja nicht, aber jetzt … Klasse, sich so revanchieren zu können! Nie habe ich den chronisch verarmten Borawski selbstverständlicher seine Kippen in die Runde werfen sehen. Ich bin stolz auf ihn, ich bin stolz auf uns! Ich kippe den Schnaps, der wie Parfum schmeckt. Endlich haut der Mann auch mir auf die Schulter. Mann, tut das gut. Wir haben einen Freund! Vielleicht können wir bei ihm pennen. Der Mann schreit zur Theke und bläst seinen Rauch auf den Tisch.

»Schnäps!«

Wir lachen laut. Es ist so unglaublich lustig, dass der immer »Schnäps« schreit! Borawski legt sich lachend auf seine Arme, die jetzt Wellen auf die Schnapspfützen wackeln. Die Schnapsfarbe hat gewechselt. Meine Zunge ist taub, alles schmeckt nach Lakritze.

Was saufen wir da für einen Mist?!

Draußen wird es dunkel. Ich muss mit dem Mann über unsere Zukunft sprechen! Dass Frankreich super ist und Deutschland sein bester Kumpel, haben wir schon ausführlich zwischen seinem dämlichen Schnäpsgeschrei besprochen. Jetzt müssen wir ans Pennen denken, bevor wir zu besoffen sind, denn draußen regnet es ohne Ende. Außerdem wird es langsam dunkel. Ich falte die Hände und lege sie unter meine Backe, soweit ich weiß, das internationale Zeichen für »Schlafen«.

Danach zeige ich auf den Mann. Der nickt und sagt was. Ich boxe Borawski gegen die Schulter.

Borawski haut auf den Tisch, dass die Gläser hochhüpfen. »SCHNÄÄÄÄPS!«

Wir brechen vor Lachen zusammen. Die Bedienung ruft uns etwas zu. Der Mann schwingt seine Hände wie ein Dirigent, der die Lautstärke herunterfahren will. Borawski verschwindet hinter seinem Qualm. Ich beuge mich zu ihm über den Tisch.

»Alter, ich bin in die Fennsbeck verknallt!«

Borawski betrachtet mich.

»Alter, wer die Fotze nicht geil findet, der ist krank!«

Alles ist überbelichtet, ich sehe, wie jemand auf den Tisch schlägt, und ich will mein leeres Glas weiter austrinken. Mein

Kopf fliegt, und ich fliege durch einen Stapel aus Plastiktischdecken, weich und undurchdringlich, hässlich in jeder Beziehung. Ich muss nachsehen, ob der Kopf noch im Rucksack ist. Unbedingt. Mein Atem riecht nach geräucherter Makrele.

Ich hebe meinen Kopf. Wo ist der Mann? Ich sitze allein am Tisch.

Die Frau, diese hässliche Giraffe aus der Quecksilberfabrik. Sie macht irgendwas. Neonlicht brennt. Die Stühle stehen auf den Tischen. Plötzlich hauen meine Beine vor die Theke.

»Borawski?«

Die Frau versteht nicht. Ich zeige auf den leeren Tisch.

»Borawski?«

Sie zeigt zum Klo. Ich gehe zum Klo. Da steht ein Pfosten, der mein Knie streift. Ein Zigarettenautomat von unten. Mann, wo ist Borawski? Ich stehe im Licht. Hier ist ein Klo. Das ist erst mal eine Tatsache. Wie lange bin ich schon hier? Was ist das für eine Musik? Warum wird in diesem Land immer so schlaumeierisch mit Gitarren rumgelallt?!

»DAS VERSTEHT DOCH KEINE SAU!!«

Ich sehe meine Hand rutschen. Eine Klotür schlägt. Borawski liegt wie eine Brezel um eine Toilette gewickelt. Wo sind seine Arme? Ich zerre ihn hoch. Wie ein Ball lege ich ihn um meinen Arm. Er wird wach, hebt die Hand und schnappt nach Luft.

»Alter. Alles klar. Alles klar. Lass uns abhauen! Bisschen frische Luft.«

Ich führe ihn zum Platz zurück. Wir gehen zur Tür. Da ist die Giraffe. Sie hat einen langen Zettel. Sie sagt was. Sie will Geld. Verflucht!

Borawski schielt zu ihr hoch.

»Der Mann zahlt alles, Madame!«

Die Giraffe schüttelt mit dem Kopf. Sie schließt die Tür ab. Das Schlüsselgeräusch dringt in mein Auge ein und schmeckt nach Zwiebel. Ich zeige zurück zu unserem Tisch.

»Schnäps? Wo ist der Mann?! *El hombre?*«

Die Giraffe steht vor mir. Draußen regenschwarze Nacht. Borawski schläft an meiner Schulter ein. Ich muss ihn festhalten. Ich hole tief Luft. Also, soll sie doch haben, was sie haben will!

Ich diskutiere nicht mehr.

Ich lege Borawski und unsere Sachen auf den Boden vor die Tür. Dann laufe ich zur Theke. Ich schiele auf die digitale Anzeige der Kasse.

112,80 Euro.

Ich reiche der Giraffe mein ganzes Portemonnaie rüber. Sie nimmt sich das Geld raus. Dann kommt sie mit zur Tür und schließt uns wieder auf. Ich hebe Borawski auf und packe die Rucksäcke. Die Giraffe hält uns die Tür auf, ich schleife die Rucksäcke durch den Matsch in den Regen und schubse Borawski vor mir her.

Wir stapfen lange durch ein blubberndes, matschiges Feld, und dann stehen wir vor einer Art Garage. Sie ist halb kaputt, der Boden ist weich und feucht. Ich stolpere hinein und lege mich hin. Es fühlt sich nach verregnetem Sperrholz an, und es riecht auch so. Draußen schwebt eine blaue Nacht. Borawski erhebt sich plötzlich, seine Silhouette torkelt ins Freie. Später höre ich jemand wimmern. Ich taste nach einem Feuerzeug. Aber ich finde keins. Ich hab ja auch nie eins. Wo soll es denn jetzt herkommen? Ich stehe auf und gehe raus. Da vorne ist ein Weg.

»Borawski?!«

Ich mache einen großen Schritt, und mein Bein fliegt nach oben, wie von einer Schnur gezogen, der Weg rammt mein Becken. Ich liege in der Matsche. Ich drehe mich, komme wieder hoch. Konzentration. Ich höre was.

Da jammert einer!

»Borawski?!«

»Alter …! Wo bin ich?«

Borawskis Stimme. Endlich. Ich gehe durch die Schwärze zum Geräusch. Da hängt Borawski in einem Zaun. Ich knie hin.

»Alter, Scheiße, was hast du denn gemacht?«

»Keine Ahnung, ich hänge fest.«

Ich lege meinen Kopf auf die Erde und taste den Stacheldraht entlang. Ich fühle mich wie ein Automechaniker in einem finnischen Hinterhof. Es sieht so aus, als ob Borawski gegen eine Art Stacheldrahttor gelaufen wäre, das sich überschlagen und ihn wie eine Schraube eingeklappt hat.

»Alter, was hast du gemacht?«

»Keine Ahnung. Ich bin hier im Zaun wach geworden. Alter, hol mich raus!«

Ich drehe den Zaun weg, und Borawski schreit. Sein Knöchel steckt in einem Stachel. Den reiße ich einfach mal raus.

»Ahh! Alter, Scheiße!«

»Vertrau mir, ich hol dich raus!«

»Alter, das tut sauweh!«

»Ja, ja.«

Dann klappe ich den Zaun mit Gewalt auf die andere Seite. Dabei lege ich mich fast auf die Nase. Der Himmel dreht sich, und ich halte mich kurz vorm Aufprall am Draht fest. Zumindest habe ich jetzt auch in einen Stachel gegriffen. Blutsbrüder. Mein Blick füllt sich mit prickelndem Hellgrau. Ich spüre meinen Herzschlag im Auge. Wenn ich jetzt loslasse, schnappt der Zaun zu, und ein Pfosten bricht Borawski womöglich das Bein.

»Alter, du musst hier volle Pulle reingerannt sein!«

Ich stemme mich in den Boden und ziehe den Draht zu einem steinharten, zitternden Faden.

»Jetzt raus!«

Borawski kriecht über den Boden, bis er ganz aus dem Zaun raus ist. Ich lasse den Zaun los, und er jagt mit Krachen und Scheppern wieder in seine Verdrehung zurück. Borawski humpelt, ich stütze ihn. Dann sind wir wieder in der Bude. Was ist das bloß für ein Teil?

Ich lege mich wieder auf die nasse Glaswolle. Irgendwo rumpelt Borawski auf sandig kratzenden Glasscherben. Ich fasse meinen Rucksack an. Hoffentlich haben wir nichts von dem kostbaren Geröll verloren. Ich lege mich auf die Seite und überlege, ob ich kurz kotzen gehen soll. Ich hole tief Luft. Wird schon gut gehen. Ich hole tief Luft. Wird schon gut gehen. Ich hole tief Luft. Wird schon gut gehen. Ich muss nicht kotzen.

50

Es wird warm. Ich habe Schwierigkeiten, Luft zu holen. Meine Vorderzähne sind schmerzhaft eingetrocknet. Hinter meinem rechten Auge beginnt ein leichtes Ziehen. Das kenne ich schon. In spätestens zwei Stunden wird aus dem Ziehen ein hämmernder Kopfschmerz geworden sein. Ich muss was trinken!

Ich mache die Augen auf und setze mich hoch. Draußen scheint die Sonne. Auch das noch! Kann es nicht regnen, wenn man verkatert ist? Ich sehe mich um.

Was für ein Ort!

Eine Art Pappgebäude. Eins von der Sorte, wie man sie in zwanzig Minuten Aufbauzeit als Klassenzimmer auf die Schulhöfe stellt. Eingeschlagene Scheiben. Holzplatten sind von der Decke gefallen, gelbmatschiges, teilweise verfaultes Dämmmaterial hängt heraus und ist in Fetzen über den ganzen Boden verteilt. Einen Klops davon hab ich als Kissen benutzt. Die ganze Bude riecht verschimmelt. Überall Scherben und Dreck. In einer Ecke alte Scheiße und vertrocknetes, benutztes Klopapier, das leicht im Wind zittert. Raus hier!

Ich steh auf, packe meinen Rucksack und mache etwas unkoordiniert ein, zwei große Schritte. Dann stehe ich in der Hitze. Borawski sitzt unterm Gebüsch im Schatten. Er untersucht verschlafen seine Füße.

Er betrachtet mich und lacht los.

»Alter … wie siehst du denn aus?!«

»Wieso?«

Ich befühle mein Gesicht, und da ist eine harte Schicht. Getrockneter Schlamm. Ich sehe an mir herunter. Meine Klamotten sind ebenfalls in Matsch getaucht worden.

»Haben wir einen Spiegel?«

Borawski zeigt zur Seite. Da steht ein altes, verrostetes Auto hinter der Hütte, halb von Brombeeren überwachsen. Es knackt in der Hitze. Da hängt tatsächlich ein Spiegel dran. Ich hocke mich davor. Es riecht nach altem Diesel.

Mann, ich sehe aus wie ein Monster! Die Hälfte meiner Haare steht spitz zur Seite. Ich reibe mir den trockenen Matsch aus dem Gesicht, er rieselt wie Staub zu Boden. Ich gehe zu Borawski zurück.

»Wie viel Uhr haben wir?«

Borawski guckt.

»Halb zwei.«

Ich schnaufe.

»Kannst du laufen?«

»Sind nur ein paar Löcher drin. Wird schon gehen.«

Er raucht gar nicht, das ist ein schlechtes Zeichen. Ich sehe mich um. Ein paar Sachen aus meinem Rucksack liegen hier draußen rum. Zahnbürste, ein paar Steine, ein Hemd. Ich sammele alles ein, möglichst langsam, damit mein Kopfschmerz mich nicht zertrümmert.

Da fällt mir ein, dass ich Borawski gestern Abend meine Liebe zur Fennsbeck gestanden habe. Mist. Ich müsste mal überprüfen, ob er es noch weiß. Zähne putzen!

»Mann, Borawski. So können wir unmöglich durch die Gegend trampen. Die Leute halten uns für Godzillas Brüder.«

»Was ist gestern eigentlich noch passiert?! Ich weiß nur noch, dass du mich im Zaun gefunden hast. Und dieser Alte, natürlich.«

»Schnäps!«

»Genau. Scheiße!«

Borawski lacht kurz. Ich schrubbe meine Zähne. Da fällt mir wieder ein, dass wir gestern alles selbst bezahlt haben. Oh, Mann. Ich muss gleich mal unser Geld zählen. Ich fische das Portemonnaie aus meiner Hosentasche, klappe es auf und fingere durch die Scheine. Achtzig Euro und ein paar Zerquetschte. Das ist wirklich nicht viel. Wir haben gestern Zelt und Schlafsack versoffen. Kacke!

»Dieser bescheuerte Schnäps-Alte!«

Borawski schnauft.

»Egal, überleg mal, wie viel Kohle wir durch den gespart haben!«

Wir packen zusammen. Ich brauch was zu trinken. Hilfe! Hinter einem Acker ragt ein Kirchturm raus. Da wird es Wasser geben. Wir müssen uns waschen, bevor wir zur Autobahn gehen. Aber, wie sollen wir uns waschen? Auf dem Marktplatz? Und wie soll ich mich alleine waschen, also, ich meine: ohne Zeugen? Ich kann ja Borawski nicht bitten, sich umzudrehen.

Borawski tritt auf.

»Au, scheiße, mein Fuß!«

»Alter, tut mir leid. Komm.«

Borawski tritt vorsichtig wieder auf und humpelt langsam los.

Erst zieht er bei jedem Schritt Luft durch seine Zähne, aber auf dem weichen Acker wird es besser. So stapfen wir quer durch die Erde. Zum Glück begegnet uns niemand.

Am Ortseingang ist ein Friedhof. Wir schieben das quietschende Eisengitter auf. In einer Ecke stehen Gießkannen unter einem Wasserhahn. Es ist still und heiß. Die Mauern sind warm. Alle Gräber sind voll mit Bildern, die in kleinen Rahmen daraufgestellt wurden. Es gibt gar kein echtes Grün. Außer uns ist niemand da.

»Astrein!«

Ich knie vor dem Wasserhahn nieder und saufe kaltes Wasser in tiefen Zügen, wie ein Pferd. Verdammter Schnäps! Wie können die hier zulassen, dass ein Opa zwei Fünfzehnjährige mit Schnaps vergewaltigt? Man hätte die Bullen holen müssen! Und dann noch das Geld!

Mann, schmeckt das Wasser gut! Borawski füllt eine Gießkanne und zieht sich aus. Ich fass es nicht! Da steht er nackt vor mir. Mit seinem ganzen Schwabbel, hemmungslos. Ich bewundere ihn. Borawski drückt mir die Gießkanne in die Hand.

»Los!«

Ich steige auf ein Mäuerchen und gieße das Wasser über ihn. Er wäscht sich Erdklumpen aus den Haaren und dem Arsch. Was für ein Bild, so ein weicher, großer Körper, der sich wasserglänzend im Sonnenlicht dreht. Borawskis Schwanz ist größer als meiner. Auch das noch! Das ist natürlich ärgerlich.

Die Gießkanne ist leer. Borawski klatscht seinen Bauch und trocknet sich mit einem T-Shirt ab. Gleich bin ich dran. Es gibt kein Entkommen! So müssen sich Leute mit einem Hinrichtungstermin fühlen. O.K., was soll's?! Ich ziehe mein T-Shirt aus und entblöße diesen schwächlichen, krummen Oberkörper. Was für ein jämmerlicher Anblick! Schmale Schultern, ein eingedrückter Brustkorb und sogar eine kleine Wampe. Völlig unsexy! Welche Fennsbeck dieser Welt wird sich für diesen Mist interessieren?!

Borawski wartet und guckt kaum. Dann ziehe ich meine Hose aus. Ich bin nackt, mein winziger Schwanz guckt wie ein Vögelchen aus seinem albernen Haarflaum heraus. In dem kalten Wasser wird er gleich noch kleiner werden. Borawski füllt kommentarlos eine Gießkanne und schüttet sie über meinen Kopf. Mann, tut das gut! Eiskaltes Wasser über meinen Hammerschmerz. Ich reibe und wasche mich. Borawski füllt die Gießkanne noch mal. Von meinen Haaren tropft matschiges Wasser auf den warmen Beton. Es riecht nach Sand und Sommer.

Wie lange hab ich das nicht mehr gemacht?! Früher sind wir jeden Tag im Garten durch den Rasensprenger gerannt. Warum muss man erwachsen werden? Warum überfällt einen die Sehnsucht nach Muschis und nackten Schultern? Warum beäugt man die Entwicklung seines Pimmels? Warum kann man nicht einfach spielen, bis man tot ist? Alle Leute, die hier auf diesem Friedhof liegen, mussten durch diesen Stress.

Was für eine Energieverschwendung! Kann man das alles nicht anders regeln? Können die Menschen nicht aus Eiern schlüpfen, die im Wald von Bäumen fallen?!

51

Borawski steht in einer silbernen Telefonzelle, mitten auf einem gepflasterten, glühend heißen Platz in der prallen Sonne. Ich halte die Tür auf, denn das Metall ist kurz vorm Schmelzen. Borawski tippt seine Nummer ein und wartet. Ihm tropft der Schweiß nur so vom Gesicht.

»Hallo Mama?!«

Borawski hört zu.

»Nein, nein, alles in Ordnung! Aber, ich werde morgen nicht zuhause sein können. Nein. Das ist alles … was?! … Ja, ja. Also, ich schätze mal so … in einer Woche?!«

Ich zeige ihm Daumen hoch. Eine Woche sollten wir locker schaffen. Jetzt, so nah an der Autobahn. Borawski nickt in den Hörer.

»Ja, ja, Geld haben wir noch, klar. Nein, der … ja, ja, der Ingo hat genug … ja, ja. Und wie geht's euch?! Bei euch alles O.K.?!«

Borawski hört jetzt zu. Ich verstehe nichts, aber seine Mutter lässt einen Redeschwall auf ihn herab. Vermutlich erzählt sie ungefragt, was in den letzten Tagen ohne ihren kleinen dicken Jungen so passiert ist. Vielleicht hat aber auch der Leberwurstladen um die Ecke beinahe Konkurs gemacht, doch Frau Borawski konnte eine Bürgerinitiative auf die Beine stellen, die ihn mit Notkäufen gerettet hat. Jetzt hat sie drei Tiefkühlschränke im Keller voll mit Leberwurst und kann es gar nicht abwarten, bis ihr Junge endlich wieder daheim ist.

»O.K., ja, ich meld mich, O.K., tschau! Ja, tschau!«

Borawski hängt ein. Er macht einen Schritt aus der Telefonzelle raus, wedelt sich mit seinem T-Shirt Luft zu und wischt sich den Schweiß von der Stirn.

»Alter, Hölle da drin! Bei mir ist alles klar.«

Jetzt bin ich dran. Ich mache einen Schritt in den Metallkubus, jetzt hält Borawski mir die Tür auf. Mein Kopfschmerz nimmt in der Hitze sofort an Stärke zu. Ich spüre meinen Herzschlag hinterm rechten Auge. Ich rieche immer noch nach Schnaps.

Ich nehme den warmen Hörer, der nach Schweiß, Haaren und Plastik riecht. Ich überlege kurz, ob er auch schmeckt, wie er riecht, wenn man ihn ableckt. Bei Käse zum Beispiel gibt es da ja krasse Unterschiede. Dann lasse ich einige Münzen in den Schlitz gluckern. Ich wähle. Ich warte. Es tutet.

Jemand hebt ab.

»Hallo?!«

Mein Vater.

»Hallo, ich bin's, Philipp! Na, wie geht es euch denn so?! Also, mir geht's super!«

Am anderen Ende wird nichts gesagt.

»Hallo, Papa?! Bist du noch dran?!«

Mein Vater räuspert sich.

»Wenigstens bist du in Frankreich. Das seh ich an der Nummer. Wo bist du genau?«

»Na, bei Ingos Onkel, wo sonst?!«

Mein Vater schnauft.

»Mama hat Ingo gestern getroffen.«

»Ach, ja klar, der wollte ja wieder nach Hause! Der hat festgestellt, dass er Spanien hasst! Und mit seinem Onkel versteht der sich auch nicht so gut. Also, eigentlich hasst der den auch!«

»Junge, wir haben gestern den ganzen Tag versucht, dich zu erreichen.«

»Mein Handy ist kaputt. Ich hab's verloren. Ich weiß auch genau, wo.«

»Hör auf, mich anzulügen. Ingo hat gar keinen Onkel! ... und ich ärger mich, dass ich dir die ganze Zeit alles geglaubt habe! Mann! Du setzt dich jetzt *sofort* in den nächsten Zug und kommst zurück!«

Ich betrachte Borawski.

»Es geht mir gut, ja, danke. Und wie geht es euch?!«

Mein Vater schnappt am anderen Ende nach Luft. Ich sehe seine Kieferknochen malmen. Seine Stirnader quillt hervor, und in seine Stimme legt sich ein ganz leichtes, aber drückendes Tremolo.

»Philipp, ich erwarte, dass du SOFORT ...«

»Alles klar, Papa. Mach dir keine Sorgen! Ich bin in einer Woche zurück. Bis dann. Tschau!«

Ich hänge ein. Borawski betrachtet mich.

»Und?!«

»Alles o.k. Denen geht's gut. Lass uns aus dieser grässlichen Hitze raus!«

Ich sammele die restlichen, glühenden Münzen vom Apparat, quetsche mich scheppernd aus der Tür ins Freie, wische mein tropfendes, kitzelndes Gesicht am T-Shirt ab und nehme meinen Rucksack hoch.

»Und jetzt, auf zur Autobahn! Das Projekt lebt!«

»Mairesse, die Sau!«

Wir sind ein paar Meter gelaufen, da klingelt das Telefon in der Zelle. Borawski bleibt stehen. Ich schiebe ihn weiter.

»Komm, weiter! Das ist nicht für uns.«

Wir lassen es klingeln und laufen durch die Hitze auf einer kleinen Straße aus dem Ort raus.

Mann, jetzt hätte ich Bock, mir einen runterzuholen! Das liegt am Kater. Wenn ich am Abend vorher gesoffen habe, hab ich am nächsten Tag wesentlich mehr Bock auf Wichsen als sonst.

Vielleicht gelingt es mir ja, Borawski für einen Moment

loszuwerden. Lange brauch ich bestimmt nicht. Wenn ich gleichzeitig mit ein paar Blättern an meinem Sack herumwedel, vielleicht eine Minute. Ich könnte mich in ein Wäldchen verdrücken, offiziell, um zu kacken. Mal sehn, was noch so kommt. Im Moment ist hier alles frei, flache Gegend, nur Felder und Äcker. Hin und wieder ein in Reihe gepflanzter Pappelwald, aber die sind natürlich viel zu licht und durchsichtig. Ich muss es auf heute Abend verschieben, wenn Borawski grinsend davon träumt, Hand in Hand mit seiner Mutter in einen randvoll mit Leberwurst gefüllten Swimmingpool zu springen.

52

Wir stehen endlich an der Autobahnauffahrt, und mir fällt auf, dass wir es schon wieder nicht geschafft haben, etwas zu essen oder zu trinken mitzunehmen. Das darf doch einfach nicht wahr sein!

Zudem ist an dieser Auffahrt total wenig los.

Es ist schon später Nachmittag. Borawski hockt auf seinem Rucksack und qualmt. Sein Fuß tut weh, aber er hat wenigstens etwas, das er sich ins Gesicht stecken kann. Manche Leute sind neidisch darauf, dass ich nur rauche, wenn ich trinke, aber ich hasse es.

Erstens macht die Qualmerei den Kater schlimmer, zweitens zwingt es mich, zwei lange Tage nach dem Suff sehr oft an Lungenkrebs zu denken. Ich vermeide es in diesen zwei Tagen auch, lungenähnliche Lebensmittel zu kaufen, zu essen und anzusehen. Brokkoli, Blumenkohl, Makkaroni.

Jetzt stehe ich in der Hitze, mit pochendem Kopfschmerz, frei von der Last, meinen Eltern was vorzumachen, und denke an meine Lungenbläschen, in denen noch die schwarze, tödliche Suppe von gestern Nacht versinkt. Meine Alten wissen, dass ich gelogen habe, und – obwohl ich genau davor immer schreckliche Angst hatte, ist es mir jetzt vollkommen egal.

Das fühlt sich gut an, denn jetzt bin ich *ihr* Chef und nicht umgekehrt! Ich könnte mir auch vorstellen, nie zurückzukehren, vorausgesetzt, die achtzig Euro reichen noch ein paar Jahre, denn arbeiten werde ich natürlich nicht.

Borawski hat vielleicht noch drei, vielleicht vier gute Jahre, dann muss er jeden Morgen um sechs Uhr aufstehen, bis er eines Tages am Fließband der Konservenfabrik tot zusammenbricht. Dann hat er sein Leben lang aus einem überhitzten, verqualmten Leitstand heraus das Einfüllen von Hundekot in Konserven überwacht.

Ich bin so froh, dass ich der Leiter dieses Projektes bin, und mit Borawskis Hilfe werde ich es durchziehen! Leute wie Mairesse dürfen nicht ungestraft davonkommen! Das ist wahrer Friedensdienst, was wir hier machen. Das ist wichtiger für Europa, als Französisch zu lernen! Mein Vater hat keine Ahnung!

»Wir tun das hier alles auch für Europa, mein Freund.«

Borawski sieht hoch.

»Hä …? Was?!«

»Schon gut …«

Schade, dass Borawski der Sinn für Höheres abgeht. Andererseits können nicht alle Chef sein. Und eigentlich ist es auf diesem Planeten ziemlich großartig geregelt, dass auch ganz viele gar nicht Chef sein *wollen!* Es müsste nur endlich mal jemand anhalten und uns mitnehmen.

Am besten jemand, der gerade vom Mittagessen kommt, sein Wildschwein nicht aufessen konnte und es von seiner Mutter zum Mitnehmen in eine weiße Plastiktonne füllen ließ. Nein, in *zwei* weiße Plastiktonnen, damit Borawski und ich im Auto nicht wie Schweine gemeinsam über einem Trog hängen müssen.

»Ich hab schon wieder Hunger.«

Borawski nickt.

»Ich auch.«

Da rollt ein roter VW-Bus heran und hält. Er hat ein deutsches Kennzeichen. Borawski und ich laufen zum Fenster. Da sitzen Leute, die aussehen, als könnten es meine Eltern sein. Ein Mann mit kurzen Haaren und eine dunkelhaarige Frau mit einer total beknackten Ponyfrisur. Wir nicken irgendwie bescheuert in den Wagen hinein.

»Hallo, ja, also. Toll, dass Sie gehalten haben. Wir wollen nach ...«

Mh... Blutsalat kann ich ja schlecht sagen. Borawski hilft mir.

»St. Savelat du Sange.«

Die Frau lacht.

»Wo ist das denn? Also, wir fahren nach Süden. Über St. Etienne durch das Massif Central Richtung Pyrenäen.«

»Ja, das ist ja toll. Also, da würden wir gerne mitfahren.«

Die Frau mustert mich.

»Wie alt seid ihr denn? Seid ihr von zuhause abgehauen?!«

Wir schütteln beide den Kopf, synchron wie zwei Wackelhunde auf der Rückbank eines Autos. Jetzt Konzentration! Nett sein, glaubwürdig sein, die Chance nicht verquasseln! Das ist *der* Lift des Jahrtausends!

»Nein, wir sind siebzehn, und unsere Eltern wissen Bescheid. Wir sind unterwegs zum Französischunterricht.«

»Aha.«

»Ja, wir haben da eine Art ... na ja ...«

Borawski lehnt sich gleich in den Wagen rein.

»Na ja, also ehrlich, wir sind beide sitzengeblieben, wegen Französisch, und unsere Eltern haben gedacht, das ist eine gute Idee ...«

Der Mann grinst.

»Verstehe, und das Geld, das die euch für die Fahrt gegeben haben, spart ihr lieber und trampt.«

»So ungefähr.«

»Kenn ich. Hab ich auch mal gemacht. Habt ihr Drogen dabei?«

Borawski kratzt sich am Kopf. Er überlegt wirklich.

»Nein, leider nicht. Aber man könnte ja auf dem Weg was besorgen, in Marseille kann man bestimmt gut was kriegen …«

Für einen Moment steht die Welt still.

Die beiden im Bus gucken sich an und lachen los. Borawski lacht auch. Jetzt denken die, Borawski hat einen intelligenten Witz gemacht. Jedenfalls hoffe ich das. Borawski, du bist so unglaublich blöd!

»O.K., steigt ein, ihr seid in Ordnung!«

Wir sind in Ordnung? Das ist doch Blödsinn! Der Mann steigt aus und kommt ums Auto gelaufen.

»Ich bin Thomas, und das ist die Tine.«

Ich nicke. Tine nickt auch. Sie hat ihre Beine angewinkelt und ihre nackten Füße auf die Ablage gelegt. Der Mann will sich mit uns duzen? Ich duze außer meinen Eltern und meinem Onkel Tiberius niemanden auf der Welt. Astrein, die sind ja auch in Ordnung! Endlich sind wir mal unter uns, denn *wir* sind ja auch in Ordnung!

Die Tür schiebt sich auf, und das Erste, was ich sehe, sind die Beine einer weiteren Person, weibliche Beine, genau meine Altersklasse – und dann sehe ich den dazugehörigen Körper und Kopf, und mein Herz schlägt heftig in meinen Hals hinein, und ich kann gar nichts mehr sagen.

»Und das ist Kathrin.«

Ich sehe erstarrt zu Boden und überlege, was ich sagen könnte.

»Hi …«

Das Mädchen betrachtet mich.

»Hi.«

Ich will meinen Rucksack mit einer Hand in den Wagen heben, aber ich schaffe es nicht. Thomas, mein neuer erwachsener Freund, der hinter mir steht und dessen Gesicht ich schon vergessen habe, hilft mir.

»Was ist denn da drin? Schleppst du Steine mit dir rum?«

Borawski hebt demonstrativ seinen Rucksack an.

»Wir haben jeder ungefähr so fünfzehn, zwanzig Kilo Schutt dabei.«

Tine lacht.

»Was wollt ihr denn damit?!«

»Eine Wette.«

Der Thomas schüttelt den Kopf, und vorne lacht die faltige Fresse mit der beknackten Frisur. Mann, Borawski!

Eine Wette.

Das war eine geniale Antwort! Erklärt nichts, ohne auch nur eine Frage offenzulassen. So einfach. Borawski, wer bist du wirklich?!

Kathrin guckt. Mann, ist die hübsch! Wahnsinn! Sommersprossen, gerade, große schlanke Nase, glatte blonde Haare. Wie können ihre Eltern zwei aufgegeilte Typen wie uns in diesen Wagen einsteigen lassen?

Das muss an unseren schwächlichen Figuren liegen! Schrecklich! Die sind auf uns zugefahren und haben sich unterhalten.

»Guck mal, die beiden, der eine dick, der andere ein krummer Hänfling, wie er im Buche steht.«

»Die tun mir leid. Komm, wir nehmen die mit, dann hat Kathrin auch was zu lachen!«

»Mann, was für dreckige Versager!«

»Halt an!«

Ich stehe mit gebeugtem Kopf zwischen zwei dicken, drehbaren Autositzen und einer Rückbank mit der fantastischen Kathrin darauf. Ich sehe nur diese Beine und habe nur einen einzigen Wunsch: Alle um mich herum sollen für immer zu Stein werden!

Nach einer kurzen Trauerphase von Kathrin, in der ich mich als emotional qualifizierter Mensch darstelle, knie ich nieder und lecke ihre Beine ab, erst die Waden, dann langsam über die Oberschenkel nach oben, bis ich … Mann! Ich stehe im Bus herum und schiele durch die Gegend. Ich muss Platz für Borawski machen, der nachrückt. Wo setz ich mich hin, verdammt?! Hilfe! Neben Sie? Nein, was ist, wenn ich sie aus Versehen berühre? Gegenüber? Nein, dann muss ich immer extra an ihr vorbeisehen. Zu anstrengend. Alles ist zu anstrengend. Ich kann hier nicht mitfahren! Hätten die doch nicht angehalten! Das ist doch wirklich gemein! Die hat 'ne kurze Hose an und blättert in einem Comic. Ich dreh durch! Wer tut mir so etwas an? Warum sind wir nicht alle Schnecken, die beim Wichsen schwanger werden? Wer hat diesen Wahnsinn mit den zwei Menschensorten erfunden? Das braucht doch niemand!

Borawski drückt mich auf den Sitz gegen die Fahrtrichtung. Kathrin guckt sich alles ganz ruhig an. Dann sitzen wir, Tasche und Rucksack liegen übereinander vor der Tür, und Thomas, der seiner Familie mit uns irgendwas beweisen will, steht an der offenen Schiebetür, bereit, diese für immer zu schließen.

»Ach …«

Meine Augen kleben an Thomas, denn Kathrin darf ich auf keinen Fall ansehen. Schon gar nicht, wenn ihr Papa zuguckt. Keiner darf merken, was ich für sie empfinde. Kathrin muss glauben, sie wäre mir egal. Alles andere wäre zu peinlich! Thomas tänzelt ein bisschen verlegen herum.

»… also, wir fänden es o.k., wenn ihr euch an der Autobahngebühr beteiligt.«

»Ach, kostet die hier was?!«

Thomas nickt. Tine lacht. Sie glaubt uns nicht, dass wir das nicht wissen. Ich nicke auch.

»O.K.«

Wir haben nur noch achtzig Euro. Eigentlich müsste ich sofort aussteigen! Andererseits, wenn ich Kathrin kennenlerne und wir ein Paar werden und ich nur einmal ihre Beine, ihre Nase und ihren Mund küssen kann, bevor sie mich für einen Rettungsschwimmer wieder verlässt, das ist mir achtzigtausend Euro wert!

Ich weiß nur noch nicht, wie ich die Kohle unauffällig aus dem Portemonnaie meiner Mutter ziehen kann. Für achtzigtausend bräuchte ich vermutlich mehr als einen Abend. Ich schnaufe, und es tut mir leid. Ich wollte Kathrin nicht mit Prostitution in Verbindung bringen. Verdammt! Was, wenn doch jemand Gedanken hören kann?!

Borawski betrachtet den alten Thomas.

»Wie viel ist das denn ungefähr, diese Gebühr?«

Thomas tut, als wenn er es überschlagen würde. In Wirklichkeit überlegt er, wie viel er uns abnehmen kann, und gestaltet danach seine Rechnung.

»Na ja, so hundertzehn, hundertdreißig Euro bis Toulouse sind das schon. Also, wären es so fünfzig bis sechzig für euch …«

Borawski betrachtet mich. Von Toulouse habe ich noch nie was gehört. Mir fällt auf, dass der Bulli ziemlich alt ist. Weder Klimaanlage noch hohe Geschwindigkeit. Mehr als hundertzehn wird der nicht schaffen. Dafür sind sechzig Euro verdammt viel Geld. Trotzdem nicke ich, Borawski nickt auch. Thomas schiebt die Tür zu. Wir sitzen in der Falle. Gefangen mit einer mörderisch schönen Perle und ihren geldgierigen Eltern, mit der Aussicht, die nächsten zehn Stunden im totalen Stress zu verbringen und danach den Rest unseres Lebens diesem einen verpassten Fick hinterherzuwichsen. Uns erwartet das Schicksal, in jedem Suff bis an unser Lebensende weinend auf dem Bürgersteig zu liegen und »Kathrin …, Kathrin …« zu wimmern, bis die Bullen kommen.

Ich sehe aus dem Fenster. Ich sehe, wie der Wagen losrollt. Ich überlege, wie ich mein Gesicht gestalten soll, damit Kathrin denkt, ich wäre wirklich an der Landschaft da draußen interessiert. Aber ich kann mich nicht konzentrieren, denn gewaltige Pornofantasien überwältigen mich. Jetzt bekomme ich Erektionsängste. Wenn mir das jetzt passiert, bitte ich Thomas anzuhalten und werfe mich vor den ersten Truck, der Stoßdämpfer von Portugal nach Polen bringt.

Thomas bleibt an so einem komischen Parkhausautomat stehen, zieht ein Ticket und reicht es Tine, die es wegsteckt.

Dann rollen wir auf die Autobahn. Mir fällt auf, dass noch niemand etwas gesagt hat. Ich denke darüber nach, was ich jetzt sagen könnte. Irgendjemand *muss* doch jetzt mal was sagen! So was wie: Gehst du auch zur Schule? Kannst du Französisch? Nein, bloß nicht!

So fangen Pornos an!

Ich habe mal bei Karsten Werthoff einen gesehen, der so anfing.

Zwei Typen steigen in einen Bus ein, und da drin warten schon zwei total schwanzgeile Schülerinnen, die sich unbedingt mit gigantischen Mengen Sperma übergießen lassen wollten. Da war auch der erste Satz der Typen: »Könnt ihr Französisch?« Die Mädels haben das natürlich sofort missverstanden, und los ging's. Karsten Werthoff saß neben mir in seinem weichen weißen IKEA-Sessel aus Fichte und hat sich einen runtergeholt. Ich bin kopfschüttelnd und voller Verachtung rausgegangen und hab mir auf dem Weg nach Hause im Führerhäuschen eines Baggers meinen Finger beim Wichsen in den Arsch geschoben.

O Gott, hoffentlich haben wir einen Unfall, dann könnte ich endlich was *tun!* Dann wäre ich ein Held, und Kathrin würde mich lieben! Ich kann von meinem Platz nur hinten raussehen und stelle mir vor, dass der Bulli jede Sekunde ungebremst gegen einen Betonpfeiler kracht.

Der beknackte Thomas und die Faltige sind sofort tot. Kathrin wird aus dem Wagen auf die Fahrbahn geschleudert, bleibt aber unversehrt. Sie ist wahnsinnig schön, wie sie mit geschlossenen Augen still auf dem sonnenheißen Beton liegt, nur eine kleine Schramme an der Wange. Ein vorbeifahrendes Auto lässt ihre feinen blonden Härchen auf ihrem Unterarm einmal kurz wehen. Dann höre ich diese Lastwagenhupe näher kommen. Ich stürme zu Kathrin und ziehe sie von der Straße, nur Sekunden bevor ein Truck sie überrollt hätte, der Stoßdämpfer von Polen nach Portugal bringt, die alle reklamiert wurden. Sie erwacht in der weichen Wiese am Straßenrand in meinen Armen, und ich küsse ihre bebende Lippe, auf der sich ihre Tränen und mein Speichel mischen. Stoßdämpfer! Hilfe!

Ich mach gleich die Augen zu und tu so, als ob ich schlafe. Vorher gähne ich noch ein paarmal. Nicht zu auffällig, es muss echt aussehen!

Borawski sieht auch aus dem Fenster. Mann, was geben wir für ein jämmerliches Bild ab. Ich gähne. Ich gähne noch mal. Dann lehne ich meinen Kopf an die rappelnde Scheibe und stelle mich schlafend. Vielleicht findet Kathrin ja gerade das total anziehend? Weil ich mich so gar nicht für sie interessiere. Weil sie so hübsch ist, hängt ihr die ewige Anmache der Typen schon lange zum Hals raus. Jetzt ist da endlich mal einer, der sie in Ruhe lässt! Jetzt muss *sie* mal aus dem Quark kommen! Ich bin keiner, den es auf dem Präsentierteller gibt. Für mich muss man kämpfen! Quatsch! Wozu sollte sie das tun? Für den zweituninteressantesten Typen auf der Welt kämpfen? Ich muss sie noch mal ansehen, bevor ich die Augen schließe, sonst kommt es echt zu verklemmt rüber. Jetzt!

Da ist sie! Was für eine Göttin! Sie liest in ihrem Comic. Sie sieht mich nicht an. Ich gucke wieder weg. Noch hat keiner ein Wort gesagt. Ich schließe die Augen und stelle mir die Frage, wie ich mich zehn Stunden schlafend stellen kann, ohne dass alle im Auto denken, ich wäre total geisteskrank oder aber tot?! Aber, mir fällt einfach nichts anderes ein! Mir fällt einfach nichts anderes ein!

Ich höre dem Brummen des Wagens zu, lasse die kalte Scheibe an meiner Kopfhaut vibrieren und versuche, mich zu entspannen. Sollen sie mich doch für wahnsinnig halten! Sollen sie doch meine Gedanken hören! Wir sitzen in einem Auto, das uns in einem Ritt ganz in die Nähe von Blutsalat bringt. Scheiß auf den Rest! Scheiß auf Kathrin!

Bräute wie die gibt es doch Tausende auf der Welt!

53

Ich merke, wie der Wagen bremst und langsamer wird. Ich mache die Augen auf. Vor mir die schlafende Kathrin! Was für ein Anblick!

Ich bin wohl wirklich eingeschlafen.

Draußen dämmert es schon. Laternen blasen ihr orangefarbenes Licht in die blaue Nacht. Wir halten an einer Art Zahlstation. Thomas lehnt sich weit aus dem Fenster und gibt einer Frau in einem Glashäuschen achtunddreißig Euro. Es riecht nach Abgas und warmer Straße. Dann geht die Schranke auf, aber, statt weiterzufahren, rollt Thomas direkt dahinter auf einen Parkplatz. Um uns herum stehen mächtige dunkelgrüne Berge, bereit, sich für die Nacht in schwarze Klötze zu verwandeln. Thomas macht den Motor aus. Tine schläft, und das glaube ich ihr auch. Unwahrscheinlich, dass alle die gleiche Idee hatten und sich schlafend gestellt haben. Das wäre ja Wahnsinn!

Es ist plötzlich so still. Thomas streckt sich.

»Ooh, Leute. Ich muss mal pinkeln.«

Borawski steht auf. Er macht die Schiebetür leise auf, humpelt ein paar Schritte vom Bulli weg und steckt sich eine an. Thomas steigt ebenfalls aus und schlufft zu einem Toilettenhäuschen. Ich muss auch mal, aber jetzt neben Thomas am Pissoir stehen?

Trotzdem. Ich gehe auch raus.

Ich schlendere ein bisschen rum, um Zeit zu verbrauchen. Kathrin dreht sich an die andere Fensterseite und schläft weiter. Tine sitzt vorn, den Kopf im Nacken, mit offenem Mund. Ich gehe zu Borawski. Es ist unser erster Kontakt ohne Zeugen, seit wir Kathrin gesehen haben. Gerade deshalb vermeide ich dieses Thema. Dieser Thomas macht so einen Anschleicher-Eindruck. Wenn er plötzlich hinter uns steht, während wir Fickfantasien über seine Tochter austauschen, dann gute Nacht! Dann können wir nach Blutsalat laufen.

»Wie geht's deinem Fuß?!«

»Geht so. Tut halt weh.«

»Ich geh auch mal aufs Klo.«

»Ich komm mit.«

Auf dem Weg zum Klo kommt uns Thomas entgegen. Er verlangsamt seine Schritte. Jetzt stehen wir uns gegenüber.

Er sieht zwischen uns hin und her.

»Gebt mir doch einfach mal vierzig Euro, dann stimmt das schon. Die tank ich jetzt gleich rein, und dann ist es gut, o.k.?«

Das ist natürlich klasse, dass der Preis mal eben so um die Hälfte nach unten rutscht. Ich nehme mein Portemonnaie raus und drücke Thomas zwei Zwanziger in die Hand. Bleiben uns für das gesamte Projekt noch weitere vierzig Euro. Wird schon funktionieren. Thomas steckt das Geld ein und nickt.

»Alles klar, danke. Das Klo hier ist ganz gut. Ich halt hier immer. Ihr braucht Kleingeld. Habt ihr Kleingeld?«

»Ja, haben wir.«

»Alles klar, dann bis gleich.«

»Bis gleich, Thomas.«

Wir gehen auf den beleuchteten Toilettenblock zu, der eher an eine Mondbasis als an ein Klo auf dem Planeten Erde erinnert.

Kommt natürlich auf die Perspektive an.

Wenn einer im Weltraum lebt, auf der Erde landet und das Ding hier sieht, passt es natürlich wieder. Aber, er würde niemals darauf kommen, dass dieses Gebäude nur für die Ausscheidungen von reisenden Planetenbewohnern benutzt wird. Ist schon alles ziemlich merkwürdig hier. Borawski wirft seine Kippe ins Gras.

»Ist doch ganz o.k., der Typ. Hat mal eben 'n Zwanziger weniger gemacht.«

Ich gehe über die restwarmen Platten und denke über unser Glück nach. Was für ein Lift! Vierzig Euro für die ganze Fahrt mit der geilsten Braut der Welt. Ich habe ein schlechtes Gewissen, dass ich Thomas und Tine vorhin an einem Betonpfeiler sterben ließ. Thomas ist einfach echt nett! So was gibt es. Nur weil Leute so alt sind wie meine Eltern, heißt es noch lange nicht, dass sie auch so bescheuert drauf sein müssen. Wir erinnern ihn an sich selbst, das hat er ja auch so gesagt.

Ich halte Borawski die Tür auf, wir betreten einen kühlen Raum mit leisem Radiogedudel. Ein paar Leute laufen rum, Spülungen rauschen. Jetzt – Thomas sitzt jetzt wieder außer Hörweite in seinem Bus – ist es Zeit für das erste Wort unter Männern über Kathrin.

»Alter, was für eine Alte!«

Borawski winkt ab.

»Lass mich in Ruhe. Ich hatte sie gerade vergessen. Die ist der Hammer! Unerreichbar!«

Wir werfen Geld in ein Drehkreuz und gehen pinkeln.

Unerreichbar.

Mann, Borawski. Das bringt es auf den Punkt. Ich betrachte ihn. Vielleicht ist er doch ein Genie?

»Wird das immer unser Schicksal sein?«

»Was?«

»Solchen Weibern hinterherzuschmachten?«

Borawski sieht mich an.

»Deins vielleicht nicht. Meins mit Sicherheit.«

Borawski dreht seinen Kopf wieder zum Pissoir und zieht ab. Ist er dünner geworden?

»Hast du abgenommen?«

»Halt's Maul.«

Borawski geht. Ich folge ihm. Wir drücken die Tür auf und treten wieder ins Freie. Was für ein Krach solche Straßen machen! Unfassbar!

Dass man diesen Planeten einfach so ungestraft verbrauchen darf!

Wir laufen über die Gehwegplatten zurück zum Auto. Irgendwie sind wir nicht richtig. Irgendwas ist anders.

Ich halte Borawski an der Schulter.

»Wo lang?«

Ich sehe herum. Da steht der Bus nicht. Also, kann es nicht richtig sein. Aber, da steht ein dunkler Gepäckhaufen. Ist das mein Rucksack?!

»Alter … nee, echt nicht.«

Wir gehen auf den Haufen zu. Da stehen unsere Sachen am Straßenrand! Sauber ausgeladen und aufgestellt, einsam unter einer orangefarbenen Laterne. Wir sehen uns an.

Wir sehen uns um.

Wir sind alleine.

Von Kathrin, Thomas, Tine und ihrem Bulli nicht die geringste Spur.

54

Es wird dunkel. Das orangefarbene Licht der riesigen Zahlstation schimmert weit über den warmen Beton in die dunkle Nacht hinein. Autos aus fünfundzwanzig Schlangen ordnen sich dröhnend auf einem Kilometer wieder zu zwei Spuren und verschwinden in der Nacht. Der Platz ist riesig.

Wir stehen mit unseren Säcken halb auf der Straße, denn auf dem Parkplatz ist zu wenig los. Nur ab und zu fährt einer rein.

Ich habe mir übrigens fest vorgenommen, dass Thomas' asoziales Verhalten meiner Liebe zu Kathrin keinen Abbruch tun wird. Sie kann nichts dafür. Als sie ohne uns aufgewacht ist und Thomas gefragt hat, wo wir sind, hat er vermutlich so was wie »die wollten aussteigen« gesagt. Kathrin hat »schade …« geseufzt und wird – genau wie ich – bis an ihr Lebensende dieser einmaligen Chance nachtrauern.

Ich hoffe, Thomas kauft sich für die vierzig Euro einen DVD-Spieler, der einen elektrischen Fehler hat und seine Hütte abfackelt. Kathrin kann sich im Nachthemd über den Balkon retten. Sie steigt über die Brüstung und lässt sich in ein rettendes Sprungtuch fallen. Sehr zum Vergnügen der Feuerwehrleute, die, weil das Haus, in dem Kathrin wohnt, zehntausend Meter hoch ist, dreiundzwanzig Minuten Zeit haben, ihre heranrasende Muschi im Nachthimmel zu betrachten. Mama Tine ist gar nicht zuhause, sondern bei ihrem Anwalt, der ihr bei ihrer Scheidung helfen soll. Thomas aber verbrennt bis zur Unkenntlichkeit. Später findet man ihn in der Küche, sein Gesicht mit einem Geldhaufen aus vierzig Euro Kleingeld verschmolzen. Genau: Vor Gericht, im Prozess gegen den Hersteller des DVD-Spielers, wird ein Untersuchungsbericht vorgelegt. Auch darin findet sich keine Erklärung, warum Thomas, statt vom Balkon zu springen, offensichtlich die brennende Wohnung so lange nach Kleingeld durchsucht hat, bis er vierzig Euro zusammenhatte, die er – so die Staatsanwaltschaft – »auf einer Art Opferaltar« aufgebaut hat. Die Haltung des Leichnams sah aus, »als ob er für irgendwas um Verzeihung bitten würde.«

Borawski stößt mich in die Seite.

Vor uns steht ein Auto!

Jemand hat angehalten! Ich sehe durch die geöffnete Tür. Ein unrasierter Typ mit breitem Kopf und schwarzen Locken guckt mich an. Ich sehe ihm in die Augen.

»St. Savelat du Sange?!«

Der Typ zuckt die Achseln und sagt was. Ich zucke mit den Achseln. Borawski sieht mich an.

»Alter, lass uns einsteigen, hier gibt es nur eine Richtung für uns! Alles ist besser als hier!«

Ich nicke, und wir steigen ein. Der Typ rollt los und fädelt sich ein. Dann fahren wir aus dem orangefarbenen Flutlicht heraus, und im Auto wird es dunkel. Der Wagen brummt. Die Augen des Mannes funkeln im Tacholicht. Er sieht nicht gerade freundlich aus. Er schaut mich an und sagt was. Ich sehe nett zurück. Er sieht wieder zur Straße. Dann sieht er mich wieder an, dann zeigt er auf sich. Borawski meldet sich aus der Schwärze des Rücksitzes.

»Alter, der Typ sieht total brutal aus.«

»Nein, der will nur schlafen.«

»Oder mit uns schlafen.«

Ich überlege, was ist, wenn der Typ heimlich Deutsch kann, und verstanden hat, was Borawski von sich gegeben hat.

»Also, ich bitte dich. Man sollte die Menschen nicht nach ihrem Äußeren beurteilen.«

Dann denke ich, dass das zu schwierig war, wenn er nur wenig einfaches Deutsch kann. Wie kann ich das denn anders formulieren?

»Er sieht vielleicht brutal aus, aber er hat ein gutes Herz.«

Borawski lehnt sich schnaufend zurück. Dann fummelt er an seinem Rucksack rum. Der Mann betrachtet mich. Er sagt etwas und zeigt auf ein vorbeirauschendes Straßenschild. Dann wird er langsamer und blinkt. Ich deute mit meinem Zeigefinger, dass wir aber weiter geradeaus wollen. Er nickt, aber er blinkt trotzdem weiter.

Ich drehe mich zu Borawski.

»Alter, der Typ fährt raus. Hast du ein Messer oder so was dabei?!«

»Hab ich schon in der Hand.«

Dann verlässt der Wagen die Autobahn, und wir kommen auf eine kleine, abgelegene Landstraße. Die Scheinwerfer gleiten durch die pechschwarze Nacht, beleuchten Alleebäume, verdunkelte Bauernhöfe und ab und zu ein ausgestorbenes Dorf. Hier hilft uns niemand!

Ich lege meine Hand scheinbar beiläufig in den Türgriff, um schnell rausspringen zu können. Der Typ sagt wieder was, zeigt auf mich, auf Borawski und dann sehr deutlich auf sich selber. Ich nicke ihm freundlich zu, denn ich halte es für besser, mitzuspielen, bis sich eine Gelegenheit zur Flucht ergibt. Wenn wir jetzt protestieren, wird es nur schlimmer. Wenn wir jetzt freundlich lächeln, denkt er, wir hätten auch Lust, mit ihm im Bett zu liegen und über seine haarige Brust zu streichen oder ihn dabei zu betrachten, wie er in einer goldenen Unterhose auf dem Tisch tanzt, die Brustwarzen mit frischem Schweineblut eingeschmiert, auf den Arsch mit Mayonnaise ein Hakenkreuz zum Ablecken gemalt.

Sobald er anhält, reiße ich die Tür auf und renne weg. Borawski, der auf dem Rücksitz von unseren Rucksäcken eingeklemmt ist, kann wenigstens zustechen. Wir rollen wieder durch ein ausgestorbenes Dorf. Plötzlich wird der Mann langsamer und biegt in ein Seitensträßchen ab.

Wir fahren durch einen engen Weg, rechts und links hohe Mauern. Wenn er jetzt anhält, dann kommt hier keiner raus! Wir sitzen in der Falle! Der Weg wird breiter, die Mauer hört auf, und der Weg wird zu einem Feldweg. Wir fahren auf ein einfaches Landhaus zu. Eine Lampe beleuchtet den Eingang. Noch ein anderes Auto steht vor dem Haus. Der Typ lässt den Wagen ausrollen und macht ihn aus.

Im Wagen ist Schweigen. Ich habe den Türgriff fest in der Hand. Wenn ich rausspringe und weglaufe, dann ist Borawski geliefert. Das kann ich ihm nicht antun. Er hat auch immer zu mir gehalten. Also muss ich erst mal in lockerer Atmosphäre dafür sorgen, dass Borawski auch hier rauskommt. Also steige ich ganz entspannt aus. Borawski folgt. Der Typ steigt auch aus. Wir zerren Rucksack und Reisetasche aus dem Wagen. Der Typ geht zur Haustür.

Ich und Borawski sehen uns an. Ich sehe, dass er dasselbe denkt wie ich. Abhauen?! Wenn wir richtig losrennen, dann schaffen wir es zurück zur Straße, bevor er uns eingeholt hat. Dann können wir gegen den ein oder anderen Fensterladen hauen und um Hilfe schreien. Oder wir trennen uns und rennen über die Felder in verschiedenen Richtungen davon.

Die Haustür geht auf, und eine Frau erscheint. Sie hat die Arme verschränkt, denn sie friert, wie alle Frauen, egal ob es warm oder kalt ist. Sie mag vierzig sein, und sie ist plötzlich mein guter Engel! Ich atme aus. Meine Hände entkrampfen sich. Das Erscheinen der Frau verwandelt das Haus vom diskret auf dem Land versteckten Folterkeller eines Perversen in ein normales, gemütliches kleines Anwesen.

Borawski macht merkwürdige Bewegungen, und mir wird klar, dass er gerade heimlich sein Messer wegsteckt. Für ihn ist die Gefahr wohl auch vorbei. Frauen sind doch klasse!

Der Typ winkt uns heran. Wir kommen angelaufen. Noch wissen wir nicht, wozu wir hier sind. Vielleicht wollen die beiden uns einen besseren Weg auf der Karte zeigen?! Vielleicht gibt es zwei Blutsalate in Frankreich, und es ist alles ein großes Missverständnis?! Ich überlege, was »Nein, wir wollten nach Blutsalat in der Nähe von Toulouse gebracht werden« heißt, aber ich kann ja nur *bonjour, croissant* und *merci*. Die Frau lächelt uns an und gibt uns die Hand. Sie zeigt auf sich und sagt was. Vielleicht ihren Namen. Hab ich noch nie gehört, aber ich nicke freundlich. Ich kann sowieso kein Französisch, da muss ich auch nicht überlegen, wie ich sie ansprechen soll, ohne ihren Namen zu kennen, weil ich sie gar nicht ansprechen werde. Ich zeige auf mich.

»Philipp.«

Ich zeige auf Borawski.

»Borawski.«

Der Typ zeigt auf sich und sagt was. Vermutlich seinen Namen. Irgendwas mit A. Ich halte die Hand hinter mein Ohr, das internationale Zeichen für »Bitte noch mal deutlicher sagen, Franzose! Ich hab nichts verstanden!«.

Der Typ zeigt wieder auf sich.

»Allbär.«

Das kann ich mir nicht merken. Schade.

Die Frau macht die Tür auf, und die beiden bitten uns ins Haus.

Vielleicht ist es ganz gut, dass ich kein Französisch kann. So kann ich auch unter Folter auf gar keinen Fall erzählen, was ich mir vorhin im Auto über unseren Fahrer gedacht habe.

55

Der Mann zeigt uns im Flur, wo wir unsere Sachen hinstellen können. Ich schwinge meinen Rucksack von der Schulter und setze ihn langsam auf, damit er nicht allzu viel Krach macht. Der Boden ist gekachelt. Eine Treppe geht nach oben. Überall hängen Bilder herum. Ein schwarzes Klavier steht an der Wand, darauf volle Wäschekörbe, die die Frau jetzt hektisch wegräumt.

Der Mann schiebt uns an der Schulter durch eine Tür, wo ich meinen Kopf einziehen muss, und wir kommen in eine niedrige Küche, in der der Kamin knackt und ein großes Krankenbett steht. Der Mann zeigt uns Plätze am Tisch, und Borawski und ich setzen uns hin.

In dem Krankenbett liegt ein Wesen!

Ein eingefallener Kopf mit hohlen Wangenknochen, der sich langsam zu uns dreht und uns anstarrt. Auf dem Bettlaken liegen zwei dünne Ärmchen, die sich nicht bewegen. Unser Fahrer stellt sich an das Krankenbett und erzählt dem Wesen etwas. Dann betrachtet er uns, zeigt auf den Kopf im Bett und sagt etwas Kurzes, vermutlich den Namen des Wesens. Dann setzt sich der Mann zu uns an den Tisch und sagt gar nichts mehr.

Borawski nickt dem Wesen zu, und ich tu es auch. Es starrt bloß.

Ich sehe weg und blicke im Raum umher. Wie alt mag das Wesen wohl sein? Und, was hat es für ein Problem? Männlich ist es ziemlich sicher, aber, das Alter? Kann dreißig sein, kann aber auch vierzig oder erst zwanzig sein. Wer weiß, wie lange es schon aus diesem Bett herausstarrt.

Der Mann steht auf und geht zum Kühlschrank. Er holt eine Flasche Sprudel und aus einem Schrank drei Gläser raus. Er stellt sie vor uns auf und gießt sie voll. Dann setzt er sich, und wir trinken Sprudel. Wieso zum Teufel sind wir hier? Ich lächele freundlich zum Mann. Ich weiß nicht, warum ich lächele, als wenn ich mich darüber freue, dass er einen Sohn hat, der bewegungslos aus seinem Bett starrt. Eigentlich will ich dem Mann nur signalisieren, dass ich es nicht schlimm finde, so einen Sohn zu haben. Wieso sollte es mich auch stören? Der Mann bringt uns nach dem Abendessen wieder zur Autobahn – jedenfalls hoffe ich das –, und dann sehe ich den Sohn nie wieder.

Ich ärgere mich, dass wir kein Bier oder keinen Wein angeboten bekommen. Der Ort wäre ideal für eine kleine Party. Selbst das Wesen würde mich nicht stören.

Mann, es riecht schon lecker, und die Frau stellt uns Teller hin. Dabei sagt sie was, wir zucken mit den Achseln, und dann lacht sie. Dann kommt sie mit einem Topf und legt jedem von uns einen Haufen zu essen in den Teller. Nudeln mit Speck! Geil! Dazu holt sie auch endlich eine Flasche Rotwein von irgendwoher. Sie gießt uns und dem Mann ein, und dann nicken wir uns zu und essen. Mann, ist das gut!

»Seit wann haben wir nichts mehr gegessen?«

»Seit heute Morgen.«

»Lecker!«

Borawski nickt unserer Köchin zu, zeigt in den Teller und macht danach den Daumen hoch. Sie lacht glücklich und geht mit einem vollen Teller zum Wesen, setzt sich an sein Bett und beginnt, es zu füttern. Wie simpel doch Glück funktioniert. Ich esse und denke darüber nach, wie ich an Informationen komme.

Vielleicht sollen wir helfen, einen Schrank von A nach B zu schleppen oder das Krankenbett zu verschieben, es einen Stock höher tragen, was weiß ich?! Oder, dürfen wir einfach essen und dann pennen?! Hat der Mann uns im Dunkeln an der Straße gesehen, dabei an seinen kaputten Sohn gedacht und wollte einfach etwas für uns tun? Das wäre natürlich ideal.

Ich sehe heimlich zur Fütterung hin. Das Wesen macht den Eindruck, als wenn es sein Essen nur mit dem Gaumen zerdrückt. Ganz langsam. Seine Zähne scheint es gar nicht zu benutzen. Manchmal macht es gurgelnde Geräusche. Ich gucke zu, und dann merke ich, dass der Mann mich beobachtet. Unsere Blicke treffen sich. Er sieht wieder in sein Essen, und ich esse auch weiter. Mann, ist das peinlich! Es ist total grässlich, dass wir uns so gar nicht unterhalten können.

Mairesse, dieser Versager! Doktor Fisch, diese versoffene Sau!

Na ja, und ich. Ich muss zugeben, dass auch ich versagt habe. Aber, woher konnte ich wissen, dass es wirklich ein ganzes Land gibt, in dem Leute wohnen, die tatsächlich diese Sprache sprechen?! Leute, die vielleicht etwas mitzuteilen haben?! Leute, die man etwas fragen will?! Leute, die nett sind?! Wenn ich das früher gewusst hätte, dann könnte ich dem Mann erzählen, wie klasse ich es finde, dass er seine ganze Freizeit opfert, um dem Wesen im Krankenbett eine warme Bude und Nudeln mit Speck zu geben. Außerdem könnte ich ihm sagen, dass ich es toll finde, dass er *mir* eine warme Bude und Nudeln mit Speck gibt!

Meine Nudeln sind alle. Mein Wein auch. Ich überlege, ob ich mir wohl selbst etwas Wein nachgießen kann. Bis jetzt hat noch keiner etwas nachgegossen. Das Weinglas vom Mann ist auch noch halbvoll. Offensichtlich wird hier in diesem Haushalt nicht richtig gesoffen. Vielleicht hat es ja was mit dem Wesen zu tun? Vielleicht liegt es an der depressiven Stimmung, die das Wesen verbreitet?! Andererseits ist Saufen gerade bei schlechter Laune das Beste, was man tun kann. Danach zu urteilen, müssten die hier eine Kanne nach der anderen in sich reinknallen. Also, ich nehme mir einfach was! Ich gieße mein Glas voll. Keiner sagt etwas dazu. Die Frau steigt vom Krankenbett herunter, stellt den halbleeren Teller weg und kommt zu unserem Tisch. Die Frau nimmt die Flasche hoch, stopft den Korken rein, macht sie mit einem Faustschlag zu und räumt sie klirrend in eine Ecke. So ein Mist. Da war ich ja gerade noch rechtzeitig. Und, was machen wir jetzt? Borawski hat auch aufgegessen. Der Mann betrachtet uns und sagt etwas. Er steht auf. Ich sehe ihn an. Ich kippe meinen Wein runter und stehe auch auf. Der Mann geht ans Ende des Raumes. Er winkt uns, und wir kommen. Der Mann öffnet eine Tür, und dahinter erscheint ein Klo. Ein altes Klo, das noch einen Kettenzug hat. Dahinter eine Dusche. Der Mann streckt sich zur Dusche und dreht sie auf, dann dreht er sie wieder zu und betrachtet uns nickend. Wir nicken auch. Dann knipst der Mann das Licht an und wieder aus und betrachtet uns. Ah, ich verstehe, er zeigt uns, wie sein Bad funktioniert. Die Wahrscheinlichkeit, dass wir hier übernachten, steigt.

Die Frau sagt was und räumt den Tisch ab. Wir nicken ihr dankend zu und laufen hinter dem Mann in den Flur zurück. Der Mann geht die Treppe hoch. Alles quietscht und knarrt. Oben öffnet er ein Zimmer. Es ist ein Kinderzimmer, in dem ein frisch gemachtes Bett steht. Der Mann zeigt zwischen mir und Borawski hin und her, wir können offensichtlich wählen. Ich nicke spontan, und es ist mein Zimmer. Der Mann sagt was und zeigt uns sechs Finger. Wenn man sich anstrengt, kriegt man ja alles in Ärsche reingeschoben. Auch sechs Gurken. Allerdings ist es wiederum sehr unwahrscheinlich, dass der Mann uns in der Zimmertür eröffnet, dass er gleich sechs Gurken in unsere Ärsche schieben wird, deshalb nicke ich einfach mal freundlich und hoffe, er meint etwas anderes.

Borawski bekommt ein anderes Zimmer, am Ende des Ganges. Der Mann sagt etwas, wir nicken freundlich, wir sagen: »Merci«, »Merci« – und er geht die quietschende Treppe wieder runter und verschwindet in der Küche.

Borawski und ich stehen jetzt alleine im Flur. Ich flüstere.

»Alter, der hat uns zum Essen und Pennen mitgenommen!«

»Ich würd gerne eine rauchen!«

»Alter, das kannst du nicht bringen!«

»Natürlich nicht hier drin. Hast du diese Fresse gesehen?!«

»Alter! Was ist *das* denn?! Was hat der denn für ein Problem?!«

»Keine Ahnung. Gehirn irgendwie im Arsch.«

»Mann. Also, ich geh pennen, oder ham wir noch was zu saufen?!«

Borawski schüttelt mit dem Kopf.

»Woher denn?! Wir könnten morgen endlich mal einkaufen.«

Ich gehe in mein Zimmer.

»Wer als Erster wach wird, weckt den anderen.«

»Ich glaube, der weckt uns. Sechs Uhr, glaub ich. Da fährt der arbeiten oder so 'n Scheiß.«

»Sechs Uhr?! Mann, Kacke!«

»Ja, Kacke! Aber dann sind wir auch früh unterwegs. Wir können uns ja pennen legen, wenn wir hier weg sind. Also, gute Nacht.«

Ich gehe in das Zimmer und ziehe die Tür zu. Ich sehe mich um.

Ein Schreibtisch, ein Globus, ein paar Poster von mir unbekannten französischen Bands, Michael Jackson, als er noch Farbe hatte. Rugby-Sachen und ein paar schlecht geklebte Segelschiffmodelle. Ich setze mich auf das Bett, das langsam seine Luft unter meinem Gewicht verliert. Wenn dieses starrende Gesicht da unten der Sohn des Hauses ist, dann bin ich jetzt in seinem Zimmer gelandet. Ich bin satt, ich bin müde. Ich ziehe mich aus, ganz nackt. Ich könnte mich waschen und noch mal aufs Klo gehen. Aber dann müsste ich durch das Wohnzimmer. Die sitzen da bestimmt noch und singen dem Wesen Gutenachtlieder vor. Oder duschen gerade selber, oder sie wickeln das Wesen. Ich mache das Licht aus, taste mich zum Bett und lege mich hin.

Ein Licht im Hof wirft ein Viereck an die Zimmerdecke. An der Lampe kleben grün schimmernde Sterne. Was mag wohl in dem Wesen da unten vorgehen? Zwei Jungs kommen rein, essen was, gehen wieder raus. Aus seiner Perspektive nicht sonderlich interessant. Aber vielleicht mal eine Abwechslung? Warum hat uns der Mann mitgenommen? Vielleicht einfach, weil er nett ist? Oder kommt das dicke Ende noch? Thomas mit seinem Bulli habe ich auch für nett gehalten. Ich höre Borawski die Treppen hochsteigen. Ich kann nicht pennen. Ich kann jetzt alles im Zimmer sehen. Grau in grau. Mir geht dieser Kopf nicht aus dem Kopf. Ich glaub, ich schlaf lieber bei Licht.

Ich stehe auf, taste mich die paar Schritte zum Lichtschalter und knipse es an. Dann lege ich mich wieder hin. Ich dreh mich auf die Seite. Da stehen Bücher. Eins ist kein Buch, sondern ein altes Fotoalbum. Ich brauche nur meine Hand auszustrecken, und ich habe es in der Hand. Darf ich da jetzt reinsehen? Ich stütze mich auf den Ellbogen und lege es vor mich hin. Was, wenn mir darin das Leben des Wesens *vor* seiner Gehirnzerstörung begegnet? Na ja, ehrlich gesagt, alles andere würde ich mir gar nicht ansehen. Wenn es der Mann ist, wie er mal mit seiner Frau in Venedig war, würde ich das Buch achtlos aus dem Fenster in den Hof werfen.

Ich klappe das Album auf. Der Mann, die Frau und ein etwa zehnjähriger Junge vor dem Haus, in dem ich liege. Das ist das erste Bild. Der Junge sieht dem Wesen nicht ähnlich, aber die beiden sind die da unten, vielleicht vor fünfzehn Jahren. In dem Sommer, als ich geboren wurde. Dies hier ist sein Zimmer gewesen, damals. Hier in diesem Raum hat er gelebt. Ich sehe mich um, als wenn ich ihn gleich am Tisch sitzen sehen könnte, wie er über seinen Hausaufgaben hängt und die Schule verflucht. Oder war er nie in der Lage, Hausaufgaben zu machen? Nein, dies hier ist ein normales Kinderzimmer, nicht das Zimmer eines Vollbehinderten.

Ich blättere weiter. Da sitzt der Junge auf einem Traktor, hier hilft er Papa beim Bau einer Mauer. Dort eine Art Dorffest mit einem Chor aus Kindern. Ich gucke die Kindergesichter entlang. Wo und wie leben die jetzt alle? Wer ist tot, wer im Gefängnis, wer Präsident, und wer wird morgen Fußballer des Jahres?! Scheißzeit! Eine gruselige Angelegenheit. Eigentlich ein langer Moment, aber eben nichts weiter, eigentlich gar nichts, nur der Übergang von Zukunft zu Vergangenheit. Ein Moment, ein Nichts! Alles und nichts gleichzeitig. Man ist immer mitten in der Sanduhr! Auch jetzt. In diesem Augenblick! Noch hänge ich neugierig über dem Album, aber es ist klar, dass ich bald einschlafe und morgen das Haus bei Tageslicht sehen werde, es sei denn, der »liebe Gott ruft mich heute Nacht zu sich« – aber da ich erst fünfzehn bin, eher unwahrscheinlich.

Der Mann ist in Ordnung. Er hat uns gesehen und hat sich Sorgen gemacht, dass uns was passiert. Er hat sich vorgestellt, dass wir sein Sohn sein könnten. Daraufhin hat er uns an den sichersten Ort gebracht, den er kennt – sein Zuhause. Mein Herz klopft bei dem Gedanken. Das Bett fühlt sich weich und sicher an.

Vielleicht hofft der Mann auch, dass wir sein Sohn werden?! Ich bin gespannt auf morgen! Ach, Scheiße, sechs Uhr aufstehen! Das versaut natürlich erst mal alles! Ich setze mich auf und blättere weiter. Der Junge auf einem Mofa. Neben ihm ein Mädchen. Sieht gar nicht schlecht aus, groß gewachsen, dunkle, lange Haare, schöne Beine in ihren engen Jeans. Wie alt mögen die beiden auf dem Foto sein? Vierzehn, fünfzehn vielleicht. Ich überlege, ob ich mir das Mädchen gleich beim Wichsen vorstellen soll?! Ich hab gar kein Klopapier. Die Papiertüte mit den bescheuerten Servietten hab ich dummerweise schon weggeworfen.

Ich sehe mich in der Bude um, ob es irgendwas zum Abwischen gibt. Wenn es hart auf hart kommt, könnte ich ein Stück vom Vorhang abreißen. Ich sehe zum Buch zurück und blättere um. Ein Bild, auf dem der Junge schon so groß ist wie der Papa selbst, der jetzt unzweifelhaft als unser Fahrer zu erkennen ist. Der Sohn hatte da ziemlich genau das Alter, das ich jetzt habe. Schlaksig steckt er in Jeans, es ist Sommer. Ich klappe die nächste Seite um, und da ist in die Mitte nur ein Bild reingeklebt. Das Bild eines völlig kaputten Mofas. Ich betrachte das Mofa. Ich blättere zurück zu dem Bild mit dem Mädchen. Es ist dasselbe Mofa. Ich blättere wieder vor. Das zerstörte Mofa ist extra für das Foto gegen eine Hauswand gelehnt worden.

Es ist das letzte Bild in dem Album.

56

Ich werde wach. Draußen ist es Nacht. Ich liege auf dem Bett. Das Licht brennt noch. Ich muss aufs Klo. Mann! Jetzt ärgere ich mich über das letzte Glas Wein. Das hat gar nichts gebracht, außer dass ich jetzt ein Problem habe.

Wie spät ist es? Ich hab keine Ahnung. Ich sehe mich um. Im Zimmer ist keine Uhr. Ich lege mich auf die Seite, vielleicht schaffe ich dadurch mehr Platz in meiner Blase. Das Bett wackelt, und mein Bauch schmerzt schon. Das hat alles keinen Sinn. Vielleicht Licht ausmachen? Ich steh auf und mache das Licht aus. Ich lege mich wieder hin und betrachte das Lichterviereck an der Decke. Wie ist wohl das Mofa kaputtgegangen? Ist der arme Kerl unter eine Straßenbahn gekommen? Ich habe hier noch keine Straßenbahn gesehen. Vielleicht vom Laster überrollt. Zack, von einer Sekunde zur anderen war in diesem Haus alles Kacke. In der Küche, in der ich gerade noch gesessen habe, klingelte das Telefon mit der grässlichen Nachricht. Jetzt sitzt dieser Tukankopf da unten und dämmert vor sich hin. Wenn der Mann nach Hause kommt, hat er vielleicht noch dessen Kindergeschrei im Kopf. Vielleicht liegt noch irgendwo ein gebastelter Drachen in einer Ecke, oder sein Kinderfahrrad steht noch im Schuppen. Wie können die hier weiterleben?

Ich lege mich auf die andere Seite. Im Hof raschelt irgendein Tier. Ein Igel vielleicht. Ich stehe auf und sehe aus dem Fenster in den Hof. Nichts zu sehen. Was für eine Erlösung wäre es, hier jetzt runterzupinkeln! Nein, das kann ich nicht bringen! Wer weiß, wo das Schlafzimmer unserer Gastgeber ist? Wenn sie wach im Bett liegen, weil sie über mich, Borawski und den Tukan nachdenken, und plötzlich ein Pinkelstrahl von oben an ihrem Fenster herunterpullert? Nein, ausgeschlossen. O.K. Die Alternative ist allerdings auch undenkbar. Über die knarrende Treppe runterlaufen und am Tukan vorbei aufs Klo? Ich breite die Arme aus und versuche, meine Blase durch Wackeln zu entspannen. Das hat doch alles keine Zukunft! Ich dreh mich auf die Seite und versuche, an etwas Nettes zu denken, vielleicht kann ich dann wieder einschlafen?! Zum Beispiel an die Leute, die in diesem Haus wohnen. Mann, wie kann man nur so nett sein?! Schade, dass ich trotzdem nicht aus dem Fenster pinkeln kann. Aber am Tukan vorbeilaufen? Was für ein Problem habe ich eigentlich damit? Wenn der Typ an Tag X nicht auf sein Mofa gestiegen wäre, dann würde ich ganz normal mit ihm reden können – vorausgesetzt natürlich, er hätte Deutsch gelernt.

Ich sehe an der Decke entlang und muss ehrlicherweise feststellen, dass ich Angst habe. Was, wenn er wach ist und mich anglotzt, während ich in dieser fremden Wohnung an ihm vorbeilaufe? Dann das beklemmende Gefühl, wenn ich die Tür zuziehe und er hinter mir her guckt. Dann die Füße auf dem kalten Stein in der Toilette, während er vielleicht sogar seine Geräusche macht. Und danach die Tür aufmachen, und im Halbdunkeln des Türspaltes wartet wieder sein starrendes Gesicht auf mich?! Nein. Ich muss eine Alternative finden.

Ich sehe mich im grauen Zimmer um. Ich könnte den Globus auseinandernehmen und in eine der beiden Hälften reinpinkeln. Nein, das wird nicht funktionieren, da sind ja Löcher für die Halterung drin. Was ist das da auf dem Regal? Ich stehe auf, schleiche zum Schalter und mache das Licht an. Eine alte Tasche. Nein. Hier ist nichts. Mann, ich pinkle gleich auf den Fußboden. Ich lege mich superleise auf den Holzboden und sehe unters Bett. Da liegt ein Plastikfußball. Wäre das was? Ich strecke meinen Arm aus und hole den Ball raus. Ziemlich wabbelig. Ewig nicht aufgepumpt. Ich drücke drauf. Der ist dicht. Vielleicht hat der Tukan ihn zuletzt mit Luft gefüllt? Wieder diese Sanduhr. Was hätte der Tukan wohl gedacht, wenn er im Moment des Aufpumpens von diesem Ball gewusst hätte, wer die Luft als Nächstes wieder rauslässt – und vor allem – wofür?! Ich steh auf und lösche das Licht. Ich setze mich superleise mit dem Ball im Dunkeln auf die Bettkante und überlege. Ich muss ihn öffnen, und zwar dort, wo das Ventil ist. Aber, wie?!

Ich beiße rein. Das schaff ich nicht, zu fest. Ich stehe auf und lasse meinen Blick durch das Zimmer schweifen. Irgendein Messer. Da liegt eine Kuchengabel. Wieso liegt da eine Kuchengabel? Der letzte Kuchen des Tukans? »Willst du noch ein Stück Kuchen, bevor du besoffen mit deinem Mofa gegen eine Wand prallst?«

Verzeih, Tukan, aber ich muss jetzt diese Gabel nehmen, dieses Heiligtum, um deinen Ball zu öffnen. Ich nehme die Gabel klickend vom Regal. Ich setze mich langsam auf das Bett. Ich schiebe die Gabel fest in das Gummi, bis sie drinsteckt. Dann bohre ich sie weiter rein und ziehe sie wieder raus. In das Loch passt ein Finger. Ich stecke meinen Zeigefinger rein und reiße noch ein Stück vom Ball weg. Jetzt habe ich einen dreieckigen Schlitz. O.K.

Ich sehe aus dem Fenster, ob nicht jemand guckt. Vielleicht ein neugieriger Igel auf der Fensterbank, der an der Hauswand hochgelaufen ist, um sich über die neuesten Methoden menschlicher Urinbeseitigung zu informieren. Ich stelle mich hin, stecke meinen Schwanz in das Loch und beginne ganz langsam reinzupinkeln. Es geht. Mann, jeder Kubikzentimeter, der mich verlässt, tut gut.

In dem Ball rauscht es dumpf, und er wird schwerer und warm. Außen bleibt er trocken. Jetzt pinkele ich mich auch leer. Sonst habe ich morgen früh wieder dasselbe Problem. Ich bin fertig und stehe mit dem halbvollen, warmen Ball in der Hand im Zimmer. Und jetzt?! Wohin mit dem Ding? Ich probiere auf dem Schreibtisch aus, ob der Ball alleine stehen kann. Das tut er. Gut. Ich muss ihn nur irgendwie fixieren. Ich setze mich vor das Bett und schiebe den Ball unter dem Bett gegen die Wand. Dann nehme ich ein Schiffsmodell vom Regal und schiebe es davor. Ich ruckel an dem Ball. Der steht fest. So könnte es gehen.

Ich lösche wieder das Licht, gehe ins Bett und strecke mich aus.

Herrlich! Ich bin leicht und leer. Ich hab es geschafft! Morgen früh, wenn die Familie frühstückt, kann ich den Ball entspannt über das Fenster entsorgen. Seit wir aus dem Bulli geworfen wurden, habe ich gar nicht mehr an die geile Kathrin gedacht. Ich hab mir auf sie noch gar keinen runtergeholt. Das könnte ich jetzt nachholen, zum Einschlafen. Aber, noch so eine Aktion mit Leise-Rumlaufen? Und dann noch ein Stück vom Vorhang abreißen, das ich dann spermaverklebt wieder beseitigen muss?! Nein.

An die Fennsbeck habe ich auch noch nicht wirklich gedacht, außer bei der »Schnäps«-Aktion. Verflucht, wir haben nur noch vierzig Euro! Vielleicht schenkt uns der Vater des Tukans morgen ja etwas Geld? Weil sein Sohn es eh nicht mehr gebrauchen kann.

Ich will pennen. Ich liebe die Fennsbeck gar nicht. Ich liebe niemanden. Ich fühle nichts. Jedenfalls nichts Bedeutendes. Ich bin ein Versager. Hoffentlich kippt der Ball heute Nacht unterm Bett nicht um. Ich muss mich im Schlaf vorsichtig umdrehen.

57

Es gibt den Kaffee in Suppenschüsseln, dazu Hörnchen mit Butter und Marmelade. Wir krümeln den Tisch voll, denn Teller hat man uns nicht gegeben. Der Tukan bekommt von seiner Mutter Grießbrei in den Mund geschoben, jedenfalls sieht es danach aus. Vielleicht ist es auch geschmackloses Milchpulver, damit man möglichst wenig Geld für den Tukan ausgibt. Geld, das das Ehepaar für Alkohol ausgeben muss, um die Depressionen zu bekämpfen. Zucker wird man in diesem Haushalt wahrscheinlich vergeblich suchen.

Wir reden nicht. Die Wanduhr tickt. Der Tukan gibt Würgegeräusche von sich. Die Mutter fängt die herunterfallenden

Klumpen Essen an seinem Kinn mit dem Löffel wieder auf. Es ist 6:20 Uhr. Normalerweise Zeit, besoffen ins Bett zu krachen. Ich würde jetzt gerne meinen Vater anrufen, um ihm zu beweisen, dass ich auch früh aufstehen kann. Natürlich wird er mir nicht glauben und denken, ich wäre direkt vorm Schlafengehen. Außerdem will er nichts mehr von mir wissen, also lass ich es. Ganz abgesehen davon, dass ich gar nicht in der Lage wäre, zu erklären, warum ich jetzt unbedingt telefonieren muss.

Der Mann stellt seine leere Suppenschüssel auf den Tisch. Er steht auf und geht zum Tukan, küsst ihn auf die Stirn, küsst seine Frau und kommt zum Tisch zurück. Borawski steht auch auf, und mir bleibt wohl auch nichts anderes übrig. Mein Kaffee ist sowieso alle. Borawski geht zur Frau und gibt ihr die Hand. Ich weiß nicht, wohin ich sehen soll. Was macht er mit dem Tukan?! Borawski berührt die Hand im Bett.

»Auf Wiedersehen.«

Mann, Borawski! Was soll das denn?! Der Tukan glotzt noch nicht mal in deine Richtung! Die Mutter freut sich. Auch der Mann lächelt milde.

Ist das jetzt der Preis für die Übernachtung mit Frühstück?! Einmal den Tukan anfassen und »Tschüss« sagen? Wenn ich das gewusst hätte, hätte ich im Wald gepennt! Jetzt muss ich natürlich auch. Borawski, du Arsch! Also, los. Unangenehm, so nah an das Bett zu kommen. Ich habe Angst, dass es riecht. Der Tukan wird wohl kaum selbst aufs Klo gehen können. Ich glaube, davor hatte ich Angst, gestern Nacht: dass der Tukan plötzlich vor mir steht. Im Dunkeln, wenn ich vom Klo komme. Auferstanden von den Toten, mit dem Plan, mich für immer in seine Welt zu ziehen. Ich gehe noch einen Schritt zur Frau und gebe ihr die Hand.

»Auf Wiedersehen.«

Sie lächelt, nickt und sagt etwas auf Französisch. Vermutlich ebenfalls »Auf Wiedersehen«, falls es hier so etwas gibt, allerdings gibt es ja auch keine Teller. Vielleicht grinst die Frau auch nur und hat »Schön, dass Benzin wieder billiger geworden ist!« gesagt. Vielleicht lächelt ihr Mann deshalb so mildtätig durch die Gegend.

Ich betrachte den Tukan. Hoffentlich dreht er sich jetzt nicht um und quietscht mich an. Ich sehe am Bett entlang, bis ich seine kleine Hand im Bettzeug finde. Wie die Hand einer vierjährigen Mumie. Ich lege meine Hand auf seine, versuche aber, sie trotzdem möglichst wenig zu berühren. Fühlt sich zerbrechlich und eingecremt an. Ich betrachte die eingefallenen Backen unter den Wangenknochen.

»Auf Wiedersehen, Tukan!«

Borawski zuckt und schnauft. Die Eheleute lächeln. Ich nicke nett, drehe mich um, und wir gehen aus der Küche raus. Ich ziehe meinen Kopf ein und denke, dass ich den Tukan nie wiedersehen werde. Ich denke auch, es war o.k., ihn bei seinem Namen zu nennen. Wenn wir Kumpels wären, und der Tukan klar in der Birne, würde ich ihn auch so nennen. Auch vor seinen Eltern.

58

Ich wuchte meinen Rucksack hoch und trete aus dem Haus ins Freie. Wir sind umringt von hohen Bergen! Was für ein Bild! Das hatte ich schon ganz vergessen! So eine Behinderung in der Familie lenkt doch schon massiv ab.

Die Sonne beleuchtet bereits die andere Seite des Tals, der Himmel ist durchzogen von orangefarbenen Wolken. Es ist kühl, Tau wippt an den Grasspitzen im Wind. Knorrige Apfelbäume stehen am Haus. Die Luft ist frisch und kühl! Mann, es ist klasse, so früh am Morgen, jedenfalls hier, und – natürlich nur dann – wenn man es nur einmal im Jahr machen muss. Ich betrachte unseren Fahrer. Vermutlich fährt er jetzt zur Arbeit. Vermutlich tut er das jeden Morgen und vermutlich jeden Morgen genauso früh. Das muss man sich mal überlegen! Ich hab sogar schon von Leuten gehört, die traurig sind, weil sie ihren Job verlieren. Unfassbar! Der Mann betrachtet mich. Er freut sich, dass es mir hier gefällt. Sieht man mir das an? Er sagt etwas und dreht sich glücklich einmal mit ausgebreiteten Armen im Kreis. Ich nicke freundlich, und dann steigen wir ein. Mit wie wenig manche Existenzen doch zufrieden sind! Beneidenswert! Manche wollen Weltchef werden, anderen reicht es, wenn sie einmal im Leben eine Blume sehen.

59

Der Mann geht vom Gas, wird langsamer und hält am Straßenrand. Hier schlängelt sich die Landstraße abwechselnd zwei- und dreispurig im Tal entlang. Die Landstraße führt zur Autobahn. Noch dreiundachtzig Kilometer. Der Mann gibt uns freundlich die Hand, steigt wieder in sein Auto, wendet im Verkehr und fährt zurück. Er hat uns extra hierhergefahren! Ich bin sprachlos. Über eine Stunde lang! Borawski steckt sich eine an und betrachtet die Karte.

»Guck mal hier. Die kleine Straße da rüber.«

Minderjährige ausländische Tramper mitnehmen und einquartieren. Meine Eltern würden so etwas nie tun! Muss man dafür erst für immer und ewig im Krankenbett landen, damit die Eltern so etwas tun? Ob der Tukan meine Hand gespürt hat?! Und wenn ja, wie? Was hat er gedacht, wer ich bin? Ob er meine Gedanken gehört hat?! Ich sehe zur Karte.

»Was ist mit der Straße?!«

»Guck mal, die geht hier lang und kommt da raus.«

Borawski fährt mit seinem Finger über die Karte und bläst dabei alles mit diesem schrecklichen Rauch zu. Ich versteh nicht, worauf er hinauswill.

»Na und?«

»Mann, hier ist die Autobahn. Auf der anderen Seite. Guck doch mal.«

Ich gucke genauer hin. Tatsächlich. Die kleine Straße spart uns etwa sechzig Kilometer. Borawski zieht an seiner Kippe und hebt zu einer Erklärung an.

»Selbst wenn da kein Verkehr ist und wir die ganze Straße laufen müssen, sparen wir ein, zwei Stunden. Und die Straße müsste …«

Borawski blickt in unsere Richtung.

»… da vorne schon reingehen. Lass uns mal gucken.«

Wir wuchten unsere Rucksäcke auf den Rücken und laufen los. Ich fühl mich wie eingerostet. Tatsächlich sehen wir nach hundert Metern eine kleine Straße in den Berg abbiegen.

Ein Schild, auf dem »*Col de la Supelle*« steht. Borawski ist begeistert.

»*Col de la Supelle*! Alter, das steht auch auf der Karte! Wir sind richtig!«

»Klasse!«

Wir postieren uns an der Abbiegung, setzen unsere Rucksäcke ab und warten.

Der Ball! Mist!

Den hab ich unterm Bett vergessen! Mann, Mann, ist das peinlich! Wann werden die den finden? Vielleicht nie?! Vielleicht trocknet der aus, bevor es auffällt? Hoffentlich! Wahrscheinlich aber fängt der nach einer Woche schon so an zu stinken, dass sie das ganze Zimmer absuchen, bis sie ihn haben. Sie werden ihn nicht anfassen, denn der Gestank lässt sie eher ein totes Tier oder so vermuten. Also werden sie einen Stock nehmen, einen Besen, oder was weiß ich, um den Ball unter dem Bett rauszupopeln. Dabei wird er umfallen, auslaufen und alles versauen. Das tut mir leid. Mein Gott, was werden sie denken, wie diese Urinskulptur zustande gekommen ist? Werden sie mich für pervers halten, oder verstehen sie sofort mein Problem und entlarven dadurch meine Verlogenheit beim Abschied?! Zum Glück musste ich nicht scheißen!

Da kommt ein kleines gelbes Auto gefahren. Ein alter Renault 5. Drei Leute sitzen schon drin. Junge Leute, ein paar Jährchen älter als wir. Ich halte meinen Daumen raus. Sie halten. Borawski tritt seine Kippe aus.

»Das ging aber schnell!«

Borawski guckt ins Fenster hinein. Langhaarige, coole Jungs in schwarzen Lederjacken. Vermutlich auf dem Rückweg von einer Party. In dem Wagen ist definitiv nur Platz für einen von uns beiden. Borawski betrachtet mich.

»Wer von uns fährt da mit?«

»Keiner. Wir bleiben zusammen.«

Ich ärgere mich, dass ich meinen Daumen rausgehalten habe, dann gäbe es das Problem jetzt nicht. Borawski guckt in den Wagen. Er würde gerne mitfahren. Ich seh's ihm an. Die Leute qualmen Kippen und sehen cool aus. Ich habe gar keine Lust, da mitzufahren. Ich weiß selbst, dass ich eigentlich ein Spießer bin, meilenweit davon entfernt, wirklich cool zu sein. Wozu soll ich mich von denen hinter meinem Rücken auch noch auslachen lassen?! Die ganze Zeit kontrolliert cool sein?!

Viel zu anstrengend!

Ich möchte auf dem Anhänger eines Bauern im Heu liegen und mit Schrittgeschwindigkeit durch diese herrliche Landschaft gezogen werden. Ich möchte eine Kuh sein. Ich möchte Wiese essen. Borawski hält mir die Karte unter die Nase und zeigt darauf.

»Wir treffen uns an der Autobahnauffahrt. Genau hier.«

Ich nicke. Borawski stopft die Karte in seinen Rucksack und steigt damit in das Auto ein. Ich sehe ihm an, dass er die Hoffnung hat, dass er gleich was zu kiffen kriegt. Ich spreche durch das Fenster zu ihm.

»Alter, spätestens in Blutsalat!«

Borawski reicht mir die Hand durchs Fenster. Was für eine coole Show vor diesen Typen. So ein Mist! Ich nehme Borawskis Hand.

Borawski nickt mir zu.

»Ich warte an der Auffahrt!«

Ich löse unsere Hände.

»Oder in Blutsalat! Ich komme auf jeden Fall. Mairesse, die Sau!«

Borawski nickt.

»Mairesse, die Sau!«

Dann saust der kleine gelbe Wagen davon, wird noch kleiner und verschwindet hinter der ersten Kurve in den Wiesen. Ich kratze mich. Ich sehe mich um. Ich setze mich auf meinen Rucksack. Ich bin alleine.

60

Auf der Landstraße ist viel mehr los als hier. Vielleicht war die Idee mit der Abkürzung doch nicht so gut. Ob es mir jemals gelingt, irgendwo wirklich Chef zu werden? Ich habe das Gefühl, dass sich immer kurz vor meinem Ziel von absoluter Macht doch noch eigener Wille bei meinen Untertanen regt. Das Ergebnis ist dann so ein Quatsch wie jetzt: Hunderte von Autos auf einer Straße, an der man nicht steht, die man aber sieht. Borawski und ich sind getrennt, Borawski hockt alleine ohne Geld mit abgedrehten Irren in einem winzigen gelben Auto.

Da biegt ein weißer Kombi in meine Straße. Ich erhebe mich und halte meinen Daumen raus. Hoffentlich nicht schon wieder so coole Gestalten! Hoffentlich ein langweiliger Familienvater, möglichst ohne Tukan in der Küche. Jemand, der zur Autobahn abkürzt, um rechtzeitig zu einem Meeting zu kommen, in dem der Untergang der Welt beschlossen wird. Der Wagen hält. Klasse! Ich nicke freundlich hinein. Am Steuer ein Mann mit Dreitagebart und schicken Schuhen. Viel zu schick für den Müll in seinem Wagen. Er sagt etwas, ich nicke und steige ein, denn es gibt nur diese eine Richtung, und damit ist es völlig unerheblich, was er gesagt hat. Dass der Mann gerade »Hilfst du mir, die Leiche meiner Frau zu verscharren?« gefragt hat, halte ich für äußerst unwahrscheinlich.

Wir fahren los und schrauben uns höher und höher. Der Mann fährt viel zu schnell. Unser Auto quietscht in den Kurven. Leere Flaschen rollen hin und her. Jede Sekunde müsste uns ein Wildschwein ins Auto springen. Ich halte mich am Türgriff fest, lasse aber los, wenn der Mann zu mir rübersieht. Er soll nicht glauben, ich hätte Angst. Der Mann ist nicht einmal angeschnallt. Ich nehme an, er ist in der Lage, während der Tausendstelsekunde, die ihm bis zum Aufprall bleibt, gemütlich seine Kippe auszudrücken und den Gurt zu schließen, bevor sein Auto am Abhang zertrümmert wird – mit mir auf dem Beifahrersitz.

In Frankreich wird diese Blitzreaktion vermutlich schon im Kindergarten geübt, inklusive Kippe ausdrücken. Es geht steil hinauf. Unten im Tal windet sich das helle Kiesbett eines ausgetrockneten Flusses.

Am Straßenrand stehen Kiefern, die in Haufen ihrer eigenen Nadeln stehen. Wie festgekettete Sträflinge, denen nichts anderes übrig bleibt, als alles unter sich zu lassen.

»Wie lange stehst du denn schon hier?«, fragt die eine Kiefer die andere. »Willst du dir nicht mal den Arsch abwischen?! Das sieht ja furchtbar aus!«

»Mann, das weißt du doch, wir stehen doch immer zusammen hier.«

»Ach, ja, stimmt. Du bist doch die Thomas-Kiefer, richtig?«

»Natürlich, Dieter-Kiefer«, sagt die andere Kiefer, »ich bin die Thomas-Kiefer, und hier rechts von uns steht die Helmut-Kiefer – und das schon seit fünfundvierzig Jahren! Vielleicht solltest du mal zum Arzt gehen, Dieter-Kiefer?! Ich hab so das Gefühl, in deinem Gehirn ist irgendwas kaputtgegangen … Irgendwas stimmt mit deiner Wahrnehmung nicht mehr …« Die Helmut-Kiefer beugt sich jetzt auch nach vorne, betrachtet die Dieter-Kiefer und schreit: »DEIN GEHIRN IST IM ARSCH!«

Da beginnt die Dieter-Kiefer zu wimmern: »Nein … mein Gehirn ist nicht im Arsch … mein Gehirn ist nicht im Arsch …«

Die Helmut-Kiefer brüllt: »DOCH!«

Da weint die Dieter-Kiefer noch mehr, und die Thomas-Kiefer wirft der Helmut-Kiefer einen vorwurfsvollen Blick zu. Dabei sieht sie aus dem Augenwinkel unseren weißen Kombi um die Ecke rauschen und hofft, dass wir brutal in sie reinknallen, um ihrem langweiligen Leben endlich den Todesstoß zu versetzen. Wir fahren auf die Kiefern zu, und ich bereite mich innerlich auf den Aufprall vor, doch wir fahren wieder nur vorbei, wie alle anderen Autos seit fünfundvierzig Jahren vorher auch. Wahrscheinlich ist es wirklich überflüssig, sich in dieser Gegend anzuschnallen.

Der Mann redet ab und zu mit mir, und ich nicke ihm freundlich zu. Ich bin mir nicht sicher, ob er merkt, wie viel ich von seinem Gequatsche verstehe, nämlich gar nichts. Vielleicht macht er gerade einen Fick mit mir klar? Wenn es dann zur Sache gehen soll, wird er schwer enttäuscht sein, weil doch alles nur ein Missverständnis war. Dann muss ich einen weinenden Mann trösten, der mit heruntergelassener Hose hinter seinem Auto am Reifen lehnt. Wenn er aufsteht, haben sich kleine Äste, Laub und Steinchen in seine weißen Pobacken gedrückt. Das rubbelt er alles mit seinen Händen weg, bevor er die Hose wieder hochzieht, um zu seiner Frau zu fahren, die seit zehn Jahren glaubt, seine Schwellkörper sind bei einem Gabelstaplerunfall zerstört worden.

Wir verlassen den Kiefernwald und fahren hoch über einer Geröllwiese entlang. Ich setze mich gerade hin und schiele den Abhang hinunter. Hin und wieder tun sich Lücken im Wald auf, und man sieht bis zum Fluss herunter. Da blitzt was Gelbes auf. Mann! Borawskis Auto! Ich habe den kleinen gelben Wagen unten liegen sehen! Borawski mit den Irren ist da runtergeknallt! Schon wieder schiebt sich der Wald davor. Mein Gott, was tu ich jetzt bloß?!

»Anhalten!«

Der Mann guckt mich fragend an.

»ANHALTEN!«

Der Mann tritt in die Bremsen. Mann! Wir stehen.

»Zurück! Bitte zurück!«

Er versteht nicht. Ich fuchtele mit dem Daumen nach hinten. Der Mann lehnt sich stöhnend über seine Rückenlehne und sieht nach hinten. Da ist nichts. Er versteht nicht. Er macht nichts. Ich steige aus und laufe zurück. Nach etwa zwanzig Metern kommt die letzte Lücke. Da unten ist der kleine gelbe Punkt. Ich lehne mich über die Kante. Tief unten im Tal hinter dem Wald liegt ein kleines gelbes Auto. Kein Zweifel: ein gelber R5! Borawskis Lift! Ich zeige drauf.

Der weiße Kombi fährt mit quietschenden Reifen davon. Dann bremst er wieder. Der Mann steigt bei laufendem Motor aus, zerrt meinen Rucksack auf die Straße und heizt davon. Scheiße!

Ich stehe da und gucke zu dem Wagen runter. Er liegt bestimmt drei-, vierhundert Meter tiefer, aufgeklatscht im Geröll hinter dem Wald. Ich hole meinen Rucksack und steige an der Straßenkante in den Abhang hinein. Der Boden gibt leicht nach. Es ist sandig und steil. Der Rucksack drückt mich in den weichen Boden und schiebt mich weiter runter. Ich muss aufpassen, dass ich nicht losstolpere. Es ist heiß. Endlich wird der Boden fester. Eine große Wiese, in der riesige helle Steinbrocken liegen. Ich versuche, über einen Brocken zu klettern, aber sie sind zu hoch. Der Stein ist scharf. Ich habe keine Handschuhe. Also muss ich um die Brocken herum laufen. Dann stehe ich in einer Sackgasse. Zwei Steinwände laufen spitz zusammen, davor haben sich Büsche breitgemacht. Ich muss zurück und andersrum. Ich kann das kaputte Auto gar nicht mehr sehen. Mann!

Was mag in dem Auto jetzt los sein? Was für Bilder erwarten mich, wenn ich gleich dort ankomme?! Borawski saß vorne. Vielleicht ist er rausgekommen. Vielleicht ist er auch rausgeschleudert worden. Durch die Scheibe, die sein Gesicht zerlegt hat, seine Augen zertrümmert. Mann, Scheiße! Wie erklär ich das bloß seinen Eltern?!

Der Wald nähert sich. Es ist so steil, dass meine Knöchel schon schmerzen. Der Schutt in meinem Rucksack schiebt mich unerbittlich weiter in die Tiefe. Ich freue mich auf den Wald, da kann ich mir regelmäßig kleine Bäume oder Äste schnappen, um mich abzubremsen. Wenn ich hier stolpere, kann das böse enden. Entweder ich breche mir was, oder mein Rucksack schlägt mir den Schädel ein. Verdammter Kopf! Der Boden wird weicher. Der niedrige Kiefernwald ist unter den Bäumen dicht bewachsen. Endlich Schatten! Unter den Bäumen ist alles dicht. Steinhartes Scheißgewächs reißt mir die Haut auf. Hier ist praktisch kein Durchkommen. Ich hocke mich auf den Boden und krieche auf allen vieren unter dem Gebüsch lang. Staub und Äste fegen mir ins Gesicht. Meine Haut juckt. Ich schneide meinen Daumen an einer vertrockneten Schneckenschale. Jetzt bleibt mein Rucksack hängen. Verdammt! Ich strampele mich nach vorne, aber er sitzt total fest. Ich krieche zurück, bis ich wieder stehen kann. Schweiß läuft mir in die Augen. Mann, Borawski, halt durch! Was immer da unten los ist, halt durch!

»Ich komme … Halt durch, ich komme!«

Ich gehe am Waldrand entlang, oberhalb dieser Dornen. Hin und wieder muss ich um ein paar Gräben rum, aber es geht. Es muss nur ein Durchgang nach unten kommen. Ich nähere mich einer Senke. Es sieht aus wie ein riesiger Milchkannenausguss aus Stein, der sich wie eine Nase in den Wald schiebt. Auf dem Fels kann man gut laufen. Ich drehe mich um. Die Straße oben ist nicht mehr zu sehen. Wahnsinn, hier runterzuknallen! Von dem Wagen dürfte nicht mehr viel übrig sein. Ich laufe freihändig auf dem Felsweg in den Wald. Der Weg wird immer schmaler. Ich drehe mich seitwärts und komme so ganz gut zwischen dem dornigen Gebüsch entlang. Dann stehe ich vor einem Felsvorsprung. Ich taste mich zu einem Baum vor und blicke in die Tiefe. Ich kneife die Augen zusammen und suche das Auto. Wind geht. Angenehm kühl. Ich wische mir mit dem Handrücken den Schweiß von der Nase. Unten ist wieder Wald. Die Baumspitzen wiegen sich im Wind. Es riecht nach Harz und Trockenheit. Wo war der Wagen denn noch mal ungefähr?! Echt schwierig hier unten. Ich sehe hoch, aber man kann die Straße immer noch nicht sehen.

Rechtsherum. Gut. Ich taste mich rechts am Hang entlang, von Baum zu Baum. Mein Rucksack baumelt schwer und zerrt mich ständig mit Gewalt in alle möglichen Richtungen. Ich könnte ihn jetzt abstellen, aber dann wäre alles umsonst gewesen. Unwahrscheinlich, dass ich auf dem gleichen Weg wieder hochkomme, den ich jetzt runtergehe. Praktisch ausgeschlossen. Nein! Der Rucksack bleibt auf meinem Rücken! Und wenn ich den Kopf in Borawskis Grab werfe, jetzt lasse ich ihn nicht mehr stehen.

Borawskis Grab!

Was für ein Gedanke. Das könnte bereits nächste Woche real sein! Scheiße! Ich komme an die Kante des Vorsprungs. Hier kann ich ein steiles Stück im Wald runterlaufen. Ich muss nur richtig bremsen. Ich laufe los. Mein Rucksack schiebt mich, meine Beine werden immer schneller. Jetzt bloß nicht stolpern! Konzentration. Bäume sausen an mir vorbei. Ich werde zu schnell. Ich muss was tun. Ich ziehe die Beine an und lasse mich auf den Hintern fallen. Aua. Ich sehe einen Knüppel, ich drehe mich im Laub, und dann knalle ich mit der Schulter gegen einen Stamm. Ich liege für einen Moment ganz ruhig da. Dann bewege ich vorsichtig meine einzelnen Körperteile. Alles scheint noch zu funktionieren. Das wird ein dicker blauer Fleck, sonst nichts. Etwas, was sich Borawski jetzt wahrscheinlich wünschen würde, wenn er denn noch wünschen kann. Scheiße! Es besteht tatsächlich die Möglichkeit, dass ich ihn gleich tot sehe! Mein Herz schlägt mir bis zum Hals. Meine Brust schmerzt. Was für ein Ende, mit irgendwelchen Idioten hier runterzuknallen.

Meine Schulter tut weh. Ich weiß nicht, was Anstrengung und was Aufregung ist. Vor meinem Gesicht liegt Laub. Ich muss einen Moment verschnaufen. Ich bewege meinen Arm und stütze mich auf. Wohin gucke ich? Nach oben. Ich muss weiter runter! Alles, was runtergeht, ist gut. Ich stehe auf und checke meinen Rucksack. Der ist fit. Ich stütze mich gegen einen Baum und suche mir gleich den nächsten dahinter. Dann geht es immer steiler bergab, und ich muss teilweise rückwärtslaufen. Plötzlich schimmert unten etwas zwischen den Bäumen. Eine Fläche aus hellen Steinen!

Das Flussbett!

»Yeah!«

Es sind noch etwa dreißig Meter Höhe bis dahin. Ich stütze mich von Baum zu Baum. Langsam. Konzentrier dich! Ich versuche, meine Hacken unter Kontrolle zu halten. Nicht schlampig werden. Lieber fünf Minuten später ankommen, als eine geknackste Hacke mitbringen. Dann nütze ich Borawski gar nichts. Was mache ich denn überhaupt? Schleppe ich ihn irgendwohin? Oder … erst mal sehen, was überhaupt ist. Dann stehe ich vor einem Dornenfeld auf modrigem, moosigem Stein. Hier muss irgendwo Wasser sein. Das merk ich mir. Wenn Borawski eine Wunde hat, die ausgewaschen werden muss. Mann, ich hab Durst! Ich muss um die Dornen rum. Ich gehe wieder rechts. Da kommt ein schmaler Pfad. Irgendein Tierpfad.

Mir fallen die Wildschweine wieder ein, die es hier überall geben soll. Wenn mir jetzt ein Keiler in die Eier rennt, dann gnade mir Gott. Quatsch! Ich trete die Sau einfach zur Seite! Ich bin groß und stark! Und ich bin schlauer als so ein Haufen Scheiße mit Fell drumgewickelt.

Ich breche einen Ast von einem Baum ab. Ich muss ihn ein paarmal hin- und herbiegen, aber dann knackt er durch. Damit haue ich die Dornen zur Seite und auch jeden Keiler, wenn er denn kommt. Ich sehe mich um. Ich bleibe stehen. Ich höre nichts. Stille. Wind weht in den Bäumen. Sonst nichts. Ich kann schon die ersten Steine vom Flussbett sehen. Weit ist es nicht mehr. Ich laufe weiter und haue noch stärker auf die Dornen ein. Sie sollen alle abhauen! Mein Rucksack schiebt, es geht wieder steil runter. Jetzt keine Scheiße auf den letzten Metern! Dann stehe ich an einem Flussufer ohne Fluss.

Ich sehe mich um. Kein Auto zu sehen.

Ich springe von der Böschung in den Steinfluss. Weißer, staubiger Stein, der breit seine Kurven in diesem Bergpanorama zieht. Fischiger Geruch, obwohl alles knochentrocken ist. Kleine, angeschwemmte vergilbte Müllhaufen. Alte Plastiktüten hängen in den Ästen am Ufer. Ich muss mich orientieren. Ich laufe und stakse über die Steine in die Mitte des Flussbettes. Dann drehe ich mich um. Weit oben ist die Straße zu sehen. Winzig. Wenn ich da oben war, wo habe ich dann das Auto gesehen? Weiter links, also Richtung Norden, die Straße zurück. Ich bleibe in der Mitte und laufe nach links. Ich spüre die Flusssteine durch meine Sohlen. Sie wackeln und klackern unter mir. Ich bekomme Angst, mir die Zehen einzuklemmen, und mache größere Schritte. Dann nähere ich mich einem dicken Felsbrocken. Ich muss da herumlaufen, so viel ist klar. Ich bleibe stehen. Hinter jeder Ecke kann jetzt plötzlich das Auto auftauchen. Hinter jeder Ecke kann mich eine tote Fratze anglotzen. Eine zerschnittene, tote Fratze. Plötzlich wird mein Körper zu einer zähflüssigen Gummimasse. Ich zittere. Ich strecke mich. Dann setze ich meine Beine, die sich silbrig und wässerig anfühlen, wieder auf den Boden. Ich schleiche um die Felsen, gegen ein unsichtbares Gummiband, das mich von hinten zieht. Ich bin wie eine Marionette, die in Zeitlupe versucht, ihren Bändern zu entkommen. Mein Gott, Borawski, wärst du doch nicht in diese verkackte Kiste mit diesen Spinnern eingestiegen! Jetzt hat dich deine Gier nach Hasch und Party vielleicht doch noch hingerichtet. Verdammt! Nein, er lebt! Er lebt bestimmt! Hey, ich könnte rufen! Ich bleibe stehen und lausche. Nichts zu hören.

»Borawski?!«

Das war sehr leise. Aber, was wenn mich jemand hört? Na und?! Was denn?! Schwachsinn! Ist doch gut, wenn mich jemand hört! Die sollen mich doch hören!

»BORAWSKI!«

Ich lausche. Nichts. Mein Gott. Meine Hoffnung ist, dass er sich kerngesund aus dem Staub gemacht hat.

»BORAWSKI!«

Ich lausche. Wieder nichts. Ich gehe weiter. Ich höre was. Ich bleibe stehen. Das klang wie Blech. Ich werde schneller, ich laufe.

»Borawski? Borawski?!«

Ich renne um den nächsten Felsen, und da liegt der gelbe Wagen, total zerbeult mit hochgerissener Motorhaube, die im Wind knackt. Mein Herzschlag knallt mir in die Ohren. Wie betäubt dreh ich mich einmal um mich selbst. Niemand zu sehen. Ich laufe langsam auf den Wagen zu. Hoffentlich liegt keiner da drin! Alle Scheiben sind kaputt. Ich nähere mich.

Ich mache noch einen Schritt, dann sehe ich hinein. Leer! Aus den alten schwarzen Sitzen gucken die Federn raus. Im hinteren Teil des Autos wächst ein Busch.

Hä?!

Ich gehe einen Schritt zurück. Die Reifen sind platt und vermodert. Ich laufe um das Wrack herum. Es ist total rostig. Ich betrachte es von hinten. Da ist kein Nummernschild mehr dran. Ich setze mich hin.

Oh, Mann. Dieses Auto liegt hier schon mindestens fünfzehn Jahre!

Ich grinse. Ich lache. Wenn ich heulen könnte, würde ich jetzt heulen.

Nicht wegen mir. Nicht deshalb, weil ich so bescheuert war, hier runterzulaufen, um ein uraltes Wrack anzusehen, sondern wegen Borawski. Dass er lebt, dass es ihm gut geht und dass sein einziges Problem ist, dass ich heute bestimmt nicht mehr an der Autobahnauffahrt vorbeikomme. Na und?! Wir werden uns früher oder später in Blutsalat sehen. Wir sind Helden!

Ich stehe auf und renne los! Ich will auf den größten Stein! Es muss ein Fels sein! Ich will riesig sein! Ich will der Chef vom ganzen Tal sein!

Ich *bin* der Chef vom ganzen Tal!

Der Chef von diesem ganzen, verkackten Gebirge! Ich will, dass Borawski meine Freude hört. Ich will selbst meine Freude hören, dass ich jetzt keinen toten, zerschnittenen Kumpel zwischen Felsen gefunden habe und wie MacGyver aus zwei zertretenen Plastikflaschen einen Hubschrauber basteln muss! Ich greife in den Stein, ziehe mich auf einen Felsen und springe von da auf einen noch höheren Felsen, leicht und kraftvoll wie eine Gazelle. Ich strecke meine Arme in die Luft, die übersät sind mit brennenden Schnitten.

Scheißegal!

Ich hole Luft und schreie, so laut ich kann!

»YEAAAAAAAAH!«

Ja, ich bin der Chef vom Tal! Ich reiße mir mein schweißnasses T-Shirt vom Leib, trete es wie einen Fußball in die Luft und brülle ohne jede Angst, dass mich einer hören oder sehen könnte!

Leckt mich alle am Arsch!

Ich bin der Chef!

»YEAAAAAAAAHH!«

Ich bin stark!

»YEAAAAAHHH!«

Borawski lebt!

»YEAAAAAAAAHH!«

Und er ist mein Freund!

61

Ich laufe durch das Flusstal weiter. Irgendwo muss der Fluss ja hinfließen, auch wenn er zurzeit gar nicht da ist. Mein T-Shirt habe ich wieder angezogen, damit ich nicht verbrenne, aber auch, falls ich jemanden treffe. Zurück zur Straße hoch geht nicht. Dazu würde ich den ganzen Tag brauchen.

Es ist heiß. Ich habe Durst. Ich habe Hunger. Meine Füße schmerzen. Für diese Steine bräuchte man fette Wanderschuhe, ich trage irgendwas zwischen Turnschuh und »festem Schuh«.

So heißt das bei uns zuhause: »Ich glaube, du brauchst mal wieder einen festen Schuh.« Was ich jetzt trage, heißt bei uns »Halbschuh« – und ich habe keine Ahnung, wieso.

Ich muss was trinken! Wer hat die Karte eigentlich? Ich selbst? Ich bleibe stehen, setze meinen Rucksack ab und krame. Keine Karte. Ich könnte ein paar von den Steinen raustun. Keine, aus denen wir das Gesicht zusammensetzen natürlich, nur ein paar von den inneren Füllbrocken. Ich überlege. Nein! Jetzt, so kurz vorm Ziel, nur weil ich mal ein bisschen Durst habe? Blödsinn!

Ich wuchte den Rucksack wieder auf meine Schultern und laufe am Ufer entlang. Das Blöde bei der Lauferei ist, dass man immer anhalten muss, um etwas zu sehen. Eigentlich starrt man ständig auf den Boden. Damit man sich nicht die Hacken bricht, in keine Schlange reinrennt oder das letzte Wasserloch verpasst. Auf allen Werbebildern in diesen Outdoorkatalogen laufen immer leicht bepackte Gruppen herum, die Hosentaschen prall gefüllt mit Geldkarten für Hotels, an den Rucksäcken Wassercontainer, in den Rucksäcken »Lunchpakete« mit Broten, Wurst, Äpfeln und Eiern, und beim Laufen wird der herrliche Blick genossen. Totaler Unsinn! Die haben keine Überlebenschance! Leute, ihr müsst *stehen bleiben*, um was zu sehen! Die ganze Gruppe wäre nach ein paar hundert Metern auf

Nimmerwiedersehen in Felsspalten gesaust oder von Schlangen zerfetzt.

Ein realistischer Outdoorkatalog würde *mich* zeigen! Zusätzlich zum normalen Gepäck zwanzig Kilo Schutt im Rucksack, vierzig Euro in der Tasche, kein Pass, keine Landkarte, kein Zelt, kein Schlafsack, kein Wasser, kein Proviant, kein Kompass, keine Medizin, bescheuerte »Halbschuhe«, eine halbe Rolle Klopapier, nicht die geringste Sprachkenntnis, Mairesse, die Sau! – und, keine Ahnung, wo man gerade ist, und – am allerschlimmsten – keine Ahnung, wo man hinwill! Bei alldem, den Blick starr auf den Boden gerichtet.

Ich höre einen Hund bellen. Ich bleibe stehen. Das Ufer ist flach geworden. Dichte Büsche stehen am Rand. Die Sonne glüht mir ins Gesicht. Ich bräuchte eine Art Hut, sonst fall ich gleich um. Wieder bellt der Hund. Meine Angst vor Schlangen weicht der Angst vor Hunden. Was, wenn da vorne hinter der Kurve ein wilder Hund auf seinen Fleischhaufen aufpasst?! Quatsch! Es gibt keine wilden Hunde. Blödsinn. Es gibt nur äußerst gefährliche Hunde, die Leuten gehören. Abgerichtete Hunde, die von ihren Besitzern an abgelegenen Stellen wie dieser losgelassen werden, um zu morden. Abgelegene Stellen? Ich sehe mich um. Mein Herz klopft. Ich hole Luft. Verdammte Angst! Ich gehe weiter. Etwas leiser und etwas langsamer, damit ich öfter hochsehen kann. Habe ich ein Messer dabei? Nein. Wenn ein Hund kommt, erdrossele ich ihn mit meiner Socke, die ich dafür allerdings noch aus dem Rucksack rausholen muss. Wieder bellt der Hund. Vielleicht heißt das einfach, dass der mich riecht und da vorne vielleicht ein Haus ist?

Ein ganz friedlicher, angeleinter Hund, der auch noch ein paar zusammengerollte Hunderteuroscheine in seinem Arschloch stecken hat – zum Herausziehen für Wanderer.

Da erscheint ein Dach über dem Gebüsch. Ich werde noch langsamer. Dann erscheint das Haus. Ein großer Neubau. Ein Bootssteg ragt in die trockenen Steine. Ein verrammeltes Tor zum Garten, ein großer Zaun um das ganze Gelände. Dahinter eine fette, reiche Neubauvilla. Ich springe auf den Bootssteg und laufe zum Tor. Jetzt bellt der Hund erst richtig los. Ich betrachte den Zaun. Hier wird er wohl nicht drüberkommen. Ich sehe in den Garten.

Eine glattgeleckte Wiese mit kleinen weißen Löwenskulpturen und automatischen Rasensprengern. Tick. Spritz. Klack. Tick. Spritz. Klack. Wasser! Da muss ich hin. Wo ist der Hund? Ich gehe einfach zum Eingang und klingele bei den Leuten. Sie werden mir etwas zu trinken geben. So wie ich aussehe, muss ich auch gar nichts erklären. Sie sehen mich und holen wortlos eine Fanta aus dem Kühlschrank. Mein Blick fliegt über die Wiese. Kein Hund zu sehen. Wenn er frei wäre, wäre er längst hier. Ich schlage mich am Zaun entlang, eingequetscht zwischen Maschendraht und Dornengewächsen. Ich passiere die Seite der Villa und sehe den Eingang.

Da ist der Hund. Er rennt an einer Laufleine hin und her und bellt mich an. Von dem Eingang führt ein schnurgerader, befahrbarer Kiesweg durch sumpfähnliche Vegetation, und der führt früher oder später zu einer Straße! Klasse! Ich habe es geschafft! Hinter einem fetten Schiebetor mit Zacken und Blinklichtkiste wartet eine Doppelgarage. Ich finde es gut, dass man, während man darauf wartet, dass das Tor aufgeht, damit man in seine Garage fahren kann, am Blinklicht erkennen kann, dass das Tor gerade aufgeht. Dafür lohnt es sich doch schon, reich zu werden. Ich drücke eine überdimensionierte Klingel in der Mauer. Mir geht dieses Gebelle auf den Zeiger! Mann, halt's Maul! Scheißköter! Ich klingele wieder. Nichts. Ich gehe einen Schritt zum Schiebetor und blicke durch die Stäbe. Die Laufleine ist so konstruiert, dass der Hund den kompletten Eingang zum Haus abdeckt. Immer, wenn er einen Schritt geht, saust Metall auf Metall. Zssst, zssst. Wenn ich hinten im Garten über den Zaun klettere, dann kann er mir nichts. Was macht diese Konstruktion für einen Sinn? Wenn ich einbrechen will, kann ich einfach hinten rein. Na gut, die werden eine Alarmanlage haben, aber wozu dann der Hund?! Es ist ein Segen, dass der Rasensprenger läuft.

Ich gehe wieder am Zaun entlang zurück, quetsche mich über den von mir selbst gerade plattgedrückten Weg an den Disteln und harten Büschen vorbei, bis ich auf der Höhe eines Rasensprengers stehe. Da spritzt das geile Nass in die Gegend. Tick. Spritz. Klack. Tick. Spritz. Klack. Da muss ich hin! Ich sehe mich um. Keiner zu sehen. Den Zaun schaff ich locker. Ich setze meinen Rucksack ab und springe mit beiden Händen scheppernd in den Zaun. Dann ziehe ich mich hoch. Oben werfe ich meine Beine nacheinander auf die andere Seite, stecke meine Fußspitzen in die Maschen und steige langsam ab, bis ich auf der weichen Wiese aufsetze. Ich sehe mich um. Alles ist ruhig. Der Hund auf der anderen Seite bellt noch ein bisschen mehr. Eigentlich bellt er jetzt wie verrückt. Es hört sich an, als ob er schon röchelnd in seinem Seil hängt. Also, nicht lange trödeln! Ich gehe die vier Schritte zum Rasensprenger, lege mich auf den Boden, schiebe das bewegliche Klackteil zur Seite, nehme die Spitze in den Mund und lasse mir den Bauch volllaufen.

Mann, ist das geil! Ich sehe die feuchte grüne Wiese ganz nah. Ich fühle den kalten Saft in meinen Bauch laufen, ich mache eine Pause und hol Luft, und dann trinke ich gierig weiter. Nach jedem Schluck wird mein Mund wieder automatisch vollgepumpt. Ich glaube, ich bin noch nie in meinem Leben so durstig gewesen!

Dann höre ich ein peitschendes Geräusch. Der Hund hat aufgehört zu bellen. Er hat seine Laufleine zerrissen! Wenn er kommt, sollte ich besser stehen. Ich springe auf. Da stürzt er schon um die Ecke. Groß, braun und kräftig, das abgerissene Drahtseil im Schlepp.

Ich sehe mich um. Mein Rucksack steht hinter dem Zaun im Gebüsch. Der Hund springt auf mich zu, ich trete nach ihm, aber ich trete ins Leere. Dann liege ich auf dem Boden, spüre sein warmes Fell, seinen Atem, höre das schleimige Geknurre, das eigentlich ein Jaulen ist, und spüre, dass er mit seinen Zähnen in meiner Wade steckt. Ich haue mit den Fäusten auf ihn ein, aber er beißt sich nur fester und fester. Er zerrt an meinem Bein, als sei es ein Fisch an der Angel. Es tut nicht weh, denke ich, es tut nicht weh, aber der Hund hört nicht auf, und es tut sauweh! Hoffentlich zerreißt er mir nicht eine Arterie. Ich bekomme das Drahtseil in die Hand. Es ist wie ein Vorhangdraht im Wohnzimmer meiner Eltern. Der Hund zerrt und isst meine Wade auf. Unsere Blicke treffen sich. Ich bekomme Angst, dass er mir mit seinem Kiefer ins Gesicht springt. Wenn er noch weiterzerrt, dann reißt er mir meine Muskeln aus dem Bein. Ich nehme das Seil und schiebe es unter dem Kopf des Hundes durch. Ich werfe mich kurz über seinen Körper nach vorne und bekomme den Draht auf der anderen Seite des Tieres zu fassen. Dann nehme ich den Draht von zwei Seiten, hole Luft und ziehe zu, so fest ich kann. Der Hund verbeißt sich noch fester, aber er hört auf zu jaulen. Er gibt nur noch komische Japsgeräusche von sich. Ich ziehe und ziehe. Ich sehe die Muskeln meiner zerschundenen Arme zittern. Der Hund strampelt wie ein Fisch mit Fell. Er tritt nach mir, er lockert seinen Biss, ich ziehe den ganzen Hund hoch, ziehe den Draht noch fester zu und werfe ihn wieder runter auf meine Beine. Jetzt kann ich seine Augen sehen. Sie treten aus den Höhlen. Der Hund kann nichts dafür. Er hat hier nur seinen Job gemacht. Er tut mir leid. Woher soll er wissen, dass ich nur Durst hatte?! Wenn ich ihn jetzt einfach loslasse, habe ich genug Zeit, abzuhauen, bevor er sich erholt hat. Ich sehe zum Zaun und merke mir den Weg. Es sind vier große Schritte. Ich lasse den Draht los, schubse den Hund mit den Knien von meinen Beinen, schnelle hoch, laufe zum Zaun und springe rasselnd in die Maschen. Das Wasser schwappt mir durch die Kehle bis zur Nase. Was für einen Wasserbauch habe ich mir da denn angesoffen?! Ich huste.

Ich steige die Maschen hoch, werfe meine Beine auf die andere Seite vom Zaun, springe ab und lande neben meinem Rucksack. Ich sehe auf die Wiese zurück. Da wälzt sich der

Hund. Er liegt auf allen vieren und hat den Rücken durchgedrückt. Er kriecht zuckend wie ein kaputtes Kinderspielzeug. Der Draht liegt immer noch um seinen Hals. Er reibt seinen Kopf auf der Wiese, aber der Draht geht nicht ab. Verdammt! Ich springe wieder in den Zaun, ziehe mich hoch und lande auf der anderen Seite. Ich renne zum Hund und drehe ihm den Draht vom Hals. Aus dem Tier kommt jetzt ein Geräusch, dass sich anhört wie Rückwärtsatmen. Dann ein Klopfen und dann ein Rasseln. Er saugt Luft durch ein winziges Loch. Er wälzt sich, dann hustet er richtig, und Blut spritzt auf meine Halbschuhe und die Wiese. Scheiße! Ich muss hier abhauen! Ich renne wieder zum Zaun, greife in die Maschen, wuchte mich hoch und sause auf der anderen Seite hinunter. Der Hund hustet und wälzt sich, seine Augen starren, seine Füße treten ins Leere, sein Kopf schiebt sich über die Wiese, und dann ist er plötzlich still.

Da liegt er mit offenen, kalten Augen, Blut an der Schnauze, in einer unförmigen Haltung, als ob er Gift gefressen hätte. Auch auf fünf Meter Entfernung kann ich sofort sehen, dass er es nicht geschafft hat. Seine Beine entspannen sich, er wird ganz weich und legt sich warm auf die Wiese. Er ist tot.

62

Ich stehe in der glühenden Sonne auf dem Kiesweg und sehe an meinem Bein herunter. Die Hose unter dem Knie ist zerbissen und blutdurchtränkt. Ich knie mich hin und ziehe die Hose vorsichtig hoch. Es blutet aus ein paar dicken Löchern und tut ziemlich weh. Ein Stück Haut wackelt auch noch herum. Aber da ist keine Ader oder so was kaputt. Das spüre ich. Ich weiß gar nicht, ob ich noch gegen Tetanus geimpft bin. Hoffentlich.

So kann ich unmöglich zur nächsten Straße humpeln. Niemand nimmt mich mit zerrissenen Hosen und blutigem Bein mit. Ich muss es erst mal sauber machen. Hose abreißen und Bein säubern. Ich muss zurück über den Zaun, zum Rasensprenger. Ich sehe den schnurgeraden Weg entlang, der sich wie ein kleiner Damm durch die breite Ufervegetation zieht.

Da hinten steigt eine Staubfahne hoch. Sie nähert sich.

Ein Auto!

Ein Auto, das hierhin fährt! Ich sehe mich um. Ich stehe auf und quetsche mich auf der anderen Seite des Weges ins Gebüsch. Dann laufe ich durch die peitschenden und kratzenden Büsche davon. Mein Bein brennt. Jeder Schritt schmerzt. Ich hocke mich hin. Es riecht moderig nach altem Fluss. Mein Bein klopft stechend mit jedem Herzschlag. Ich betrachte eine Ameisenstraße auf dem trockenen Boden und lausche.

Leise knirschen Gummireifen den Kiesweg entlang. Das Auto kommt! Es fährt langsam. Es hält. Das Tor schiebt sich auf. Das Auto fährt an und rollt hinein. Ich stehe auf und blinzle über die Büsche. Das Tor schiebt sich wieder zu und verdeckt das Auto.

Jetzt renne ich weiter, weiter durch die Dornen, Stöcke, Äste und Disteln zurück zum Flussbett. Endlich bin ich aus dem Gebüsch raus und springe in das steinige Flussbett. Ich sehe mich um. Einfach weiter! Einfach weg! Ich drehe nach rechts und laufe über die kugeligen, klappernden weißen Flusssteine. Der Schutt im Rucksack hämmert in meinen Rücken. Mein Bein fühlt sich an, als ob es auslaufen würde. Jetzt finden sie gerade den Hund. Dann fangen sie an zu suchen und werden die Polizei anrufen. Die Polizei wird kommen und auch suchen. Sie finden Blut, und sie hetzen mir Hunde hinterher. Wenn sie mich mit blutender Hose finden, dann lande ich im Gefängnis. Einbruch, Tierquälerei, Sachbeschädigung. Ich kann überhaupt nicht beweisen, dass ich nur Wasser trinken wollte. Man kann genauso draufkommen, dass ich über den Zaun gestiegen bin, um den Hund zu quälen und zu töten.

Ich kann nicht mehr. Ich muss mich hinsetzen. Ich hocke

mich auf einen Stein. Der Schweiß läuft mir brennend ins Gesicht. Mein Atmen schmerzt. Mein Bein klopft wie eine Maschine. Als ob zwischen den Muskeln unentwegt Luftballons aufgeblasen und wieder leergefurzt werden. Ich muss weiter. Ich muss weiter. Ich stehe auf und laufe weiter. Ich humpele weiter. Weiter, weiter, weiter!

Ich brauche Wasser für mein Bein. Ich brauche einen Verband! Ich drehe ab, um das Flusstal zu durchqueren, damit ich wieder von diesem flachen Gestrüpp zu der Bergseite komme. Da fließt mit Sicherheit irgendwo frisches Wasser rein. Von Bergen kommt Wasser herunter, egal wie trocken es ist. Mein Bild wackelt, mein Herz klopft heiß in meinem Hals, und dann bin ich da, auf der anderen Seite. Ich humpele aus dem Flusstal in den Wald, laufe ein paar Schritte hinein und lasse mich hinfallen.

Ich drehe mich auf den Rücken und schmecke den salzigen Schweiß, der mir überall am Körper klebt. An meinem feuchten Handrücken kleben Blätter fest. Ich blicke in die Baumspitzen, die vor tiefblauem Sommerhimmel wehen. Ich hole tief Luft. Mein Brustkorb zittert, und ich spucke in hohem Bogen meinen flüssigen Speichel in die Blätter. Hier findet mich keiner! Ich habe keine Ahnung, wie spät es ist. Ich mache die Augen zu. Alles in mir fühlt sich warm und fest an. Ob Borawski jemand gefunden hat, der ihn füttert? Ich darf jetzt nicht einschlafen! Erst muss ich mein Bein versorgen. Ich setze mich auf und reiße mit zwei, drei Ratschern das blutige Hosenbein ab. Damit tupfe ich vorsichtig um die Löcher herum und wische das ganze Blut einigermaßen ab. Jetzt ist mein Bein rosa.

So wild sieht es gar nicht aus. Ich zähle sieben Löcher, nur zwei davon sind wirklich groß. Sie bluten kaum noch. Vielleicht habe ich überreagiert, als ich die Aktion mit dem Draht gestartet habe? Vielleicht hätte ich einfach mit dem Hund am Bein zum Zaun laufen können?! Aber, wenn er sich woanders verbissen hätte? Wenn er mir wirklich ins Gesicht gesprungen wäre? Nein! Ich kannte den Hund nicht. Ich bin unschuldig!

Der Hund natürlich auch. Es tut mir leid. Die Bilder seines Sterbens werden mich ewig verfolgen, so viel steht als Strafe schon mal fest.

Ich stehe auf, humpele ein paar Meter und ziehe meine Hose ganz aus. Ich gehe zum Rucksack zurück, krame meine andere Hose raus, rolle sie aus und ziehe sie an. Schon bin ich wieder ein harmloser Tramper auf dem Weg nach Blutsalat und nicht mehr ein gesuchter Einbrecher und Hundemörder. Ich lege mich hin und schließe die Augen.

Ich werde nicht verbluten. Das ist die gute Nachricht. Der Hund ist tot. Das ist die schlechte Nachricht und leider eine unumkehrbare Wahrheit. Mist! Ich sehe den Hund, wie er stirbt. Was für ein böses Bild! Im Angesicht des Todes war da dieses Flehen in seinen Augen. Da war er nicht mehr mein Feind. Wenn er überlebt hätte, hätte er mich nicht mehr gebissen. Nicht aus Angst oder wegen einer neuen Rangordnung, sondern weil er gespürt hat, dass ich gut bin.

Ich bin gut. Er war gut. Es war ein Unfall. Notwehr.

Ich sehe mich in einem Gerichtssaal und überlege, was das alles auf Französisch heißen könnte, damit meine Verteidigung exzellent wird und meine präzisen Formulierungen alle im Saal zum Staunen bringen. Aber es wird wohl auf einen nervigen Prozess mit Übersetzer hinauslaufen. Als letzten Zeugen werde ich den Hund selbst laden. Er sitzt im Zeugenstand und berichtet unter Tränen von meiner Aktion, ihm doch noch das Leben zu retten. Dann gibt er zu Protokoll, dass seine letzten Jahre als Hund an der Laufleine in der schattenlosen Hitze und abgeschiedenen Einsamkeit einfach unerträglich waren und er sowieso überlegt hatte, sich umzubringen. Tut mir leid, Hund. Tut mir leid.

63

Ich wache auf. Es ist kühl geworden, zumindest hier unter den Bäumen. Ich setze mich hoch und sehe zwischen den Blättern ins Flusstal.

Da ist niemand. Keine Polizei oder sonst ein »Organ«. Eine Leber zum Beispiel, die in Paris eine Spezialausbildung zum Teenagerfangen absolviert hat.

Die Sonne steht schon tief im Tal. Keine Ahnung, wie viel Uhr es ist. Ich stehe auf, und mein Bein tut weh. Das hatte ich schon völlig vergessen. Ich sehe am Hosenbein hinunter, aber da ist nichts zu sehen. Ich ziehe mein Hosenbein hoch und betrachte den Biss. Alles trocken. Wunderbar. Ich wuchte meinen Rucksack hoch und klettere aus dem Wald in das leere Flussbett. Ich hab Hunger. Ich humpele ein bisschen, ist aber halb so wild. Der Hund ist schlechter dran.

Ich zerre einen langen Ast aus einem Gebüsch, breche ihn auf die richtige Länge und benutze ihn als Gehstock. Irgendwann wird hier ein Dorf oder eine Brücke kommen. Weiter flussabwärts, ohne Fluss. Die hellen Steine fliegen unter meinem Blick davon. Was kann man denn in der freien Wildbahn so essen? Blätter? Vielleicht, wenn man weiß, welche. Ich kenne Löwenzahn, den kann man essen. Aber davon hab ich hier noch nichts gesehen, ich hab allerdings auch noch nicht drauf geachtet. Werd ich auch nicht, denn bald kommt ein Dorf, und da hau ich meine vierzig Euro auf den Kopf! Erst bestelle ich mir ein riesiges XXL-Essen, dann kauf ich endlich mal was ein, Bier und ein paar Büchsen Ravioli. Dann nehme ich ein Taxi zur Autobahnauffahrt. Mal sehen, ob Borawski da noch wartet oder ob er schon weiter ist. Weil ich den Dosenöffner vergessen habe, muss ich die Raviolibüchsen bis zur völligen Erschöpfung auf die Straße knallen, damit sie endlich aufgehen und ich die kalte, mehlige Masse von der Straße lecken kann.

Ach, und eine Karte muss ich auch noch organisieren. Oder,

ich guck in Ruhe bei der Tankstelle, die es in dem Dorf mit Sicherheit gibt, und merk mir alles genau.

Wenn die Tankstelle nicht existiert, dann lege ich mich einfach mitten auf der Hauptstraße auf den Rücken und mache die Bewegung eines Käfers nach, der sich nicht umdrehen kann. Dann wird sofort jemand von der Dorfgemeinschaft zu mir gestürzt kommen und mir helfen. Sie bringen mir heiße Suppe, schenken mir eine Landkarte, und weil ich weiß, wie eine Glühbirne funktioniert, machen sie mich zu ihrem Bürgermeister. Mit mir beginnt in dem Dorf eine wirklich tolle Regierungszeit, in der alle richtig happy sind, denn niemand muss mehr arbeiten oder zur Schule gehen. Jeden Abend gibt es Partys, auf denen kiloweise Löwenzahn verdrückt wird. Außerdem wollen die jungen Frauen im Dorf alle unbedingt geilen Sex mit mir haben, und deshalb gibt es praktisch jeden Abend eine Schlägerei unter meinem Schlafzimmerfenster. Ich komme dann raus, schlichte den Streit und suche mir eine, vielleicht sogar zwei von den Mädels aus. Die, die nicht mit reinkommen dürfen, sind trotzdem ganz happy. Sie nehmen sich an der Hand und gehen singend in eine Scheune, um dort an einer Steinskulptur von mir zu arbeiten, die nach ihrer Fertigstellung unter großem Jubel der Bevölkerung auf dem Dorfplatz enthüllt wird.

Irgendwie wird der verdammte Flussboden grau. Die kugeligen Steine verlieren an Farbe. Ich bleibe stehen und sehe mich um. Es wird dunkel. Die Luft riecht nach Pfefferminz und Harz. Ein fettes Insekt brummt um mich herum und dann vorbei. Ich habe Hunger. Harz kann man auch essen. Ich hab jetzt aber keine Zeit, an Bäumen herumzuknabbern. Blödes Schlafen! Zeitverschwendung! Ich schlaf nie wieder!

Es ist ja auch noch früh. Höchstens halb neun, vielleicht Viertel nach. Man darf sich von der Dunkelheit nicht täuschen lassen. Nur weil es dunkel ist, muss es noch nicht wirklich spät sein.

Also weiter!

Die Steine unter meinen Füßen kollern herum. Krock, koller,

rumpel. Mein Gehstock schlägt kratzig in die Lücken zwischen den Steinen. Ich bin das einzige Geräusch im Tal. Jeder, der im Wald steht, kann mich hören. Ich bekomme Wildschweinangst. Jetzt ist die Zeit, in der sie rauskommen. In der Dämmerung. In Gruppen marschieren sie eng an eng, dunkel und brutal. Tonnenschwer sind sie und voller Hass auf alles, was auf zwei Beinen läuft. Gleich, wenn es ganz dunkel ist, werde ich hinter einem dicken Stein auf ein Wildschweinferkel treten, das friedlich in seinem Nest liegt – und dann gnade mir Gott!

Ich laufe weiter. Mann, klappern die Steine laut! Die werden immer lauter! Erstens sehe ich schlechter und rumpele viel mehr, zweitens ist alles andere still geworden. Ich laufe langsamer. Auch Blödsinn. Ich kann hier doch nicht wie ein Verbrecher durch die Nacht schleichen. Wenn, dann muss ich freien Herzens ganz normal laufen. Kann ich aber nicht. Also schleiche ich. Ich bleibe wieder stehen und sehe mich um.

Scheiße!

Da steht einer!

Ich kann nur eine Silhouette sehen. Keine zehn Meter entfernt. Meine Beine kribbeln und wackeln, als wären sie gasgefüllte Luftballons. Die Silhouette sieht in meine Richtung und steht ganz still. Was soll ich tun? Wegrennen? Blödsinn. Wohin?

Der Typ hat nicht fünfundzwanzig Kilo auf dem Rücken und kennt sich vermutlich bestens aus. Vielleicht hat er sogar ein Gewehr. Ich umklammere meinen Stock und bleibe stehen. Die Silhouette bewegt sich. Sie kommt langsam auf mich zu. Dabei quietscht etwas, könnte ein Topfhenkel sein. Ich stelle meinen Stock langsam schräg zur Seite, damit ich mehr Platz zum Ausholen habe, wenn ich zuschlagen muss. Plötzlich bleibt die Silhouette wieder stehen. So steht sie eine Weile ganz ruhig, jetzt vielleicht noch sieben Meter entfernt. Sie kniet sich hin und entzündet ein Streichholz. Ein dünner Mann mit bloßem Oberkörper erscheint im gelben Licht des Streichholzes. Der Mann entzündet mit dem Streichholz eine Petroleumlampe. Dann steht er wieder auf, hält die Lampe quietschend vor sich und läuft auf mich zu. Dann steht er direkt vor mir. Er leuchtet in mein Gesicht und begutachtet mich. Er sagt keinen Ton. Er betrachtet meine vor Panik weißgedrückte Hand am Stock und lächelt. Seine Augen sehen freundlich aus. Ich löse meinen Griff und versuche, auch etwas zu lächeln, aber es misslingt mir total. Stattdessen kommt eine Art Froschgeräusch aus meinem Kopf.

Der Mann trägt die Haare kurz und einen grauen Bart. Er ist wesentlich älter als mein Vater. Seine sonnengegerbte Haut leuchtet im Licht der Petroleumlampe beinahe orange. Ich sehe an ihm hinunter. Er ist völlig nackt.

64

Der Mann löscht das Licht der Lampe. Dann winkt er mir, ihm zu folgen. Ich laufe ihm durch die Dunkelheit hinterher. Also ausrauben kann er mich nicht. Wenn er das tun will, dann schenke ich ihm die vierzig Euro. Wir kommen an das Ufer und stapfen ein paar Schritte durch den dunklen Wald. Dann kommen wir an eine Hütte. Der Nackte entzündet wieder die Lampe, hängt sie an einen Nagel, und ich sehe eine Holzveranda, auf der ein fellbenagelter Schaukelstuhl steht. Im Schaukelstuhl lehnt ein Gewehr. Als wenn es es sich gemütlich gemacht hätte, bis sein Besitzer wiederkommt.

Der Nackte öffnet seine Hütte und geht hinein. Er rumpelt ein bisschen, dann kommt er mit einem anderen Sessel zurück, den er polternd auf die Veranda stellt. Er bietet mir den Sessel an. Halleluja, ich bin angekommen! Ich stelle meinen Rucksack ab und setze mich in den Sessel.

Jetzt lächele ich ihn breit an. Der Nackte quietscht vor Freude und applaudiert kurz. Mann, der scheint ja ziemlich crazy zu sein! Hoffentlich baut er keine Scheiße mit dem Gewehr! Wieso spricht er nicht? Nicht, dass es was nützen würde, aber er weiß ja noch gar nicht, dass ich ihn gar nicht verstehe. Er könnte es wenigstens probieren. Würde er jedenfalls, wenn er normal wäre. Aber würde man ohne Essen und Trinken mit fünfundzwanzig Kilo Schutt eines abgeschlagenen Denkmalkopfes im Rucksack, nach der Ermordung eines Hundes, nachts um elf durch ein ausgetrocknetes Flusstal laufen, wenn man normal wäre? Also, wer ist hier der Verrückte?! Er wird mir schon nichts tun. Der Nackte stellt sich vor mich. Sein Penis baumelt im Schatten seines Körpers. Er macht Essbewegungen. Ich nicke froh, reibe meinen Bauch und mache ein Gesicht voller Sehnsucht. Der Nackte lacht wieder und verschwindet in seiner Hütte. Er hat mich verstanden! Er holt mir was zu essen! Mairesse, du Sau! Niemand braucht deinen Unterricht! Aus der Hütte kommt jetzt undefinierbares Gepolter. Dann zischt es, und der feine Geruch von gebratenem Fleisch quillt aus allen Ritzen in den Wald. Ich strecke meine Beine aus und sehe in die schwarzen Tannen. Wenn ich vor Glück weinen könnte, würde ich es jetzt tun. Ich könnte es wenigstens probieren, damit der Nackte meine Begeisterung, meine Rührung spürt. Damit er merkt, dass ich ihm dankbar bin. Dann geht die Tür auf, und der Nackte reicht mir einen Teller mit duftendem Fleisch, Kartoffeln und Gemüse. Dazu stellt er mir ein Glas Wein auf den Boden. Er selbst nimmt das Gewehr aus dem Schaukelstuhl, hoffentlich knallt er mich jetzt nicht ab, aber er lehnt es nur an die Wand, setzt sich und gießt sich ebenfalls Wein ein.

Er hebt sein Glas. Wir sehen uns an. Ich hebe mein Glas. Ich überlege kurz, ob er mich vielleicht vergiften will, aber wenn das der Fall wäre, wäre die Welt so schlecht, dass ich sie eh sofort verlassen möchte. Also trinke ich und lasse den köstlichen Wein meinen Rachen hinunterlaufen. Dann sehe ich auf meinen Teller auf meinem Schoß, nicke dem Nackten dankend zu und esse los. Das Fleisch schmeckt wunderbar und ganz anders als alles andere, was ich jemals zuvor gegessen habe.

Plötzlich kommt mir der Gedanke, es könnte Menschenfleisch sein.

Der lächelnde, nackte alte Herr. Ein Wahnsinniger, der mordet und dann Leute zum Essen einlädt, die ohne ihr Wissen die Leichen verspeisen. Leute, die er wiederum ermordet, um die nächste Mahlzeit für seine nächsten Gäste zuzubereiten. Und immer so weiter.

Ist das vorstellbar? Vielleicht sollte ich mal fragen, was das für Fleisch ist? Aber wie mache ich das? Erst mal kaue ich zu Ende. Wenn es Menschenfleisch ist, habe ich sowieso schon davon gegessen, dann kommt es auf einen Bissen mehr auch nicht an. Andererseits ist die Aktion, nach der Fleischsorte zu fragen, auch Schwachsinn. Wenn der Typ ein Mörder, ja sogar ein Kannibale ist – dann würde er mir vor seiner abschließenden Tat bestimmt nicht sagen: »Ja, Junge, das ist Menschenfleisch! Lecker, oder?!« Aber man kann ja auch einfach aus kulinarischem Interesse fragen. Man kann es doch einfach wissen wollen, was ist an der Frage so verwerflich?!

Also, ich probiere es. Ich zeige auf das Fleisch und mache das dümmste Gesicht der Welt dazu. Der Nackte grinst mich an, aber er versteht nicht. Ich zeige wieder auf das Fleisch und mache Schweinegeräusche. Der Nackte hat verstanden, was ich wissen will. Er nickt! Aha. Schweinefleisch also. Ich beiße noch mal rein. Nein! Niemals ist das Schweinefleisch! Aber, wenn ich jetzt aufhöre zu essen, schöpft er Verdacht. Das Gewehr steht direkt neben ihm. Der Typ ist nackt! Wie konnte ich nur so naiv sein, mich hier zu ihm auf die Veranda zu setzen?! Ich hatte alle Zeit der Welt, einfach wieder abzuhauen. O.K. Ganz ruhig. Unauffällig zu Ende essen, damit er nicht merkt, dass ich was gemerkt habe. Nur dann habe ich wirklich eine Chance. Zum Glück nur noch ein Bissen.

Ich nehme einen großen Schluck Rotwein und spüle das Fleisch hinunter. Welches Stück war das wohl? Hals? Arsch? Oberschenkel?

Das Fleisch ist sehr zart – vielleicht sogar ein Kind!

Ich esse die Kartoffeln auf, und dann ist mein Teller leer. Ich könnte noch so einen verdrücken. Aber unter den gegebenen Umständen lass ich es lieber. Ich stelle meinen Teller auf den Holzboden und trinke meinen Wein aus. Der Nackte schenkt mir nach.

Ich hasse mich! Der ganze Abend ist versaut. Jeder andere würde hier gemütlich sitzen, sein Essen und seinen Wein genießen und sich erst später darüber Gedanken machen, ob es Menschenfleisch war oder nicht – und sich dann friedlich ermorden lassen.

So sitzen wir schweigend herum, trinken und schlagen lächelnd Mücken tot, bis die Weinflasche leer ist. Dann steht der Nackte auf, zeigt auf meinen Rucksack und deutet mir, mitzukommen. Hat jetzt mein letztes Stündlein geschlagen? Der Nackte nimmt die Petroleumlampe und geht von der Veranda herunter. Ich folge ihm vor die Hütte, vor der ein kleiner Daihatsu Jeep steht. Der Henkel der Lampe quietscht durch die Dunkelheit.

Wir laufen ein paar Meter in den Wald hinein, als eine andere, kleinere Holzhütte auftaucht. Höchstens zwei mal drei Meter groß. Der Nackte öffnet die Tür und leuchtet umher.

Ein Hocker, ein Schrank, eine kleine Werkbank mit Werkzeugen, auf denen Kerzen stehen. Dann fällt das Licht auf einen riesigen, haarigen schwarzen Klotz, der mit toten Augen von der Wand hängt. Ich fahre zusammen und mache vor Schreck einen Sprung nach hinten.

Der Nackte lacht. Mein Herz knallt mir in die Ohren. Was war das denn? Der Nackte hält seine Lampe hoch und beleuchtet ein fettes Wildschwein, das an einem Haken hängt und tot den blutigen Boden unter sich anstarrt. Der Nackte lächelt mich an und macht ein Schweinegrunzen. Ich lächele breit. Wildschwein! Das war es also! Mann, ich Idiot! Aber woher soll ich auch wissen, wie das schmeckt?!

Was machen wir eigentlich hier in diesem grässlichen Schuppen?!

Der Alte stellt die Petroleumlampe auf die Werkbank und zerrt eine Klappliege aus dem Schrank, die er aufklappt und mir scheppernd auf den Holzboden stellt. Er präsentiert sie mir als mein Bett. Ich lächele breit und bin froh, dass ich nicht mit ihm in einem Raum schlafen muss. Ich betrachte den blutenden Keiler, der von der Decke hängt und seit unserem Besuch angefangen hat, leicht hin und her zu schwingen. Der Nackte lächelt, lässt mir die Lampe stehen, öffnet die quietschende Holztür und verschwindet in der Dunkelheit.

Jetzt stehe ich hier, in einem Raum mit einem toten Wildschwein. Es sieht aus, als wenn es gleich den Kopf dreht und mich begrüßt.

»Willkommen!«

Blödsinn. Es wird nicht anfangen zu sprechen. Es ist tot. Wie der Hund, der jetzt vielleicht schon in der kalten Erde liegt oder in eine glühende Kammer geschoben wird, in der er mit offenen Augen aufplatzt, knackt und qualmt.

Ich drehe die Liege so, dass ich das Schwein nicht sehe. Ich stelle die Tür vorsichtig auf die richtige Position, wie früher im Kinderzimmer. Nicht zu dunkel, aber auch nicht so weit, dass es reinregnen könnte. Dann lass ich sie los, aber sie fällt ganz langsam wieder zu. Ich mache einen Bogen um den schwarzen Keiler und taste in der Finsternis auf der Werkbank herum. Ich finde einen Hammer, stelle die Tür wieder auf Position und lege den Hammer als Stopper dagegen. Gut. Genau richtig. Selbst wenn der Nackte mich morgen weckt, habe ich kein Verbrechen begangen. Ich habe nur einen Hammer auf den Boden gelegt, der im Regen vielleicht ein bisschen nass werden kann.

Ich greife die Lampe von der Werkbank, mache sie aus, stelle sie neben die Liege und lege mich federquietschend hin. Jetzt ist es pechschwarz in der Hütte, doch langsam schimmert ein bisschen Licht in den Raum. Draußen wird es windig. Dann höre ich Regentropfen. Damit hat sich die Idee, draußen zu schlafen, erledigt. Ich bin froh, jetzt nicht mit meiner Decke irgendwo im Wald zu kauern. Oder im leeren Flussbett, das mit dem Einsetzen des Regens natürlich wieder vollläuft und mich wegschwemmt.

Ich hole tief Luft. Der Regen beginnt, auf das Dach zu prasseln. Es ist ein guter Platz hier. Trocken, warm und weich.

Ich beschließe, einzuschlafen und jede Angst, die mir jetzt in die Quere kommt, auszulachen. Ich stelle mir vor, dass jede Angst jetzt schon wahr ist, damit ich spüre, wie schwachsinnig sie ist!

Der Keiler holt gleich Luft, um loszureden, vor der Tür blitzen schon ein paar Wölfe mit ihren spitzen Zähnen, und der Nackte wird mir morgen vor Wut über seinen nassen Hammer ohne Vorwarnung kochendes Wasser ins Gesicht schütten.

65

Eine Fliege weckt mich. Ich bin offensichtlich nicht ermordet worden. Mein Bein tut weh. Es ist heiß und riecht nach Öl und staubigen Brettern. Die Liege quietscht. Durch das kleine Fenster sehe ich Bäume im Sommerwind wiegen. Armer Borawski. Wo wird er jetzt sein? Was wird er heute essen, ohne Geld? Wer wird ihm alle sieben Minuten eine Kippe schenken?

Ich raffe mich hoch, drehe mich um und betrachte den toten Keiler hinter mir. Fliegen naschen an seinen Augen und krabbeln durch sein Fell. Man könnte ihn als Boxsack an einen Fitnessclub für perverse Jäger verkaufen. Ich stehe auf, schiebe mit der Tür den Hammer weg und trete ins Freie.

Da hinten steht der Nackte auf einer Leiter und hämmert an seinem Dach herum. Er sieht mich und winkt. Ich winke zurück. Dann hämmert er weiter. Ich nehme meinen Rucksack und laufe damit zum Nackten hinüber. Ich stelle mich an die Leiter. Jetzt steh ich genau neben seinem schrumpeligen

Schwanz. Der hüpft bei jedem Hammerschlag. Was für ein lächerliches Objekt! Ich denke an meinen Schwanz, der noch lächerlicher ist. Der Nackte steigt die Leiter runter.

Ich strecke meine Hand aus und lege sie ihm auf die Schulter. Der Alte betrachtet mich. Ich lächele. Ich will *»merci«* sagen, aber das klingt so dumm und trifft nicht annähernd das, was ich sagen möchte. Meine Hand liegt immer noch auf seiner Schulter. Langsam dauert es ein bisschen lange. Was sage ich ihm bloß? Irgendwas, womit ich ihn belohnen kann.

»Wenn Sie mal bei uns in der Gegend sind, dann sind Sie natürlich herzlich eingeladen, vorbeizukommen!«

Oh Mann, war das bescheuert!

Der Nackte legt seinen Hammer hin. Ich soll mitkommen. Ich folge ihm zu seiner Veranda und stehe vor einem gedeckten Frühstückstisch.

Der Nackte läuft geschäftig zum Tisch und bietet mir seinen Stuhl an. Ich bin gerührt, zumindest intellektuell, also ich weiß, dass ich mich in einer Situation befinde, in der normale Menschen gerührt sind. Ich setze mich zu Butter, Marmelade und Brot und beschließe, Rührung auszudrücken. Ich versuche, mit meinem Mund milde zu lächeln, während meine Augen traurig aussehen. So – glaube ich zumindest – habe ich ein gerührtes Gesicht. Bestimmt sehe ich total bescheuert aus! Der Nackte lächelt stolz. Dann geht er wieder hämmern und lässt mich alleine frühstücken. Ich beiße in ein rotes Marmeladenbrot und denke, es ist an der Zeit, zu begreifen, dass dieser merkwürdige, alte nackte Mann wirklich nicht vorhat, mir irgendetwas zu tun.

Es bestehen nur noch zwei minimale Möglichkeiten, wenn seine Aktion, mir ein Frühstück zu machen, durch Böswilligkeit motiviert ist.

Erstens: Er will mein Vertrauen gewinnen, um mich dann überraschend zu töten. Zweitens: Er will, dass ich mich in ihn verliebe.

Wie komme ich gleich zu der verdammten Autobahn zurück? Vielleicht fährt mich der Nackte ja auch? Vielleicht muss ich nach dem Frühstück beim Weggehen ein besonders trauriges Gesicht machen? Nein, dann denkt er womöglich, ich hätte mich bereits in ihn verliebt. Verdammt. Ich muss irgendetwas unternehmen. Aber, was?!

66

Der Wind nimmt plötzlich zu und wird dann sehr schnell stärker. Der Himmel wird dunkel. Der Nackte kommt angelaufen und beginnt hastig ein paar Dinge von der Veranda in seine Hütte zu räumen. Ich stehe auf und weiß nicht genau, was ich jetzt tun soll. Ich weiß nur, dass ich nicht weiter sitzen möchte, während der Nackte um mich herumwuselt. Also trinke ich meinen Kaffee im Stehen, während er die Sachen vom Tisch räumt. Die ersten dicken Tropfen fallen. Der Wind riecht nach Sand und Rinde. Ich trinke meine Tasse aus und bringe dann den Fellstuhl in die Hütte.

Ein kleiner, gemütlicher Raum, ein Tisch, eine Lampe, ein Kühlschrank. Überall Papierkram. Es riecht ein bisschen wie in einem alten Campingwagen. Ein verstaubter präparierter Fisch hängt an der Wand.

Da haut der erste Blitz durchs Tal. Wind knallt die Tür. Der Nackte zieht sie zu. Langsam wird aus dem Geplätscher auf dem Dach ein tosendes Getrommel. Der Nackte sieht still aus dem Fenster.

Ich stelle mich dazu und nicke anerkennend über die Wassermassen, die die Kiefernnadeln gleich säckeweise über den Waldboden schwemmen. Schon wieder knallt ein Blitz herunter. Der muss ganz nah gewesen sein. Mann, hoffentlich wird die Hütte nicht von einem Blitz weggeschmort! Der Regen lässt so plötzlich nach, wie er gekommen ist. Wieder blitzt es, aber schon viel weiter weg. Es wird wieder heller. Braunes Wasser sprudelt und tanzt in kleinen Bächen überall durch die Nadeln den Hang hinunter. Jetzt tropft es nur noch von den Bäumen.

Am Ende des Waldweges taucht ein Auto auf. Dann noch eins. Dem Nackten entfährt ein überraschtes Geräusch. Er kann also Geräusche machen. Vermutlich kann er sogar sprechen! Die beiden Autos rollen auf die Hütte zu. Ich sehe genauer hin.

Es sind zwei Polizeiwagen! Dunkelblaue Wagen mit Blaulicht. Ganz klar! Die suchen mich! Die kommen wegen des Hundes! Meine Hände werden eiskalt. Mein Herz klopft los. Ich ducke mich. Der Nackte betrachtet mich. Selbst wenn er blind wäre, würde er kapieren, dass ich mich für den Grund der Ankunft der Polizei halte. Der Nackte schiebt mich sanft nach hinten in den Raum und stellt mich an die Wand.

Er nimmt einen rosa Regenschirm aus der Ecke und geht damit raus. Draußen öffnet er den Regenschirm und spaziert damit, nackt wie er ist, zu den Autos. Die Polizeiwagen halten hinter seinem Jeep. Der Nackte beugt sich zu einem der Fenster hinunter und redet mit den Polizisten durch die geöffnete Scheibe. Sie steigen nicht aus. Was sagt der denen bloß? Der Regen hat aufgehört. Ich sitze in der Falle. Wenn ich rausrenne, haben die mich sofort. Ich muss hier warten. Mann, was für eine Überraschung, wenn mich meine Eltern in einem französischen Gefängnis besuchen kommen. Verurteilt wegen Einbruch und Hundemord. Der Nackte redet. Jetzt schüttelt er mit dem Kopf. Er macht sich wieder gerade und kommt zur Hütte zurück. Die Polizeiwagen starten. Sie fahren langsam rückwärts den Weg entlang, bis sie, einer nach dem anderen, wieder verschwunden sind. Wer weiß, ob sie wirklich wegen mir hier waren. Vielleicht haben sie nur nach dem Weg gefragt? Weil sie sich im Wald verfahren haben. Der Nackte kommt zurück, öffnet die Tür, klappt den Regenschirm zusammen und stellt ihn ab.

Dann guckt er mich an, lächelt, macht das internationale Zeichen für »bescheuert«, schüttelt mit dem Kopf und zeigt mit dem Daumen über seine Schulter nach hinten, zum Fluss hinunter – und ich bin mir sicher, er meint seine nächsten Nachbarn und die ehemaligen Besitzer eines großen braunen Wachhundes.

67

Ich liege auf der Ladefläche vom Jeep des Nackten und lasse meinen Kopf auf dem Blech klappern. Es riecht nach Diesel und Sonne. Bäume zischen an den Fenstern vorbei und lassen das Sonnenlicht flackern. Ich höre den Gegenverkehr sausen. Außer mir liegen noch ein Kanister, ein paar Seile und ein alter Reifen herum. Ich hab mich zur Sicherheit hingelegt, damit der Nackte mich aus dem Wald bringen konnte, nur *falls* die Polizei da noch rumschleicht.

Dann bin ich eingeschlafen, und jetzt bin ich wieder wach. Der Nackte ist so nett, dass er mich wahrscheinlich bis Blutsalat fährt. Zuzutrauen wäre es ihm. So könnte ich endlos liegen. So riecht die Freiheit! Man sollte auf der ganzen Welt gleichmäßig Dieselkanister verteilen. Das hilft gegen Depressionen!

Der Jeep wird langsamer und hält. Mist! Ich fürchte, ich bin noch nicht in Blutsalat. Der Nackte, der jetzt ein T-Shirt und eine Hose trägt, steigt aus. Er läuft durch die Sonne um den Wagen herum und macht mir hinten die Klappe auf. Ich setze mich hoch und schiebe mich mit den Beinen zuerst auf den Staubstreifen neben dem Asphalt. Eine Landstraße. Ich sehe mich um. Eine kurvige Landstraße am Hang. Zwischen den Bäumen ein wahnsinniger Fernblick in eine Ebene. Wald um uns herum. Es riecht nach Waldmeister. Ich stehe in unterschiedlich aufgewärmten Luftschichten. Schattenluft und Sonnenluft. Man schmeckt den Wald.

Wie kann man jeden Tag zur Arbeit gehen, wenn man hier in der Sonne stehen kann? Ich werde niemals arbeiten! Wenn ich wirklich Lust dazu habe, werde ich natürlich auch mal was tun. Wenn eine geile Braut, die am Morgen in der Eile vergessen hat, ein Höschen unter ihren Rock zu ziehen, unbedingt auf Schultern durch einen reißenden Fluss getragen werden muss. Das tu ich dann, und danach wische ich mir den Nacken mit einem Taschentuch ab und mache mir einen Tee daraus.

Der Nackte klappt die Türen wieder zu und drückt mir eine Karte in die Hand. Er zeigt mir, wo ich bin. Ich nicke. Ich will ihm die Karte wiedergeben, aber, er schenkt sie mir.

»Merci!«

Wir geben uns lange die Hand. Irgendetwas verbindet uns. Jedenfalls möchte ich das. Ich hätte gerne einen erwachsenen Freund, der mich in Ruhe lässt und mit dem ich über nichts reden kann. Es stört mich, ihn überhaupt angezogen zu sehen. Das zerstört seine spiritistische Aura. In T-Shirt und Hose ist dieser nette Mann nur ein normaler Franzose, gerade auf dem Weg, literweise Rotwein, räderweise Käse und tonnenweise Croissants zu kaufen. Oder eine Lastwagenladung voller schwarzer Baskenmützen.

Nackt war der Mann mein Lehrmeister. Meine Inspiration. Vielleicht war ihm aber auch einfach nur zu heiß. Wir lösen unsere Hände.

»Merci!«

Der Nackte nickt, steigt ein und braust davon.

Ich folge dem immer kleiner werdenden Auto, bis es nur noch ein winziger Punkt ist.

Ich weiß, wer da drinsitzt und wie er wohnt. Ich weiß, dass er ein Wildschwein im Schuppen hängen hat. Ich weiß, wie es da riecht. Alles, was wir gemeinsam erlebt haben, ist nun Vergangenheit. Für immer. Ich werde ihn nie wiedersehen. Nie! Ab jetzt ist er eine Erinnerung, durchgerieselt in den unteren Teil der Sanduhr. Ich betrachte die anderen Punkte in der Ferne, die bald zu Autos werden, in denen Menschen hinterm Lenkrad sitzen. Gleich oder später wird aus einem dieser Punkte wieder ein Mensch, mit Gesicht, Stimme, Geruch und Geschichte aussteigen, um für meinen steingefüllten Rucksack den Kofferraum zu öffnen.

68

Ein klappriger, orangefarbener Wagen hält. Der Auspuff röhrt und sprotzt. Eine quallenartige Frau steigt aus. Ihre Haare sind grau und mit einem guten Stück Butter am Kopf festgeklebt worden. Sie sagt etwas und hört sich dabei an wie ein Frosch. Sie zeigt mir ein Dorf auf der Karte, wo sie hinwill. Astrein! Das ist hinter Blutsalat! Blutsalat, ich komme!

Die Frau fährt angenehm langsam.

So muss ich nur Todesangst haben, wenn sich Überholende mit Fernlicht auf unserer Spur nähern. Ich nehme an, dass Frankreich eine sehr gute Müllabfuhr hat, sonst wären die Landstraßen sicherlich mit rauchenden Wracks gesäumt, aus denen zum Teil noch Körperteile heraushängen würden.

Jetzt bekomme ich Angst, dass entgegenkommende Lastwagenfahrer eingeschlafen sind oder ihren Hund fahren lassen, um sich in der Fahrerkabine einen runterzuholen. Ich habe mir auch lange keinen mehr runtergeholt! Verdammt! Einfach aus Mangel an Gelegenheiten. Ich könnte der Frau sagen, dass sie mich in ein Hotel bringen soll.

Hotel! Schnell, schnell! Ich will wichsen!

Gestern Abend hätte ich es machen können, alleine in der Hütte. Aber mit dem toten Keiler an der Wand? Das wäre vermutlich nicht so toll geworden.

Ich lasse meinen Kopf im Polster baumeln. Die weißen Linien auf der Straße werden größer, dicker oder dünner, machen Kurven und tanzen um mich herum. Der Sommerwind wummert in den offenen Fenstern. Die Gegend hier ist so schön, dass es wehtut. Könnte ich doch ewig hier umherwandern! Vielleicht mache ich es auch, wenn ich diesen Schutt los bin. Ich habe einen Auftrag zu erfüllen. Blutsalat kommt näher. Es können nur noch hundert, vielleicht achtzig Kilometer sein. Ich bin ganz aufgeregt. Plötzlich sitze ich gerade im Sitz. Mir ist etwas eingefallen, an das ich noch gar nicht gedacht habe.

Was, wenn Mairesse gelogen hat?

Was, wenn es dieses Denkmal gar nicht gibt? Oder, wenn es in einem anderen Kaff steht, von dem ich gar nicht weiß, wie es heißt? Vielleicht Hunderte von Kilometern entfernt? Oder was, wenn Borawski sich doch vertan hat? Es muss ja nur ein Buchstabe in dem dämlichen Wort gewesen sein, schon spucken diese bescheuerten Wörterbücher etwas anderes aus.

Lächerlich, wenn Menschen Angst vor selbstständig denkenden Computern haben! Wir hatten mal eine Diskussion in Mathe bei Gansel darüber. Da gab es eine Angst-Fraktion, die immer wieder mit dem gleichen Scheiß loslegte: »Ja, aber, was, wenn die Computer sich doch einmal selbstständig machen?! Das weiß ja keiner! Was dann?!« Gansel, ein kleiner glatzköpfiger Lehrer, dem zu allem Unglück noch nie jemand gesagt hat, dass er nicht Gitarre spielen kann, konnte darauf natürlich auch nicht antworten. Irgendwann fing die Angst-Fraktion an zu heulen und musste von den Eltern abgeholt werden.

Vielleicht hört es niemand außer mir, dass Gansel nicht Gitarre spielen kann. Gansel trifft zwar alle Akkorde, er greift sogar mit einer idiotischen Geschwindigkeit um, seine Finger tanzen auf dem Griffbrett an den richtigen Stellen. Trotzdem kommt nur Kacke dabei raus!

Wenn man mich in einer Podiumsdiskussion fragen würde, wie es klingt, wenn Herr Gansel spielt, würde ich sagen: »Die Töne setzen sich nicht zu einem emotionalen Erlebnis zusammen, sondern bleiben trotz der richtigen Reihenfolge und korrekten Geschwindigkeit jeder für sich isoliert.«

Das Publikum, das endlich sein schwelendes Gefühl über Gansels Spiel in einem präzisen Satz formuliert findet, applaudiert. Die anderen Teilnehmer der Diskussion, die live im Fernsehen übertragen wird, lehnen sich respektvoll in ihren Ledersesseln zurück. Die Ältesten und Schlauesten nicken, sobald sie auf dem Monitor sehen, dass gerade eine Großaufnahme von ihnen gesendet wird. Unfassbar, wie man mit fünfzehn Jahren so ein universelles Verständnis von Musik, Sprache und Literatur haben kann, obwohl man nur *Winnetou II* von Karl May gelesen hat – und das auch nur als Comic!

Die Fahrerin sieht mein Grinsen und sagt etwas. Ich nicke freundlich zurück. Mairesse sei Dank kann ich kein Französisch! Sie schüttelt den Kopf, dann sieht sie wieder zur Straße.

Wenn wir heute Nacht den Kopf montieren, können wir morgen schon wieder fahren. Dann dürfte von den vierzig Euro noch was übrig sein.

Lieber Herr Mairesse, was heißt der Satz »Ich hätte gerne ein Auto für vierzig Euro vollgetankt und so unauffällig, dass ich damit ohne Führerschein bis nach Deutschland komme«? Mairesse überlegt. Dann bricht er in Tränen aus und entschuldigt sich bei mir. Die erste menschliche Regung seit Monaten! Ich bin gerührt und nehme ihn in den Arm. Er weint an meinem Herzen. Ich werfe den anderen in der Klasse einen Blick zu, der klarmacht, dass sie uns jetzt bitte alleine lassen sollen. Die Klasse geht schweigend aus dem Raum, voller Respekt vor so viel psychologischem Einfühlungsvermögen und meinem Mut. Ich halte den schluchzenden Mairesse im Arm und ärgere mich, dass ich keine Zwiebel in der Tasche habe, damit auch bei mir ein paar echte Tränen fließen. Dann überfällt mich die Angst, Mairesse könnte mich aus Dankbarkeit küssen wollen. Ich stelle mir seinen alten, trockenen Mund vor, vielleicht sogar mit einem parodontösen Käsegeruch gesegnet. Ich schüttele das Bild und den Geruch weg und sehe in ein vorbeifliegendes Sonnenblumenfeld. Hier ist er also groß geworden, der Monsieur Mairesse.

Vielleicht meinte er diese fantastische Landschaft, als er uns fast weinend mit seiner bescheuerten Heimat genervt hat.

69

Da nähert sich ein Städtchen. Wir fahren noch eine lange Kurve durch die Sonne, und dann passieren wir das Schild. Das Ortseingangsschild, wie es korrekt heißt, von Blutsalat: St. Savelat du Sange. Ich bin tatsächlich hier! Wenn das Monsieur Mairesse wüsste!

Ich sehe meine Fahrerin an und zeige auf den Boden. Erst denkt sie, dass sie endlich mal aufräumen soll, weil man mit so einem dreckigen Auto keinen Deutschen transportieren sollte. Doch dann versteht sie mich und setzt mich an einer Straßenecke mit Blick auf die Kirche ab.

Ich stelle mich neben meinen Rucksack und sehe mich um. Um einen Platz steht eine Bäckerei, eine Bank, ein kleiner Supermarkt, und über all dem thront die Kirche auf einer breiten Treppe. Die Luft ist kühl, obwohl die Sonne scheint. Im Auto war es wärmer. Ich habe keine Ahnung, wie hoch dieser Ort liegt, hoffentlich friert es nachts noch nicht. Ich drehe mich einmal um mich selbst. Offensichtlich ist hier das Zentrum.

Das Denkmal ist nicht zu sehen. Was mach ich jetzt? Keine Ahnung. Ich habe keinen Plan.

Ich könnte mein Geld feierlich mit einem eiskalten Pils kleinmachen und dann Borawski von einem Telefon aus anrufen. Von einem Münzfernsprecher. Ich hab nur leider seine Nummer nicht. Die war in meinem Handy. Ich könnte meine Alten anrufen und ihnen die Sachlage erklären, sie wiederum um die Nummer von Borawskis Eltern bitten, dort dann anrufen und seine Handynummer erfragen. Nein. Viel zu kompliziert. Außerdem geht die das alles gar nichts an. Ich will nicht am Ende meiner langen Reise durch einen beknackten Anruf sofort wieder zuhause sein, bei uns in der Diele den Teppich riechen und jemanden stehen sehen, der mir Vorwürfe macht, Fragen stellt, oder – schlimmer noch – heult.

Außerdem, so kurz vor der Durchführung des Projektes sollten wir strikte Geheimhaltung einführen. Ich erlasse hiermit absolute Kontaktsperre, bis der Auftrag durchgeführt ist und wir die Stadt wieder verlassen haben!

So groß kann es hier doch nicht sein. Ich lauf einfach einmal durch alle Straßen, und da wird Borawski irgendwo warten und rauchen.

Also los! Rucksack hoch und ab ins nächste Sträßchen!

Leicht bergab, an einer Reihe dicker Bäume entlang. Zwischen den Dächern tun sich im Hintergrund braune Berge mit Schneespitzen auf. Katzen liegen auf der warmen Straße und verkrümeln sich, als ich näher komme. Eine Frau klopft einen Teppich aus, ich muss einem Auto Platz machen. Dann kommen Gärten. Ich drehe mich um. Ich weiß nicht, ob Borawski so schlau ist wie ich, aber ich stelle mir eine ganz einfache Frage: Was würde ich tun, wenn ich in Blutsalat wäre und Borawski suche, von dem ich weiß, dass er

a) kein Telefon mehr hat,

und von dem ich aber nicht weiß

b) ob, wann und wie er kommt?

Was würde *ich* tun? Ich darf bei all diesen Überlegungen nicht vergessen, dass Borawski gar kein Geld hat. Vielleicht ist er doch schon abgehauen?! Was würde *ich* denn tun, wenn ich kein Geld mehr hätte? Zurück zu Mamas Portemonnaie, meinen Freund im Stich lassen? Ja. Aber Borawski hat zuhause kein Portemonnaie. Der ist abgehärtet. Vielleicht hat er sich ein Bein abgeschnitten, sitzt jetzt auf einem Rollbrett und bettelt auf den Kirchentreppen vor jedem Gottesdienst? Nein. Borawski ist hier irgendwo. Zumindest hat er seinen Teil vom

Kopf irgendwo deponiert, selbst, wenn er sich aus dem Staub gemacht hat.

Das Denkmal! Natürlich! *Ich* würde am Denkmal eine Nachricht hinterlassen. Na klar! Ich muss das Denkmal finden, möglichst ohne jemanden danach zu fragen. Das wäre zu dämlich, vor allem, wenn einen Tag später der Kopf ausgetauscht ist. Die Bürger stehen ratlos vorm Denkmal, und dann erinnert sich eine Frau daran, dass sie gerade erst gestern von jemand nach dem Denkmal gefragt wurde.

»Wie sah er denn aus?«, wollen die anderen wissen. Die Frau hebt ihren Finger und zeigt auf mich: »Genau wie der da!«

Die Bürger richten ihre Maschinenpistolen auf mich und feuern ohne eine weitere Frage ihre Magazine leer. Wenn Borawski denken kann, dann werde ich am Denkmal eine Nachricht von ihm finden. Vielleicht hockt er sogar da rum und wartet. Abgemagert bis auf die Knochen mit einer Laune zum Davonlaufen.

70

Ich laufe durch die vierte Seitengasse, und wer mich beobachtet, könnte schon auf die Idee kommen, dass ich etwas suche.

Die Sonne nähert sich dem Horizont. Es wird so halb sechs sein. Der Ort ist gar nicht so klein, wie er von außen aussah. Jetzt biege ich ab, um in die Randgebiete vorzudringen, denn hier im »Zentrum« scheint mir gar kein Platz für ein Denkmal zu sein. Da dreh ich mich nur im Kreis.

Es sind nicht gerade viele Leute unterwegs, wenn man sich vom Geschäftszentrum entfernt. Eigentlich trifft man so gut wie niemanden. Was für ein Tag ist eigentlich heute? Sind die alle arbeiten? Die Armen. Ich habe mal gehört, dass Leute sogar traurig sind, wenn sie ihren Arbeitsplatz verlieren. Ob das in

Frankreich auch so ist? Bei dem schönen Wetter?! In so einer schönen Gegend? Hier gibt es doch genug Feuerholz und Wildschweine. Salat kann man klauen.

Am Ende der Straße tut sich ein Platz auf. Endlich! Mein Herz klopft. Ich sehe mich um: ein leicht abschüssiger, betonierter Platz. Ein paar geparkte Autos, ein paar Straßen gehen ab. In der Mitte steht ein Denkmal! Ich kann das Denkmal nur von hinten sehen. Drum herum ein paar Blumenbeete, an deren Ecken grau lackierte Bomben aus der Erde gucken, und eine Sitzbank.

Ich laufe hin. Auf dem Platz ist nicht viel los. Keine Häuser, nur ein paar Zäune, ein Parkplatz vor einem abgewrackten Gebäude, vielleicht war es mal eine Fabrik. Das wäre für das Projekt natürlich ideal, wenn keine Sau direkt in der Nähe wohnt! Ich bin aufgeregt. Ich bin jetzt da. Wie groß ist wohl dieser Kopf? Passt das überhaupt von den Proportionen? Darüber habe ich noch gar nicht nachgedacht. Ich überlege, ob ich die Spannung noch ein bisschen verlängern soll, aber das ist Quatsch. Ich habe keine Zeit zu verlieren. Ich mache die paar fehlenden Schritte vor das Denkmal und sehe hoch.

Es ist Mairesse' Denkmal! Ohne Zweifel!

Der Kopf seines Opas ist etwa anderthalb mal so groß wie der, den ich zur Hälfte im Rucksack habe. Anderthalb mal geht noch. Es wird ein Schrumpfkopfgermane. Der Typ hat ein Gewehr in der Hand, unter ihm stehen ein paar Kinder und eine Frau. Das sind vermutlich die, die er beschützt. Mann, wenn Mairesse mich jetzt sehen könnte! Schon für meine bloße Anwesenheit an seiner Kultstätte würde er mir eine Eins plus geben. Dann hängen da noch ein paar Steinvögel rum. Sollen vermutlich Tauben sein. Unter dem Ganzen steht etwas in einem edlen Kranz aus Stein. Ich kann das Wort »Résistance« lesen. Dann ist in einer Säule noch eine lange, alphabetische Liste mit Namen von Toten eingemeißelt.

Meine Finger tasten über die eingemeißelten Buchstaben. Unfassbar! Was für eine Zeit das war! Wie selbstverständlich damals gemordet und gestorben wurde. Das sind ja keine Erfindungen hier. Jeder Name ist ja ein echter Mensch, der *echt* getötet wurde! Heutzutage ist es eine Nachricht, wenn eine Familie ihr Baby in eine Kühltruhe schiebt. Zum Glück! Damals wurde bestimmt nicht bundesweit über ein totes Kind berichtet. Ich bin froh, dass ich mit dem Müll nichts mehr zu tun habe! Ich brauche ja noch nicht mal einen Pass!

Ich setze meinen Rucksack ab. Ich betrachte das Denkmal. Wo könnte Borawski denn eine Nachricht hinterlassen haben? Ich gucke rauf und runter. Nichts. Ich laufe einmal um den Sockel herum. Kein Gekritzel, kein Zettel. Nichts. Ich gucke hinter die Blumen. Ich fühle in der Erde, und ich durchwühle sogar den Mülleimer an der Bank. Nichts. Ich setze mich auf die Bank und stelle fest, dass es gar nicht so warm ist. Ein kühler Wind bläst. Verdammte Berge! Vielleicht war Borawski noch gar nicht hier?! Vielleicht steckt *er* ja irgendwo fest?! Also liegt es genauso in meiner Verantwortung, eine Nachricht zu hinterlassen. Ich überlege, ob ich etwas zu schreiben dabeihabe. Nein. Hab ich nicht. Ich könnte etwas einritzen. Keine Lust. Jetzt hier, stundenlang im kalten Wind etwas in das Ding reinritzen? Nein. Ich habe immer noch keinen Schlafsack. Verdammter Borawski! Wie kann man nur so panne sein?! Ich könnte die Zeit nutzen und einen Plan machen. Eine Skizze von Mairesse' Denkmal. Auf dieser Skizze könnte ich Punkte und Pfeile eintragen, wo man am besten zuschlägt, um den Kopf mit einem Hieb zu entfernen, aber das ist alles Blödsinn. Ich würde es jetzt nur machen, weil es sich toll anfühlt, auf dieser Bank eine Skizze zu machen. Damit ich später im Fernsehinterview, ohne zu lügen, sagen kann, dass ich am Vortag der Aktion eine Skizze gemacht habe, dass alles gut geplant war. Außerdem wäre es unauffällig, denn alle würden denken, ich wäre ein bescheuerter Künstler, der vergessen hat, dass die Fotografie bereits erfunden wurde.

Ich brauche auch gar keine Skizze. Ich brauche einen Hammer!

Sonst nichts.

Jetzt laufe ich erst mal aus dem Ort raus, hock mich hinter einen Baum und hol mir einen runter. Damit sich nicht jeder zweite Gedanke mit der fiktiven Erforschung von Klassenkameradinnenkörpern befasst. Rein aus medizinischen Gründen. Damit ich wieder klar denken kann. Wenn ich Borawski treffe, sage ich gleich: »Gut, dass ich mir vorhin einen runtergeholt habe, sonst hätte ich dich gar nicht erkannt!«

Wichsen! Das ist jetzt wirklich eine gute Idee!

Ich laufe wieder zurück zum Dorfrand. Wo das Denkmal steht, weiß ich ja jetzt. Das Sträßchen hört auf. Ein Pfad führt an einem Zaun entlang, zwischen Gärten hindurch, in denen mich Hunde ankläffen und dabei untereinander ins Gespräch kommen. Es riecht nach Holzfeuer in der kalten Luft. Ein klarer Bach glitzert in der Sonne. Auf seinem Grund liegt ein vermooster Autoreifen. Ein winziger Fisch blitzt über den Boden. Gegenüber ein kleiner Spielplatz mit modernen, bunten Federobjekten. Dann kommen weite Felder im Tal.

Ich sehe Julia Fennsbeck, die mit knallenger Hose vor mir den Feldweg entlangläuft. »Ich möchte, dass du deinen Finger in meine Möse schiebst!«, sagt sie und lächelt mich dabei an. »Komm, ich kenne einen guten Platz!« Ich laufe weiter und schiebe meine Hand am Gürtel vorbei in die Hose und nehme meinen Schwanz in die Hand.

Die Braut aus dem Bulli. Mann, war die geil! Wie hieß die denn noch mal? Keine Ahnung mehr. Jedenfalls sitzt sie mit angezogenen Beinen auf der Rückbank, als ihre Eltern bei einer Tankstelle aussteigen, um Bockwurst zu essen. Da Borawski auch noch eine rauchen geht, habe ich das unendliche Vergnügen, vor ihr zu knien und ihr mit meiner Zunge zwischen dem Höschen und ihrer Muschi durch die Haare zu gleiten. Genießerisch, mit leicht geöffnetem Mund, guckt sie dabei aus dem Fenster, um mich rechtzeitig zu warnen, falls sich ihre Eltern wieder nähern. Was für eine Scheiße! Wieso krieg ich das alles nicht in echt?!

Egal. Denk an die medizinischen Gründe! Tu es einfach und vergiss es wieder!

Ich betrachte die herrliche Kulisse. Es riecht sogar nach den Bergen!

Wo könnte ich denn mal hingehen? Mein Blick schwenkt durch die kleine Ebene hinter Blutsalat. Die Dorfkirche in meinem Rücken macht einmal ping. Da vorn führt eine kleine Brücke über den Bach. Ich laufe hin. Die Brücke ist dreckig von Traktorenspuren, die zu einem Hof führen. Ich sehe mich um. Niemand zu sehen. Man könnte mich aus einem der Fenster des Ortes mit einem Fernglas beobachten. Was würde man denken, wenn man mich sieht, wie ich mit meinem Rucksack unter der Brücke verschwinde? Dass ich mich im Bach schlafen lege? Dass ich einen Sprengsatz montiere? Dass ich mir einen runterholen muss, damit mein Gehirn wieder funktioniert, um einen Bekannten, na ja, eigentlich schon fast einen Freund wiederzuerkennen? Ich tu einfach so, als ob ich Blumen pflücke! Gute Idee! Das ist romantisch, ich bin in Frankreich, und hier stehen wirklich ein paar Löwenzahn herum. Wenn mich überhaupt einer beobachtet!

Ich steige die Wiese runter und setze mich unter die Brücke. Nicht gerade viel Platz. Die Wiese ist feucht. Ich schiebe meine Hand in die Hose und spiele an meinem Schwanz.

Die Kirchenglocken läuten. Ich zähle mit. Es ist sieben Uhr. Noch zwei Stunden hell. Die Kirche ist bestimmt steinalt. Mairesse war auch mal fünfzehn wie ich, obwohl ich ja auch schon fast sechzehn bin, aber Mairesse war ja auch schon mal fast sechzehn. Und er war auch schon mal richtig sechzehn. Der Mann, der bei uns in der Klasse demonstrativ cool auf dem Tisch sitzt und dann gnadenlos Sechsen verteilt, nur weil man nichts gemacht und nichts gelernt hat. Dabei hat man nur nichts gemacht, *weil* er so cool auf dem Tisch sitzt. Der Mann hat genau diese Kirchenglocken jahrelang gehört. Vielleicht auch, als er so alt war wie ich jetzt. Vielleicht hat er auch an seinem Schwanz rumgespielt, als es sieben Uhr schlug. Vielleicht hat er sogar unter dieser Brücke gewichst, unter die ich gleich wichsen werde. Das würde ich ihn gerne mal fragen!

Herr Mairesse, was ist bloß mit Ihnen geschehen? Sie haben doch auch mal unter diese kleine Holzbrücke am Bach gewichst, als Sie fünfzehn waren. Warum sind Sie so ekelhaft erwachsen geworden?!

Riechen Sie nicht mehr diesen köstlichen Holzgeruch in der Bergluft? Ziehen Sie Ihren beknackten Pulli aus und frieren Sie mal wieder 'ne Runde! Kommen Sie endlich wieder zu Bewusstsein!

Ich reiß deinem Opa morgen die Birne ab, und du kannst nichts dagegen tun, weil du einen bescheuerten Pulli trägst! Weil du durch deine Haut nicht riechen kannst!

Ich öffne meine Hose, hole meinen Schwanz raus, und dann lasse ich meine Zunge über den Körper von der Blonden aus dem Bulli laufen. Erst küsse ich sie, sie seufzt sanft, dann gleite ich ihren Hals hinunter, und dann lecke ich ihre Nippel, während ich meine Hand sanft zwischen ihre Beine schiebe, und dann kleckere ich auch schon die halbe Ebene von Blutsalat voll. Uff. Das ging schnell.

Meine Glieder werden weich, aber wenn ich mich jetzt entspanne, rolle ich durch die Suppe in den Bach hinein. Also schüttele ich meinen Schwanz sauber, packe ihn wieder ein und krieche rückwärts unter der Brücke heraus. Ich pflücke einen kleinen Strauß Löwenzahn, steige damit unauffällig wieder zum Weg hinauf, gehe an der anderen Seite wieder runter und hole meinen Rucksack. Dann gehe ich nach Blutsalat zurück. Frei und von einer großen Last befreit. Ich bin wohl ewig dazu verdammt, Sex in der Theorie abzuhandeln und danach einsam meinen Schwanz zu putzen. Ich will die echte Fennsbeck, nackt, geduscht, willig und versaut und ... Stopp! Ich muss jetzt an was anderes denken, sonst muss ich mir schon wieder einen Platz zum Wichsen suchen. So viel Zeit hab ich nicht. Ich habe eine Mission zu erfüllen, und die lautet definitiv nicht, die Ausläufer der französischen Pyrenäen vollzuspritzen.

Konzentration!

Ich werfe den bekloppten Löwenzahn ins Feld und schlendere zum Ort zurück. Gleich kommen wieder die Hunde, die tapferen Bewacher in ihren Gärtchen. Von der anderen Seite des Tals kommt ein Traktor mit Anhänger angerollt. Hinten sitzen zwei Leute drauf. Der Traktor kommt näher. Unsere Wege werden sich an der nächsten Wegkreuzung treffen. Ich überlege, wie schnell ich gehen soll. Wenn ich langsam gehe, fährt er vor mir vorbei. Wenn ich schnell mache, fährt er hinter mir vorbei. Schätze ich. Ich laufe etwas schneller. Ich schiele unauffällig zur Seite. Jetzt sieht es so aus, als würden wir uns direkt an der Kreuzung treffen. Ich werde langsamer. Soll er vor mir vorbeifahren. Ich beginne zu schlendern. Dann steht der Traktor an der Wegkreuzung und biegt in *meinen* Weg ein. Damit hatte ich natürlich nicht gerechnet! Jetzt kommt er auf mich zu. Ich stell mich in die Wiese, um Platz zu machen. Ich denke, es macht einen unauffälligeren Eindruck, nett zu grüßen. Also grüße ich den Fahrer. Der nickt zurück. Die alte grüne Dieselmaschine klopft an mir vorbei. Die Traktorräder drücken sich in den Weg, dann quietscht der Anhänger mit den zwei Leuten hinterher. Ich sehe hoch, um die beiden zu grüßen. Da sitzen ein Dünner und ein rauchender Dicker. Der Rauchende betrachtet mich. Ich betrachte ihn. Es ist Borawski.

71

Borawski erhebt sich und sieht auf dem wegfahrenden Traktoranhänger aus wie ein Soldat, der seiner Familie ein letztes Mal zuwinkt, bevor er seine zwanzig Jahre Gefangenschaft in Sibirien antritt.

Ich bin aufgeregt. Das ist mir unangenehm. Ich bin doch nicht verliebt! Borawski läuft zum Fahrer, sagt ihm etwas durch den Dieselkrach, und der Traktor hält. Borawski schwingt sich mit einem Schwung von der klappernden Ladefläche in den bewachsenen Wegesrand und kommt auf mich zugelaufen.

»Alter!«

Mann, ich freue mich, Borawski zu sehen! Ein merkwürdiges Gefühl. Das Projekt lebt! Was macht er auf diesem Traktor? Ich hebe meine Hand.

»Alter! Astrein!«

Wir gehen aufeinander zu. Ich überlege, wie wir uns wohl begrüßen sollen? Soll ich ihn in den Arm nehmen? Sollen wir uns die Hand geben? Der andere Typ auf dem Anhänger guckt ganz neugierig zu mir herunter. Borawski grinst mich an. Wonach ist mir? Ich freue mich, Borawski zu sehen. Ist es dann nicht auch normal, dieser Freude Ausdruck zu verleihen?! Machen so etwas nicht normale Menschen, indem sie sich umarmen? Ich könnte Borawski ja fragen, wie er sich unsere Begrüßung jetzt vorstellt, aber er ist auch nicht normal, und dazu ist jetzt auch zu wenig Zeit. Er steht schon direkt vor mir, wenn ich möchte, kann ich ihn bereits anfassen. Ich probiere es einfach mal aus. Ich öffne meine Arme, und es ist mir egal, was der Typ auf dem Anhänger über uns denkt. Borawskis weicher Körper fällt mir in die Arme, und ich drücke einfach mal zu und klopfe drauf rum, und es fühlt sich richtig gut an. Mann, Borawski! Sollen mich doch alle am Arsch lecken! Borawski hält zu mir! Er ist ohne Geld nach Blutsalat gekommen und hat auf mich gewartet. Er glaubt an mich und an das Projekt. Borawski ist mein Freund! Er darf in der nächsten Klasse neben mir sitzen und basta! Egal, ob er in Sport weiter gegen die Kästen knallt oder nicht. Ich löse die Umarmung und sehe Borawski an. Ich hatte ihn viel dicker in Erinnerung. Ich muss jetzt was sagen, aber was?!

»Alter! Was machst du auf diesem Traktor?«

Borawski schüttelt meine Frage mit dem Kopf wie eine uninteressante Fliege davon und stellt selbst eine.

»Wo bist du gewesen? Ich habe einen ganzen Tag an dieser

Auffahrt gewartet. Ich hatte nichts zu fressen und kein Geld! Warum hast du mich nicht angerufen?!«

»Ich hatte deine Nummer nicht. Mein Handy liegt doch in dieser verkackten Wiese!«

»Mann, Alter! Die kann man doch rauskriegen!«

Also, dieser Typ hat mich doch gerade freudig umarmt, oder nicht?! Ich kann also davon ausgehen, dass er sich auch freut, mich zu sehen.

Wieso macht er mir jetzt Vorwürfe?!

»Mann. Ich war direkt hinter dir, und dann dachte ich, dass dein Auto ins Tal gesegelt war. Da bin ich wieder ausgestiegen.«

»Was? Welches Auto?!«

»Das kleine gelbe Auto mit den Bekloppten drin, diese Gestalten, die …«

Der Traktor hupt. Borawski sieht sich um.

»Komm erst mal mit!«

Borawski packt mich am Ärmel und zieht mich zum Anhänger.

Er macht auf Chef, weil er sich hier irgendwie auskennt. Wir wuchten meinen Rucksack hoch und steigen auf die mit Walddreck zugerieselten Holzplanken. Im Rückspiegel sehe ich in das Gesicht des Fahrers. Ich winke. Der guckt skeptisch. Borawski läuft an den Anfang des Anhängers zum Fahrer hin und erklärt etwas. Der tuckernde Diesel übertönt alles. Der Typ nickt schließlich, und der Wagen setzt seine Fahrt fort. Ich verliere mein Gleichgewicht, falle um ein Haar vom Wagen und setze mich dann auf meinen Rucksack. Die Kolben vom Traktor röhren durch das friedliche Tal. Der Anhänger hopst und scheppert. Borawski kommt, hockt sich neben mich und zeigt auf den anderen Mann im Anhänger.

»Das ist Lukru. Er kommt aus Rumänien.«

Lukru beugt sich nach vorne. Er ist hager und hat kurze Haare. Er ist ungefähr zwanzig bis dreißig Jahre älter als ich. Er ist dreckig. Borawski ist auch dreckig. Lukru drückt meine

Hand, dass mir fast die Knochen brechen. Er will mir wohl mitteilen, dass er sein ganzes Leben gearbeitet hat und ich noch nie. Dass ich ein verwöhntes Blag bin, das Cellounterricht auf Parkettboden hatte, während er in Rumänien gefoltert wurde. Na und? Das weiß ich selbst. Dafür braucht man mir nicht meine Hand zu zerquetschen! Gemeine Sau! Ich beiße die Zähne zusammen.

Ich nicke nett.

»Ich heiße Philipp!«

Lukru guckt fragend und hält seine Hand hinters Ohr. Dieser Traktor ist einfach zu laut.

Borawski haut mir auf die Schultern.

»PHILIPP! DER HEISST PHILIPP!«

Lukru nickt. Er zeigt auf mich.

»Philipp. Lukru, lukru?!«

Borawski dreht sich zu mir.

»Der Typ sagt nur ›lukru‹. Das heißt ›arbeiten‹ auf Rumänisch!«

»Hä?«

»Mann, der Typ will wissen, ob du zum Arbeiten hergekommen bist!?«

»Natürlich nicht. Ist der verrückt? Wozu will er das wissen?«

»Keine Ahnung. Weil hier alle arbeiten!«

Borawski betrachtet Lukru und zeigt auf mich.

»NO LUKRU!«

Dann reibt er mit seinen Fingern das internationale Zeichen für Geld und zeigt auf mich.

»Der hat Kohle bis zum Abwinken!«

Lukru beugt sich wieder mit einer Hand hinterm Ohr nach vorne.

»DER HAT GELD OHNE ENDE! MUCHO DINERO!«

Mann, ist das peinlich! Ich schüttele mit dem Kopf. Jetzt brülle auch ich Richtung Lukru.

»NO. NO. ICH HAB NUR NOCH VIERZIG EURO!«

Lukru nickt. Ich nicke. Lukru blickt über den Rand des Anhängers in die vorbeischaukelnden Felder. Für ihn ist dieses interessante Gespräch beendet. Der Traktor tuckert mit seinem Anhänger den Weg entlang, den ich gerade hergekommen bin. Wir nähern uns der Brücke. Borawski guckt mich an.

»Alter, stimmt das mit den vierzig Euro? Wieso haben wir denn keine Kohle mehr?!«

»Erklär ich dir später.«

»Mann, wie kommen wir denn dann wieder hier raus?!«

»Mann, Borawski! Du kannst nicht immer meine Kohle verplanen!«

Ich denke, das wäre geklärt. Borawski nervt mich schon wieder. Durch das ganze Freundschaftsgesülze hatte ich schon wieder vergessen, wie nervtötend und gierig er sein kann. Nein, ich bin nicht reich. Ich habe nur vierzig Euro. Trotzdem werde ich hier nicht arbeiten. Ich werde meinen Französischlehrer in den Staub treten, dann fahre ich wieder nach Hause und melde mich noch mal zum Cellounterricht an. Ich kann zwar mit meiner gebrochenen Hand nie wieder richtig spielen, aber für die rumänische Nationalhymne wird es reichen.

Ich sehe meinen Löwenzahnblumenstrauß im Feld liegen. An der Brücke, unter die ich vor wenigen Minuten noch gewichst habe, biegen wir ab und rollen darüber, zu einem Bauernhof. Die Holzplanken der Brücke biegen sich unter dem Gewicht der Traktorräder. Ich weiß genau, wie es hier drunter aussieht, und keiner auf dem Traktor weiß, dass ich es weiß! Und vor allem nicht, warum! Sicherlich rieselt jetzt Staub von den knarrenden Planken auf mein Sperma herab und bleibt dort liegen, wie Pfeffer auf geschälten Litschis. Der große schwarze Schatten vom Traktor verdunkelt den Bach. Die Tautropfen auf den Wiesenspitzen zittern in der dröhnenden Kälte. Einige fallen herunter und versinken in der Erde. Borawski haut mir schon wieder auf die Schulter.

»Alter, wir schaffen das schon! Ich bin froh, dass du da bist!«

Na also! Jetzt ist wieder alles gut. Was zum Teufel machen wir auf diesem Traktor? Ich betrachte Borawski.

»Alter, was sind das für Leute? Was machst du hier auf diesem Anhänger?!«

Borawski zeigt durch die klare Bergluft nach vorne zum Fahrer.

»Ich arbeite für den. Ich musste doch was fressen!«

72

Ich laufe hinter Borawski und Lukru eine steile Holztreppe nach oben. Wir haben gegessen, und ich kann bleiben. Der Mann, der sich mir als Monsieur Patrohn vorgestellt hat, leicht dicklich ist und eine Weinfahne vor sich herträgt, hat es erlaubt. Seine runde, zahnlose und möglicherweise hirnlose Frau hat uns dampfenden Speck mit Bohnen und Kartoffeln aufgetischt. Das war klasse! Ich glaube, die wollen, dass ich ab morgen dafür arbeite, aber da täuschen sie sich natürlich.

Wir werden heute Nacht den Kopf wieder zusammensetzen und das Projekt zu einem guten Ende bringen. Irgendwo auf diesem verdammten Bauernhof wird es schon etwas Beton geben. Morgen früh sind wir wieder weg.

Borawski öffnet eine Tür, und wir betreten ein Zimmer, das aus einem Teppich, einem Bett und einem Stuhl besteht. Auf einem alten Ölfass steht eine Lampe, ein Durchgang ist mit einer Art Kartoffelsack abgehängt. Lukru schiebt den Sack zur Seite und verschwindet wortlos dahinter. Es riecht nach Werkzeug, Staub und alten Matratzen. Ich stelle meinen Rucksack in die Ecke. Hinter dem Kartoffelsack beginnt ein Fernseher zu tönen. Ich schiebe den Sack vorsichtig zur Seite und schiele in das Nebenzimmer. Da hockt Lukru auf einem ärmlichen Bett, zieht sich die Schuhe aus und starrt auf einen kleinen Plastikfernseher. Sein Raum hat kein Fenster. Ich betrachte Borawski, der sich auf das Bett wirft und sich eine ansteckt.

»Wie bist du denn hier zu diesen Idioten gekommen?«

Borawski bläst den Rauch aus und lässt sich mit der Antwort Zeit.

»Alter. Ich bin hier angekommen. Nichts zu fressen, keine Kohle. Mein Arm total im Arsch von dieser scheißschweren Sporttasche. Da bin ich erst mal zum Pfarrer gelaufen. Erst war der gar nicht da. Dann kam er, hat telefoniert, und dann ist Monsieur Patrohn gekommen und hat mich hierhin abgeholt.«

»Kannst du jetzt Französisch, oder was?!«

»Quatsch. Die ham mich auch alle so verstanden. Herr Patrohn kann sogar ein bisschen Deutsch.«

»Was denn?!«

»Weiß ich nicht mehr. Irgendein Scheiß.«

Ich sehe mich um.

»Alter, das ist doch kriminell hier. Wie viel zahlt der denn?«

»Zwei Euro die Stunde. Fresserei wird abgezogen.«

Ich schüttele den Kopf.

»Alter, lass uns hier abhauen! Das ist die totale Ausbeuterei!«

»Quatsch. Wir können pennen und fressen und müssen dafür halt ein bisschen im Wald rumstehen und Bäume zerkloppen. Denk mal an dein Projekt! Spätestens übermorgen sind wir wieder weg hier. Außerdem, irgendwie ist es ganz geil.«

Borawski wälzt sich aus dem Bett und geht zum Schrank. Er ist verrückt geworden! Der faulste Sack der Welt findet es »irgendwie ganz geil« für einen Hungerlohn im Wald zu arbeiten. Hilfe! Borawski öffnet den Schrank. Unten drin steht zusammengeklebt der Anfang vom zusammengebauten Kopf. Wahnsinn!

»Geil, was?!«

Ich bin sprachlos. Eine Helmseite, eine Wange und das meiste vom Hals sind schon zu sehen. Es liegt natürlich noch ein Haufen daneben. Die passen wohl nur, wenn mein Teil noch dazukommt.

»Ich hatte nur kein Gips mehr. Alter, das Puzzle ist die Hölle gewesen. Lukru hat mir geholfen.«

Ich sehe zum Kartoffelvorhang, dann betrachte ich Borawski.

»Alter, ich hatte doch strengste Geheimhaltung erlassen!«

»Quatsch. Lukru ist in Ordnung. Er kann nur ein Wort, wie soll er uns da verraten?! Wir müssen morgen unbedingt Gips organisieren!«

Morgen? Mann, ich kann hier doch nicht arbeiten. Nein, nein. Heute Nacht muss das alles über die Bühne gehen.

»Wir können nicht bis morgen warten!«

Borawski guckt mich an.

»Alter, ich hab hier schon alles durchsucht. Morgen muss einer von uns beiden aus dem Wald abhauen und irgendwas organisieren, womit man die Scheiße wieder zusammenkriegt. Morgen Nacht kleben wir, und übermorgen Nacht tauschen wir den Kopf aus. Überübermorgen früh sind wir wieder weg. Hast du das Denkmal schon gesehen?«

Ich nicke.

»Ich hab mich gefreut, dass es überhaupt existiert.«

Ich setze mich auf das Bett. Ich kann doch unmöglich hier am Arsch der Welt im Wald arbeiten. Nach Borawskis Plan wären das zwei volle Tage. Mist. Wieso eigentlich Borawskis Plan?! Es ist doch mein Projekt! Am besten, ich melde mich freiwillig zum Kleber holen, dann muss ich nicht arbeiten.

»O.K. Ich organisiere den Kleber.«

»Gut. Dann müssen wir nur auf Herrn Patrohn aufpassen. Sonst fliegst du raus.«

Der liebe Herr Patrohn kann mich mal am Arsch lecken!

»Schon öfter haben solche oder ähnliche Kreaturen ergebnislos versucht, sich dem unabwendbaren Lauf der Geschichte entgegenzustellen.«

Borawski betrachtet mich.

»Du hast doch gar keinen Plan von Geschichte.«

»Trotzdem.«

Meine Knochen fühlen sich müde an. Ich könnte auf der Stelle einschlafen. Warum auch nicht?! Draußen wird es gerade dunkel.

»Was arbeitet ihr denn da im Wald? Was machen wir da?«

Borawski drückt seine Kippe mit einem kratzenden Geräusch auf dem Ölfass aus.

»Ehrlich gesagt, hab ich das noch nicht kapiert. Wir sägen Bäume durch, die sich bei einem Sturm gegenseitig eingeklemmt haben.«

»Macht doch Sinn.«

»Weiß nicht. Wir lassen dann alles liegen. Außerdem ist der Sturm schon total lange her. Die meisten Bäume sind schon kaputt und alt.«

Ich lehne mich zurück und beschließe, mir morgen selbst ein Bild zu machen und jetzt einfach einzuschlafen. Eigentlich müssten wir unser Wiedersehen begießen, aber dann ist morgen schon wieder ein Tag im Arsch. Trotzdem sollte ich Borawski aus Respekt vor unserer Freundschaft fragen. Er soll es entscheiden. Wenn er es einfordert, stehe ich auf und schütte mir die Rübe zu.

»Was ist? Sollen wir saufen?!«

Borawski schnappt sich den Stuhl, setzt sich falschrum drauf und guckt mich an.

»Alter, spar deine vierzig Euro für die Rückfahrt auf. Außerdem stehen wir hier um sechs Uhr auf.«

Ich schüttele mit dem Kopf. Unfassbar! Welcher Irre hat bloß diesen Mist erfunden?! Da fällt mir auf, dass nur ein Bett im Raum steht, und zwar das, auf dem ich liege. Ich vermute, dass Borawski auch so eine schöne, fensterlose Suite hat wie unser Lukru nebenan.

»Ich penn jetzt. Wo schläfst du eigentlich!?«

Borawski betrachtet mich.

»Auf dem Teppich, wenn du nichts dagegen hast.«

Ich dreh mich auf die Seite und mach einfach die Augen zu.

»Hab ich nicht, Alter. Ich hab übrigens einen Hund ermordet.«

»Ehrlich?! Wie das denn?!«

Ich habe die Augen geschlossen, deshalb kann ich Borawskis Gesicht jetzt nicht sehen. Schade eigentlich, aber ich kann sie nicht mehr aufmachen. Ein Magnet zieht mir hinten alles aus dem Kopf raus und lässt es in diese muffige, warme Matratze fließen. Meine Arme werden leicht, und meine Hände transformieren zu dumpfen, schweren Schokoladeklumpen. Blockschokolade zum Kochen.

Ich hab ja noch alle Klamotten an, keine Zähne geputzt, nichts. Ich muss unbedingt meinen Schwanz waschen, sonst zerfrisst mir der Fischgeruch vom Wichsen morgen die Hose. Vielleicht ist es ungerecht, aber Borawski hat einen Schlafsack. Ich finde es toll, dass er schon am Kopf gebaut hat. Dafür muss ich ihm als Chef der Expedition natürlich vor allen anderen deutlich danken, auch wenn die anderen nur ein Fernseher und ein ausgebeuteter Rumäne sind. Ich müsste aufstehen und meinen Teil des Kopfes ebenfalls in den Schrank schütten. Was wollte Borawski wissen? Ach ja, die Story mit dem Hund.

»Ich hab ihn erwürgt. Ich danke dir sehr dafür.«

73

Herr Patrohn hat zum Frühstück schon eine Flasche Wein gekillt. Jetzt zieht er uns mit seinem Traktor scheppernd in den Wald hinein.

Dunst liegt über den Wiesen. Es ist kalt. Die Sonne ist noch nicht zu sehen, aber der Himmel ist schon blau. Tau glitzert an allen Ecken und Enden. Wie viele Tausende Tonnen von Wasser alleine in diesem Tal als Tau rumglitzern!

An einer offenen Waldstelle kommt der Traktor zum Stehen. Wir springen vom Anhänger auf den Waldboden. Herr Patrohn fährt ein Stück weiter, dreht, kommt zurück, passiert uns mit ausdruckslosem Gesicht, tuckert um die Ecke und ist wieder weg. Borawski raucht erst mal eine. Ich betrachte ihn.

»Und, was machen wir jetzt?«

»Lukru sägt, wir stapeln das Holz.«

Ich schüttele mit dem Kopf.

»Alter, ich habe nicht vor, hier wirklich was zu arbeiten. Ich meine, was tun wir, bis die normalen Menschen aufgewacht sind?! Die, die uns für Geld Gips geben.«

Borawski bläst seinen Rauch in die kalte Waldluft.

»Alter, wenn Monsieur Patrohn wiederkommt und hier keine Holzstapel liegen, dann pennen wir heute Nacht, ohne was zu essen, im Wald.«

Ich zucke mit den Achseln.

»Na und. Wir haben immer noch vierzig Euro.«

»Alter, wir müssen auch immer noch zurück. Vergiss das nicht.«

Lukru geht zu einer Plastikplane und zieht darunter eine Motorsäge hervor. Er winkt »mitkommen« und stapft damit in den Hang. Borawski folgt ihm. Wieso spielt sich dieser Lukru hier zum Chef auf? Nur, weil er zwanzig Jahre älter ist und arbeiten geil findet?! Ich werde hier weiterschlafen. Ich setze mich mit dem Rücken an einen Baum. Borawski schüttelt mit dem Kopf. Er tritt seine Kippe aus und steigt in den Hang. Lukru bleibt stehen und guckt zu mir runter. Er winkt mich hoch und ruft.

»Lukru! Lukru!«

Was für ein Idiot! Was für ein Angeber! Ich muss gleich Gips holen. Ich bin für Höheres bestimmt. Leckt mich am Arsch! Ich ziehe meine Knie zum Kinn, schließe die Augen und stelle mir die Muschi von der Fennsbeck vor. Unglücklicherweise ist etwas Orangenmarmelade draufgekleckert, und das kann ja wirklich mal vorkommen. Vor allem, wenn man nackt in der Küche steht und gerade einen Kuchen backen will. Die Fennsbeck betrachtet mich. Klar, dass sie saubergeleckt werden möchte. Ich senke meinen Kopf in ihren Schoß und beginne, mit meiner Zunge … AU! SCHEIßE! Mein Bein brennt! Etwas ist dagegen gedonnert!

Ich reiße meine Augen auf und da steht Lukru. Er tritt mich! Er schreit irgendwas. Er packt mich und stellt mich gegen den Baum.

»Au! Brutale Sau!«

Lukru brüllt mich an. Mann, ist der stark. Ich klebe am Baum wie eine Fliege. Ich fuchtele mit meinen Armen in der Luft. Wie eine Krabbe, die versucht, Gitarre zu spielen. Peinlich!

Lukru hält mich entspannt mit einem Arm und genießt seinen Triumph. Er lacht. Mein Gestrampel sieht so albern aus, dass ich meine Wut gar nicht mehr ernst nehmen kann. Ich komme mir vor wie ein verstaubter Junge, dessen einzig saubere Stellen Tränenspuren sind, die über seine Wangen laufen. Ich versuche Lukru zu hauen, aber ich schlage immer in die Luft. Meine Gelenke schmerzen vom Blindboxen. Ich sehe zu Borawski.

»Mann, hilf mir doch!«

Borawski grinst fett. Dann muss ich auch grinsen. Ich stoppe meine sinnlose Gegenwehr. Ich lache. Ich sauge die Waldluft in meine Lungen und schütte mich aus vor Lachen. Lukru lässt mich stehen. Ich setze mich auf die Knie und lache mich aus. Ich wische mir die Lachtränen aus den Augen und sehe hoch. Da stehen Lukru und Borawski wie zwei Bewacher einer Strafkolonie über mir und sehen auf mich herunter. Beide sind so richtig heiß drauf, wahnsinnig viel Holz zu schleppen, und das für möglichst wenig Geld.

Mairesse, gib mir Hass! Gib mir Hass auf dich, damit ich auch das hier überstehe! O.K., ihr habt gewonnen! Ich muss an das Projekt denken! Nur dafür kämpfe ich! Ich stehe auf, klopfe meine sandigen Knie ab und laufe in den Hang hinein. Lukru läuft neben mir her. Ich versuche, möglichst böse auszusehen. Unsere Blicke treffen sich. Ich schaue zu meiner Überraschung in ein ganz weiches, besorgtes Gesicht. Keine Spur von Triumph oder Häme. Wenn ich Lukru so sehe, würde ich fast sagen, er mag mich. Ich muss meinen Blick senken, denn mein böses Gesicht sieht bestimmt so bescheuert aus, dass ich fürchte, gleich wieder loszulachen. Wir gehen ein paar Schritte, dann schüttele ich den Kopf. Es ist doch albern. Ich reiche Lukru im Laufen meine Hand.

»Brich sie mir, du rumänisches Arschloch. Dann muss ich nicht arbeiten.«

Lukru nimmt meine Hand, schüttelt sie kurz und kräftig. Danach klopft er mir auf die Schulter.

»Lukru, Philipp, lukru!«

Gemeinsam steigen wir über den zerkleinerten Wald nach oben, und ich fühle mich trotz meiner Niederlage super. Ich glaube, so fühlt es sich an, wenn man erwachsen ist und richtige Freunde hat. Außerdem kann ich auch beim Holzschleppen problemlos an die gierige Muschi von der Fennsbeck denken. Sie kann ja genauso gut breitbeinig neben einem Holzstamm liegen. Dann ist ihr die Orangenmarmelade halt vom Pausenbrot runtergetropft und nicht vom Kuchen. Was macht das schon für einen Unterschied?!

74

Ich laufe durch den Wald nach Blutsalat. Es ist etwa zehn Uhr früh. Lukru hat mich gehen lassen, aber ich muss gleich wieder zurück sein. Irgendwie unterstützt er uns. Er hat keine Ahnung, worum es geht, aber er unterstützt uns. Vielleicht hält er uns für eine versprengte Gruppe Partisanen?

Womit klebt man am besten diesen Kopf wieder zusammen? Pattex stinkt uns die Bude voll. Gips sieht irgendwie bescheuert aus. Lauter weiße Bruchlinien im dunklen Beton. Das nervt auch an Borawskis Arbeit. Es ist zwar nett gemeint, aber einfach nicht gut genug gemacht worden. Beton brauch ich! Gibt es aber nicht in Tüten. Also Putz. Rohputz zum Mauern. O.K., das ist gut. Aber wie heißt der Müll bloß auf Französisch?

Zwischen den Blättern hindurch kann ich ins Tal sehen. Einige Bäume werden schon bunt. Nur ganz vereinzelt, aber es ist nicht mehr alles grün. Hier wird es schon Herbst. Muss an der Höhe liegen. Meine Schritte federn im Laub. Ich komme aus dem Wald heraus und laufe wieder den Weg ins Dorf zurück. Mal sehen, wie es meinem Löwenzahnstrauß heute geht. Endlich bin ich mal ohne diesen bescheuerten, schweren Rucksack unterwegs. Ich laufe an der Brücke vorbei. Ich hätte nicht übel Lust, mich wieder darunterzubegeben, um zu wichsen, aber dazu ist jetzt definitiv keine Zeit. Vielleicht auf dem Rückweg. Ich laufe durch die Gärten an den bellenden Hunden vorbei und betrete das Dorf. Ohne Gepäck bin ich nur ein langweiliger Fünfzehnjähriger, den niemand kennt. Die Frauen, die an der Mülltonne quasseln, drehen sich noch nicht einmal nach mir um. Da stehen wieder die Katzen von gestern. Die stehen hier jeden Tag rum, bis sie tot sind und dann andere Katzen jeden Tag hier rumstehen. Ich betrete den Platz vor der Kirche.

Geliebtes Blutsalat!

Wenn Mairesse wüsste, wie gut ich sein Scheißkaff mittlerweile schon kenne! Ich sehe mich um. In einen Supermarkt, um Mauerputz zu kaufen? Quatsch. In eine Bank? Blödsinn. Bäckerei? Auch nicht. Und was ist das da? Ich laufe über den Platz zu einem undefinierbaren Geschäft. Im Schaufenster vergilbte Rennkalender, einfache Kochtöpfe und Plastikblumen. Aber auch ein Sack Tierfutter und ein Rasenmäher. Ich drehe mich noch einmal um und betrachte den Platz. Doch. Hier scheint mir die aussichtsreichste Anlaufstation zu sein. »Ich will eine Mauer bauen«, werde ich sagen, falls man mich fragt. »In meinem Zimmer wohnt ein Rumäne. Den will ich nicht mehr sehen, weil der in Werkzeugkatalogen blättert und sich dabei einen runterholt. Deshalb brauche ich eine Mauer! Mitten in meinem Zimmer. Der Putz soll aber zur Tapete passen, und die ist leider betonfarben.« Das wird jeder verstehen.

Ich gehe die zwei Stufen zur Ladentür hoch und drücke sie auf. Die Tür macht »ding-dong«. Ich verlasse die klare Herbstluft und betrete einen dunklen, völlig vollgestopften Laden, der nach Teppich, Fahrradreifen und eingeknickten Tischtennisbällen riecht. Ich kann gar nicht sagen, was hier eigentlich genau verkauft wird. Ein Wasserkocher, Plastikmännchen, Stifte, in der Ecke stehen Spaten, Schaufel, ein Kinderwagen. Die Tür fällt hinter mir zu und macht dabei noch mal »ding-dong«. Ich höre irgendwo etwas klappern.

Dann geht eine Tür neben der Theke auf, und heraus kommt ein blondes Mädchen. Sie ist vielleicht ein, zwei Jahre älter als ich. Ich tu einfach so, als ob ich sie nicht gesehen habe. Noch kann ich rausgehen, weil ich denke, dass niemand gekommen ist, um mich zu bedienen. Quatsch! Ich muss an das Projekt denken! Und ich muss jetzt langsam mal reagieren, damit sie mich nicht gleich für bekloppt hält. Steh nicht so krumm, du Schwachkopf! Du hast doch gerade tonnenweise Holz geschleppt. Ich drücke meine Brust durch, und das ist mir schon wieder peinlich. Was für ein Gockel läuft denn hier rum?! Verdammt! Kann ich nicht einfach mal normal sein? Wenn ich nur wüsste, wie das geht. Ich gehe jetzt einfach zur Theke. Sie hat mich was gefragt. Keine Ahnung, was. Jetzt stehe ich vor ihr. Sie lächelt. Eine heiße Lanze schiebt sich durch meinen Brustkorb, durchbohrt meinen Magen und endet als Wunderkerze unter meiner Zunge, die warmen, silbrigen Speichel losschickt.

Ich will Putz! Richtig! Nur deshalb bin ich hier! Ich forme mit meinen Händen ein längliches Viereck. Das soll ein Stein sein. Ein Stein, der dringend Putz braucht! Das Mädchen betrachtet mich fragend. Nein, das war keine gute Idee. Sie sagt wieder was. Wie sich ihr Mund bewegt und dazu ganz sanft ihre Nasenflügel tanzen. Sie lächelt. Ihre Augen blitzen wie Sternchen. Neben der Kasse liegt ein Zettel. Den nehme ich.

Ich frage pantomimisch nach einem Stift. Was für ein Multitalent ich doch bin!

Sie dreht sich um, kramt einen Stift aus einer Pappschachtel und gibt ihn mir. Wieder lächelt sie. Sie denkt, ich spiele mit ihr. Es gefällt ihr. Vielleicht denkt sie, ich wäre taubstumm. Auch O.K. Dann hat sie keine Hemmungen, mit einem Behinderten in einem Raum zu sein. Das kann ein Vorteil sein, falls wir heiraten sollten. Ich zeichne, so gut es geht, eine Mauer auf den Zettel. Sie lacht, nickt und sagt was. Ich mache Pfeile in den Putz der Mauer und daneben ein großes Fragezeichen. Dann zeige ich auf sie. Beinahe hätte ich sie dabei berührt. Dann zeige ich auf mich. Sie sieht mir in die Augen. Sie nickt kichernd und verschwindet hinten im Laden. Dann kommt sie mit einem Sack zurück. Darauf ist ein Mann abgebildet, der überglücklich Risse in seiner Hauswand zuspachtelt.

Das ist perfekt!

Ich begutachte die Tüte und nicke. Sie tippt den Preis in die Kasse und zeigt danach auf die Leuchtschrift.

17,89 Euro.

Ich gebe ihr meinen vorletzten Zwanziger. Sie gibt mir raus. Ich beobachte ihre feinen Härchen auf den Unterarmen. Sie hat ihre Fingernägel durchsichtig lackiert. Sie lächelt mich an. Sie blickt in die Kasse zurück und holt mein Wechselgeld raus. Ich nehme es. Ich nehme den Sack Putz in die Hand, der mir gerade irgendwie überflüssig vorkommt. Ich muss an das Projekt denken. Nur das zählt. Ich muss was sagen. Aber, was?! »Ich liebe Putz!« Quatsch. Blödsinn! Jetzt sag schon was!!

»Merci.«

Sie lächelt und sagt auch was. Ich nicke, drehe mich um und gehe raus. Ich laufe wie ferngesteuert davon und biege vom Platz in die Straße Richtung Wald ein. Ich setze mich auf ein Mäuerchen, den Putzsack stelle ich neben mich. Die war echt süß. Und ich bin zufrieden mit mir. Sie hat sich amüsiert und dabei gar nicht gemerkt, wie geisteskrank ich bin. Scheiß auf die Fennsbeck und ihre Orangenmarmelade!

Was kann ich unternehmen, damit wir morgen nicht schon aus Blutsalat abhauen müssen? Verdammt! Man müsste sich auf dem Weg zum Denkmal verlaufen. Blödsinn, Borawski kennt den Weg zum Denkmal sehr genau. Man kann sich in Blutsalat gar nicht verlaufen!

Ich blicke die Straße zurück. Ich lege meinen Kopf in den Nacken und blinzle in den Himmel. Jetzt erst höre ich den Bach, der neben dem Mäuerchen gluckert. Ich schließe die Augen und gucke mir das Mädchen noch mal an. Glatte blonde Haare, grüne Augen, eine Nase wie mit dem Lineal gezogen und trotzdem nicht gerade, hellblonde Härchen auf den Wangen, wunderschöne Gelenke. Gelenke?

Ich mache die Augen wieder auf und blicke auf den überbelichteten Straßenbelag. Wunderschöne Gelenke?! Alter, was ist los mit dir?! Ich nehme den Putzsack und stehe auf. Ich gehe Richtung Wald. Ich laufe an den Hunden vorbei, die brav ihren Job tun und mich ankläffen. Ich habe sie schon richtig lieb gewonnen. Gut, dass Borawski nicht wieder nach der Hundegeschichte gefragt hat. Ich hab gar keine Lust, sie zu erzählen. Ich bin froh, wenn ich nicht daran denken muss. Ich passiere die Brücke und schwinge meine Füße durch das nasse Gras zwischen den Traktorspuren. Ich will nasse Schuhe haben. Ich stelle den Putzsack auf meinen Kopf, denn ich will sein Gewicht spüren.

Ich will ganz sein.

Mein Penis ist nicht besonders groß, aber dafür bin ich kreativ. Ich bin ein erwachsener Holzfäller. Ich freue mich auf den Wald.

75

Die Zahnlose stellt uns dampfende Teller mit Linsen und Wurst auf den Tisch. Meine Ohren glühen. Ich spüre jeden Muskel. Es ist wie im Skiurlaub. An meiner Hand ist ein Riss. Morgen ziehe ich Handschuhe an. Herr Patrohn sitzt mit seiner Flasche Wein am Tisch und hat schon ganz glasige Augen. Lukru, Borawski und ich schaufeln das Essen in uns hinein. Mann, ist das lecker! Ich spüre schon wieder diese lähmende Müdigkeit in den Knochen. Heute Abend können wir aber nicht ins Bett. Heute Nacht wird gepuzzelt!

Wir tupfen unsere Lippen sauber und verabschieden uns nach oben. Unsere Arbeitgeber nicken uns hinterher und beginnen klappernd den Tisch abzuräumen. Ich denke, sie sind enttäuscht. Sie würden wahrscheinlich lieber mit uns feiern oder mal einen schönen Spieleabend machen. Jeder denkt sich eine berühmte Persönlichkeit aus, und die anderen müssen sie erraten. Stattdessen verziehen wir uns schweigend wie Mitglieder eines Geheimbundes über die Holztreppe in unser Zimmer. Spätestens an unserem Verhalten sollten die beiden merken, dass ihr Handeln kriminell ist.

Lukru zieht den Kartoffelsack zu und macht dahinter den Fernseher an. Borawski öffnet den Schrank, nimmt den Kopf heraus und hebt ihn mit zwei Händen auf die Mitte der Matratze. Ich schütte den Schutt aus meinem Rucksack vorsichtig daneben. Alles rollt in die Mitte zum Kopf. Dann setze ich mich dazu und betrachte alles. Mann, das ist eine echte Aufgabe. Borawski geht über den Flur auf die Toilette und holt Wasser. Wir rühren mit einem Löffel ein bisschen Putz in einer Tasse an. Dann setzen wir uns zum Kopf auf das Bett und suchen die Teilchen zusammen. Wenn nichts von der Oberfläche zu erkennen ist, legen wir sie erst mal zur Seite.

»Alles, was innen fehlt, können wir später ausgießen.«

Borawski nickt. Seine Finger grabbeln in den Stückchen

umher. Dann finde ich ein Stück, das in einen Nasenflügel passt. Mein erster Treffer. Ich tunke es in den Putz und drücke es an seine Stelle. Ich muss an das Mädchen im Laden denken. Ich hab schon beim Holzschleppen ständig an ihre Sternchenaugen denken müssen. Die Waldarbeit selbst war wirklich »irgendwie ganz geil«, wie Borawski gesagt hat. Die frische Luft, der geile Geruch von Harz, Tannen und erdigem Laub. Die Anstrengung, die Pausen, das leckere Essen, das warme, zufriedene Gefühl im Anhänger auf dem Weg nach Hause. Die Freiheit, nicht darüber nachdenken zu müssen, was man tun soll.

Hinter dem Kartoffelsack wird schon geschnarcht. Borawski geht kurz rüber und knipst den Fernseher aus. Er kommt wieder und setzt sich auf das mit Putzresten vollgekleckerte Bettlaken.

»Lukru, die arme Sau.«

Meine Hände stopfen halbtrockene Putzkrümel in die Löcher und reiben die Oberfläche vom Kopf glatt. Ich drehe und wende die Steinchen in meiner Hand und genieße die Arbeit. Keiner von uns spricht. Zwei Freunde, versunken in einer Meditation.

Wie wohl die Schulter von dem Mädchen aus dem Laden aussieht? Ihr Hals war fest, fast schon lang und hatte ganz feine Querrillen am Kehlkopf. Man sah ihrem Hals an, dass sie blond ist. Borawski steckt sich eine an.

»Wie machen wir das eigentlich morgen Nacht?!«

Gute Frage. Ich überlege.

»Tja. Wir nehmen den Kopf und … mh. Erst mal muss ja der alte Kopf ab.«

Borawski zieht. Seine Asche fällt zwischen die Steine. Er pustet sie mit dem Rauch vom Bett.

»Also hauen wir erst mal den alten Kopf ab. Dann kleben wir den neuen drauf.«

Ich nicke.

»Guter Plan.«

Ich finde ein Stück vom Ohrläppchen mit der Schnalle vom Helm. Ich passe es an, tunke es in den Putz und drücke es fest. Ich muss jetzt mal 'ne klare Ansage machen. Sonst zerfällt hier alles.

»Also. Erst essen wir. Dann warten wir, bis Lukru schläft. Dann packen wir den Kopf in deine Sporttasche. Wir schleichen uns aus dem Haus und gehen zum Denkmal.«

Borawski betrachtet mich.

»Fehlt noch der Hammer und ein Eimer mit fertigem Putz.«

Mist. Er hat recht. Ich muss zugeben, dass meine Autorität als Projektleiter schon gelitten hat. Vielleicht ist es an der Zeit, Borawski als gleichberechtigten Partner aufzunehmen.

»Den Putz nehmen wir in einem Topf mit. Ich lass einfach die Brotdose von der Zahnlosen mitgehen. Den Hammer … tja … Ich hab noch dreiundzwanzig Euro. Dafür könnte man einen Hammer kaufen. Ich wüsste auch schon, wo.«

Die Idee finde ich richtig gut. Ich gehe wieder in den Laden, zu *ihr*, ganz unauffällig und mit einem guten Grund ausgerüstet. Ich kaufe einen riesigen Hammer und bringe sie dabei zum Lachen. Dabei betrachte ich ihren süßen Mund.

Borawski schüttelt den Kopf.

»Scheiße, dass wir den andern Hammer im Wald lassen mussten. Nein, nein, du sparst die Kohle. Wir werden doch hier irgendwo einen Hammer finden!«

Wir puzzeln weiter. Wieso sagt *er* mir, was *ich* mit meinem Geld zu tun habe? Andererseits hat Borawski auch wieder recht. Um noch einmal in den Laden zu gehen, kann ich mir ja auch etwas überlegen, was die da bestimmt nicht haben, vielleicht Handtaschen für Forellen. Ich geh rein, beschreib die, sie hat so etwas nicht, ich geh wieder raus und spar mein Geld. Woher soll sie wissen, dass ich mir das nur ausgedacht habe, um sie wiederzusehen? O.K., so mach ich es!

»Du hast recht, Borawski. Wir nehmen einfach einen Hammer mit in den Wald. Wenn wir zurückkommen, tragen wir ihn ganz nebenbei in unser Zimmer. Der Alte guckt doch nie, was wir eigentlich machen. Der läuft ins Haus und setzt sich an den Tisch.«

»Sowieso. Und den Putz rühren wir in dieser Dose an und tun ihn auch in die Tasche.«

»Astrein.«

Langsam wächst das Gesicht des grausamen Soldaten wieder zusammen. Stück für Stück. Es ist nach drei Uhr morgens. Unsere Hände sind verkrümelt und staubig, aber der Kopf ist wieder ein Kopf. Hier und da fehlt eine Ecke, aber die wird jetzt nachmodelliert. Es hat funktioniert! Ich betrachte Borawski.

»Astrein, dass das funktioniert hat!«

Ich überlege, ob ich Borawski kurz einen Vortrag darüber halten soll, wie schön es ist, dass wir so weit gekommen sind. Dass es die richtige Entscheidung gewesen ist, den Kopf zu zerklopfen. Ich empfinde es als historischen Moment und möchte ihn irgendwie betonen. Ich möchte ihn teilen. Ich bin froh, dass Borawski da ist. Ich betrachte ihn.

»Alter, wir sind tatsächlich hier in Blutsalat! Das alles hier ist nur aus unserem Willen heraus geschehen!«

Borawski nickt.

»Es ist halb vier. Ich leg mich hin.«

Er hat recht. In zweieinhalb Stunden werden wir wieder geweckt, um im Wald Dinge zu tun, deren Sinn wir nicht verstehen. Da ist es nur gerecht, wenn der Alte nicht versteht, wozu wir einen Hammer mitnehmen. Heute lasse ich Borawski im Bett schlafen. Nicht, damit er es ist, der sich im Putz rumwälzen muss, sondern, um meine Dankbarkeit auszudrücken. Er soll auch mal eine Nacht über mir sein dürfen. Das hat er sich verdient. Aber natürlich auch, damit er das völlig verdreckte Bett aufräumen muss und nicht ich. Ich bin nämlich wirklich zu müde dafür. Der Soldat sieht echt schon wieder klasse aus. Wir tragen ihn vorsichtig mit vier Händen zum Schrank zurück und setzen ihn auf dem Boden ab.

»Willst du im Bett pennen?«

Borawski betrachtet das Bett.

»Nö, lass mal. Ich penn sehr gut auf dem Boden.«

Er zieht sich aus und stopft sich in den Schlafsack, schneller als eine Leberwurst vom Tisch rollen und zu Boden fallen kann. Mist. Ich stell mich an das verdreckte Bett und überlege. Dann rolle ich das Laken direkt auf dem Bett zusammen, öffne das Fenster und werfe es komplett wie ein Ball nach draußen. Es sah sowieso furchtbar aus. Niemand wird es vermissen. Ich hau mich auf die Matratze. Ich strecke mich und knipse das Licht aus. Alle meine Knochen tun weh. Überall liege *ich* herum.

Ich drehe mich auf die Seite und sehe das Mädchen aus dem Laden. Ich setze mich im Dunkeln auf. Durch das Fenster glitzern ein paar Sterne. Borawski schläft schon. Vielleicht tut er auch nur so, andererseits, was für einen Sinn sollte das haben? Ich denke, er schläft wirklich. Ich hebe meinen Rucksack ins Bett und schmiege mich an ihn. Wenn ich ausatme, bewegen sich ihre feinen Härchen an der Wirbelsäule.

Ihr Haar liegt in meinem Gesicht.

76

Ich sitze mit Borawski auf dem Bett und schaue auf die Uhr. Der Alte und die Zahnlose stampfen irgendwie noch im Haus herum. Es poltert noch eine Zeit lang, eine Wasserleitung läuft, dann ist endlich Ruhe.

Wir nicken uns wie zwei Geheimagenten zu.

Ich nehme die Tasche mit dem Kopf und dem angerührten Putz in der Dose. Getrocknet sieht man deutlich, dass der Kopf schon mal auseinandergebrochen war. Helle Narben ziehen sich wie Flussarme über seine Haut. Aber in Anbetracht unserer Leistungen sind das Details, über die ich gerne hinwegsehe.

Borawski nimmt den dreckigen Hammer, den wir am Morgen aus einer Scheune geholt haben. Da stand er zwischen eingerosteten Drahtrollen und hat auf uns gewartet. Lukru hat ihn dann sogar wirklich benutzt, um am Stamm stehen gebliebene Holzsplitter abzuschlagen. Das war ein klasse Geräusch, der Hammerschlag durch den klaren, kalten Wald am Morgen. Lukru hat mich auf der Rückfahrt ausdrücklich für die Mitnahme des Hammers gelobt. Jedenfalls glaube ich, dass er das sagen wollte. Irgendwas von ihm werde ich noch kaputtmachen, aus Rache für die Tritte. Obwohl Lukru kaum was hat, außer diesem lächerlichen Fernseher.

Borawski schiebt langsam die knarrende Tür zum Flur auf. Ich gehe über den Flur zum Klo, gehe hinein und spüle ab. Der Spülkasten zieht sein Wasser mit einem anschwellenden Quietschen. Im Schutze dieses Geräusches schleichen wir die Treppe runter, gehen durch die steinerne Diele, drücken die Haustür auf und sind draußen. Die Kiesel vor dem Eingang knirschen furchtbar laut. Wir machen zwei, drei große Schritte auf die Wiese und laufen neben dem Weg in die Nacht, bis wir nasse Schuhe haben und weit genug weg sind. Borawski muss schon wieder rauchen.

»Alter, lass doch mal die Qualmerei! Deine Kippe sieht man meilenweit durch die Nacht.«

»Na und?! Wir können doch hier langlaufen? Es ist halb elf.«

»Halt wenigstens die Hand vor die Glut.«

»Mann.«

Unsere Schritte schrappen über den Weg. Wir biegen nicht bei den Hunden ein, sondern nehmen einen Weg, der rechts herum führt, hinter den Häusern entlang. Hinter den Dächern schimmert orangefarbenes Laternenlicht in den schwarzen Himmel. Nur vereinzelt brennt noch eine Lampe in den Wohnungen. Da bellt ein Hund direkt neben uns. Ich mache vor Schreck einen Satz zur Seite.

»Verkackte Scheißviecher!«

»Pssst!«

Der Hund bellt uns hinterher, und zu meiner Beruhigung fangen nun überall Hunde an zu bellen. Jetzt unterhalten sie sich.

Alle im Dorf werden denken, ein springender Fisch oder eine verirrte Kuh haben den ersten Köter aufgeschreckt. Oder sie denken, dass hinter ihren Häusern zwei deutsche Teenager entlangschleichen, auf dem Weg, ihr schönes Denkmal zu zerstören. Oder sie denken gar nichts. Das ist am wahrscheinlichsten.

Ich bin froh, dass ich in dem Laden nicht gesprochen habe. So weiß das Mädchen nicht, dass ich Deutscher bin. Nur, *falls* sie irgendwann einmal verhört werden sollte. Falls man eine Analyse des Putzes macht und dann seine Herkunft feststellt. Hoffentlich hat sie den Zettel mit meiner Zeichnung weggeworfen. Mann! Dass ich den auch nicht mitgenommen habe! Wie viele Frauen haben durch solche dämlichen Fehler schon Männer davon abgehalten, Geschichte zu schreiben?! Tausende!

Der Weg kommt an einem Sträßchen an, etwa dreißig Meter hinter der letzten Laterne des Dorfes. Leichter Nieselregen setzt ein und fällt aus der Schwärze des Himmels in das Licht des Dorfes. Die Straße wird langsam dunkel getropft. Dann ist sie schwarz und beginnt zu glänzen.

Ich nehme die Tasche auf die Schulter. Borawski schiebt sich den Hammer unter den Pulli. Für die Polizei sind wir jetzt nur noch zwei Freunde, die ganz friedlich von einem Auswärts-Badmintonspiel zurück nach Deutschland laufen.

Das ganze Dorf ist still. Die Hunde haben sich wieder beruhigt. Alles wurde in tropfenden Stein verwandelt. Das ganze Dorf scheint nur aus orangefarbenen Steinklötzen, dunkelgrünen Fensterläden und nassen Kabeln zu bestehen, die sanft im Regen schwingen. Dahinten leuchtet die Kneipe. Ein Auto fährt. Wir laufen in eine Nebenstraße und kommen zu dem Platz. Es ist schon erstaunlich, wie gut wir uns auskennen. Hoffentlich bekommen wir in der nächsten Klasse wieder Mairesse, diese Sau! Dann kann ich ihn mit Detailwissen über Blutsalat erschrecken. Er wird ahnen, dass ich hinter der Aktion mit dem Denkmal stecke, aber er kann es nicht beweisen.

Ich bin ganz ergriffen beim Anblick des Denkmals, das ziemlich verloren und im Dunkeln steht. Perfekt. Jetzt gleich ist der Moment gekommen, für den wir so viel gearbeitet haben!

Wir haben deinen neuen Kopf in der Tasche!

Alles läuft nach Plan. Wir sind wieder mitten in der Sanduhr. Ich sehe mich um. Es ist still. Wir stehen vor Mairesse' Opa und sehen hoch. Borawski betrachtet mich.

»Wie kommen wir eigentlich da hoch?«

Das ist eine gute Frage. Ich gehe einen Schritt an das Denkmal heran und berühre den Stein vom Sockel. Nass. Ziemlich rutschig.

»Wir klettern. Mit Räuberleiter. Der, der unten bleibt, reicht den Hammer hoch.«

»O.K.«

Ich ärgere mich, dass ich nicht an eine Leiter gedacht habe! Andererseits weiß ich auch, wie stressig es ist, mit einer Leiter durch die Nacht zu laufen, auf dem Weg zur Enthauptung eines Denkmals. Diese exotische Erfahrung habe ich ja schon gemacht. Wie viele Leute auf der Welt teilen genau diese Erfahrung mit mir? Wir könnten zurückgehen und eine Leiter holen, aber dann würde Borawski merken, dass ich sie vergessen habe. Genau so ist es: Ich hab sie vergessen!

Es soll aber alles super geplant sein. Borawski soll nicht der Verdacht kommen, ich wäre mit meinen Gedanken woanders. Meine Führung muss klar sein. Ich muss jetzt was sagen, aber was?!

»Auf keinen Fall eine Leiter mitnehmen, viel zu auffällig.«

Borawski nickt.

»Na ja. Ham wir ja auch nicht. Also ist alles klar. Wer geht hoch?«

»Ich!«

Ich versenke die Tasche im Mülleimer an der Bank. Borawski versteht das nicht.

»Wozu machst du das denn?«

»Wenn einer kommt, dann klettern wir hier nur hoch. Das ist wahrscheinlich noch nicht mal verboten.«

»Aber, wir hauen doch den Kopf ab.«

»Alter. Lass mich. Nur zur Sicherheit.«

»Gut.«

Borawski sieht am Denkmal hoch und stellt sich mit dem Rücken an die Seite vom Sockel. Er faltet seine Hände und ist bereit für meinen Aufstieg. Ich fasse ihn an den Schultern an und steige in seine Hand. Borawski fühlt sich fast muskulös an. Nicht mehr ganz so weich und schwabbelig. Das ist natürlich ein Vorteil, falls er in der nächsten Klasse neben mir sitzen sollte.

Meine Beine wackeln etwas, aber Borawski stabilisiert sie. Guter Junge! Meine Hände tasten an dem nassen Stein nach oben, bis ich den Sims zu greifen bekomme. Ich ziehe mich daran hoch und stelle meine Füße auf Borawskis Schultern. Er wackelt. Dann schnappt mein rechter Arm ein Stück von Opa Mairesse' Steinmantel, und ich ziehe mich hoch. Ich stehe auf dem Sims, mein Kopf reicht jetzt bis zum Schultergurt. Ich fasse das Gewehr und stelle meine Füße auf eine Feldflasche und einem Gürtel ab. Jetzt berühre ich seinen Kopf. Ich bin fast am Ziel. Ich sehe runter. Ich bin vielleicht erst drei Meter hoch, aber Borawski ist schon ziemlich klein. Ich umgreife den Hals, und meine Arme ziehen mich nach oben. Jetzt merke ich die Waldarbeit. Es geht irgendwie ganz leicht. Wir haben in den letzten Tagen viel schwerere Dinge geschleppt als meinen lächerlichen Körper. Ich fühle mich fit und stark! Meinen Plan, Lukru für seine Tritte noch eins auszuwischen, gebe ich großzügig auf. Ohne ihn hätte ich jetzt ein Problem. Er hat das Projekt unterstützt! Den heiligen Moment! Ich schiebe meine Beine rechts und links auf die Schultern des Mannes aus Stein.

Jetzt sitze ich ganz oben und halte mich an der Frisur und

seinem Helm fest. Ach, was würde ich darum geben, wenn Mairesse wüsste, wo ich jetzt bin! Da kommt der im Leben nicht drauf! Selbst unter Folter würde es ihm nicht einfallen!

Ich sehe über den Platz. Die alte Fabrik wird sanft von einer Straßenlaterne beleuchtet. Weit hinter dem Dorf kriechen zwei Autoscheinwerfer still durch den Wald. Aus den Kaminen steigen feine Rauchsäulen in den Nieselregen und fließen unter einem unsichtbaren Deckel entlang. Wenn ich gleich den Kopf abschlage, woran soll ich mich festhalten? Wie kann ich mit dem Hammer ausholen, ohne hier runterzusegeln? Ich drücke und ziehe am Kopf, in der Hoffnung, ihn einfach abzunehmen und dann runterwerfen zu können. Das ist natürlich Quatsch. Wenn der Kopf nachher fällt, muss ich einfach springen. Er muss ja auch nicht ganz bleiben. Ich betrachte die Wiese mit den Blumen unter mir. Borawski sieht hoch.

»Und, wie sieht's aus?«

»Tja … Ich muss mit einer Hand kloppen. In kleinen Stücken wird es gehen. Reich mir mal den Hammer hoch.«

Ich strecke einen Arm in die Tiefe, Borawski steigt halb auf den Sockel, streckt sich in die Höhe, und ich bekomme den Hammerstiel zu greifen. Ich ziehe den Hammer hoch, halte ihn direkt hinter dem Eisen fest und klopfe vorsichtig gegen die Nase. Dummerweise ist unter der Nase noch ein Schnurrbart, das macht alles noch stabiler. Ein stabiles Gesicht. Ich klopfe gegen die Nase. Das Klopfen hallt über den Platz. Irgendwie macht der Regen alles lauter. Vielleicht, weil alles andere stiller ist. Ich klopfe noch mal.

»Wie laut ist das?!«

Borawski sieht sich um.

»Geht so. Man hört es.«

Seliger Borawski. Natürlich hört man es! Wie *laut* hört man es? Das war die Frage!

Ich halte mich gut fest, hole aus und hau noch mal gegen die Nase. Kläng. Nichts passiert. Ich halte mich noch stärker fest, hole noch weiter aus und haue wieder dagegen. Knack.

Die Nasenspitze fliegt ab, tanzt durch die Luft und klappert auf den Asphalt der Straße. Ich bremse den Hammer im Schwung, sodass der mich fast vom Denkmal in die dunkle Nacht zieht. Ich setze mich wieder gerade hin und halte inne. Mein Herz pulst in meinen Aderspitzen. Verdammt!

Fast wäre ich runtergefallen! Aber ein Anfang ist gemacht! Von hier oben sieht die Nasenspitze auf dem dunklen Platz wie ein kleiner Kuchenkrümel aus.

Ein Autogeräusch nähert sich. Borawski hockt sich instinktiv ins Gebüsch. Noch ist gar kein Auto zu sehen. Da kommen die Lichter die Straße runtergewackelt und auf den Platz gerauscht. Das Auto kommt, und sein Lichtkegel dreht sich einmal über das Denkmal, mitten über mein Gesicht. Das Auto fährt weiter. Es hat nichts gesehen. Dann bremst es plötzlich und bleibt mitten auf dem leeren Platz stehen. Der Motor blubbert. Ich halte die Luft an. Das Auto legt den Rückwärtsgang ein, fährt in einer Kurve zurück und dreht seinen Scheinwerferkegel wieder auf das Denkmal, mitten auf mich, der auf den Schultern von Mairesse' Opa sitzt, mit diesem riesigen Hammer in der Hand.

Borawski sprintet los und verschwindet Richtung alte Fabrik. Eine Autotür geht. Jemand ruft etwas. Ich lasse den Hammer in die Tiefe fallen und rutsche am Denkmal runter. Irgendein Teil haut mir meine Hand ins Gesicht. Dann stehe ich auf dem Sims und springe in die Blumen. Eine schwarze Gestalt läuft über den Platz auf mich zu.

Ich renne los, meine Füße wirbeln über das glänzende Kopfsteinpflaster. Die Gestalt ruft was. In einem Haus geht Licht an. Ich kann jetzt nicht in das Dorf laufen! Ich muss in die Felder! Aber, wo geht es in die Felder?

Neben mir wächst eine Mauer in die Höhe. Ich laufe direkt in ein hell beleuchtetes Sträßchen! Hinter einem Haus taucht eine dunkle Ecke auf. Ich laufe hinein. Da steht ein Auto, dahinter eine Mauer, darauf ein Maschendrahtzaun. Ich höre hinter mir die Schritte. Ich steige auf das Auto und greife in den

Zaun. Ich wuchte mich hoch, drehe mich oben drüber und springe ins Dunkle. Meine Beine fallen, gleich kommt der Aufprall. Ich fliege. Was für ein Wahnsinn! Ich habe nicht geguckt, wie tief es ist! Es kann ein Abhang sein, die Öffnung einer Häckslermaschine, doch dann setzen meine Füße in nasser, satter Wiese auf.

Meine Leiste kribbelt. Der Bach gluckert. Ein Trampelpfad am Bach hinter den Häusern! Ich renne los. Hinter mir scheppert der Maschendrahtzaun. Mein Verfolger gibt nicht auf. Aber er ist langsamer, denn er springt nicht auf das Auto. Ich gewinne ein paar Meter. Vielleicht sollte ich mich irgendwo verstecken?! Wie nah ist er? Keine Ahnung. Ich komme an eine Mauer, eine Gartenmauer. Auf der Mauer ein Zaun. Da komme ich nicht drüber. Ich drehe mich nach rechts, nehme kurz Anlauf und springe halb über den Bach. Bis zu den Knöcheln stecke ich im Wasser, ziehe mich raus und laufe auf der anderen Bachseite entlang. Ich höre meinen Verfolger springen. Er kommt näher. Ich muss ins Dorf zurück, um ihn abzuhängen. Ich muss schneller rennen. Ich drücke alle Kraft in meine Beine und komme an eine Brücke. Es ist die Brücke am Spielplatz! Nur komme ich von der anderen Seite!

Ab hier kenne ich den Weg! Ich drehe über die Brücke ins Dorf, laufe an den kläffenden Hunden vorbei und bin im Sträßchen mit den Katzen. Wenn ich gleich um die Ecke komme, bin ich auf dem Kirchplatz. Weiterrennen hat keinen Zweck. Ich mische mich unters Volk! Ich verstecke mich in der Kneipe!

Ich sehe die Leuchtreklame der Bank, biege um die Ecke, passiere ein helles Glasfenster, hinter mir ist keiner.

Ich öffne die Tür, komme in Licht, Rauch und Wärme.

Ich stehe mit nassen Schuhen in der Kneipe. An einem Tisch sitzt das Mädchen aus dem Geschäft mit einer Freundin und einem Typen. Ich wische mein verrotztes Gesicht am Ärmel ab und steuere direkt auf sie zu. Ein paar Leute betrachten mich. Ich sehe aus wie jemand, der zu spät zu einer Verabredung kommt. Nichts Besonderes. Ich setze mich direkt neben sie. Sie lächelt mich an. Die anderen sagen irgendwas, das wie »hallo« aussieht und sich auch so anhört. Hände werden über den Tisch gereicht. Ich drücke zu, nicke in die Runde, aber ich sage nichts. Mein Herz klopft bis zum Hals.

Wegen ihr oder wegen des Verfolgers?

Das Mädchen fragt mich etwas. Ich zucke mit den Achseln. Ich glaube, sie erzählt den anderen, woher sie mich kennt. Dann fragt sie mich wieder was. Der Typ betrachtet mich mit einem schiefen Lachen. Ich habe Angst, dass meine Nase blutet. Ich drehe mich und sehe mein Gesicht viermal in der verspiegelten Theke, aber da blutet nichts.

Jede Sekunde kann mein Verfolger reinkommen!

Er wird erst den Platz absuchen, in die Seitenstraßen reingucken, und dann kommt ihm die unmöglichste Idee, nämlich die, dass ich in die Kneipe reingelaufen bin. Oder, er will einfach nur was trinken oder seine Kumpels von der Theke zur Verstärkung holen. Ich muss den dreien am Tisch irgendwie meine Erschöpfung erklären. Warum bin ich so außer Atem?! Ich zeige auf mich. Dann mache ich mit dem Oberkörper eine Rennbewegung, die ich mit einem albernen Brummen unterlege. Aber, als ich das Brummen höre, ist es schon gebrummt. Wie bescheuert! Die Mädchen lachen. Dann zeige ich auf das Mädchen. Sie wird rot. Mann, was mache ich hier eigentlich für eine peinliche Scheiße?! Aber, es gibt dazu nur eine Alternative, und die heißt: Gefängnis in Frankreich!

Dass sie hier sitzt, ist ein Segen und vielleicht stimmt es auch, dass ich zu ihr gerannt bin. Ich denke seit zwei Tagen über sie nach, und ich habe noch nie in meinem Leben einem Mädchen gesagt, dass ich sie toll finde. Sie ist die Erste, und ich habe ihr gesagt, dass ich zu ihr gerannt bin. Unfassbar. Sie redet weiter mit ihren Freunden, aber rückt immer näher an mich ran. Ich sage nichts, und so langsam kommt das Gespräch der drei wieder in Gang. Sie versuchen, rauszukriegen, wo ich herkomme.

Der Typ zählt alle möglichen Dinge auf. Ich verstehe England, deshalb nehme ich an, es handelt sich um Ländernamen. Oh Mann. Ich spüre ihre Beine an meinen. Sie berühren mich.

Die Kneipentür geht auf, und ein Mann kommt rein. Er ist verschwitzt und außer Atem.

Ich lehne mich an die Schulter des Mädchens und schließe die Augen. So bleibe ich. Für immer. Nie lag mein Kopf besser. Ich spüre ihren warmen Geruch. Ihr Ohrring kitzelt mein Auge. Die Freundin kichert verlegen. Der Typ macht einen lauten Witz, über den keiner lacht. Mein Verfolger wird mich nicht beachten. Ich bin ein verliebter Junge, der an der Schulter seiner Liebsten träumt. Dass ich mich das traue! Ich bin erstaunt. Aber bei diesem Mädchen traue ich mich alles! Ich weiß, ich spüre, dass ich sie haben kann. Ich, der Schlechte, der Uninteressante. Ich mache die Augen auf.

Mein Verfolger steht an der Theke und trinkt mit einigen anderen ein Bier. Er erzählt aufgeregtes Zeugs. Vielleicht ist es auch gar nicht mein Verfolger. Ich bin in Sicherheit. Ich schließe wieder die Augen, denn ich will lieber als verrückt gelten, als jetzt Länderfragen zu beantworten. Ich will diesen Typ und diese Freundin gar nicht sehen. Das Mädchen drückt sich an mich. Sie ist warm, weich und großartig. Ihr Körper hebt und senkt sich mit ihrem Atem. Plötzlich spüre ich ihre Hand. Sie nimmt meine Hand unter dem Tisch!

Ich schlucke. Fast hätte sich mein Herz verschluckt. Herzinfarkt mit fünfzehn! Da würde ganz sicher »plötzlich und unerwartet« in der Zeitung stehen.

Ich nehme meinen Kopf von ihrer Schulter und betrachte sie. Sie betrachtet mich. Sie grinst gar nicht. Sie ist plötzlich sehr ernst. Ihre Augen sind wie Sternchen. Die anderen am Tisch kichern und versinken für mich in einem Nebel aus Watte. Sie steht auf und zieht mich an der Hand vom Stuhl. Als ich stehe, lässt sie meine Hand los. Sie klärt noch was mit den anderen am Tisch, ich komme mir vor wie ein blöder Freier, dann laufen wir schon an der Theke vorbei nach draußen. Mein Verfolger sieht mich noch nicht einmal an.

77

Dann stehen wir draußen. Sie nimmt wieder meine Hand in ihre Hand, und es fühlt sich an, als hätte ich meine Hand direkt in eine Steckdose gesteckt. Ich kann mein Glück gar nicht fassen! Sie zieht mich von der Kneipe weg, und wir spazieren Hand in Hand durch die glitzernde Nieselregenwelt dieses großartigen Dorfes. Manchmal sagt sie kleine Wörter, wenn sie irgendwohin zeigt. Wir laufen und laufen. Jeder Schritt ist ein Genuss.

Ich spüre ihre feinen Knochen, und ich kann es nicht glauben, dass ich tatsächlich ihre Hand in meiner halte. So möchte ich ewig laufen!

Wir schlendern und schlendern. Manchmal gucke ich sie an, um sicherzugehen, dass ich nicht träume oder mit einer animierten Hand aus einem Computerspiel durch die Gegend laufe, aber nein: Jedes Mal, wenn ich zur Seite sehe, ist an dieser Hand auch dieses wunderbare Geschöpf dran. Dieses wunderschöne Geschöpf, auf dessen Haaren jetzt winzige, glitzernde Nieselregentropfen hocken. Dann kommen wir zum leeren Platz mit dem Denkmal, wo gerade jemand in ein Auto einsteigt und wegfährt. Wir laufen zur Bank, und ich sehe das Nasenstück noch an seiner Stelle liegen. Der Hammer liegt zwischen den Blumen.

Wir setzen uns auf die Bank. Ich lege meinen Arm um sie. Wir sitzen eng und kuschelig. Kuschelig. Was für ein bescheuertes Wort.

Ich sehe die Henkel von Borawskis Sporttasche aus dem Mülleimer gucken.

Meine Hände fühlen ihren Körper. Ich mache die Augen zu. Nichts soll dieses Wunder stören. Kein Gedanke an irgendeinen Betonkopf oder Französischlehrer oder eine Rückreise, die spätestens übermorgen erfolgen wird. Was wird dann aus uns? Werde ich sie wiedersehen? Mist, jetzt denke ich doch daran! Ich betrachte sie.

Sie schließt die Augen und öffnet ihren Mund. Meine Lippen zittern, und ich küsse ihren unendlich weichen, süßen Mund. Ihre Härchen an der Lippe streicheln mich. Ihr Körper wächst und schmilzt in meiner Umarmung. Ich spüre ihre Zunge in meinem Mund. Ich streichele ihre Zunge mit meiner. Ich streiche ihr über das Haar, setze den Kuss ab, wir sehen uns an und küssen uns wieder. Ich muss an den Tauchurlaub mit meinen Eltern auf den Malediven denken. Ich spüre eine Erektion. Das will ich jetzt gar nicht. Aber gut, was soll's, ich lass es geschehen. Es hat sowieso keinen Sinn, das zu verhindern oder zu verheimlichen. Solange sie die Augen zuhat und es nicht spüren kann, ist es doch in Ordnung. Ich verschmelze mit ihrem Gesicht.

Ich höre eine Kirchenglocke schlagen. Ich höre mein Herz schlagen. Ich rieche ihren Hals, hebe meinen Kopf und sehe in ihre Augen. Sie ist unscharf und hat zwei Nasen. Ich hole Luft, und wir küssen uns wieder, verknoten unsere Zungen und unsere Arme, sie rutscht auf meinen Schoß. Jetzt spürt sie meinen Schwanz an ihrem Oberschenkel.

Verdammt! Ich hebe sie mit meinem Knie etwas an, damit es sich nicht zu schlimm anfühlt. Sie sitzt auf meinem Schoß und küsst mich. Ist das ein Versprechen? Wie geht es jetzt weiter? Was muss ich jetzt tun? Was tun normale Leute in so einer Situation? Dann hält sie meinen Kopf, streichelt mein Gesicht, gibt mir einen sanften Kuss, steht auf und geht davon, zurück ins Dorf. Ich spüre, dass es gut ist, sie jetzt gehen zu lassen. Ich habe überhaupt nicht das Bedürfnis, ihr hinterherzulaufen. Ich betrachte sie. Wie ihr Körper zu einer kleinen schwarzen Silhouette wird. Ich höre ihre Schritte tapsen und sehe ihren Schatten unter einer Laterne lang und länger werden. Sie läuft um die Ecke, und als ich sie auch nicht mehr höre, lege ich den Kopf in den Nacken.

Über mir steht Mairesse' Opa mit seiner fehlenden Nasenspitze und guckt ruhmreich in die dunkle Nacht. Regentropfen fisseln in meine Augen. Ich rieche ihren Speichel an meinem

Mund. Ich lecke mir die Lippen. Ich betrachte das Denkmal. Ich freue mich so sehr über mein Leben! Ich fasse meinen Körper an. Ich greife in die Hose und drücke meinen Schwanz. Ich streichele über mein Gesicht, so, wie sie es gerade noch getan hat. Ich will aufstehen und jubeln oder mich auf dem Boden wälzen und weinen, aber ich sitze, und ich sitze gut, ich sitze warm, also bleibe ich sitzen. Ich will hier sitzen, bis sie morgen Abend wiederkommt. Oder irgendwann. Ich sitze in meiner eigenen Wärme, bis die Uhr wieder schlägt. Niemand kennt diesen Platz so gut wie ich. Ich kenne jedes Geräusch, jeden Schatten, ich weiß, wie die Laternen im Wind baumeln und die Katzen ihre Runden drehen. Ich stehe auf, nehme den Hammer aus dem Blumenbeet, ziehe den Kopf in der Sporttasche aus dem Mülleimer, laufe auf den Platz und hebe die Nasenspitze auf. Die stecke ich ein und gehe mit meinem Gepäck den bekannten Weg nach Hause. Als ich auf dem Feld stehe, kurz vor der Brücke, drehe ich mich um und betrachte mein Dorf in der Nacht.

Da drin, irgendwo da drin, in einem dieser orange beleuchteten Steinklötze hinter einem dunkelgrünen Fensterladen liegt sie und denkt an mich, wie ich jetzt an sie denke. Da drin, irgendwo da drin lebt und atmet sie, dieses Mädchen, diese Frau, deren Namen ich noch nicht einmal kenne. Diese Frau, die ich liebe.

78

Ich stehe am Hügel und trage extrem uninteressante Äste und Stämme zu Haufen auf dem Weg zusammen. Lukru lässt die Motorsäge jaulen. Schon bevor ich wach war, habe ich darüber nachgedacht, wie ich sie heute wiedersehen kann. Ich habe kaum geschlafen. Ich habe Angst, dass ich sie nie wiedersehe. Weil sie wieder weg ist. Vielleicht war sie nur für ein paar Tage im Ort und fährt heute für immer davon?! Und ich kenne noch nicht einmal ihren Namen! Ich habe das Gefühl, die Zeit läuft mir davon! Jede Minute zählt, und ich schleppe hier sinnlos Holz für einen besoffenen Arsch. Ich muss weg. Ich kann einfach weg. Ich bin Illegaler, ich habe keinen Arbeitsvertrag. Aber ich brauche einen guten Grund. Borawski soll nicht glauben, ich interessiere mich nicht mehr für das Projekt. Ich lasse das blöde Holz fallen und gehe zu ihm.

»Alter, ich muss ins Dorf. Wir brauchen für den zweiten Versuch doch eine Leiter.«

Borawski ärgert sich.

»Da kann man doch keine Leiter kaufen, in dem Scheißkaff! Lukru wird bestimmt wieder sauer!«

»Lukru kann mich am Arsch lecken! Es geht um das Projekt!«

Borawski nickt schief. Da kann er nichts sagen. Das Projekt geht vor. Es ist der Grund unseres Hierseins. Ich betrachte Lukru, der mit dem Rücken zu uns fleißig Bäume zerteilt, drehe mich um und gehe einfach. Die Blätter duften süß und hängen schwer und feucht über dem Weg. Als ich um eine Kurve bin und mich Borawski nicht mehr sehen kann, laufe ich los. Ich jogge den gesamten Weg bis zu den Katzen auf der Straße, die noch gar nicht da sind, weil es noch zu kühl ist. Ist sie überhaupt schon so früh im Laden? Welcher Tag ist eigentlich heute? Hoffentlich haben die überhaupt auf! Was mache ich in dem Laden? Ist es O.K., dass ich sie wiedersehen will, oder ist sie schon genervt? Soll ich cool an der Theke rumstehen und tatsächlich eine Leiter kaufen? Quatsch! Was, wenn sie nicht alleine ist?! Vielleicht ist sie gerade in einem beknackten Kundengespräch, oder ihre Eltern sind im Laden? Oder ihr Chef? Ihr wird der Laden ja wohl kaum selbst gehören! Verdammt. Was mache ich nur?! Was mache ich gleich?! Ich werde langsamer. Vielleicht sollte ich doch umdrehen und erst später wiederkommen? Aber, was, wenn sie gleich wegfährt? Außerdem, worauf soll ich warten?

Mein Problem wird ja dadurch nicht kleiner – nur später.

Ich will einfach zu ihr! Ich laufe auf den Platz. Mein Herz klopft. Oh Mann, ich bin so aufgeregt! Vor lauter Aufregung hatte ich vorhin zwischen den Holzstämmen ihr Gesicht vergessen. Es fiel mir einfach nicht mehr ein. Ich wusste wirklich nicht mehr, wie sie aussieht! Ich hatte schon Angst, sie wäre mir egal. Ich musste mich hinsetzen und mich beruhigen, bis es wieder da war, ihr Gesicht.

Und ihr Geschmack.

Vor der Kneipe sitzen schon Leute in der Morgensonne und betrachten den Kirchplatz. Da muss ich vorbei und dann zu ihrem Laden rüberlaufen. Ich kann ihn schon sehen. Jemand kommt aus der Bank. Das ist gut. Das heißt, alles ist geöffnet. Ein normaler Werktag in der französischen Provinz. In fünfzig Metern bin ich bei ihr. Ich passiere die Leute vor der Kneipe und laufe quer über den Platz. Auf der anderen Seite kommt ein Mann aus einer Haustür und betrachtet ein paar Briefe und Zettel. Ich sehe genauer hin. Den Typ kenne ich doch! Der Mann dreht sich um, betrachtet mich kurz und kommt dann auf mich zu.

Verdammte Scheiße! MAIRESSE!

Ich drehe auf dem Fuß um und gehe zurück. Ich klatsche mir mit der flachen Hand auffällig an den Kopf, damit die Leute vor der Kneipe denken, ich hätte etwas Wichtiges vergessen. Nur, falls sie mich beobachten.

Hat Mairesse mich erkannt? Nein. Ich glaube nicht, sonst würde er schon nach mir rufen. »Philipp, Philipp, was machst du denn hier?! Das ist ja schön, im Urlaub meinen schlechtesten Schüler zu treffen!«

Das wäre das Ende. Das Ende vom Projekt. Sogar die Nase müsste ich heimlich wieder ankleben.

Mairesse läuft hinter mir. Ich werde schneller. Ich ändere meinen Gang. Nur ein ganz kleines bisschen humpeln. Meine Schwester hat mir mal aus einem Psychobuch vorgelesen, dass man die Leute unbewusst an ihrem Gang erkennt. Das wäre jetzt fatal. Er kann mich ja jetzt nur unbewusst erkennen!

Ich schiele nach hinten. Mairesse ist gar nicht mehr da!

Er ist abgebogen und setzt sich gerade vor die Kneipe. Natürlich quasselt er gleich los. Verdammt! Wie soll ich jetzt rüber zu ihr kommen? Wenn Mairesse mich sieht, ist das Projekt im Arsch! Was macht denn diese Sau jetzt hier? Mann, was mach ich nur?!

Erst einmal gehe ich zurück zu den Katzen, zu den Gärten mit den Hunden und durch den Wald zu Borawski.

Lukru hat gar nicht gemerkt, dass ich fort war, so schnell war ich wieder da. Borawski kommt verwundert an.

»Alter, hatten die keine Leiter, oder was?!«

Ich setze mich auf einen Baumstamm.

»Alter, das Projekt ist ernsthaft gefährdet!«

Ich muss an das Mädchen denken, wie es gerade den Laden verlässt, sich noch ein letztes Mal in Blutsalat umsieht, und dann traurig in sein Taxi steigt, das es zum Flieger nach Alaska bringt.

Lukru schimpft vom Hügel herunter. Er mag es nicht, wenn wir zu viele Pausen machen. Wie unwichtig ist das denn?! Er soll mich am Arsch lecken! Borawski steckt sich eine an.

»Was ist denn los? Was ist mit dem Projekt? Bullen?«

Ich schüttele mit dem Kopf. Borawski braucht jetzt eine klare Ansage.

»Wir müssen die ganze Aktion in einer Nacht durchziehen und sofort danach verschwinden!«

Dieser Gedanke erscheint mir unerträglich. Ich will hier nicht weg! Ich will sie wiedersehen! Ich will von diesem ganzen blöden Kopfscheiß nichts mehr wissen. Ich betrachte Borawski.

»Mairesse ist im Dorf.«

»WAS?! DU SCHEISSE!!«

»Alter, ich hab ihn gesehen. Ich musste voll abhauen!«

Borawski haut sich auf die Knie, tanzt auf dem Waldweg herum und schüttelt den Kopf. Lukru guckt vom Hügel.

»Ich fass es nicht! Macht der hier Urlaub, oder was? Oder

will der ans Denkmal wichsen, der verkackte Penner, die Sau! Was ist das denn?! So eine Scheiße!«

Ich setze einen ernsten Strategenblick auf. Borawski soll an meine Vision glauben.

»Vielleicht besucht er seine Eltern. Oder Freunde.«

Borawski schüttelt den Kopf.

»Der hat doch keine Freunde!«

Ich muss jetzt ein Feldmarschall sein, der nicht in Panik gerät. Jemand, der seinen Leuten ein Vorbild ist und seine persönlichen Belange hinten anstellt. Das sind die Momente, in denen sich Führungsqualitäten herauskristallisieren. Diese Momente machen den Unterschied!

»Hör zu. Wir müssen es sehr viel besser vorbereiten, denn wir haben nur noch einen einzigen Versuch. Heute Abend wird das nichts mehr. Wir brauchen eine feine Säge, denn wir sägen den Kopf ab. Dieser Hammer ist zu laut und zu schwer. Dann brauchen wir eine Leiter. Dann noch ein Gummiseil, um mich abzusichern. Ich wär gestern fast da runtergesegelt.«

»Hab ich gar nicht gemerkt.«

»Vielleicht bohren wir sogar Haken zum Hochlaufen in Mairesse' Opa rein. Also, wir müssen vielleicht dem Alten seinen Akkubohrer klauen.«

»So was hat der doch nicht.«

»Vielleicht. Das gilt es, rauszufinden. Es muss eins a durchdacht sein und astrein in möglichst kurzer Zeit durchgezogen werden. Wir haben ja noch nicht mal drüber nachgedacht, wie der neue Kopf auf den Hals vom Opa passt! Dieser Dilettantismus muss ein Ende haben! Wir müssen uns jetzt zusammenreißen!«

Ich überlege, ob er mich verstanden hat. Ich sehe zu Borawski hoch.

»Weißt du überhaupt, was Dilettantismus heißt, Soldat?«

»Natürlich, du Spinner!«

»Dazu kommt noch, dass wir alles bei den Alten auf dem Hof vorbereiten müssen. Das Risiko, Mairesse zu treffen, ist einfach zu hoch. Wir dürfen das Dorf vorher auf keinen Fall mehr betreten.«

Borawski zieht.

»Is klar. Einverstanden.«

79

Wir stehen in der Scheune von Patrohns und sehen uns im Schein von Borawskis Feuerzeug um. Der Wind klappert in den alten Holzwänden. Ein alter grüner Traktor. Ölfässer, ein Stapel alter Säcke mit Dünger. In den Ecken viele Schaufeln, ein Haufen Sand. Dann ein Werkzeugtisch mit Schubladen drin und Kram drauf. Meine Hände tasten über den dunklen Tisch. Eine Motorsäge liegt zur Reparatur geöffnet herum. Ich finde eine große Säge, aber das Blatt ist zu grob. An der Wand lehnen Feilen, neben dem Tisch noch mehr Holzsägen. Borawski macht das Feuerzeug aus. Wir stehen im Dunkeln.

»Was ist?!«

»Alter, die Scheiße ist zu heiß! Wart mal 'n Moment.«

Borawski pustet das Feuerzeug in seinen Händen wie eine heiße Suppe. Ich muss an mein Mädchen denken. Was sie jetzt wohl macht? Es ist etwa zehn Uhr nachts, und vielleicht sitzt sie in der Kneipe und hofft, dass ich komme?! Vielleicht verflucht sie mich? Vielleicht hat sie den ganzen Tag auf mich im Laden gewartet?! Vielleicht hat sie mich gesehen, als ich darauf zulief? Oh, Mann!

Was wird sie nur denken? Wenn sie mich nicht gesehen hat, hat sie gewartet. Oder war sie froh, nichts von mir zu sehen?! Wäre ich doch nur bei ihr. Ich muss für sie wie ein Geist sein, der einfach aus der Nacht auftaucht. Ich kann heute nicht in die Kneipe! Wenn Mairesse im Ort ist, dann kommt er bestimmt auch dahin.

Borawski macht das Feuerzeug wieder an. Was haben wir noch mal gemacht?! Ach ja, wir suchen in der vergammelten Scheune eines Alkoholikers eine große Steinsäge und andere Spezialausrüstung für die Enthauptung von Denkmälern der Résistance.

Was würde *sie* wohl dazu sagen? Immerhin ist sie auch Französin. Ich gucke noch ein bisschen rum. Ich nehme ein paar Seile von der Wand. Ich stecke ein staubiges Maßband ein.

»O.K. Damit vermessen wir den Hals. Dazu nehmen wir noch die große Holzsäge mit. Besser als keine.«

Borawski macht das Feuerzeug wieder aus.

»Kriegen wir denn damit den Stein durch?!«

Ich überlege.

»Natürlich. Es dauert nur länger.«

»Wie lange denn?!«

»Genau eine Nacht. Also alles in Ordnung. Jetzt gehen wir schlafen.«

Borawski schnaubt skeptisch. Wir bräuchten mal wieder ein Erfolgserlebnis! Wir schleichen uns aus der Scheune und laufen über die Wiese zum Haupthaus zurück. Wir drücken die Tür auf, schweben die knarrende Treppe nach oben und gehen ins Zimmer.

Ich lege mich auf das Bett. Borawski stopft sich in den Schlafsack und raucht noch eine. Statt Zähneputzen. Ich lösche das Licht. Mann. Statt hier rumzuliegen, könnte ich jetzt bei ihr sein. Wenn dieser verkackte Mairesse nicht wäre!

Ich wälze mich auf die andere Seite und blicke aus dem Fenster. Ich muss zu ihr! Die pure Möglichkeit, jetzt einfach aufzustehen und zu ihr zu gehen, raubt mir den Atem. Meine Hände kleben. Ich kann sowieso nicht pennen. Ich rieche an meinen Achseln. Ich müsste mich waschen. »Jetzt noch?!«, wird Borawski fragen. Ich muss warten, bis er schläft. Da er schnarcht, kann man zum Glück immer hören, wenn er eingeschlafen ist. Ich glaube nicht, dass er nur so tut, als ob er schnarcht.

Aber, bei diesen lauten Wasserleitungen mitten in der

Nacht duschen? Nachher kommt Frau Patrohn und will mitduschen?!

Nur, weil ich nicht weiß, was Nein auf Französisch heißt, muss ich ihren alten, wulstigen, haarigen Körper besteigen.

Ich liege und überlege. Wenn ich im Dorf bin, wo soll ich nur hingehen? Soll ich an der Scheibe von ihrem dunklen Laden klopfen? Damit ein wütender Herr im Schlafanzug erscheint?! Nein. Ich weiß ja gar nicht, wo sie wohnt! Außerdem wohnt sie bestimmt noch bei ihren Eltern! Also, selbst wenn ich es wüsste, mit meinem Französisch kann ich ihren Eltern nachts um halb elf sicherlich nicht glaubhaft klarmachen, dass ich ihre Tochter küssen und streicheln möchte.

Ja, das möchte ich!

So sehr!

Ich möchte sie küssen und streicheln!

Ich möchte in ihre Sternchenaugen sehen! Ich möchte meine Hand um ihre Taille legen und diese süße Speckfalte über ihrem Beckenknochen durch den Pulli spüren. Ich könnte einfach zur Kneipe gehen! Gute Idee! Aber, was, wenn Mairesse da drin ist? Ganz einfach: Ich guck von außen rein, und wenn er drin ist, geh ich unauffällig weiter. Wenn nicht, hol ich sie raus. Natürlich nur, wenn sie auch drin ist. Und wenn sie nicht drin ist?!

Dann muss ich es morgen Nacht wieder versuchen. Tagsüber kann ich ja nicht mehr ins Dorf. Dieser verdammte Mairesse!

Ich hasse ihn!

Borawski schnarcht. Endlich! Ich probiere es. Ich setze mich in Zeitlupe hoch und verlasse mein Bett wie ein schwereloses Raumschiff. Ich gehe über den Flur zum Klo. Ich betätige die saulaute Spülung, um jeglichen Verdacht zu zerstreuen. Dann stecke ich ein Stück Seife und ein Handtuch von Lukru ein. Was, wenn Borawski von der Spülung wieder aufgewacht ist?! Ich ärgere mich. Das war dumm! Ich lausche noch mal an unserer Tür, aber Borawski schnarcht zum Glück friedlich weiter.

Ich schleiche die Treppe runter, in die Diele und aus dem

Haus hinaus. Dieser Weg ist mir im Dunkeln mittlerweile vertrauter als am Tag. Ich laufe neben dem Kiesweg zur Brücke. Da steige ich zum Bach hinunter und ziehe mich in der kühlen Nachtluft aus. Ich steige barfuß bis zu den Knöcheln auf die bemoosten, runden Steine ins Wasser.

Ich sauge erschrocken Luft ein! Hui! Es ist saukalt! Bestimmt Schmelzwasser vom Huhli-Guhli – jedenfalls würde ich einen Gletscher so nennen, falls es hier einen gibt, und wenn man mich in einer Talkshow dazu befragt. »Huhli-Guhli?«, fragt der Gastgeber, ein ausrangierter Sportreporter, »warum würden Sie denn einen Gletscher Huhli-Guhli nennen?« Ich überlege kurz und sage dann trocken: »Weil es der beste Name für einen Gletscher ist.« Das Publikum im Studio lacht, applaudiert und nickt sich zu. Ja, es *ist* der beste Name für einen Gletscher! Definitiv! Ich hocke mich voller Angst über das Wasser. Langsam senke ich meinen Sack wie an einem Kran in die schwarzen, plätschernden Wellen. Die Kälte raubt mir beinahe den Atem. Dann lege ich mich einmal flach über die glitschigen Steine in die Wellen hinein. Das kalte Wasser presst die Töne aus meinem Körper heraus.

»HUHLI-GUHLI!!«

Ich rudere mit meinen Armen und schnelle wieder in die Luft, die jetzt kalt und schneidend ist. Ich greife in die Wiese, taste nach der Seife und seife mich ein. Vor allem Arsch, Schwanz und Achselhöhlen. Die Kälte lässt meinen Schwanz so winzig werden, ich hoffe nur, sie sieht mich niemals nackt! Ich könnte ihr sagen, dass ich eine Lichtallergie habe. Ich gleite mit meiner Hand über meine eingeseifte Haut und blicke in die Sterne. Wieso wasche ich mich eigentlich? Ich wasche mich und gehe danach ins Dorf, in der Hoffnung, sie zu treffen.

Da lacht doch jeder Hobbypsychologe!

Ich grinse in der Dunkelheit.

Ich will mit ihr schlafen, ich will sie überall küssen, ich will ihre Tränen aus ihren genialen Augen trinken! Ich grinse, weil ich, neben dem Sportreporter, den Sternen und dem großen

Huhli-Guhli offensichtlich der Letzte hier bin, dem das auffällt.

Ich muss noch mal ins Wasser und wasche die Seife ab. Sie geht nur schwer runter, ich muss richtig rubbeln, aber jetzt ist es nicht mehr so kalt. Ich steige in die Wiese und trockne mich ab. Das Handtuch schruppt hart über meine taube Haut. Ich rolle es zusammen und deponiere es unter der Brücke. Dann steige ich wieder in meine Sachen und laufe weiter zum Dorf.

Ich bin hellwach und nüchtern. So nüchtern war ich noch nie! Borawski und ich hatten gar keine Zeit zum Saufen. Mir fallen die Flusskrebse ein, die es hier vielleicht auch gibt. Zu spät. Ich grinse. Eine wohlige Wärme umspielt mich, hebt und senkt meine Gänsehaut in Wellen unter meinen Klamotten. Ich bin warm und fit! Ich komme an den Hunden vorbei, laufe ins Dorf und sehe den Kirchplatz.

Jetzt muss ich ganz normal gehen.

Ganz ruhig.

Hände in die Hosentaschen, um die Ecke biegen.

Ein völlig normaler gestörter Teenager.

Der Kirchplatz ist leer, da scheint das Licht der Kneipe auf das Pflaster. Ich muss einfach langsam vorbeigehen, durch die große Scheibe reingucken und mich kurz umsehen. Langsam habe ich drei, vier Sekunden Zeit. Das reicht. Für *sie* reicht eine Millisekunde, und für Mairesse reichen zwei Millisekunden, inklusive Wegdrehen, falls er drin ist.

Ich werde langsamer. Ich laufe zur Scheibe. Ich sehe hinein: leer.

Nur zwei Opas sitzen an der Theke. Mairesse ist nicht dabei.

Vielleicht ist sie gerade auf dem Klo?

Was mache ich? Davorstehen, bis sie vom Klo kommt, falls sie drauf ist? Ich drücke gegen die Tür. Zu! Mist. Der Wirt schüttelt hinter der Scheibe mit dem Kopf und ruft mir etwas zu. Vermutlich: »Geschlossen! Verpiss dich, du notgeile Sau!« Die Opis drehen sich kurz zu mir um und dann wieder zurück.

Der will also einem Mädchen aus dem Dorf sein Ding reinschieben! So sieht so jemand also aus! Ich mache ein nettes Gesicht, nicke und drehe ab.

So eine Kacke! Mist! Ich bin zu spät! Wo ist sie?! Was denkt sie von mir? Aber, ich konnte einfach nicht früher weg. Verkackter Borawski! Blöder Arsch! Morgen schütte ich dir Schlafmittel in dein Essen! Quatsch, morgen bauen wir ja endlich den Kopf um! Scheiße! Vielleicht lässt es sich noch um einen Tag verschieben. Obwohl mir eigentlich kein Grund mehr dafür einfällt. Die Vorbereitungen sind mit dem Diebstahl der alten Holzsäge abgeschlossen.

Was mach ich denn jetzt? Frisch gewaschen und voller Sehnsucht nach ihr, alleine, nachts in Blutsalat? Wichsen? Nein. Auf keinen Fall. Ich bleibe stehen. Ich betrachte ihren Laden gegenüber. Der steht schwarz und schweiget. Was mache ich nur? Ich habe das Maßband noch in der Tasche. Ich könnte etwas für das Projekt tun! Ich habe das mit dem »Hals vermessen« vorhin nur so dahergesagt. Ich halte es ehrlich gesagt auch für absolut überflüssig. Was nützt es uns, wenn wir wissen, wie unterschiedlich dick die Hälse der beiden Köpfe sind? Nichts! Es ging mir nur darum, Borawski Wissenschaftlichkeit zu suggerieren.

Es war schon ziemlich enttäuschend in der Scheune, vor allem nach meiner Ansprache im Wald. Da brauchte er etwas, an das er glauben konnte. Jetzt aber, in dieser einsamen Nacht in Blutsalat, ist das Vermessen des Halses plötzlich eine richtig sinnvolle Aufgabe, falls Borawski doch aufwacht und merkt, dass ich nicht da bin.

Er wird sich unter meiner Bettdecke verstecken und dort auf mich warten. Sobald ich ahnungslos das Zimmer betrete, knipst er das Licht an, reißt die Decke zur Seite und brüllt mich an: »WO WARST DU?!«

Wenn ich mich von dem Schreck erholt habe, kann ich mich entspannt hinstellen und sagen: »Ich hab den Hals von Mairesse' Opa vermessen, wie wir es besprochen hatten. Sei froh, dass ich dich hab weiterschlafen lassen!« Dann wird sich Borawski kleinlaut in seinen Schlafsack einrollen und hoffen, dass ich ihn nie wieder auf diese peinliche Situation anspreche. Also schlendere ich jetzt zum Denkmal und erfinde mir eine Zahl, die ich Borawski als Halsumfang verkaufen werde.

Ich biege durch die zwei bekannten Sträßchen, laufe nach unten und komme auf den Platz. Es wundert mich, dass mir Mairesse' Opa aus seiner dunklen Ecke noch nicht zuwinkt, so gut kennen wir uns schon. Seine Nasenspitze liegt in meiner Nachttischschublade. Ich komme näher und sehe jemanden auf der Bank sitzen. Mist! Ich dachte, in Blutsalat sorgt das Militär dafür, dass alle spätestens um elf im Bett liegen.

Was soll ich tun?

Ganz ruhig! Es ist nicht illegal, mit einem Maßband in der Tasche nachts durch ein Dorf zu schlendern, um ein wenig an einem schönen Denkmal zu verweilen. Also gehe ich einfach weiter. Auch unten am Platz kann ich noch so tun, als ob ich eigentlich rechts in die Straße möchte. Hoffentlich ist es nicht mein Verfolger von gestern!

Ich sehe genauer hin. Nein, es ist jemand in einem dicken Mantel! Da sitzt ... kann das sein?!

Sie!

Sie ist es!

Ich laufe hin. Sie ist es tatsächlich! Ich bin da und knie vor ihr nieder. Sie hat auf mich gewartet! Sie hat geweint. Sie ist noch viel schöner, als ich sie in Erinnerung hatte! Mein Blick will sich nie wieder von ihrer Haut und ihren Augen lösen. Ich nehme sie in den Arm.

Ich rieche sie.

Sie drückt mich und schluchzt los. Sie sagt irgendwas. Sie schluchzt und krallt sich richtig an mir fest! Unsere Wangen berühren sich, ich sehe ihre Nase, ihr Ohrläppchen, ich küsse ihre Tränen, ich küsse ihren Mund, sie küsst meinen Mund. Ich spüre ihre Zunge, und ich sauge an ihrer Zunge. Ich rieche meinen Speichel an ihren Augenbrauen. Ich will sie aufessen und einatmen, ich will von ihr verschlungen werden! Ich drücke sie, ich küsse ihre Stirn, ich küsse ihre Augen, und ich betrachte eine dicke Träne, die an ihrem Kinn baumelt, abfällt und in ihrer Hose versinkt.

80

Sie steht auf und nimmt meine Hand. Sie schaut mich an und zieht mich von der Bank. Ich laufe neben ihr her. Sie weiß genau, wo sie hinwill. Das hier ist kein Schlendern mehr!

Wir laufen in dieselbe Richtung, in die ich gestern vor meinem Verfolger geflohen bin. Zwischen zwei Häusern gehen wir in einen engen Gang hinein. Eine Art Wasserablauf von der Straße.

Es wird total rabenschwarz.

Wir müssen hintereinander gehen, aber wir lassen unsere Hände nicht los. Am Ende wächst ein länglicher, dunkelblauer Spalt heran. Unsere Schritte schrappen über nassen Beton.

Hinter den Häusern stehen wir an dem Bach. Sie nimmt Anlauf und springt drüber. Ich nehme Anlauf und springe hinterher. Wir nehmen uns in den Arm. Wir küssen und halten uns.

Sie trägt einen Mantel aus Cord. Meine Fingerspitzen fühlen darüber. Ich spüre, dass er von innen gefüttert ist. Man kann mit Fingernägeln darauf Musik machen, wenn man unterschiedlich schnell darüberschrappt. Sie küsst mich, nimmt meine Hand und zieht mich den Trampelpfad entlang, bis wir an einem Schotterplatz ankommen, auf dem ein paar Autos stehen. Ich folge ihr zu einem alten, kastigen VW-Bus.

Sie nimmt einen Schlüssel aus der Tasche und schließt die Schiebetür auf. Sie legt – »pssst« – ihren Finger auf die Lippen. Sie lauscht. Nichts zu hören. Nur die üblichen, heiseren Hunde, gleichmäßig durchs Tal verteilt. Sie zieht die Schiebetür auf. Das Licht springt an. Sie kichert, steigt hinein und macht es schnell aus. Dann zieht sie mich hinein und schiebt die Tür wieder zu. Noch einmal sieht sie nach draußen. Ich stehe gebückt und sehe mich um.

Die Rückbank ist umgeklappt. Es riecht nach einem alten Campingbus. Es *ist* ein alter Campingbus. Kleine, selbstgenähte Vorhänge mit Spitzen wackeln bei jedem Schritt vor den Fenstern. Ein alter eingebauter Holzschrank knirscht.

Sie zieht mich auf die Rückbank und betrachtet mich. Sie streicht über mein Haar. Ich streiche über ihr Haar. Sie sagt etwas. Ich küsse sie. Sie setzt sich hin und zieht ihren Mantel aus. Jedes Geräusch, das dieser Mantel macht, ist wunderbar und bedrohlich zugleich. Ich habe keine Ahnung, was gleich passieren wird oder was ich machen soll. Ich weiß nur, dass ich sie halten und küssen will, und es ist mir eigentlich egal, ob sie dabei nackt ist oder nicht. Von mir aus kann es immer so bleiben wie jetzt.

Sie legt sich ohne Mantel zu mir. Ich küsse sie, streichele ihren Rücken, und dann liegt meine Hand auf ihrer Hose am Po. Ich lasse sie da liegen. Sie schiebt ihre Hand unter meinen Pulli, kalt, über meinen Bauch, über meine Brust und streichelt meinen Hals. Mein Schwanz wächst und platzt gleich. Er soll mich in Ruhe lassen. Ich brauch ihn gar nicht. Ich bin auch ohne ihn im Paradies.

Meine Hand gleitet hinten an ihrer Hosenkante entlang, und plötzlich liegt meine Fingerspitze in ihrer Arschfalte. Sie seufzt und streichelt mich intensiver über die Brust. Ich hoffe, dass ihr nicht auffällt, was für ein jämmerliches Hemd ich bin, und dieser Gedanke lindert meine Erektion ein wenig.

Ich kann ihre Härchen am Po spüren und schiebe meine Hand unter die Hose. Jetzt halte ich zwei kalte Arschbacken in meiner Hand, dazwischen eine ganz glatte Unterhose. Fühlt sich nach Seide an. Ihre nackten Arschbacken! Meine Hand zittert. Ich muss mal ganz tief Luft holen. Mein Atem vibriert beim Ausatmen. Als wenn ich geheult hätte.

Sie liegt fast auf mir und zieht meinen Pulli hoch. Sie küsst meine Brustwarzen, und ich gucke an die Decke vom VW-Bus, mein Blick ist halb durch ihr Haar verdeckt. Ich schiebe meine Hand tiefer in ihre Hose. Sie drückt ihren Po gegen meine Hand. Ich hebe ihren Oberkörper wie ein Gewichtheber hoch, ihr Haar hängt mir in die Augen. Ich lege sie vorsichtig auf den Rücken und öffne ihre Hose. Sie wartet und streichelt dabei meinen Kopf. Ich ziehe ihre Hose von den Beinen und betrachte ihre Unterhose. Helle Seide. Rosa? Hellgrün?

Hier gibt es keine Farben, nur grau.

Ich streife ihren Pulli hoch. Eine warme Wolke von ihrem Duft quillt mir entgegen, und ich schiebe mich unter ihren Pulli, küsse ihren Bauch, ihren Bauchnabel und streichele mit meiner Nasenspitze die Spitze ihres BHs. Sie gleitet mit ihrer Hand zu meiner Hose, und ich verstecke meine Erektion nicht mehr. Ich kneife meinen Arsch zusammen und strecke ihr meinen stolzen, pulsierenden Schwanz durch die Hose entgegen.

Sie hält inne.

Was ist los? Hab ich was falsch gemacht?! Ich komme wieder unter ihrem Pulli hervor. Sie betrachtet mich. Hoffentlich war das kein Fehler, mit meinem Schwanz!

Sie küsst mich. Sie lehnt sich zur Scheibe, schiebt einen Vorhang vorsichtig zur Seite und schielt aus dem Bus auf das stille, laternenbeschienene Dorf hinter dem Bach. Dann kommt sie zurück und küsst mich wieder.

Alles in Ordnung.

Ihre Hand streichelt über meine Hose, meine Hand streichelt ihr Becken, ich schiebe meine Hand an ihrer Taille unter ihren Pulli und halte ihren Nacken, halte ihre Schultern, da öffnet sie meine Hose und schiebt ihre kalte Hand unter meine Unterhose, und dann hat sie meinen Schwanz in der Hand. Sie streichelt meinen Schwanz, der unten von der Unterhose eingeklemmt ist. Mein Herz klopft bis zum Hals. Ich küsse sie, nehme meinen ganzen Mut zusammen und fahre mit zwei Fingern zwischen ihre Beine und drücke sie fest auf ihre Unterhose. Sie hält mich noch fester. Dann setzt sie sich hin und zieht ihren Pulli und ihren BH aus. Ich sehe im fahlen Licht ihr Schamhaar an der Höschenkante rausgucken. Sie legt sich wieder zu mir, und ich streichele vorsichtig ihre Brüste. Ich küsse ihre Brüste. Sie gurrt wie eine Taube. Ich schiebe meine Hand unter ihr Höschen und berühre ihr Haar, ihre Scham, dann lasse ich zwei Finger wie ein Paar Ski heruntergleiten und spüre ihre feuchte Wärme.

Ich streichele sie zwischen den Beinen. Da sind zwei wabbelige Wände und dazwischen eine längliche, glatte, rutschige Stelle. An deren Ende geht es tiefer in sie hinein. Ich fahre mit meinem Finger die glatte Stelle auf und ab, und das scheint ihr zu gefallen. Sie streichelt meinen Schwanz. Ihre Finger tippen auf die Spitze, dann gleiten sie sanft an beiden Seiten herunter. Wenn ich es so machen würde, würde ich gar nichts spüren. Wir küssen uns.

Ich will jetzt nicht abspritzen, aber ich bin tatsächlich kurz davor.

Verdammt! Dieser typische Müll, den man immer in den Jugendzeitschriften liest. Diese fingierten Leserbriefe, von geilen Redakteuren an sich selbst geschrieben, mit Überschriften wie »Er kommt immer zu früh« oder »Im Bett geht es immer nur um ihn« oder »Sein Penis riecht nach Furz«.

Ich drücke meinen Po nach hinten und ziehe dadurch meinen Schwanz aus ihrer Hand. Ich küsse sie auf den Bauch, nacheinander auf beide Brüste, auf den Hals. Ich halte sie, so fest ich kann. Ich will aufhören. Irgendwie will ich aufhören, damit es nicht aufhört. Ich habe Angst davor zu kommen. Ich will sie nicht beschmutzen. Andererseits gehört das dazu, und jede Frau weiß auch, dass es aus diesen Dingern irgendwann rausspritzt. Trotzdem, es graust mir vor dem ganzen unromantischen Stress! Mein Sperma, das überall rumfliegt und dann weggewischt werden muss. Ich will nicht, dass aus uns Liebenden plötzlich eine illegale Putzkolonne wird, die nachts heimlich Autos sauber machen muss. Dann die gemeinsame Bewertung des Erlebten. War es gut oder war es schlecht? Ganze Fernsehmagazine beschäftigen sich mit so einem Schrott. Wozu, wenn man dieses Mädchen liebt? Einfach nur liebt. Ich will nichts bewerten. Alles ist gut. Sogar, wenn ich abspritze. Vielleicht tu ich es doch noch, nachher. Ich betrachte sie. Ich liebe sie!

»Ich liebe dich.«

Das habe ich gesagt. Mitten in die keuchende Stille unserer Körper. Wie ferngesteuert. Sie wundert sich, dass ich überhaupt sprechen kann. Sie lächelt. Sie sagt etwas. Ich küsse ihren Mund. Ich küsse ihren Bauchnabel und diesen harten, duftenden Hügel unter ihrem Schlüpfer.

Ich setze mich hoch. Sie hält mich fest. Sie küsst meine Brustwarzen. Ich nehme ihren Haarschopf und lege mich mit ihr wieder hin.

Wir suchen, finden und falten unsere beiden Hände.

Sie liegt an meinem Hals. Wenn ich einatme, kann ich ihre kalte Nasenspitze spüren. Ich lege meinen Arm um sie und betrachte die Decke von unserem Auto. Ich bin ganz ruhig.

Lieber Gott, wenn es dich gibt, dann möchte ich dir danken! Ich möchte dir danken, dass ich in der siebten Klasse Französisch und nicht Latein gewählt habe. Ich möchte dir danken, dass Borawski mein Freund ist und Mairesse' Opa so fleißig deutsche Soldaten aus dem Hinterhalt erschossen hat. Ich möchte dir danken, dass Mairesse so ein schlechter Lehrer und so ein entsetzlicher Angeber ist. Wenn du mich jetzt »zu dir nimmst«, dann sterbe ich am schönsten Ort der Welt.

Ich muss gluckernd lachen. Mein Bauch wabbelt ihren Kopf wie auf einem Trampolin. Sie setzt sich hoch und betrachtet mich fragend.

Nein, du hast nichts falsch gemacht.

Ich lächele sie an. Ich betrachte ihre Brüste. Sie sieht, dass ich glücklich bin. Ich sehe, dass sie es sieht. Sie küsst mich. Sie setzt sich hoch und zieht ihre Hose wieder an. Wie laut das plötzlich ist. Was für schöne Beine sie hat. Ich schiebe meinen widerspenstigen Schwanz wieder an seinen Platz und mache meine

Hose zu. Ich helfe ihr beim BH-Zumachen. Es dauert eine Weile, bis ich den Verschluss durchschaue, und ich nutze die Zeit, um sie unter ihren Schulterblättern zu küssen. Sie kichert, als wenn es kitzelt. Vielleicht tut es das auch. Wir ziehen uns unsere Pullis an. Wir verstehen uns. Es muss gar nichts gesagt werden.

Mairesse, deinen Unterricht braucht keine Sau!

Wir betrachten uns, dann geben wir uns einen langen, langen, langen, unendlich langen Kuss. Wir umarmen uns. Unsere Umarmung wird fester, ich spüre, wie meine Hand wieder magisch zu ihrem Hintern gezogen wird. Ich wünschte, ich hätte die Zunge einer Schlange, um ihre Brustwarzen gleichzeitig lecken zu können. Ihre Zunge schiebt sich in meinen Mund. Ich streichele ihre Zunge mit meiner Zunge und höre die Kirchenglocke schlagen. Sie weicht von mir zurück und zählt mit ihrem Mund stumm die Pings mit.

Zwei, drei, wie wunderbar ihre Lippen auf und ab hüpfen, vier. Stille. Eine volle Stunde.

Ping. Eins. Ping. Zwei. Stille.

Zwei Uhr! Wann ist es denn so spät geworden? Sie küsst mich, erhebt sich, kontrolliert ihre Klamotten und zieht die Wagentür leise auf. Sie steigt aus, und ich folge ihr. Es ist kalt, der Bach gluckert. Unser Atem qualmt. Sie schiebt die Tür wieder zu, drückt sie mit ihrem Po leise in den Verschluss und schließt ab. Ihre Bewegungen sind konzentriert und dynamisch. Sie verliert keine Zeit. Sie weiß, was sie will. Mich!

Unglaublich! Sie muss verrückt sein!

Ein Käuzchen schreit. Wie in einem Film. Sie nimmt mich an der Hand, wir laufen den Trampelpfad zurück, springen wieder nacheinander über den Bach und gehen händchenhaltend hintereinander durch den pechschwarzen Regenablauf zur Straße zurück. Sie guckt erst vorsichtig in die Straße hinein, bevor wir in das blendende Laternenlicht treten. Sie zeigt mir, dass sie nach oben laufen muss. Ich will mitgehen, aber sie schiebt mich sanft von sich weg. Sie nimmt mich und küsst mich. Dann dreht sie sich um und geht davon.

Ich habe gar keine Angst, dass ich sie nicht wiedersehe. Ich schaue ihr hinterher. Diesen Hintern habe ich gerade angefasst. Was für ein wunderschöner Mensch! Ich warte, bis ich sie nicht mehr sehen kann. Ich laufe die Straße runter durch dieses leere Dorf, und es ist mir, als ob ich aus einem Traum erwache. Ich rieche an meinen Fingern. Nein, es war kein Traum. Da ist sie, da klebt sie dran. Ein unbeschreiblicher, nie gerochener, wunderbarer Geruch. Kernaussage von tausend blöden Witzen war immer, dass es sich dabei um bestialischen Fischgeruch handelt. Was für ein totaler Unsinn! Ich möchte meinen Finger abhacken und auf ewig an einem Lederband als Schmuck um meinen Hals tragen.

Ein Mädchen hat soeben zum ersten Mal meinen Schwanz angefasst, und es war herrlich! Da fällt mir wieder die Sanduhr ein. Ich habe vorhin keine Sekunde an diese saublöde Scheißuhr gedacht. Ein Grinsen macht sich in meinem Gesicht breit, als wenn es von Gummiseilen auseinandergezogen wird. Dann lache ich durch die leere Gasse und schüttele meinen Kopf. Es ist verrückt!

Ich kenne immer noch nicht ihren Namen.

81

Ich stehe im Wald und schleppe Holz. Ich helfe Lukru, so gut ich kann. Ich habe das Bedürfnis, nett zu ihm zu sein. Ich habe auch das Bedürfnis, nett zu Borawski zu sein. Meine Finger schwitzen in den Handschuhen. Ich will etwas von meinem prallen Glück abgeben, sonst platze ich. Meine Finger habe ich noch nicht gewaschen.

Ich nehme meine Hand aus den Handschuhen und rieche an den Fingern. Es ist immer noch wahr! Wann werde ich sie endlich wiedersehen?! Es ist drei Uhr nachmittags.

Schon dreizehn Stunden ohne sie! Verdammt!

Ich reiße mit Borawski verklemmte Stämme aus dem Unterholz heraus, entaste sie und bringe sie Lukru zum Zersägen. Manchmal sieht er mich an und lächelt. Mein lieber Arbeitsvater.

Ich glaube, die größte Freude, die ich ihm machen konnte, war, dass seine martialische Erziehung etwas genutzt hat. Zuhause in Rumänien wird er seiner Frau erzählen, dass er diesen verwöhnten Penner mal hart rangenommen hat: »Und, stell dir vor, Sabine, nach zwei Tagen hat der gestrahlt und gearbeitet! Der war nicht wiederzuerkennen!« Sabine wird ihren Lukru ansehen und fragen: »Hat er denn dabei ständig an seinen Fingern gerochen?!«

Mann! Sosehr ich sie auch liebe, heute wird sie vielleicht zum Problem. Denn heut Nacht ziehen wir endlich das Projekt durch! Durchaus möglich, dass sie wieder bis in die Puppen am Denkmal hockt und auf mich wartet. Wenn ich mit Borawski auftauche, kann ich sie wohl nicht mehr verheimlichen. Oder doch?

Aber, wie sollte ich, wenn ich neben ihr stehe, so tun, als ob ich sie nicht kenne? Nein, das mach ich nicht. Wozu soll ich sie überhaupt verheimlichen? Das geht doch gar nicht!

Da unten steht Borawski und raucht eine auf dem Waldweg. Unsere Holzstapel sind schon zu Lastwagengröße angewachsen. Ich kann jetzt einfach hingehen, über den schon freigeräumten, weichen Waldboden da runterstolpern und Borawski die Sache erzählen. Er ist mein Freund. Er wird mich verstehen.

Aber irgendwie will ich es nicht.

Ich will nicht, dass er neidisch wird. Solange das Projekt noch nicht abgeschlossen ist, brauchen wir möglichst viele Dinge, die uns verbinden. Dass wir keine Frauen haben, gehört definitiv dazu. Ich kann ihn nicht kurz vor Schluss abhängen. Irgendwie ist es mir auch zu heilig. Ich habe gar keine Lust, darüber zu reden. Was gestern Nacht im Bus passiert ist, was überhaupt auf den Straßen von Blutsalat passiert ist, geht nur sie und mich etwas an. Außerdem: Wenn ich mit Borawski zum Denkmal komme, glaubt sie vielleicht, ich würde einen Kumpel mitbringen, damit der auch mal auf sie draufsteigen darf.

»Draufsteigen«. Was wir gestern gemacht haben, war weit davon entfernt. Wie kann ich so reden?! Scheiße! So etwas darf ich noch nicht mal denken. Ich könnte Lukru bitten, mir eine Ohrfeige zu geben.

Niemand außer mir darf sie berühren! Sie muss auf jeden Fall weg vom Denkmal sein, wenn wir anfangen! Wir können erst nach zwei Uhr nachts loslegen. Das ist dann eben so. Wir sind schließlich wegen des Kopfes hier und nicht wegen ihr!

Ich werde Borawski noch in der Nacht nach Deutschland zurückschicken und sie morgen früh in ihrem Laden besuchen. Wir werden uns küssen und streicheln und ausziehen und ...

»He!«

Lukru betrachtet mich. Von seiner ledergegerbten Haut tropft der Schweiß. Sein Holzstapel ist schon fast weggesägt. Er wedelt mit den Fingern.

»Lukru, lukru!«

»Ja, ja!«

Ich mach ja schon! Ich stapfe wieder in den Hang hinein. Borawski wartet oben schon auf mich. Ich steige über die ganzen Äste und Stämme, die sich irgendwann in diesem Sturm verknotet haben. Die warme Luft schmeckt süß nach Herbst. Ich betrachte eine Birke, die unversehrt die ganze Katastrophe überlebt hat und umzingelt von zerborstenem Holzschrott fröhlich weiterwächst.

Das Leben ist eine Lotterie. Auch für Bäume.

Ich steige. Ich muss aufpassen. Manche der vom Regen grau gewaschenen Äste sind schon morsch. Unter den Baumstämmen ist es dunkel. Ich laufe über eine Großstadt für Kaninchen, Eichhörnchen und Schnecken. Alles lebt.

Ich steige mit gesenktem Blick und trete wie auf einer Treppe seit zwei Tagen immer auf die gleichen Äste. Mein Körper macht mir Spaß. Ich komme bei Borawski an. Von hier oben kann man gut sehen, wie viel Holz wir schon weggeschafft haben.

Borawski hat uns schon einen Stamm ausgesucht, den wir mit unseren kleinen Äxten entasten und dann zu Lukru runterschleppen werden. Ich sehe den Hang hinunter. Lukru sägt. Ich überlege, ob ich Borawski von ihr erzählen soll. Ich würde es schon gerne. Ist er mein Freund oder nicht?! Aber, nein. Es würde ihn zu sehr verwirren, vor allem, dass sie vielleicht am Denkmal wartet. Er fiebert dem Projekt entgegen! Er muss nichts von zusätzlichen Komplikationen erfahren.

Unten macht Lukru die Motorsäge aus, setzt sich auf einen Stamm und holt eine Butterbrotdose raus. Er wischt sich über die Stirn und isst.

Ein friedliches Bild.

Endlich ist es mal still. Ich nehme meine Axt und hebe sie, als ich im Augenwinkel etwas Schwarzes sehe. Ich blicke ins Tal hinunter, und da fällt ein Baum!

Ein riesiger Baum löst sich von der Waldkante und gleitet völlig lautlos durch die Luft, seine dunklen Tannenarme ausgebreitet wie Schwingen. Ich brülle!

»LUKRU!«

Lukru sieht zu mir hoch, und da wird er schon unter dem federnden Baum begraben. Borawski und ich gucken uns an.

»Alter …«

Ich fasse an meine Stirn. Ich muss jetzt irgendwas Sinnvolles sagen! Ich muss etwas unternehmen!

Borawski läuft los. Nach unten. Ich folge ihm. Unsere Füße tanzen über die Stämme, unseren Holzweg hinunter. Wir kommen an dem Baum an. Der ist riesig.

»Lukru?!«

Keine Antwort.

»LUKRU!!?

Keine Antwort. Ich steige über einen der Äste an die Stelle, wo Lukru gerade ungefähr gesessen hat. Ich kann es nicht mehr wirklich sagen, denn ich stehe vor einem dicken Berg aus Tannenästen, bestimmt drei, vielleicht vier Meter entfernt. Ich stelle mich auf einen Ast und hangele mich an einem anderen entlang. Alles federt, ich rutsche fast ab, auch der Baum gibt noch etwas nach. Dass man den auch gar nicht gehört hat! Ich dachte, umstürzende Bäume machen einen Höllenlärm. Es hörte sich eher an wie eine Milchpackung, die umfällt. Meine Beine zittern. Ich halte mich wie an einer Hängebrücke oben fest und taste mich unten mit den Füßen durch die dicken Nadeln auf dem Ast vorwärts. Ich sehe runter. Ich bin fast zwei Meter über dem Boden und nähere mich langsam dem mannsdicken Stamm in der Mitte.

»Lukru?!

Stille.

»LUKRU?!!«

Stille.

Ich taste mich weiter vor. Verdammt. Blöde Nadeln schrappen mir durchs Gesicht. Jetzt stehe ich auf dem Stamm. Stammabwärts ist unten etwas Weißes zu sehen. Ich balanciere hin. Was ist das? Ich komme näher. Es ist tief unten. Mein Herz rast. Hoffentlich ist Lukru nichts passiert! Ich habe Angst, gleich einen Toten zu sehen. Scheiße! Ich gucke nach unten. Da ragt still ein Arm vom dunklen Boden in die Äste hinein. Er ist klar in der Mitte gebrochen. Die Hand an ihrem Ende ist verkrampft eingerollt. Die Haut aber ist schneeweiß.

»Ich hab ihn! Hier ist er! Hier unten liegt er!«

»Was ist mit ihm?!«

»Er ist ganz weiß. LUKRU?!«

Kein Ton kommt von unten. Mein Schrei wandert als Echo durch das Tal. Ich drehe mich zu Borawski.

»Da komm ich nicht runter. Hol Hilfe!«

Borawski sprintet auf dem Waldweg los. Ich hangele mich zurück.

»Scheiße, Scheiße …«

Ich laufe zum Weg runter und nehme mir die kleine Motorsäge. Ich hab so ein Teil noch nie bedient. Ich nehme sie in die

Hand. Ich ziehe am Startseil. Blubb. Blubb. Krrch. Nichts. Ich ziehe noch mal. Da jault das Ding los und fliegt mir fast ins Gesicht. Alter! Vorsicht!

Keine Panik! Eine Motorsäge in meiner Stirn nützt jetzt niemandem was. Ganz ruhig hingehen und loslegen. Ich gehe mit dem knatternden Teil zum Baum und säge die ersten Äste ab. Ich zerre sie weg und säge weiter. Ich schneide mich in den liegenden Baum wie in eine Torte. Stück für Stück. Alles ist überbelichtet, und ich bin erwachsen.

»Lukru, ich komme! Halt durch!«

Ich säge die Äste. Splitter fliegen mir um die Ohren. Ich hab noch nicht einmal eine Schutzbrille auf. Verdammt. Ich stehe auf dem Waldboden, und der Tunnel, den ich schneide, wird über mir immer höher. Ich kann den Stamm in der Mitte schon sehen.

Da liegt er. Ich säge noch einen Ast direkt am Stamm ab, ziehe ihn weg und mache die Motorsäge aus. Ich werfe sie einfach hinter mich. Dann hocke ich mich an den Stamm. Es riecht nach Harz und feuchtem Waldboden. Lukru liegt da, kopfüber unter den Ästen, seinen gebrochenen Arm nach oben gedreht. Er ist weiß und still.

Ich habe noch nie einen Toten gesehen, und ich kenne mich nicht aus, aber ich sehe, dass Lukru tot ist.

Dass er nicht mehr lebt.

Das zu mir gewandte Auge ist geöffnet, Blut läuft aus seinem Ohr und tropft vom Kinn in das Moos. Der Teil von ihm, den ich nicht sehen kann, muss unter dicken Ästen liegen. Ich stehe auf und sehe mich um.

Es ist so still hier und so friedlich. Vögel singen. Warmes Sonnenlicht drückt das Harz durch trockene Rinde. Ein Specht klopft, und es hallt wie in der Kirche. Lukru liegt da unten. Tot.

Unfassbar!

Gerade, vor Sekunden hat er mich noch angelächelt. Gerade habe ich noch seinen Schweißtropfen gesehen! Wieso hockt er auch da, wo dieser Scheißbaum hinknallt? Was für ein verdammtes Pech! Ich kannte ihn kaum, deshalb muss ich auch nicht weinen. Trotzdem. Scheiße!

Ich höre ein Auto. Das wird der Notarzt sein. Ich sehe zum Weg. Da kommt der weiße Kastenwagen vom Alten. Wozu das denn?! Borawski und der Alte steigen aus. Sie kommen angelaufen.

»Wieso hast du keinen Arzt geholt?! Was sollen wir denn mit dem Idioten?«

Borawski guckt mich an. Sein Gesicht glüht vor Anstrengung und Aufregung.

»Alter, der Typ ist einfach losgefahren. Wir fahren ihn gleich selber, das geht schneller. Wie geht's Lukru?!«

Der Alte ist schon in mein gesägtes Tortenstück reingelaufen und hat sich Lukru angesehen. Er steht auf und kommt zurück. Er schüttelt den Kopf, als wenn er eine irreparable Stromleitung entdeckt hätte.

Borawski guckt mich an.

»Was? Tot?!«

Ich nicke.

»Echt?!«

Ich nicke wieder. Dicke Tränen kullern aus Borawskis Gesicht.

»Scheiße, Alter! Scheiße!! So eine Scheiße!!«

Er hockt sich hin und heult. So einfach! Obwohl er Lukru kaum kannte! Ist das übertrieben?! Der Alte sieht sich um und läuft zu seinem Auto. Ich klopfe Borawski auf die Schulter.

»Alter, tut mir leid.«

Was Besseres fällt mir nicht ein. Was tut mir denn genau leid?! Ich weiß es gar nicht. Ich finde das alles wirklich nicht gut. Das ist meine ehrliche Meinung. Aber so kann man das ja nicht sagen! »Ich finde das alles wirklich nicht gut.« Das klingt doch bescheuert! Wie verhält man sich denn in so einer Situation? Was heißt denn: »in so einer Situation«? Das hier ist kein Psychospiel, keine Fernsehshow und auch kein Film! Das hier ist echt! Lukru ist vermutlich noch warm, und wenn ich es genau wissen will, muss ich nur vier Meter laufen und kann ihn anfassen!

Das hier ist die Realität!

Ich zittere. Ich denke darüber nach, eine zu rauchen. Oder ist es nur »eine gute Gelegenheit«, zur Zigarette zu greifen, ohne sich rechtfertigen zu müssen? Wenn das kein guter Grund ist, jetzt eine zu rauchen! Mann! Über was für einen Mist ich nachdenke! Keine fünf Meter von mir liegt ein Toter, den ich kannte! Borawski beruhigt sich langsam wieder.

»Ich hab ihn ja gar nicht gekannt. Trotzdem. War irgendwie ganz in Ordnung. Der Arme. So eine Scheiße!«

Der Alte klappert an seinem Auto. Ich nehme an, er telefoniert. Einen Arzt brauchen wir jedenfalls nicht mehr. Ein Leichenwagen muss her! Und die Polizei. Borawski wischt sich die Tränen weg und sieht zu mir hoch.

»Was ist denn jetzt mit dem Projekt?!«

Daran hatte ich ja noch gar nicht gedacht.

Die Polizei wird kommen, sie wird uns vernehmen. Wenn dann morgen ein deutscher Soldatenkopf auf dem Denkmal klebt, wissen sie genau, dass wir das waren. Die Polizei wird vermutlich noch heute Lukrus Zimmer durchsuchen und unseres gleich mit. Sie wird den Kopf im Schrank finden, es sei denn, wir lassen ihn gleich noch verschwinden. Innerhalb der nächsten fünfzehn Minuten. Jetzt! Sie werden in der Nachttischschublade die Nase finden, und das alles wird sehr verdächtig sein, und sie werden uns mitnehmen. Kacke! Aber eigentlich ist es auch egal. Zum Glück haben wir ja noch nichts gemacht. Es ist zwar komisch, einen Betonkopf bei sich zu haben, verboten ist es meines Wissens nach aber nicht. Nur, was ist das Projekt eigentlich noch wert, im Angesicht einer solchen … tja, was ist das eigentlich hier? Tragödie? Katastrophe? Ein Unfall? Ich schnaufe und sehe Borawski möglichst nicht an.

»Das Projekt ist im Arsch, mein Lieber. Vergiss es.«

Borawski schüttelt den Kopf.

»Niemals! Alter! Lass uns abhauen und unsere Sachen packen, bevor die Bullen kommen! Die kommen doch erst hierhin! Kein Mensch in diesem Kaff weiß, dass wir hier sind!«

Ich weiß nicht so recht. Da liegt der tote Lukru. Ich betrachte Borawski. Ich bin so müde. Ich will einfach nur schlafen. Ich will zu ihr! Borawski steht auf.

»Komm! So kurz vorm Ziel! Alter! Lukru nützt es auch nichts mehr, wenn wir ins Gefängnis kommen!«

Borawski sieht zum Weg. Der Alte beginnt, Sachen zusammenzuräumen. Borawski sieht auf die Uhr.

»Komm! Alter! Ich bin auch sitzengeblieben! Reiß dich zusammen. Nach so viel Arbeit! Gerade du! Lass uns abhauen! Niemand kennt uns hier!«

Borawski steht direkt vor mir. »Gerade du« – was meint er damit?!

Wir sehen uns an.

Dann rennen wir gemeinsam los. Erst runter zum Weg, und dann im Dauerlauf durch den frischen Wald. Der Alte ruft uns irgendwas hinterher. Leck mich!

Wir joggen um die Kurve. Borawski ist richtig fit. Plötzlich läuft er vor mir. Obwohl die Sonne scheint, bleibt es im Schatten kühl. Ob der Alte uns verfolgt?! Das Laufen scheppert in meinen Ohren, mein Atmen pumpt. Laufen ist nicht wirklich leise, um zu hören, ob hinter einem ein Auto kommt. Ich drehe mich im Laufen um, aber er wäre schon längst hier, wenn er hinter uns herfahren würde. Vermutlich freut er sich, dass er uns nicht mehr bezahlen muss.

Scheiße! Unser Geld!

Ich rufe keuchend in Borawskis Rücken.

»Alter, unser Geld!«

»Scheißegal! Komm!«

Wir kommen aus dem Wald, laufen auf den Feldweg, schrappen durch das Gras, poltern über die Brücke und sind auf dem Kiesweg zum Hof. Die Zahnlose steht in einem Beet und betrachtet uns. Wir laufen an ihr vorbei ins Haus, stürzen die

Treppe hoch und sind in unserem Zimmer. Borawski stürzt zu seinem Schlafsack und beginnt, ihn einzurollen. Er zeigt im Zimmer rum.

»Alter, nimm die Nase aus dem Tischchen! Deine Unterhosen und Klamotten in den Rucksack! Hol unsere Zahnbürsten aus dem Bad!«

Ich gehe ins Bad und hole die Bürsten. Ich schmeiß sie in meinen Rucksack. Ich öffne den Schrank und hebe den Kopf heraus. Ich stelle ihn auf das Bett und rolle ihn in meinen Rucksack rein. Meine Klamotten stopfe ich oben drauf. Ich nehme die sinnlose Holzsäge aus der Ecke und zurre sie außen am Rucksack fest. Borawski ist fertig.

»Was ist mit dem Sack Putz?«

Stimmt. Selbst wenn es das Projekt nicht gäbe, würde ich ihn als Erinnerung an *sie* mitnehmen. Wie wir uns kennengelernt haben. Ich packe ihn ein.

»O.K. Abhauen!«

Ich scanne das Zimmer.

»Der Aschenbecher!«

Borawski nickt, nimmt seinen vollen Aschenbecher und stellt ihn einfach bei Lukru ins Zimmer. Ich werfe auch noch einen Blick hinein.

Auf dem Fernseher steht ein Foto von einer Frau in einem rosa Pulli.

Borawski geht vor, ich werfe noch einen Blick in unser Zimmer. Alles sauber. Ich betrachte den Kartoffelsackvorhang zu Lukrus Kammer. Er wackelt noch ganz sanft.

Dann gehen wir. Ich ziehe die Tür zu, und wir poltern die Treppe runter ins Freie.

82

Wir liegen keuchend mit unseren Sachen flach im Laub am Waldrand gegenüber vom Hof, erholen uns und warten auf das Eintreffen der Polizei. Über uns wippen niedrige Eichenäste, die auf Kuhhöhe abgefressen sind. Es war Borawskis Idee, einfach in der Nähe zu bleiben und zuzusehen, was die Polizei macht. »Erstens vermutet uns niemand hier, zweitens können dann wir sehen, was vor sich geht«, hat er gesagt.

Seit Lukrus Tod ist er irgendwie der Chef vom Projekt. Das nervt mich schon. Andererseits, ohne ihn würde es das Projekt jetzt nicht mehr geben. Vielleicht machen wir es jetzt auch zusammen. Vielleicht fühlt es sich so an, wenn man etwas zusammen macht?! Keine Ahnung.

Wir liegen nebeneinander im trockenen, knisternden Laub wie Späher im Krieg und sehen über die leere Weide zum Hof. So muss sich Mairesse' Opa gefühlt haben. Gerade noch einen Toten gesehen und schon wieder im Auftrag des großen Ziels unterwegs in einem Gebüsch. Ich bin froh, dass Borawski vorhin das Projekt gerettet hat. Ich muss nur irgendwie die Führung wieder übernehmen. Am Hof passiert nichts. Nur die Zahnlose watschelt geschäftig in ihren Beeten umher. Borawski sieht auf die Uhr.

»Halbe Stunde schon.«

Dann ist Lukru noch nicht mal zwei Stunden tot. Es wird ihn nie wieder geben. Er ist einfach weg, und vorher war er immer da. Jede Sekunde meines Lebens hat es ihn bis dahin gegeben. Es gibt ein Vorher und ein Nachher. Es gibt kein Dazwischen.

»Es gibt gar kein Jetzt.«

Borawski betrachtet mich wortlos. Dann guckt er wieder zum Hof zurück.

»Der Alte!«

Der weiße Kastenwagen vom Alten kommt hinten aus dem

Wald gerollt. Er fährt auf den Feldweg, passiert die Brücke und rollt gummiknirschend über den Kiesweg zum Hof. Da hält er. Der Alte steigt aus. Er geht zur Zahnlosen und redet mit ihr. Die beiden diskutieren. Dann gehen sie ins Haus.

»Jetzt holen die erst die Bullen. Mann! Die haben echt Zeit.«

»Was machen wir?«

Ich habe Borawski gefragt, was wir machen sollen. So schnell geht das in der Politik.

»Wir warten.«

»Worauf?«

»Keine Ahnung. Bis die Bullen kommen.«

»Wozu?«

Borawski zuckt mit den Achseln.

»Das sind wir Lukru schuldig. Wir müssen eh warten, bis es dunkel ist.«

Ich betrachte Borawski. Ich sehe die späten Sonnenflecken des Tages auf dem braunen, trockenen Laubboden tanzen. Ich höre den Wind in den Ästen. Es wird kühl. Vielleicht noch drei Stunden hell. Heute Nacht werden wir das heilige Projekt durchführen! Endlich! Lukru wäre dafür. Er hat uns immer unterstützt! Er hat ja sogar mitgebastelt! Wir brauchen kein schlechtes Gewissen zu haben.

Ich lege mich auf die Seite und spüre meinen warmen Körper. Ich muss an *sie* denken! Ich rieche an meinen Fingern. Dann sehe ich zum Hof zurück. Ich finde, Borawski hat recht. Wir sind es Lukru schuldig! Wir müssen sowieso warten, bis es zwei Uhr nachts ist. Ins Dorf können wir nicht, wegen Mairesse, der Sau. Warum also nicht hier warten?

83

Es ist dunkel. Es ist die ganze Zeit nichts passiert. Wenn wir nicht irgendwas verpasst haben, müsste Lukru noch unter seinem Baum liegen. Was für eine blöde Scheiße da passiert ist! In der Küche vom Hof brennt Licht. Borawski verkneift sich das Rauchen wegen der Glut. Wir haben nicht darüber gesprochen, aber er weiß, dass ich sofort protestieren würde. Je mehr Zeit vergeht, ohne dass etwas passiert, desto merkwürdiger wird das alles.

»Alter, was machen die?! Der Alte hat Lukru doch gesehen?!«

»Klar hat der den gesehen!«

»Wieso tun die dann so, als ob nichts wäre?!«

Ich schüttle mit dem Kopf.

»Keine Ahnung.«

Borawskis schwarze Silhouette guckt mich an.

»Sollen *wir* die Bullen rufen?!«

»Bist du verrückt?! Was ist mit dem Kopf? Nein. Wenn wir jetzt aufgeben, macht das Lukru auch nicht mehr lebendig. Wir warten hier.«

Ich mache eine Pause und versuche, mir unser Telefonat mit der Polizei vorzustellen, von der wir noch nicht einmal eine Nummer haben.

»Außerdem, selbst wenn wir wollten, könnten wir denen nichts erzählen.«

»Alter, da passiert nichts mehr. Lass uns zum Denkmal und es endlich tun.«

Borawski verlässt die Geduld. So ist es eben. Einige können Chefs sein, andere nicht. Die können es nur versuchen.

Ich muss an *sie* denken, die vermutlich noch am Denkmal sitzt. Ich schüttele mit dem Kopf.

»Wir bleiben hier. Ich will wissen, wie die Scheiße endet.«

Plötzlich geht die Haustür auf, und die kleine Silhouette der

Zahnlosen stapft in die Nacht. Sie trägt einen Sack hinters Haus. Dann kommt sie ohne Sack zurück und geht wieder rein. Dann passiert wieder nichts.

»Hat die den Müll rausgebracht?«

»Und er guckt Fernsehen, oder was?!«

Nein. Jetzt kommt der Alte raus und verschwindet auch hinterm Haus. Nach ein paar Minuten steigt eine Rauchsäule hinterm Hof in die Luft. Hier kommt heute keine Polizei mehr.

»Was machen die denn da?!«

Bald riechen wir den Rauch. Der schmeckt nach Müll und Plastik. Borawski dreht sich auf dem knisternden Laub zu mir.

»Weißt du, was die da machen?!«

Ich glaube schon, aber ich bin mir nicht sicher. Oder doch?! Ich nicke.

»Scheiße … die verbrennen Lukrus Sachen!«

Borawski nickt.

»Genau. Die wollen einfach so tun, als wenn's den nie gegeben hätte. Damit sie keiner drankriegt, die Arschgeigen.«

»Scheiße, du hast recht!«

Wir sehen wieder beide zum Hof zurück. Ich atme ganz fein den Rauch von Lukrus Sachen ein.

»Die Leiche findet irgendein Spaziergänger, und die beiden Alten wissen von nichts!«

»Genau. Sie behalten seine Kohle und haben mit illegalen Schwarzarbeitern nichts am Hut.«

Wenn man in die Zukunft sehen könnte, kann man vermutlich nicht mehr entspannt existieren. Was wäre, wenn ich Lukrus Zahnbürste im Bad liegen sehe und dabei denken muss: Übermorgen atme ich das Ding als Rauch ein? Was wäre, wenn ich Lukru bei unserer ersten Begegnung die Hand gegeben hätte und ihm gesagt hätte: »Ich werde der Letzte sein, den du auf der Welt siehst, und ich werde deinen Namen rufen!«? So ein Zeug steht in der Bibel. Dann wäre unser aller Leben das reine Grauen!

Hiermit ergeht folgender Beschluss: Alle Forschungen an

Zeitmaschinen müssen sofort eingestellt werden! Ich weiß allerdings gar nicht, ob gerade jemand ernsthaft an der Herstellung von Zeitmaschinen forscht. Doch. Bestimmt. Irgendein verrückter Milliardär in Kalifornien. Mit einem langen grauen Zopf, lila T-Shirt und Jeans. In seinem Testament hat er festgelegt, dass seine Leiche eingefroren werden soll und sein ganzes Geld für den Bau einer Zeitmaschine draufgehen muss. Doch seine Erben lachen über seine Ideen, stellen die Kühlmaschine ab und werfen seine Leiche feierlich ins Meer. »Er war verrückt, jetzt hat er endlich seinen Frieden«, sagen sie, fliegen erster Klasse nach Hause und beginnen sofort damit, seine Kohle zu verprassen.

Der arme Lukru. Er war wirklich arm. Zwei Euro die Stunde. Mann! Das sind zwei Bier an der Bude für Ingo, wenn man zwei Leere dabeihat.

Wir betrachten den Rauch. Borawski steht auf.

»Alter, das können wir nicht zulassen! Wir müssen da hin.«

Er will schon loslaufen. Ich springe auf.

»Bleib hier! Du hast doch gar keinen Plan. Was willst du denn da machen? Seine Klamotten aus dem Feuer ziehen?! Wenn du da auftauchst, war alles umsonst! Lukru ist tot, denk an das Projekt! In zehn Stunden sind wir für immer weg von hier!«

Borawski schüttelt mit dem Kopf.

»Mann! Aber die verbrennen den Pass und alles. Vielleicht sogar das Foto.«

»Mit Sicherheit das Foto.«

»Nachher weiß keiner von seiner Familie, wo der abgeblieben ist. Denk doch mal an die Kohle. Die ist doch nicht für den selber gewesen! Die hat er doch irgendwohin geschickt.«

Borawski hat es wirklich mehr mit dem Geld als ich. Obwohl er keins hat. Ich muss ihn beruhigen.

»Gerade wegen der Überweisungen haben die ruck, zuck raus, wer er ist, wenn er gefunden wird.«

Borawski steht noch etwas rum, aber ich habe ihn wieder im

Boot. Nur noch ein kleiner Schubs, und er verwirft seinen Plan, sinnlos loszurennen, endgültig. Mein nächster Satz rettet das Projekt!

»Nachher rennst du dahin, und die Arschlöcher verbrennen doch nur ihren Hausmüll.«

Borawski schnauft. Dann setzt er sich wieder auf den schwarzen, knisternden Waldboden zurück.

»Scheiße. Mir wird kalt.«

»Mir auch.«

Da kommt der Alte hinter dem Haus hervor und steigt in seinen Wagen. Er startet ihn, macht Licht und fährt in die Nacht davon.

»Was macht der?«

»Ich habe keine Ahnung. Ins Dorf fahren.«

Doch der Wagen biegt an der Brücke nicht Richtung Dorf, sondern Richtung Wald ab. Der Wagen fährt, und dann gehen seine Lichter aus. Mein Herz klopft. Ich kann es nicht glauben!

»Alter!«

Borawski steht auf.

»Lass uns da hin!«

Ich stehe auch auf. Wir laufen in die Nacht. Wir sind uns einig. Wir haben beide den gleichen Verdacht. Wir müssen hinterher. Das sind wir Lukru schuldig. Wir kommen in ein leichtes Joggen. Wir kennen jeden Stein auf dieser Strecke. Als wir vom Feldweg in den Wald abbiegen, wird es noch dunkler, aber wir sind trotzdem orientiert. Hier der große Busch, da der kleine Bach, die erste Lichtung, Kurve, die zweite Lichtung, Kurve, unsere Geräteplane, unsere Lichtung. Wir bleiben stehen. Der Wagen vom Alten steht dunkel auf dem Weg.

Es ist still. Ein Käuzchen.

Dann knackt es. Und noch mal. Dann bricht was. Es kommt vom gefallenen Baum. Dann knackt und bricht es noch mal. Wir laufen vorsichtig hin und ducken uns.

Da taucht der Alte auf. Er stöhnt und zerrt. Er zieht etwas! Lukru! Der Alte zieht Lukrus Körper stöhnend über den Waldboden. Jetzt kommt er damit direkt an uns vorbei. Lukrus Gesicht starrt in den Nachthimmel. Der Alte schleift ihn hinter sein Auto. Dann klappt er die Klappe auf und hebt ihn stöhnend hinein. Dann klappt er zu, steigt vorne ein, startet und fährt weg. Ohne Licht, weiter in den Wald hinein. Das ging alles sehr schnell. Borawski und ich stehen im Dunkeln. Wir keuchen. Wir hören den Wagen brummen und langsam leiser werden. Wir stehen in der schwarzen Nacht und sehen uns an. Irgendwo brummt das Auto noch einmal aus einer Kurve hervor, dann ist es völlig still. Borawski findet als Erster seine Stimme wieder.

»Alter, was machen wir denn jetzt?!«

Das, finde ich, ist eine sehr gute Frage! Millionen Gedanken durchschießen meinen Kopf. Eine betäubende Vielfalt von Möglichkeiten stürzt auf mich herab. Lauter Weichen mit vielen kleinen Entscheidungen. Ich sehe die schwarzen Bäume und höre sie knirschen. Ich sehe den Baum lautlos in der Mittagsluft fallen und die weiße Hand von Lukru. Ich fühle mich wie der schnellste und am besten gekühlte Großrechner der Welt. Ich stehe neben mir und betrachte mich. Was ich gerade gesehen habe, hat nichts mit dem Leben zu tun, wie ich es zu leben wünsche. Ich will es nicht aufregend finden, einen armen, toten Menschen zu sehen, der nachts durch den Wald gezerrt wird. Wer hat mir diesen Müll bloß eingeredet?!

Ich denke an *sie* und ich denke: Was, wenn *sie* unter einem Baum begraben wird, irgendwo, vielleicht bei einem Waldspaziergang?! Wenn ich ein Bild von ihr auf dem Fernseher stehen habe?! Und dann höre ich nie wieder von ihr? Bis an mein Lebensende müsste ich sie suchen! Warum war ich heute nicht beim Denkmal?!

Was tu ich hier? Sie hat doch schon gestern geweint, weil sie dachte, ich komme nicht mehr.

Das Foto auf dem Fernseher! Die Frau in dem rosa Pulli. Lukrus Frau. Wie wird es ihr erst ergehen? Sie muss erfahren, was passiert ist! Es geht nicht, dass Lukru einfach stirbt und dann verschwindet! Wir können diese Frau, seine Liebe nicht bis an ihr Ende verfluchen! *Das* sind wir ihm schuldig! Ich weiß nichts über diesen Menschen. Eine vertane Chance.

Ich muss schlucken. Ich habe einen Frosch im Hals. Jetzt nicht heulen! Keine Zeit!

Konzentration.

Ich muss zu einem Ergebnis kommen.

Ich hasse mich! *Sie* weint wegen mir, und mir geht einer ab, wenn ich einen Freund beherrsche! Einen lieben Freund, der tapfer zu mir hält. Einen Freund, der auch irgendwann tot sein wird. Einen Freund, der jetzt in der schwarzen Nacht vor mir steht, dieselbe Angst hat und dasselbe denkt wie ich. Vielleicht ist er nicht der Schlauste, aber ist das wichtig?! Was weiß ich denn schon?!

Ich könnte ihn jetzt einfach anfassen. Was denke ich? Was denke ich genau?! Jetzt weiß ich es, und deshalb sage ich es einfach:

»Wir brauchen ein Auto.«

Borawski sagt nichts. Ich mache einen Schritt auf ihn zu und nehme ihn in den Arm.

»Keine Angst. Du wartest hier. Ich hol Hilfe.«

Borawski nickt.

»O.K. Aber beeil dich.«

84

Ich laufe über den Feldweg durch die klare Nacht. Gut, dass ich hier laufen darf und nicht zitternd im Wald warten muss wie Borawski.

Das Bild vom toten Lukru würde mich verfolgen, wenn ich da jetzt säße. Hoffentlich geht es Borawski gut. Er hat wenigstens seine Raucherei.

Es sind immer diese Bilder, die einen verfolgen.

Mein Onkel Bernhardt hat sich umgebracht, da war ich noch ganz klein, gerade mal zehn Jahre alt. Ich werde nie das Gesicht meiner Mutter vergessen, als ich von der Schule kam und sie mir die Tür aufmachte. Es war mir sofort klar, dass irgendwas Schreckliches passiert war.

Als ich hörte, dass Onkel Bernhardt tot war, und nicht mein Vater oder meine Schwester oder unser Hund, war ich heimlich froh.

Danach hatte ich wochenlang ein schlechtes Gewissen und seither Schuldgefühle, Onkel Bernhardt nie richtig geliebt zu haben. Weniger als unseren Hund jedenfalls. Aber das Bild, was mich seither verfolgt, habe ich noch nicht einmal gesehen.

Onkel Bernhardt sprang von einem Hochhaus, und mein Vater sprach an diesem Abend mit meiner Mutter im Flur. Beide wussten nicht, dass ich wach war, oben an der Treppe saß und meine Beine durch das Geländer baumeln ließ. Da sagte mein Vater: »Sie mussten ihn mit Schaufeln aus dem Fahrradständer kratzen.« Nur daran musste ich in der Kirche denken, als sein Sarg schief vor uns auf den Treppen zum Altar stand.

Ich dachte, jetzt rutscht der ganze kaputte Onkel Bernhardt dadrin nach unten.

Eine andere Erinnerung an den Tag ist, wie ich mich mit Herzklopfen auf dem Klo einschloss, um mein Taschentuch zu entsorgen, damit niemand sehen konnte, dass es furztrocken und völlig unbenutzt war.

Ich muss eine kleine Pause einlegen.

Ich stütze meine Hände auf die Knie und spucke in das dunkle Feld, ziemlich genau da, wo ich den Löwenzahnstrauß hingeworfen habe. Nur eine Minute stehen, dann geht's mir wieder gut.

Onkel Bernhardt war dann für immer weg, einfach tot, und übrig blieb ein Zettel, der eine Woche bei uns in der Küche lag. Da stand »13 Uhr, Nordfriedhof« drauf, nichts weiter. Jeder wird irgendwann zu so einem Zettel in der Küche.

Auch Lukru hat das Recht darauf, so ein Zettel zu werden!

Ich laufe langsam wieder los. Dann komme ich an den Hunden vorbei, und sie bellen gar nicht. Sie hecheln nur unsichtbar im Dunkeln hinter ihren Zäunen. Ich kann ihre Halsbänder klappern hören. Vielleicht spüren sie etwas. Vielleicht rieche ich nach Tod.

Vielleicht haben sie sich auch einfach nur an mich gewöhnt, ich renne hier ja seit Neuestem jede Nacht vorbei. Meine Sportlehrerin, Segel, die Sau, hätte ihre helle Freude an meiner Reise und meinem Aufenthalt in Blutsalat. Steine schleppen, Holz sägen, immer an der frischen Luft, wenig Fett, ständig Diät, kaum schädliche Handystrahlen, exzessive Crosscountry-Läufe, ab und an ein Kämpfchen mit einem wilden Tier.

Ich komme ins Dorf und laufe zum Denkmal runter. Wenn mir einer helfen kann, dann ist *sie* es!

Sie wird hier eine Familie haben, die ein Auto hat. Vielleicht fahren wir sogar mit dem Campingbus. Ich sehe den toten Lukru auf der umgeklappten Rückbank liegen. Ich laufe die Straße runter, komme um die Ecke zum Platz und sehe sie da sitzen. Es ist unfassbar! Mann, was für ein fantastisches Glück ich doch habe! Vielleicht liebt sie mich auch! Ich bin ihr guter Geist. Vielleicht denkt sie, dass ich jede Nacht aus einem Raumschiff aussteige, um zu ihr zu rennen.

Ich muss plötzlich an das Bild mit dem Fahrradständer denken. Das Bild, das ich noch nicht mal gesehen habe. Ich bleibe mitten auf dem Platz stehen. Sie erhebt sich und kommt mir entgegen. Sie hat ihre Hände in den Mantel gesteckt. Sie schreitet.

Was wird sie empfinden, wenn ich mit ihr im Strahl eines Autoscheinwerfers Lukrus zerdrückte Leiche angucken fahre? Welches Bild schenke ich ihr da, das sich auf ewig in ihre Platinen brennen wird? Ist das Liebe? Nein. Das ist scheiße! Ich hau ab! Ich klau einfach ein Auto!

Ich drehe auf dem Fuß um und laufe davon.

Was denkt sie jetzt, wo ich einfach weglaufe? Sie denkt, alles sei vorbei. Sie denkt, das war's, was für ein Arschloch! Das ist nicht so schlimm. Doch! Es ist schlimm, aber ich kann es klären. Später. Zumindest kann ich es versuchen. Wenn sie meine Sprache versteht, wird sie verstehen. Alles wird gut, wenn sie endlich Deutsch kann. Ich grinse.

Was bin ich nur für ein faules Arschloch! Ich schaue über meine Schulter noch einmal zurück. Sie steht wie angewurzelt, auch so ein Bild, dann bin ich schon um die Ecke. Was für eine bescheuerte Idee, zu *ihr* zu laufen. Ich kann gar kein Auto klauen! Ich kann ja noch nicht mal Auto fahren! Ich kann auch niemandem erklären, was da draußen gerade los ist. Ich kann ja noch nicht mal ein Bier bestellen! Wie konnte mir mein Vater nur glauben, dass ich nach fünf Tagen perfekt Französisch spreche? Was ist das für ein Typ?

Ich komme auf den Kirchplatz. Ich sehe mich um. Niemand ist mehr wach. Alles dunkel und still. Nur das Leuchtschild der Bank brummt und tut brav seinen Dienst. Ich muss mich beeilen, der arme Borawski! Jede Minute zählt! Was tue ich? Ich drehe mich einmal um mich selbst. Ich habe die Hoffnung, dass irgendwo ein Fenster aufgeht und jemand ruft: »Warte, ich komm runter und helf dir!«

Aber wer soll das tun?!

Mairesse!

Er wohnt hier irgendwo! Vielleicht hinter der Tür, aus der er vorgestern rausgekommen ist. Es durchzuckt mich: Wenn ich da jetzt hingehe, ist das Projekt endgültig im Arsch!

Bei diesem Gedanken gleitet eine warme Welle von meiner Zunge durch meine Kieferknochen, den Gaumen hinab bis in meinen Bauch und breitet sich dort aus.

Endlich!

Hab ich da richtig gehört?! Ja hab ich: Endlich!

ENDLICH!

Weg mit der sinnlosen Scheiße! Weg! Niemand interessiert sich für diesen Müll! Ich laufe fest auf die Tür zu. Mein Brustkorb wird frei, ich kann wieder atmen. Mir fällt ein Stein vom

Herzen. Blöder Scheißkopf! Vergammeln sollst du im Wald! Ich will dich nie wieder sehen! Ich lasse dich einfach liegen, vielleicht kacke ich dir noch mal ins Gesicht, wenn ich meine Sachen hole. Ich hocke mich über dich und lass dir eine fette Wurst ins Gesicht baumeln. Wenn das hier alles vorbei ist!

Ich drücke gegen die große Holztür. Zu. Ich sehe am Haus hoch. Ich könnte Steinchen werfen, wenn ich wüsste, hinter welchem Fenster Mairesse liegt. Wenn er hier liegt. Ich muss klopfen. Also klopfe ich.

Bumm. Bumm. Bumm.

Da entdecke ich drei Klingeln. Blödes Klopfen! Egal. Ziemlich dunkel hier im Eingang. Ich stelle mich direkt vor die Klingelschilder und versuche sie zu entziffern. »Gli…« irgendwas, keine Ahnung. Dann »Harfell« oder »…foll« und »Geradiem«. Bei einem von den dreien muss Mairesse gewesen sein. Einer von denen wird wissen, wo ich ihn finde. Wenn er noch hier ist.

Ich drücke alle drei Klingeln gleichzeitig. Es bimmelt bis auf die Straße. Licht geht an. Nichts passiert.

Ich gehe ein paar Schritte zurück und stelle mich gut sichtbar in die Straße, meinen Blick offen nach oben gerichtet, damit mein Gesicht gut zu sehen ist. Das internationale Zeichen für »Ich bin der, der geklingelt hat«.

Ein Vorhang bewegt sich. Dann wird mir aufgedrückt. Ich komme in einen schwarz-weiß karierten Steinflur. Es riecht nach Äpfeln, kaltem Hühnchen und Heizöl. Wie bei meinem Opa. Jemand ruft etwas von oben. Ich gehe eine enge, dunkelrote Holztreppe hoch. Da steht ein Mann im Bademantel. Seine kalkweißen, dünnen Beinchen stecken mit nackten Füßen in schwarzen Halbschuhen. Er guckt mich an und sagt wieder was. Scheiße, dass ich einfach nichts verstehe!

»Monsieur Mairesse?!«

Der Mann versteht nichts. Ich zeige auf mich.

»Monsieur Mairesse?!«

Oben geht auch eine Tür auf. Der Mann brüllt gleich was

durch den Flur nach oben. Eine Frage. Ich verstehe die Worte »Monsieur Mairesse«. Dann kommt von oben eine Frauenstimme, und sie sagt was runter, und da kommt auch »Monsieur Mairesse« drin vor.

Wieder ruft die Frau.

Der Mann im Bademantel zeigt nach oben. Da soll ich hin. Gut. Da oben weiß man offensichtlich mehr. Ich gehe eine Treppe höher und stehe im leeren Flur vor einer angewinkelten Tür.

Die Frau ist weg. Aus der Wohnung kommen Stimmen und warmer Suppengeruch. Dann nähern sich Schritte, die Tür schiebt sich auf, und vor mir steht leibhaftig mein Französischlehrer Monsieur Mairesse, der, wenn ihm jemand vor ein paar Minuten gesagt hätte, dass sein schlechtester Schüler gleich klingeln wird, mindestens seinen Kopf dagegen gewettet hätte. Mindestens.

Wenn ihm jemand gesagt hätte, warum ich klingele, hätte er noch den Kopf seines Opas dazu verwettet.

Mairesse betrachtet mich fragend. Er erkennt mich gar nicht.

Sein Gehirn setzt mein Gesicht, den Treppenflur, den Ort und die Uhrzeit nicht zu einer sinnvollen Information zusammen.

Wenn ich jetzt wieder gehe, er könnte mich im Klassenraum wiedersehen und würde doch nicht draufkommen, wer in jener Nacht bei ihm geklingelt hat. Er würde bis an das Ende seiner Tage rätseln, was dieser junge Mann, der ihm so bekannt vorkam, denn damals mitten in der Nacht von ihm gewollt hatte. Mairesse sagt was auf Französisch. Ich warte, bis er fertig ist.

»Guten Abend, Herr Mairesse. Haben Sie ein Auto?«

Mairesse antwortet wieder auf Französisch, bis ihm auffällt, dass er gerade auf Deutsch gefragt worden ist.

Ich frage noch mal. Eigentlich befehle ich.

»Haben Sie ein Auto?! Ich brauche Sie und Ihr Auto!«

Mairesse denkt darüber nach, woher er mich kennt. Dann entgleisen seine Gesichtszüge. Es ist angekommen!

Sein Gehirn hat mich einsortiert.

»Nein ...! Was ist denn hier los? Was machst du denn hier?!«

»Kommen Sie!«

Mairesse betrachtet mich.

»Philipp ... was zum Teufel machst du hier vor dieser Tür, in dieser Stadt, um diese Zeit?! Wie kommst du hierhin?!«

Ich betrachte ihn. Die Reihenfolge seiner Aufzählung ehrt meine Gedanken. Vielleicht ist er gar keine Sau. Vielleicht ist er mir sogar ähnlich. Vielleicht kann ich ihn deshalb nicht leiden.

Mairesse schüttelt ungläubig den Kopf.

»Und ... *was* willst du?!«

»Herr Mairesse. Nehmen Sie Ihre Autoschlüssel und kommen Sie mit!«

Ich sehe, dass er mir nicht traut. Ich nehme seinen Arm und drücke ihn kurz.

»Bitte.«

85

Ich sitze neben Mairesse in seinem Auto. Das Scheinwerferlicht rauscht über den Feldweg. Links liegt der Hof, und wir machen die Kurve in den Wald. Wie kurz das alles ist, wenn man Auto fährt!

Ich betrachte Mairesse' Gesicht. Es schimmert im türkisen Tacholicht. Er schweigt. Ich glaube, er hat nur so ungefähr verstanden, warum er jetzt mit mir in den Wald fährt. Er weiß auch, dass gleich sein anderer Musterschüler Borawski mitten im Wald auftauchen wird. Die Scheinwerfer kriechen um zwei

Kurven, dann sehe ich Borawski am Weg stehen. Mairesse wird langsamer. Borawski tritt eine Kippe aus, kommt zum Auto, macht die Hintertür auf und setzt sich auf die Rückbank.

»Guten Abend, Herr Mairesse.«

»Guten Abend.«

Borawski schnallt sich an. Mairesse betrachtet mich.

»Wo lang?«

»Erst mal geradeaus.«

Mairesse legt den Gang ein und fährt wie ein Taxifahrer weiter in den Wald hinein. Die Scheinwerfer kreisen in den Bäumen. Der Weg ist steinig und uneben. An der ein oder anderen Stelle schrappt der Wagen kurz über den Boden. Mairesse bleibt cool. Vielleicht denkt er darüber nach, ob er nicht gerade das Opfer einer totalen Verarschung wird. Die zwei Typen, die wegen ihm sitzenbleiben, klingeln ihn nachts in seinem Heimatdorf aus dem Bett und fahren mit ihm in den Wald, um dort das Verschwinden einer Leiche zu verhindern.

Armer Lukru. Er ist tatsächlich tot. Ich fass es nicht! Gestern Abend hat er mir noch eine gute Nacht durch seinen Kartoffelsack gewünscht, jetzt wird sein Körper in einem Auto durch den dunklen Wald gefahren.

Vielleicht hat Mairesse Angst, dass wir ihm etwas antun wollen. Dass dies eine Falle ist. Ein ganz mieser Abiturscherz. Oder dass wir uns an ihm rächen wollen.

Aber wenn er wirklich davor Angst hätte, wäre er dann mit mir in sein Auto gestiegen?! Andererseits habe ich ihm erst im Auto von Borawski und Lukru erzählt. Ich betrachte Mairesse. Er sieht zurück. Äste streifen den Wagen. Mairesse sieht wieder nach vorn. Ich würde ihm gerne seine Angst nehmen. Ich könnte irgendwas sagen – aber was?!

»Sie brauchen keine Angst zu haben.«

Mairesse betrachtet mich. Dann sieht er wieder auf den Weg.

»Habt ihr eine Ahnung, wo der hingefahren ist? Der Wald hier ist groß. Man kann hier bis Spanien wandern.«

Ich denke: Man kann von überall bis Spanien wandern. Das sagt absolut nichts über die Größe des Waldes aus.

Borawski schüttelt seinen Kopf auf der Rückbank. Kopfschütteln kann Mairesse natürlich nicht hören. Borawski hat noch gar nichts gesagt, außer diesem bescheuerten »Guten Abend«, das sich anhörte, als wenn er Mairesse auf dem alljährlichen Weihnachtskonzert der Schule treffen würde. Ich glaube, Borawski ist einfach nur froh, nicht mehr alleine zu sein.

Er hat bestimmt Blut und Wasser geschwitzt, alleine in dem dunklen Wald, an der Stelle, an der Lukru zerschmettert wurde, mit diesem unheimlichen Bild im Kopf. Der Arme.

»He! Antwortet mal! Habt ihr eine Ahnung, wo er hingefahren sein könnte?!«

Borawski schweigt. Ich betrachte Mairesse.

»Sie kennen sich hier viel besser aus als wir. Wo würden Sie denn ein Leiche verschwinden lassen?«

Mairesse schüttelt entgeistert den Kopf.

»Was für eine Frage! Darüber habe ich natürlich noch nie nachgedacht!«

Wieso nicht? Ich habe darüber bei uns zuhause schon oft nachgedacht. Wir fahren weiter. Der Weg wird enger. Mairesse wird langsamer. Er wird auch denken, dass er im falschen Film ist. Da hocken diese Spinner aus der neunten Klasse in seinem Auto und faseln was von einer Leiche. Mairesse betrachtet mich.

»Wie kommt ihr überhaupt hierher?«

Die Wahrheit können wir nicht erzählen. Ich habe aber noch keine Erklärung zusammengebastelt. Ich bin nicht vorbereitet. Können wir das nicht verschieben? Hoffentlich redet Borawski jetzt nicht los.

Ich betrachte Mairesse.

»Denken Sie über meine Frage nach, bitte! Alles andere später.«

Mairesse schnauft wie ein Schüler, der zugeben muss, dass der Lehrer gerade mal recht hat. Unser Auto brummt durch den menschenleeren Wald. Wir kommen an eine Gabelung. Links geht es hoch, rechts geht es runter. Mairesse bleibt davor stehen. Der Motor blubbert. Ich drehe mich zu Borawski um. Unser Bremslicht macht den Wald hinter uns ganz rot.

»Geht's dir gut?!«

Borawski nickt. Ich sehe wieder nach vorne und betrachte die Gabelung. Dann sehe ich zu Mairesse.

»Wohin, Herr Mairesse?!«

Mairesse überlegt. Dann fährt er los, nach rechts. Nach unten.

»Da unten ist der *Lac du Pavin*. Das wäre eine Möglichkeit.«

»Der Lac dü was?!«

»*Lac du Pavin*. Ein See. »*Lac*« heißt See. Stoff aus der fünften Klasse.«

Borawski lehnt sich zu uns nach vorne.

»Heißt das dann Pavian-See?!«

Mairesse schüttelt mit dem Kopf. Unser Auto kurvt nach unten. Laubbäume tauchen auf. Das Scheinwerferlicht glitzert in den feuchten Blättern. Der Wald dampft. Braunes altes Laub liegt auf dem Weg. In tiefen Traktorspuren stehen lange, zackige Pfützen.

»Wie weit ist es denn zu diesem See?«

»Ein, zwei Kilometer ...«

Wir fahren bergab. Ich könnte die Zeit nutzen, nach einer Erklärung für unser Hiersein zu suchen, die wir Mairesse verkaufen können, aber mir fällt nichts ein. Wir haben keine Erklärung.

Die Kurven werden enger und steiler. Mairesse konzentriert sich. Dann wird der Weg plötzlich gerade, der Wald hört auf, und wir rollen durch eine Wiesenlandschaft mit Holzzäunen. Ein Kuhgesicht huscht durchs Scheinwerferlicht.

Da taucht eine Hütte mit einem Bootssteg auf. Wir fahren vorbei. Hinter der Hütte steht der weiße Kastenwagen vom Alten im Gebüsch.

»Da! Sein Auto!«

Mairesse steigt in die Bremsen. Wir betrachten den Wagen vom Alten. Mairesse fährt noch ein Stückchen, dreht den Wagen auf eine Wiese, und seine Scheinwerfer leuchten auf einen schwarzen See. Mitten im Scheinwerferlicht ein kleines Ruderboot. Lukru liegt im Boot.

Der Alte sitzt und rudert.

Mairesse lässt den Wagen laufen, und wir steigen aus. Die Luft klebt vor Kälte. Der Boden ist hart, und Hunderte von Hasenkötteln liegen wie Planeten mit langen Schatten vorm Auto im Scheinwerferlicht.

Der Alte sitzt regungslos in seinem Boot. Sein Boot treibt führerlos still weiter ins Dunkle.

Mairesse schüttelt den Kopf. Er stemmt seine Arme in die Hüften und ruft etwas über den See. Wie auf einer Klassenfahrt. Der Alte reagiert nicht. Nichts passiert. Mairesse ruft noch mal das Gleiche. Wieder passiert nichts. Dann rudert der Alte langsam wieder los, zurück zum Bootssteg.

»Er kommt zurück. Wir brauchen eine Taschenlampe.«

Mairesse geht zu seinem Auto und fummelt eine Taschenlampe aus dem Handschuhfach. Er macht den Motor und das Licht aus. Es ist eine pechschwarze Nacht. Mairesse macht die Taschenlampe an und leuchtet uns damit den Weg auf den vermoosten, glitschigen Steg. Am Ende vom Steg warten wir auf die Ankunft vom Alten und seiner Fracht.

Mairesse leuchtet in das Boot. Darin liegt Lukru. Kein schöner Anblick. Mairesse ringt um Fassung.

Lukru ist an etwas festgebunden. Irgendein Gewicht, das ihn für immer auf den Boden des Sees befördern sollte.

Borawski schüttelt den Kopf.

»Diese alte Sau! So ein Arschloch!«

Der Alte rudert mit ausdruckslosem Gesicht auf uns zu. Er macht nicht den Anschein, als wenn er noch etwas gegen uns unternehmen wollte. Das kleine Pitsch-patsch seiner Ruder ist das einzige Geräusch im stillen, riesigen Tal. Der Alte hat keine Ahnung, wer wir sind. Er kann uns gegen das Licht bestimmt nicht sehen. Das gibt ein großes Hallo, wenn er feststellt, dass wir keine fünfzehnjährigen Kripobeamten, sondern seine kleinen Waldarbeiter sind, von denen er dachte, sie hätten sich zum Glück aus dem Staub gemacht. Unser Verschwinden hat ihn vermutlich erst auf diese wahnsinnige Idee gebracht! Wir Idioten. Zumindest hat es ihm die Möglichkeit eröffnet. Ich bin heilfroh, dass Mairesse bei uns ist! Dass wir nicht mehr alleine sind. Mann!

Alleine mit Borawski würde ich jetzt tausend Tode sterben!

Diese Leiche, dieser Alte, diese Nacht.

Ich merke, dass ich zittere.

»Danke, dass Sie mitgekommen sind.«

Mairesse antwortet, ohne den Blick vom Boot zu nehmen.

»Danke, dass ihr mich geholt habt. Das war sehr vernünftig.«

Ich betrachte Mairesse und muss an einen Spruch von meinem Vater denken: »Lehrer ist kein Beruf, sondern eine Diagnose.«

Jetzt erst weiß ich, was er damit gemeint hat.

Der Alte kommt und ist da. Sein Boot berührt dumpf den Steg. Mairesse hockt sich hin und schnappt ein Seil von der Spitze des Bootes. Dabei leuchtet er in Lukrus totes Gesicht, direkt neben ihm.

Der glotzt ihn tot an.

Mairesse steht hektisch wieder auf und drückt mir das Seil in die Hand. Er taumelt. Er stützt sich an einem Balken ab. Dann rutscht sein Absatz davon, wie ein Schlittschuh auf dem Holz, sein Bein schießt hinterher, in die schwarze Nacht hinein, Mairesse knallt mit dem Hinterkopf auf den Steg und klatscht in das Wasser, wo er mit seiner Taschenlampe versinkt. Die Lampe leuchtet noch ein bisschen unter Wasser, dann stehen Borawski und ich im Dunkeln.

Der Alte sitzt regungslos in seinem Boot. Seine Jacke knirscht.

Mairesse ist weg.

»Herr Mairesse?!«

Ich habe diese Frage gestellt, und es ist total bescheuert, diese Frage zu stellen! Wie soll er mir denn antworten?! Ich muss etwas unternehmen! Ich muss da rein! Ich setze mich mit den Beinen zuerst ins Wasser. Saukalt! Hoffentlich hat Mairesse keinen Kälteschock bekommen. Ich muss mich beeilen. Wie tief ist das hier? Ich schiebe mich nach vorne, tiefer in das schwarze Wasser hinein, und dann schwimme ich. Ich pruste. Mann, ist das kalt!

Tief.

Ich kann den Boden nicht berühren.

Ich kann Mairesse nicht fühlen. Ich strampele unter Wasser herum, in der Hoffnung, gegen ihn zu stoßen.

»MAIRESSE, DU SAU! KOMM HOCH!!«

Mein Schrei hallt durch das Tal. Borawski und der Alte verharren regungslos. Schwarze Silhouetten. Ich muss tauchen! Tauchen ins schwarze Wasser. Blind nach Mairesse suchen.

Ich hole Luft, schließe die Augen und senke meinen Kopf unter die Wasseroberfläche. Es ist zu kalt für gefährliche Tiere. Hier gibt es höchstens Forellen. Forellen mit Handtaschen. Handtaschen mit Reißverschlüssen, die mir die Wange aufschlitzen können. Ich bin ganz von Wasser umschlossen. Meine Haare schwimmen ganz leicht. Mein Herz klopft. Ich habe Angst, dass ich aus Versehen unter Wasser Luft hole, so kalt ist es. Ich muss an die tote Katze denken, die wir Kinder mit einem Stock in das Teerfass von Straßenarbeitern gedrückt haben.

Ich strecke meine Hand vorsichtig in eine Richtung aus.

Dann in die andere Richtung.

Ich muss nach unten. Scheiße!

Ich wedele mich nach unten, meine Arme rudern, meine Füße trampeln mich nach unten. Mein Onkel Bernhardt steht auf einem Hügel, an einer Schaukel. Die Schaukel ist so hoch, dass nur er daran kommt, weil er auf dem Hügel steht. Ich taste mit den Armen nach unten, da ist nichts. Ich muss wieder hoch, Luft holen. Mein Kopf durchstößt die Wasseroberfläche. Ich sehe in die Sterne.

Borawski steht unverändert da.

»Alter, hast du ihn?!«

»Nein. Ist er aufgetaucht?!«

»Nein.«

Ich hole Luft, und beim Untertauchen fällt mir auf, wie ausgezeichnet das Wort »aufgetaucht« gerade gepasst hat. Das würde Mairesse sicher gefallen, der alten Germanistensau! Mann, wo bist du?!

Ich stoße mich nach unten, ich drehe mich umher. Ich muss vorsichtig sein, ich will mich nicht an irgendetwas verletzen. Weiß der Teufel, was hier unten so rumliegt. Ich bekomme Angst vor Eisenschrott. Rostige, gebrochene Fahrradlenker, die sich beim Vorwärtsschwimmen in meine Augenhöhlen bohren. Das wabbelnde Geräusch von großen Blechen, die vom Wind geknickt werden. Ich mache meine Augen auf. Absolut schwarz! Das Wasser ist so kalt, dass meine Augen schmerzen. Ich sehe nichts! Ich mache die Augen wieder zu. Ich kneife sie zu, und mein Kopf tut weh. Ich muss mein Gesicht entspannen. Ich muss langsamer machen. Onkel Bernhardt steigt in die Schaukel und lächelt mich an. Alles ist so grün. Sein Hügel sieht richtig lackiert aus. Warum lacht der so?! Bin ich oben oder unten? Ich muss wieder hoch, Luft holen.

Da ist was!

Ich bin gegen etwas gestoßen!

Ich zucke erschrocken zurück. Dann greife ich hin.

Stoff!

Ein Ärmel.

Ein Hemd. Da ist er! Ich greife weiter zu. Ein Arm! Mairesse! Ich habe ihn! Ich greife fest um den Arm und stoße mich mit meinen Füßen nach oben, mit aller Kraft hoch, und dann bin ich über dem Wasser. Gierig sauge ich die kalte Luft in mich hinein. Neben mir schwimmt Mairesse' Körper. Er ist nicht bei Bewusstsein. Ich hebe ihn an, meine strampelnden Beine geben uns Halt. Ich strampele, aber ich sinke dabei langsam nach unten. Borawski springt ins Wasser und kommt schnatternd zu mir.

»Du Scheiße, ist das kalt!«

Er packt zu, und zusammen schieben wir Mairesse Richtung Ufer.

»Wie lange war ich weg?!«

Borawski prustet.

»Was? Keine Ahnung, fünfzehn Sekunden vielleicht ...«

»So wenig?«

»Vielleicht zwanzig. Höchstens!«

»Das ist gut, das ist gut!«

Ich berühre Boden! Weicher Glibberboden. Man kann stehen, und wir ziehen Mairesse an Land. Sein helles Gesicht liegt vor mir auf der schwarzen Wiese. Ich gebe ihm eine Ohrfeige. Noch eine.

Das hat mir meine Schwester mal aus diesem Psychobuch vorgelesen. Ein kleiner Junge hat versucht, sich im Gartenteich zu ersäufen, die Eltern haben ihn rechtzeitig gefunden und wieder wachgeohrfeigt. Danach haben sie ihn abgetrocknet und mit ihm seine Aussage für das Jugendamt eingeübt. Aber das war ein Buch!

Hier liegt mein Französischlehrer!

Hier ist die Realität!

Ich schlage wieder zu.

»MAIRESSE, DU SAU! WACH AUF!«

Ich klatsche ihm wieder eine, da hustet er und prustet er und wälzt sich auf die Seite und kotzt einen Wasserstrahl in den Eingang eines Hasenbaus. Dann hustet er, als wenn er seine Lunge raushaben will. Er schüttelt sich. Er keucht in die Nacht. Hoffentlich erstickt er uns nicht!

Hoffentlich funktioniert sein Gehirn noch! Nur Mairesse kann alles erklären! Ich habe Angst vor der Polizei. Wie egoistisch von mir! Wie kann ich jetzt daran denken? In einer solchen Situation?! Was ist mein lächerliches Problem mit der Polizei gegen ein ganzes halbes Leben ohne Gehirn?! Außerdem soll er mir noch Französisch beibringen!

Mairesse setzt sich auf die Seite und wischt sich die Haare

aus dem Gesicht. Er spuckt in die Luft und legt seinen Kopf auf die Wiese.

»Helft mir hoch.«

Mir fällt ein Stein vom Herzen. Er erkennt uns! Zumindest meine bescheuerten Halbschuhe! Er ist orientiert.

Wir packen seine Arme und stellen ihn hoch. Mann, ist der kalt! Seine Arme fühlen sich an wie dicke Aale aus dem Gefrierfach.

Er hustet noch mal. Ich stütze ihn rechts, Borawski stützt ihn links.

»Zum Auto. Zum Auto ...«

Also bringen wir ihn zum Auto. Ich halte ihn, Borawski klappt die Fahrertür auf, wir setzen Mairesse hinter das Lenkrad und klappen seine Tür wieder zu. Ich schnattere vor Kälte. Mein Kiefer macht, was er will. Wie das tanzende Rad eines Einkaufswagens. Ich setze mich nach hinten, nass in das weiche Polster. Borawski setzt sich neben mich. Wir machen unsere Tür auch zu. Mairesse hustet noch heftig herum. Er schnauft wie ein Überlebender. Dann rotzt er in sein eigenes Auto. Hinter uns startet der Wagen vom Alten, dreht und fährt davon.

Keiner von uns unternimmt was. Mairesse blickt den Scheinwerfern auf dem Weg ein Stück hinterher.

»Der fährt doch nur nach Hause.«

Dann startet Mairesse den Wagen und dreht die Lüftung auf. Das Licht lässt er aus. So sitzen wir im pechschwarzen Auto, draußen ein bläulicher Schimmer von einem See, die Ahnung einer Bergwelt, und hören dem Gebläse auf Stufe fünf zu.

Draußen liegt Lukru tot und kalt in einem Ruderboot. Seine erste Nacht als Toter. Völlig unwirklich! Unglaublich! Ich schüttele zu mir den Kopf. Ich sehe Mairesse' nasse Frisur über der Kopfstütze. Er lehnt sich zurück. Es geht ihm besser. Sein Sitz knirscht. Er ist am Leben! Ich habe ihn da unten tatsächlich rausgeholt!

Ich bin kalt und erschöpft, aber ich grinse. Ich rutsche mich an die Tür und halte meinen Kopf in die warme Heizungsluft.

Ich schließe die Augen und wärme meine kalten Lider. Ich bin müde! Ich will einfach nur zu ihr! Warum nicht jetzt?! Ich will sie küssen! Ich will mit ihr schlafen, auch wenn ich nicht weiß, wie das geht. Es wird schon funktionieren. Millionen vor mir haben das auch hingekriegt. Ich habe Muskeln, ich kann alles lernen, ich bin gesund. Wenigstens will ich über sie reden. Mit geschlossenen Augen in der warmen Luft über sie reden.

»Herr Mairesse, kennen Sie das Mädchen in diesem Allesladen?«

Mairesse räuspert sich ein paarmal und schluckt, bis er seine Stimme wieder hat.

»Hm... Allesladen? Was heißt das?«

»Ein Laden, wo es alles gibt. Am Platz ist so einer ...«

»Ach, ja, natürlich. ›Allesladen‹. Interessant. Ja, kenn ich. Natürlich. Sehr gut sogar. Was für ein Mädchen?«

»Sie bedient dort manchmal. Vielleicht auch immer. Ich weiß nicht.«

Borawski guckt mich an.

»Was für ein Mädchen? Ein Kind?«

»Nein, nein. Eine Alte.«

Ich packe die Kopfstütze vom Beifahrersitz und ziehe mich zwischen den Sitzen zu Mairesse nach vorne. Es wird schon richtig warm in der Bude. Gemütlich.

»Ich habe da Mauerputz gekauft. Kennen Sie ihren Namen?«

Mairesse schüttelt den Kopf, lehnt sich zurück und sieht aus der Windschutzscheibe in die Nacht.

»Mauerputz gekauft. Was zum Teufel habt ihr beiden hier eigentlich gemacht?«

Borawski und ich tauschen einen Blick. Der tropfende Borawski lümmelt sich in die Ecke und antwortet.

»Urlaub.«

Mairesse schüttelt schnaufend den Kopf.

Ich lasse meine Finger los, meine Finger lassen die Kopfstütze los, und ich lehne mich wieder zurück in das weiche Polster. Ich bin unheimlich leicht. Ich spüre meinen weichen, warmen Bauch. Ich bin stark und voller Liebe! Ich rieche an meinen Fingern, aber ich kann ihren Geruch nur noch unter den Nägeln finden. Der Rest meiner Hand riecht nach grünem Forellenwasser. Die Lüftung pustet, der Motor blubbert. Niemand sagt etwas. Man muss auch nichts sagen. Wir können jetzt stundenlang so sitzen bleiben. Drei Männer, die gemeinsam den Tod besiegt haben. Ich lege meine Hände auf meinen Bauch. Ich hole tief Luft und schnaufe. Ich mag mich.

»Ehrlich gesagt, Herr Mairesse, ich bin hierhergekommen, um das Denkmal von ihrem Opa kaputt zu machen. Weil ich wegen Ihnen sitzengeblieben bin.«

Mairesse fährt sich mit seinen von Adern durchzogenen Händen langsam durch die nassen Haare. Dann beginnt er, still vor sich hin zu lachen. Er wird nicht lauter, aber er hört auch nicht mehr auf.

86

Ein großes graues Tor wird aufgeschoben, und ein dunkelblauer Polizist entlässt mich, Borawski und Mairesse mit einem Nicken in die strahlende Sonne. Wir haben nicht geschlafen und alles über Lukrus Tod und den alten Bauern gesagt, was wir wussten.

Mairesse hat alles übersetzt und auch ausgesagt. Das war sehr entspannt. Wegen Mairesse war auch mein fehlender Personalausweis gar kein Problem. Die Polizei hat Mairesse angeguckt, der hat was gesagt, und dann haben alle nur genickt. Einige Bullen kannten Mairesse sogar.

Jetzt stehen wir hier draußen, auf dem heißen Beton an einer Landstraße, außerhalb von Blutsalat.

Alles ist total überbelichtet.

Mein Mund schmeckt scharf nach Kaffee.

Ich will zu ihr, ich will meine Sachen aus dem Wald holen, und ich will pennen. Womit fange ich an?

Mairesse sieht müde und unrasiert aus. Er blinzelt in die Sonne. Wir laufen zu seinem Auto und steigen ein. Ich setze mich neben Mairesse, Borawski nach hinten. Glühende Hitze in der Karre. Mairesse legt eine Gedenksekunde ein, dann startet er den Wagen.

Er sieht uns an.

»Wohin?«

Ich betrachte Borawski. Wir wissen, dass die Bullen beim Alten gerade alles auf den Kopf stellen. Vielleicht findet man ja noch mehr illegale Unfallopfer, die einbetoniert wurden. Da wollen wir natürlich nicht hin, aber wir brauchen unsere Sachen aus dem Wald gegenüber. Ich will erst mal zu ihr, wenn ich sie finden kann.

»Was für ein Tag ist heute?«

Mairesse guckt auf seine dicke silberne, bestimmt superteure Uhr.

»Samstag, der 29. August. Montag fängt in Frankreich die Schule wieder an.«

»Dann möchte ich in die Stadt.«

»Welche Stadt?«

»Na ja, dieses … wo wir herkommen, wo wir Sie gestern Nacht geholt haben. Einfach zum Platz.«

Fast hätte ich »nach Hause« gesagt. Geliebtes Blutsalat! Mairesse legt den Gang ein und fährt los. Borawski macht die Augen zu und schläft an der rappelnden Scheibe sofort ein. Beneidenswert.

Mairesse wischt sich die Haare aus dem Gesicht.

»Ich fahre morgen nach Deutschland zurück. Ich nehme euch mit, wenn ihr wollt. Oder habt ihr Fahrkarten für den Zug?«

»Oh, das … das ist sehr nett, aber …«

Ich sehe aus dem Fenster. Morgen! Morgen nach Hause fahren? Nein! Aber, wie sollen wir sonst zurückkommen?! Was ist mit ihr? Ich muss sie sprechen! Vielleicht kann ich bei ihr bleiben?! Bei ihr wohnen! O Gott, hoffentlich ist sie überhaupt im Laden!

Mairesse schielt mit einem Auge zu mir.

»... aber was?!«

»Ich muss erst mit jemandem sprechen.«

Mairesse grinst.

»Dieses Mädchen aus dem, wie hieß das noch? Vielesladen? Nein. Allesladen.«

Ich nicke.

»Allesladen, ja.«

Mairesse sieht wieder zur Straße.

»Das freut mich.«

Komischer Typ. Wieso freut es ihn? Was freut ihn? Dass es das Wort »Allesladen« gibt? Freut ihn, dass ich gleich ein Riesenproblem habe, weil ich nur zwei Wörter Französisch kann? Ich muss ihn fragen.

»Was freut Sie denn so?«

Mairesse fährt in eine lange Kurve, und da kommt auch schon Blutsalat.

»Dass du verliebt bist. Das ist doch schön.«

»Ach so. Das bin ich aber gar nicht. Das wusste ich gar nicht.«

Also ich wollte sagen, dass ich nicht wusste, dass er das meint. Was rede ich da für einen Scheiß?! Es macht mich schon nervös, hier so ganz normal neben meinem Französischlehrer zu sitzen. Nach so einer ganz normalen, durchschnittlichen Nacht im Freien. Außerdem dachte ich immer, er kann mich nicht leiden. Ich dachte, er hasst mich. Vielleicht tut er das auch. Vielleicht bin ich ihm auch scheißegal. Ich muss ihn wieder von dem Mädchen ablenken.

»Was haben Sie eigentlich in Blutsa... also, ... in Ihrem Heimatdorf gemacht?!«

»Freunde besucht. Papierkram erledigt. Ich habe noch ein Stück Land von meinem Vater, das vermiete ich.«

»Verpachten Sie.«

Mairesse guckt mich an und schnauft. Dann sieht er wieder auf die Straße zurück.

»Richtig. Verpachte ich. Danke.«

Er blinkt, biegt auf den Kirchplatz und hält im Schatten. Er sieht zum schlafenden Borawski nach hinten.

»Was ist mit ihm? Lassen wir ihn schlafen?!«

»Lassen wir ihn schlafen.«

Ich steige aus und bin mir bewusst, dass *sie* mich vielleicht jetzt beobachtet. Hoffentlich hasst sie Mairesse nicht und wirft mich mit ihm in einen Topf?! Blödsinn! So ein Quatsch. Mairesse ist in Ordnung.

Ich bin nervös.

Meine Hände sind eiskalt und feucht. Ich reibe sie an der Hose, sie sollen nur ein bisschen wärmer werden. Hoffentlich will sie mir nicht die Hand geben. Mairesse steigt auch aus und betrachtet mich über sein Autodach hinweg.

»Viel Glück. Sagt mir Bescheid wegen der Rückfahrt.«

»Danke.«

Dann geht er und verschwindet in dem Haus, aus dem ich ihn letzte Nacht rausgeholt habe.

Wenn er nicht unterrichtet, ist er eigentlich ganz nett. Warum musste er auch so mit diesem Denkmal angeben?! Warum trägt er gerne diese fetten Uhren?! Warum musste er mir auch eine Sechs geben? Weil ich nach zwei Jahren Unterricht immer noch *absolut* nichts konnte?!

Zugegeben, das könnte der Grund gewesen sein.

Vielleicht war das der Grund und gar nicht sein grenzenloser Hass auf mich?! Vielleicht hasst er mich ja gar nicht?!

Eine interessante Möglichkeit.

Jetzt betrachte ich den Allesladen. »Vielesladen« ist eigentlich der bessere Name, denn es gibt vieles, aber bestimmt nicht alles. O.K. Uninteressant. Nicht ablenken. Ich muss da jetzt rein! Vielleicht steht sie schon hinter dem Vorhang und guckt?!

Ich gehe auf das Geschäft zu, nehme die Steintreppe, drücke die Glastür mit Gebimmel auf und stehe in diesem grauen Sammelsurium aus fabrikneu verpackten, alten und halb alten Sachen. Ich höre Schritte. Mein Herz klopft. Um die Ecke schleicht eine ältere Frau in einem grauen Anzug mit käsiger Haut. Verdammte Scheiße! Hoffentlich ist das nicht das Ende! Warum muss es denn ausgerechnet jetzt eine Frau sein?!

Sie sagt was. Ich komme zur Kasse. Ich muss meinen Plan trotzdem durchziehen. Ich zeige hinter die Kasse und forme dann mit meinen Händen Brüste vor meinem Körper. Mann, ist das peinlich, aber, ich habe keine andere Idee. Ich gucke die Alte fragend an. Sie versteht nicht, was ich meine. Vielleicht denkt sie, ich mache ihr ein eindeutiges Angebot. Vielleicht überlegt sie, wozu ich einen BH gebrauchen könnte.

Verdammt! Wenn ich doch nur ihren Namen wüsste! Ich überlege.

Das fragende, irritierte Gesicht der Alten setzt mich unter Zeitdruck. Jetzt lass mich doch mal in Ruhe überlegen, verdammt! Worüber soll ich eigentlich nachdenken? Soll ich einfach nur ein nachdenkliches Gesicht machen, damit ich nicht als Verrückter erscheine? Nein, vielleicht muss ich doch mal sprechen. Ich zeige zur Kasse.

»La girl. Ähm. I want la girl.«

Was für ein Scheiß! Es ist so mühsam!

Die Alte sagt was und schüttelt mit dem Kopf. Leider kann ich noch nicht mal sagen, was sie nicht verstanden hat, weil ich nicht verstanden habe, was sie gesagt hat. Das führt doch zu nichts! Ich gehe einfach wieder raus!

Ich drücke die Tür nach draußen auf und sehe mich noch mal um, in der Hoffnung, dass *sie* doch noch aufgekreuzt ist und mich anlächelt. Doch ich sehe nur ein Stückchen von dem grauen Anzug der Alten hinter einem Stapel Federballschläger verschwinden.

Dann stehe ich allein vor dem Haus in der klaren Augustsonne.

War das jetzt das Ende?! Fahr ich morgen mit Mairesse nach

Hause und sehe sie nie wieder?! Nein! Das darf nicht passieren! Nicht das!

Ich brauche Mairesse!

Schon wieder. Das wird peinlich! Er wird sich wundern, was denn so wichtig ist. Aber die Alternative ist undenkbar. Ich sage ihm einfach, dass sie mir Geld geliehen hat und ich es ihr zurückgeben muss, bevor wir fahren. Da ich aber nicht weiß, wo sie wohnt, habe ich ein Problem. Geld! Das versteht jeder. Ich gehe geradewegs zur Holztür. Sie ist geöffnet. Ich sprinte durch den engen Flur nach oben, bis ich vor der Tür stehe.

Ich klopfe. Bumm, bumm, bumm. Nichts.

»Herr Mairesse?«

Bumm. Bumm. Bumm. Schritte. Die Tür geht auf. Eine Frau. Dunkle Haare, schlank. Sie sagt etwas. Es ist eine Frage. Jetzt sage ich was.

»Monsieur Mairesse, merci?!«

Verdammt! »Merci« heißt ja gar nicht »bitte«!

Noch mal!

»Bitte!«

Die Frau mustert mich und verschwindet wortlos in der Wohnung. Eine Tür geht. Sie sagt was. Mairesse' Stimme! Mann, klingt der schlecht gelaunt! Sie weckt ihn! Wie wunderbar! Noch nie habe ich mich so über die Stimme meines ätzenden Französischlehrers gefreut! Er wird mir helfen! Es rumpelt. Eine Tür geht. Mairesse biegt total verschlafen und unrasiert im Bademantel um die Ecke.

»Du schon wieder?! Was ist denn noch?! Müssen wir wieder einen Gestorbenen suchen?«

»Nein. Sie müssen mir helfen!«

»Das meinte ich doch.«

»Nein. Das Mädchen. Sie ist weg und ich kenne ihren Namen nicht und die bescheuerte Oma in dem Laden versteht mich nicht und ich muss ihr was erklären und …«

»… und was?!«

»… und, es ist wichtig.«

»So. Es ist wichtig. Wieso?!«

Ich sehe im Flur umher.

»Sie hat mir Geld geliehen.«

Mairesse zieht die Tür wieder zu.

»Das interessiert mich nicht.«

»Warten Sie!«

Mairesse stoppt die Tür und guckt durch den Türspalt.

»Was ist denn noch?!«

»Es ist auch noch anders wichtig.«

Mairesse öffnet die Tür wieder ein bisschen, fährt sich durch die Haare und guckt mich an.

»Ach so?! Anders wichtig. Was ist anders wichtig?«

Mann! Warum verplempert er so viel Zeit? Wieso ist es wichtig?! Das weiß doch jeder!

»Weil ...«

Ich habe einen Kloß im Hals. Was ist das denn? Ich schlucke. Es drückt in meiner Brust. Mairesse trommelt mit seinen Fingern am Türrahmen und wartet. Er hält den Kopf schief wie ein neugieriges Vögelchen.

»... weil?!«

Ich schnaufe. Ich sage es einfach so, wie es ist. Sollen sie mich doch alle blöd finden! Mir kann nichts passieren!

»... weil ich verliebt bin.«

Mairesse guckt auf seine dicke Uhr. Er macht die Tür ganz auf, kommt in den Flur und zieht die Tür zu. Er läuft im Bademantel die Treppe hinunter. Er ist um die Ecke, bevor mir etwas dazu einfällt. Dann ruft er von unten hoch.

»Das ist ein Notfall! Komm!«

87

Mairesse springt in sein Auto und ich hinterher. Er startet und fährt los. Borawski baumelt schnarchend gegen die Scheibe. Er wird kurz wach, sieht sich um, legt sich flach auf die Rückbank und schläft weiter. Er hat richtig abgenommen. Wo ist sein Doppelkinn im Liegen geblieben?

Mairesse fährt über den Platz. Dann biegt er in die Gasse hinunter, die zum Denkmal führt. Er fährt um das Denkmal herum, und dann rechts in die Straße hinein. Borawski schläft. Mairesse blickt in den Rückspiegel.

»Kannst du ein Geheimnis für dich behalten?!«

Ich nicke.

»Ich kann nichts besser als das. Ich tu nichts anderes.«

Mairesse guckt mich an. Er grinst.

»Das auf dem Denkmal ist gar nicht mein Großvater.«

»Nein? Echt nicht?«

»Nein. Echt nicht. Ich hatte keine Großeltern.«

»Wer ist es dann?«

Mairesse betrachtet mich.

»Keine Ahnung. Irgendein Modell. Es ging nur um den Kopf.«

»Warum erzählen Sie mir das? Ich bin Ihr schlechtester Schüler.«

Aus Mairesse gluckst ein Kichern.

»Ich habe Deutsch auch im Bett gelernt.«

Ich sage nichts.

Das ist wirklich abgefahren!

Ab jetzt werde ich helfen, die Geschichte von Mairesse' Opa zu verbreiten! Ich werde der glühendste Anhänger von Mairesse' Opa und seinem Kopf auf dem Denkmal werden, weil ich weiß, dass das alles Quatsch ist! Weil Mairesse ein guter, ein mutiger Lügner ist. Ich werde Flyer auf dem Schulhof verteilen! Aber, interessiert mich das jetzt? Nein! Was machen wir hier?

Warum fragt Mairesse nicht einfach die alte Sau im Laden, lässt sich ihre Adresse geben und fertig?

Das Auto fliegt über die Straßen. Mairesse biegt wieder auf einen Platz, den ich noch gar nicht kenne. Vielleicht kennt er sich doch noch ein bisschen besser in Blutsalat aus als ich.

Da ist eine Bushaltestelle. Ein Schild und dahinter ein offenes Blockhaus. Ein Ehepaar zieht einen Rollkoffer zu einem Auto. Ein anderes Auto fährt davon. Mairesse sieht auf seine Uhr.

»Ich fürchte, der ist schon weg. Fragen wir.«

Mairesse fährt zu dem Ehepaar und lässt die Scheibe runter. Er fragt etwas. Sie antworten. Mairesse nickt, bedankt sich und fährt weiter.

»Wie ich sagte. Weg.«

Mairesse fährt weiter und kommt auf eine kleine Landstraße. Ich verstehe nicht.

»Herr Mairesse. Was machen wir?!«

»Ich fahre dem Bus hinterher.«

»Wieso? Was für ein Bus?!«

Mairesse betrachtet mich.

»Ich kenne sie. Sie fährt zurück nach Toulouse zu ihren Eltern.«

Mairesse sieht wieder zur Straße.

»Die bescheuerte Oma in dem Laden ist meine Mutter.«

»Oh … Entschuldigung.«

Mann! Ich merke, wie sich mein Gesicht mit glühendem Blut füllt und ich knallrot werde. Ist das peinlich! Mairesse könnte jetzt eine Vollbremsung machen, die Tür öffnen und mich in den Straßengraben treten. Aber er tut es nicht. Warum hilft er mir? Wieso will er, dass ich sie sehe? Ich dachte, er hasst mich? Mein Vater würde alles tun, damit ich sie nicht wiedersehe, weil er mich kennt und sie vor mir schützen würde. Mairesse blickt mich an, als ob er Gedanken lesen könnte.

»Meine Mutter sagt, sie hat die ganze Nacht geheult. Ich fürchte, sie liebt dich auch.«

Jetzt zittere ich vor Aufregung. Mein Herz klopft bis in meinen Hals. Die Büsche rauschen vorbei. Mairesse fährt schneller. Ich muss gar nichts erklären, ich muss sie nur lieben!

Niemand hat etwas dagegen. Alles ist so einfach!

Da taucht die Rückseite eines Reisebusses auf. Er ist dunkelblau, dröhnt und wackelt auf der Straße. Mairesse klebt sich hinten dran. Dann überholt er und hupt dabei. Diesem Mann ist offensichtlich nichts peinlich! Beneidenswert. Mairesse setzt seinen Wagen vor den Bus und macht die Warnblinkanlage an. Ich sehe nach hinten. Borawski schläft. Mairesse wird langsamer und langsamer. Er bremst den Bus aus!!

Der Busfahrer schimpft und flucht. Dann fährt er rechts ran und hält. Mairesse hält auch, steigt in seinem Bademantel aus und läuft damit zum Bus. So sehen also Helden aus. Ich folge Mairesse. Wind weht in den Bäumen neben der Straße. Mit einem Luftzisch öffnet sich die Bustür und schwebt an ihren krummen Stangen zur Seite.

Mairesse beruhigt den schimpfenden Busfahrer, wartet, bis ich bei ihm bin, und schiebt mich dann in den Bus hinein.

Ich laufe die kleine Teppichtreppe hinauf, hinein in den warmen Menschengeruch und sehe sie sofort. Sie sitzt weit hinten. Der Bus ist voll. Hundert neugierige Augen glotzen mich an. Ich schiebe mich zwischen den Sitzen entlang. Sie steht auf. Wie schön sie ist! Nur noch zwei Meter. Ich strecke meine Hand aus. Noch einen Meter. Ich habe sie im Arm! Mann! Ist die weich und warm und köstlich! Ein köstlicher Mensch! Sie schluchzt los! Ich küsse sie. Manche im Bus pfeifen, einige beginnen zu klatschen, dann applaudiert der ganze Laden. Alberne Idioten! Ich bräuchte ein Violinenkonzert!

Ich schmecke ihren Hals und ihre Tränen. Ich betrachte sie. Ich lege meine Hand auf meine Brust, forme sie zu einer Faust und mache daraus ein klopfendes Herz. Ich liebe sie. Sie küsst mich. Ich küsse sie. Sie macht auch ein klopfendes Herz aus ihrer Faust vor ihrer Brust. Ich küsse sie. Wir halten uns im Arm. Der Busfahrer hupt. Ich löse mich. Wir küssen uns. Ich zeige ihr, dass ich ihr schreiben werde, mit meiner Hand, die in der Luft herumkritzelt. Sie nickt, macht das auch und küsst mich noch einmal. Ich gehe zu ihr gewandt rückwärts aus dem Bus, winke ihr noch einmal zu und bin draußen.

Die Bustür schließt sich mit einem Gummiwupp. Der Bus zischt, rollt gummiknirschend los und dröhnt rasselnd davon. Durch die Rückscheibe sehen die Passagiere auf mich herunter. Einer winkt mir hinterher, und dann tun es alle anderen auch. Sie sehe ich nicht mehr. Der Bus wird kleiner und schaltet hinter den Bäumen in einem Sonnenfleck. Dann wippt er um die Kurve, und es ist still.

Vögel zwitschern. Der Wind weht. Es ist kalt.

Mairesse steht an seinem Auto und wartet auf mich. Ich laufe zu ihm. Ich betrachte ihn über das Autodach. In mir ist so ein Druck, so eine Freude und so eine Trauer. Ich vermisse sie jetzt schon! Sie liebt mich! Ich weiß es! Ich habe es in ihren Augen gesehen! Mein Herz klopft bis in die letzte Vene. Ich habe einen Klotz im Hals.

Der unrasierte Mairesse in seinem Bademantel.

Ich möchte diesem Mann gern etwas Wichtiges, etwas Passendes, etwas Sentimentales, etwas Historisches, etwas Dankbares, etwas Demütiges, etwas Besonderes sagen!

»Wann fahren wir denn morgen?!«

Mairesse greift in die Fahrertür, um sie aufzumachen.

»Fahrt ihr mit?!«

Ich nicke.

»Seid um zehn Uhr bei mir.«

Dann steigen wir ein, schließen die Türen und fahren los.

88

Wir kommen am Kirchplatz an. Auch Borawski wird wach und sieht wieder ganz fit aus. Er streckt sich.

Ich bin mir nicht sicher, ob er überhaupt gemerkt hat, dass wir noch mal weggefahren sind. Sicher denkt er, wir kommen direkt von der Polizei. Ist mir auch lieber so.

Wir steigen aus, und Mairesse schließt das Auto ab. Ich dachte, hier schließt niemand ab, weil alle extrem in Ordnung sind?! Ist der Mann überhaupt noch ein richtiger Franzose? Er guckt uns an.

»Wo schlaft ihr zwei denn heute Nacht?!«

Borawski zuckt mit den Achseln.

»Tja, also. Im Wald unter der Plane mit dem Werkzeug wäre gut gewesen, aber, das hat die Polizei ja zerpflückt. Ist mir jetzt auch zu unheimlich da. Vielleicht gibt es hier 'ne Bushaltestelle.«

Ich nicke.

»Gibt es, da waren wir vorhin.«

Ich sehe Mairesse' Sorgenfalten. Er fühlt sich verantwortlich. Unser Nachtquartier bei ihm ist zum Greifen nah! Ich muss nur irgendetwas sagen, damit sein Widerstand gänzlich dahinschmilzt.

»Am Bach, da ist doch diese Brücke. Da kann man sich bestimmt super drunterlegen. Wenn wir ganz dicht unter dem Holz bleiben, werden wir auch nicht nass.«

Mairesse betrachtet uns.

»Es soll schneien.«

Ich sehe mich am Himmel um.

»Schneien? Ehrlich?! Im August?!«

»Kommt schon mal vor. Wir sind auf tausendzweihundert Meter.«

Borawski guckt auch in den Himmel.

»So hoch? Sieht gar nicht so hoch aus.«

Ich zeige Richtung Denkmal.

»Wir könnten auch in der alten Fabrik schlafen.«

Borawski nickt.

»Ja, da hab ich alte Glaswollematten gesehen. Die sind aus der verfaulten Zwischendecke gefallen. Damit geht das gut. Weil du doch keinen Schlafsack hast.«

Ich nicke.

»Das wird schon gehen.«

Mairesse betrachtet uns.

»Hört auf mit dem Theater. Kommt. Ihr könnt bei mir schlafen.«

89

Wir laufen durch den Wald hinter den Hof, um endlich unsere Sachen zu holen. Wir haben einen großen Bogen gemacht, damit wir von hinten kommen können. Falls die Polizei da noch rumläuft. Jetzt peitschen uns die Äste der niedrigen Eichen um die Ohren. Die dunkelhaarige Frau bei Mairesse hat einem von uns das Sofa ausgeklappt, dem anderen Decken geholt, die wir auf den Teppich gelegt haben. Dann hat sie lecker Reis mit gebratener Wurst gemacht, und danach haben Borawski und ich uns verabschiedet. Wir haben sogar die Wahrheit gesagt, nämlich, dass wir unsere Klamotten noch holen müssen.

Unsere Schritte sind laut in dem dichten Laub. Wir kommen näher, und jetzt sehen wir den Hof. Es steht immer noch ein Polizeiwagen davor. Unsere Sachen liegen unverändert zwischen den Bäumen herum. Der Kopf guckt in den Himmel. Borawski steckt sich eine an. Er flüstert.

»Was machen wir mit ihm?!«

Ich sehe mich um. Ich betrachte den Kopf. Ich nehme meinen Fuß und drehe sein Gesicht ins Laub.

»Nichts. Wir lassen ihn einfach liegen.«

Borawski nimmt seine ekelige Sporttasche, und ich setze meinen Rucksack auf. Dann gehen wir einfach los. Ich drehe mich im Laufen noch einmal um und betrachte den Kopf.

Wie unbedeutend und klein er da im Laub liegt. Schon in ein paar Jahren wird er zerbröckelt und mit Moos bewachsen sein. Seine letzte Ruhestätte. Niemand wird ihn finden. Nur Borawski und ich wissen, wo er herkommt und wie er hierherkam.

Ich hebe meine Hand und winke dem Kopf kurz zu.

Dann drehe ich mich zurück, und wir stapfen weiter. Ich habe das sichere Gefühl, dass ich den Kopf irgendwann wiedersehen werde. Vielleicht zeige ich ihn meinen Kindern, wenn sie mal fragen sollten, wie ich eigentlich ihre Mama kennengelernt habe. Vielleicht tu ich es auch nicht.

Meine Beine sind schwer. Meine Augen sind rot vor Müdigkeit. Ich denke an Segel, die Sau, meine ekelige Sportlehrerin. Sie wäre hochzufrieden mit unserer Leistung.

Ich hole tief Luft. Ich freue mich auf den Teppich.

90

Wir fahren auf der Autobahn. Ich sitze neben Mairesse. Borawski schläft auf der Rückbank. Die Sonne brennt in blauer Farbe durch das Schiebedach auf unsere Köpfe. Draußen ist es trocken und braungetrocknet. Wir haben schon seit mindestens einer Stunde kein Wort mehr gesprochen. Ich gucke nach vorne. Mairesse greift mit seinem Arm an mir vorbei und fummelt eine alte Tüte Minzbonbons aus dem Handschuhfach. Er hält sie mir hin.

»Mh?«

Ich nicke und nehme welche. Er wirft sich auch welche in

den Mund. Dann lässt er die Tüte in der Seitentür verschwinden. Er zeigt nach hinten zu Borawski.

»Willst du nicht auch mal schlafen?«

»Ich kann im Auto nicht schlafen. Ich muss immer wach sein, um eventuell Unfälle zu verhindern.«

Mairesse guckt mich an.

»Du bist sehr ehrlich.«

Ich muss loslachen, mein Minzbonbon springt mir dabei aus dem Mund und purzelt unter den Sitz. Mairesse kramt in der Tür nach einem neuen Bonbon und reicht es mir.

»Was hast du eigentlich auf eurer Reise gelernt?«

Verdammt. Ich wusste, dass diese Frage kommt! Ich nehme das Bonbon und überlege. »Merci« konnte ich schon vorher, »Monsieur« auch. Was hieß noch mal »See«? Das hat er uns doch gesagt. Verdammt! Weiß ich nicht mehr.

Der Mann ist mein Lehrer. Ich kann ihm jetzt nicht ernsthaft erzählen, dass ich kein einziges Wort dazugelernt habe. Andererseits darf ich ihn nicht enttäuschen, weil er plötzlich denkt, dass ich ehrlich wäre. Also gebe ich ihm auch eine ehrliche Antwort.

»Ich kann Französisch jetzt sofort erkennen. Das konnte ich vorher nicht.«

Mairesse lacht.

»Das ist nicht viel, aber, das meine ich gar nicht. Ich meine nicht die Sprache. Ich meine das Leben.«

Herrje! Wer hätte gedacht, dass ich mit Mairesse mal über das Leben sprechen würde?! Er hat mich wie einen Erwachsenen gefragt, das ist eine Ehre. Ich bin sein schlechtester Schüler, aber er kann das trennen, Französisch und das Leben. Ich denke nach. Dann sehe ich ihn an.

»Ich weiß jetzt, dass riesige Bäume völlig lautlos fallen können.«

Mairesse guckt mich an, dann sieht er wieder zur Straße. Es reicht ihm nicht. Er will mehr hören.

Gut, dann sag ich es ihm.

»Und ich weiß, wie die Scheide einer Frau an meinen Fingern riecht.«

Mairesse guckt mich an.

»Das sind beides wichtige Dinge, mein Lieber. Ganz wichtige Dinge.«

Ich sehe, dass er es auch so meint.

Dann schüttelt Mairesse ganz leicht den Kopf und grinst. Er findet es nicht lächerlich. Er freut sich über meine Antwort! Er wird sie sich merken.

Er hat »mein Lieber« gesagt.

Ich betrachte ihn und lasse mein Bonbon dabei von innen gegen die Zahnreihen klickern. Mairesse, die Sau!

Ich sehe raus. Büsche fliegen vorbei. Der Motor brummt. Vielleicht sehe ich sie in den Herbstferien schon wieder! Nur noch achtundsiebzig Tage! Wie mein Französischlehrer für mich diesen Bus angehalten hat! Unglaublich! Das gehört nur mir. Das werde ich niemand erzählen. Ich betrachte ihn.

»Herr Mairesse, ich glaube, Sie haben mein Leben gerettet.«

Mairesse begutachtet mich von oben bis unten. Als müsse er überlegen, ob er es noch mal tun würde. Dann sieht er wieder auf die Straße zurück.

»Dann sind wir ja quitt.«

91

Ich sitze mit meiner Familie am Tisch. Mein Vater sitzt mir gegenüber. Sie sind alle froh, dass ich wieder da bin und mir nichts passiert ist. Trotzdem muss erst eine gewisse Frist ablaufen, in der alle böse auf mich sein müssen.

Meiner Mutter fällt das schwer. Mein Vater schäumt vor Wut, aber ich sehe deutliche Spuren von den Instruktionen meiner Mutter, sich bitte nicht zu sehr aufzuregen.

Als Mairesse mich abgesetzt hat, hat mein Vater mir im Flur nur zugenickt und verschwand in seinem Arbeitszimmer bis zum Essen. Jetzt treffen sich unsere Blicke. Plötzlich wird er sehr finster und brennt mir seinen Blick direkt in die Adern.

»Wenn du noch einmal ohne unsere Erlaubnis wegfährst, möchte ich, dass du auch wegbleibst.«

Dann greift er zum Salat und nimmt sich noch etwas nach. Jetzt ist die Sache für ihn erledigt. Meine Schwester tupft sich die Lippen. Das ist ihr Zeichen für »Ich steh gleich auf, denn der Scheiß hier stresst mich total, außerdem möchte ich noch mit meinem Freund Pizza holen, deshalb kann ich nicht so viel essen«.

Mein Vater macht ein verkniffenes Gesicht. Ob er noch mit meiner Mutter schläft?! Ich denke, ich muss meinem Vater ein anderes Energiefeld erschließen, damit er sich entladen kann. Ein anderer, aushäusiger Konflikt. Ich stelle meine Ellbogen auf den Tisch und falte die Hände.

»Was ist eigentlich aus dem Denkmal geworden?! Hat man die Typen gepackt?«

Meine Mutter schnaubt voller Vorwurf.

»Philipp!«

Mein Vater macht den Kopf schief.

»Nein, aber irgendwelche Arschlöcher haben eine Bürgerinitiative gegründet und ...«

Meine Mutter unterbricht ihn.

»Das waren nicht irgendwelche Arschlöcher! Podelenskis waren auch dabei.«

»PODELENSKIS SIND AUCH ARSCHLÖCHER! ICH WILL MIT DENEN NICHTS MEHR ZU TUN HABEN!«

Meine Schwester nutzt die Gelegenheit, steht auf und geht. Mann, ich hätte nicht gedacht, dass das *so* ein Zündstoff ist. Das wollte ich nicht.

»Was ist denn los?«

Mein Vater kocht.

»Es hat sich eine Bürgerinitiative gegründet. Sie haben eine Nachbildung vom Kopf anfertigen lassen und wieder draufgesetzt. Anstatt dass man das Ding endlich ganz abreißt!«

Er stopft wütend Kartoffeln in sich hinein. Meine Mutter beginnt abzuräumen.

»Das ist doch egal. Kein Mensch interessiert sich für das Ding.«

»DARUM GEHT ES NICHT! DIE WEHRMACHT HAT KINDER INS FEUER GEWORFEN! DAS DING MUSS MAN ABREISSEN UND NICHT REPARIEREN!! ES MUSS ENDLICH SCHLUSS SEIN MIT DIESEN LEUTEN!!«

Meine Mutter stapelt die Teller und bleibt ganz cool.

»Na ja. Vielleicht.«

Ich muss an Blutsalat denken und an meine Liebe. Die Süße!

Ich finde, mein Vater hat absolut recht!

Ich sehe ihn an, wie er wütend und allein sein Essen in sich hineinstopft. Er hat als Einziger noch nicht aufgegessen. Er isst bei uns immer allein auf. Er sieht sehr einsam aus. Ich muss ihm einfach sagen, dass er recht hat.

»Ich finde, du hast absolut recht! Man muss die Scheiße endlich abreißen!«

Mein Vater guckt mich an. Er ist sich nicht sicher, ob ich ihn verarschen will, oder ob ich es ernst meine. Ich muss ihm helfen.

»Ich mein es ernst. Ich finde, du hast absolut recht!«

Mein Vater nickt mir zu und hängt sich dann wieder über seinen Teller. Ich will ihm mehr erzählen. Ich will, dass er Dinge über mich weiß. Ich will, dass er mir zuhört. Er soll mich ansehen.

»Wenn mich zum Beispiel eine Freundin aus Frankreich besuchen würde, würde ich mich schämen. Da würde ich mit der gar nicht in den Wald gehen.«

Mein Vater sieht hoch und betrachtet mich einen kleinen Moment zu lang. Dann nickt er, senkt wieder seinen Kopf und isst weiter.

»Würd ich auch nicht machen.«

Irgendetwas an mir kommt ihm komisch vor, aber er weiß nicht, was es ist.

92

Ich liege wach im Bett. Es fühlt sich an, als wenn ich Jahre weg gewesen wäre. Ich spüre mein warmes Bett und bin froh, dass ich eins habe. Ich wusste, es gibt Ärger, aber ich wusste auch, dass der Ärger aufhört und ich irgendwann in meinem warmen Bett liege und zuhause bin. Jetzt! Ich drehe mich auf die Seite. Ich vermisse mein Mädchen. Es ist nach Mitternacht. Noch siebenundsiebzig Tage.

Mir geht diese Wut von meinem Vater nicht aus dem Kopf. Diese Einsamkeit mitten unter uns. Es ist so lange her, dass wir mal was zusammen gemacht haben. Wir müssten mal wieder was zusammen machen! Nur er und ich. Wie früher, als wir schwimmen waren oder Schlitten gefahren sind.

Plötzlich sitze ich aufrecht im Bett.

Das ist es! Wir müssen mal wieder was zusammen machen!

Ich stehe auf und gehe zur Tür. Ich ziehe die Tür leise auf und lausche in den Flur. Die beiden schlafen, meine Schwester ist sowieso nicht da. Ich gehe runter in den Keller. Ich nehme unseren Vorschlaghammer von der Wand. Damit gehe ich hoch und schiebe die Schlafzimmertür meiner Eltern auf. Hoffentlich liegen sie nicht wach herum, sonst denken sie noch, ich will dieser Familie ein Ende machen, wenn ich mit dem Hammer in der Tür erscheine. Im Schein vom Flurlicht liegen meine Eltern und schlafen. Ich hocke mich neben meinen Vater und schubse ihn vorsichtig wach. Ich flüstere.

»Papa …«

»Mmh …?!«

Er öffnet ein Auge und sieht mich an.

»Was ist?«

Ich zeige ihm den Hammer.

»Hast du Lust auf einen kleinen Ausflug?«

Mein Vater versteht sofort.

»Natürlich.«

Er setzt sich langsam aufrecht hin, steht auf, und wir schleichen aus dem Zimmer. Er zieht vorsichtig die Schlafzimmertür zu. Er flüstert.

»Kannst du mir ein paar Sachen leihen? Unser Schrank ist so laut.«

Ich nicke. Wir schleichen in mein Zimmer, und mein Vater zieht eine Hose und einen Pulli von mir über seinen Schlafanzug. Jetzt sieht er aus wie eine Wurst. Er setzt sich auf mein Bett und zieht sich stöhnend Socken an. Er sieht hoch und grinst.

»Ich bin ein alter Sack.«

Ich nicke. Wir stehen auf und gehen in die Garage. An der Wand hängt wieder eine neue Leiter.

»Da ist ja schon wieder eine neue!«

Mein Vater flüstert.

»Wieso?! Nein. Die ist nur gut in Schuss.«

Ich muss grinsen. Er hat es gar nicht gemerkt, dass sie weg war und meine Mutter eine nachgekauft hat. Ich nehme die Leiter vom Haken, mache die Kofferraumklappe vom Kombi auf, und wir schieben die Leiter gemeinsam rein. Wir steigen ein, lassen das Garagentor automatisch hochfahren und rollen leise aus dem Haus, auf die dunkle Straße hinaus.

Wir sagen nichts.

Wir kennen den Weg.

Die Straße verlässt die Siedlung. Die letzte Straßenlaterne schrumpft in der Rückscheibe. An der Schranke halten wir. Wir steigen aus, nehmen die Leiter aus dem Wagen und laufen damit in die Dunkelheit hinein. Wir reden nicht. Unsere Schritte sind gleichmäßig. Ich habe gar keine Angst. Mein Vater ist bei mir. Wenn die Polizei, ein Jäger oder die nationalsozialistische Bürgerwehr kommt, mir wird nichts passieren.

Wir kommen aus dem Wald auf die Freifläche. Alles ist genauso geblieben. Ich bin gespannt, wie der Kopf der Bürgerinitiative so geworden ist. Wir kommen näher. Der Soldat erhebt sich Schritt für Schritt über den Horizont.

Mann, ist das lange her! Von hinten sieht der Kopf genauso aus. Ich laufe vorne herum und sehe hoch. Es ist der Kopf, aber er sieht doch anders aus. Der Helm und die Größe stimmen, aber mein Kopf hatte ein anderes Gesicht. Mein Vater klappt die Leiter auf und wuchtet sie lautlos neben das Denkmal. Er stellt sich dicht an die Leiter dran und hält sie fest. Ich steige mit dem Hammer hinauf. Wir agieren zusammen, als wenn wir seit Jahren jede Nacht mindestens ein Denkmal zu Schrott hauen.

Ich stehe oben. Meine Beine sind aus Stahl, mein Herz geht ruhig.

Ich habe Kraft.

Ich hole aus und haue zu.

Klonk.

Ich hole aus und haue zu.

Klonk.

Ich hole weiter aus und haue richtig zu.

Klonk!

Und noch mal!

Klonk.

Der Kopf kippt langsam, fällt dumpf in die Wiese und poltert dann ins Tal hinein, wo er unten leise klatschend im Bach landet. Als wenn er seinem Vorgänger hinterhergesprungen wäre. Vielleicht trampt er gleich nach Blutsalat. Er war nicht wirklich gut befestigt. Da hat die Bürgerinitiative offensichtlich am falschen Ende gespart.

Ich gehe mit dem Hammer die Metallstufen wieder runter. Mein Vater nickt mir zu und klappt die Leiter ein. Wir grinsen uns an. Wir kichern fast. Dann gehen wir leise auf dem Weg zurück.

Mein Vater läuft vor mir her. Ich betrachte ihn. Ich habe ihn so schrecklich vermisst! Ich muss schlucken. Hinter meinen Ohren kribbelt es. Mein Kopf drückt. Mein Bauch zittert. Tränen tropfen aus meinen Augen. Ich bleibe stehen und schluchze plötzlich los. Mein Vater hört mich und dreht sich um. Er legt die Leiter weg und kommt zu mir. Ich stehe da und weiß nicht, wo ich meine Arme und Hände hintun soll. Dann steht er vor mir, und ich werfe sie einfach um ihn herum und kralle mich schluchzend an ihm fest. Ich schluchze und zerdrücke beinahe seine Schulter. Ich will ihn nie mehr loslassen! Meine Atmung schnattert. Wo ist er nur die ganzen Jahre gewesen?! Ich schluchze und bibbere an seiner Schulter. Seine Hand hält mich, und er ist warm. Er riecht gut, nach Schlaf und Rasierwasser. Nach Papa. Ich schmecke meine Tränen. Ich hole Luft, und mein ganzer Körper vibriert dabei. Ich kneife meinen verschwommenen Blick zusammen, und noch ein paar Tränen pressen sich in Wellen schluchzend aus meinen Augen.

Dann bin ich plötzlich ruhig und warm. Mein Vater hält mich. Ich habe Angst, dass er irgendwas total Blödes sagt, aber er steht nur da und hält mich. So stehen wir ganz lange. Mein Atem zittert noch sehr, dann weniger und schließlich nur noch ein bisschen.

Mein Vater schiebt mich etwas weg, damit wir uns ansehen können.

Er streicht mir mit seiner großen, rauen Hand über das Haar und wischt mir vorsichtig die Tränen von der Wange. Dann zieht er mich wieder sanft zu sich, in seine Arme. Meine verrotzte Nase drückt sich in seinen Pulli. Ich schniefe. Ich atme ruhig aus.

Mein Vater legt seine große Hand schützend auf meinen Kopf.

»Komm. Gehn wir nach Hause.«

Danksagung

Mein Dank geht an Deborah Congia, ohne deren Einsatz dieses Buch möglicherweise nur eine Datei geblieben wäre, an meine hartnäckig leidenschaftliche Lektorin Karin Schmidt, an meinen psychopharmazeutisch wirkenden Agenten Lars Schultze-Kossack, an Dr. med. »Döpp« Michael Diepers, für seine komplexe, großartige Inspiration für Figuren und Geschichte, an meine private Germanistikabteilung Hendrik Lietmann und Ingo Kays, an meinen Haus- und Hoffotografen Harald Opel, an meine Freunde und Bekannten, die mir ihre Namen geliehen haben, ohne Französischlehrer, übergewichtige Teenager oder Dealer zu sein, besonders Chantal, Christoph, Arthur, Werner und Matthias, und natürlich ganz besonders an meine Frau Ina, die liebevoll die Zeiten geistiger Abwesenheit ihres Mannes übersteht.

Miriam Black weiß, wann du sterben wirst ...

Chuck Wendig
BLACKBIRDS
Roman
Aus dem amerikanischen
Englisch von
Axel Franken
304 Seiten
ISBN 978-3-404-20710-7

Miriam hat eine Gabe: Wenn sie einen Menschen berührt, sieht sie den Moment seines Todes. Doch nie konnte sie die Zukunft verhindern. Inzwischen hat sie den Versuch aufgegeben ... Als der Trucker Louis Miriam vor einem Überfall rettet, berührt sie seine Hand und sieht das Unvermeidliche: Louis wird in 30 Tagen von einem Killer brutal ermordet — und Miriam steht dabei. Ist sie vielleicht das nächste Opfer? Miriam glaubt eigentlich nicht, dass sie die Zukunft ändern kann. Aber sie muss es noch ein Mal versuchen: für ihr Überleben — und für seins.

»Eindringlich ... ein schonungsloses Bild vom Leben am Rand des Abgrunds!« — PUBLISHERS WEEKLY

Bastei Lübbe Taschenbuch

BASTEI
LÜBBE
TASCHENBUCH